ULRIKE KRONECK

Das Frauenkomplott

RACHE IST SÜSS Die Berliner Kunsthistorikerin Karoline Brauer und ihre frisch geschiedene Cousine Ruth verbindet eine tiefe Freundschaft. Während sich Karoline auf ihrer Suche nach dem »richtigen« Mann ständig selbst im Wege steht, ist die zwölf Jahre ältere Ruth ihren langweiligen Ehemann endlich los. Nach der Scheidung wird jedoch schnell klar, dass Ruth keinen Cent von dem gemeinsam erwirtschafteten Vermögen sehen wird. Die beiden Freundinnen gehen zum Angriff über. Gemeinsam mit ihrer Zufallsbekanntschaft Mari, die in Beziehungsdingen ihre ganz eigene Kosten-Nutzen-Rechnung durchzusetzen weiß, entwickeln sie einen Plan, um Ruth finanzielle Genugtuung zu verschaffen. Dass Karoline nebenher mit dem Verlust ihres Arbeitsplatzes an eine junge Studienabgängerin fertig werden muss, macht die Sache nicht einfacher und als schließlich noch ein interessanter Mann in ihr Leben tritt, ist das Chaos endgültig perfekt ...

Ulrike Kroneck lebt und arbeitet in Melle-Buer bei Osnabrück. Lange Zeit war sie Programmleiterin eines Verlages. Heute arbeitet sie als freie Lektorin und Autorin. Seit einigen Jahren führt sie Schreibwerkstätten zum autobiografischen und kreativen Schreiben durch.

ULRIKE KRONECK

Das Frauenkomplott

Roman

Original

GMEINER

Ausgewählt von
Claudia Senghaas

Die automatisierte Analyse des Werkes, um daraus
Informationen insbesondere über Muster, Trends und
Korrelationen gemäß § 44b UrhG (»Text und Data Mining«)
zu gewinnen, ist untersagt.

Bei Fragen zur Produktsicherheit gemäß der Verordnung
über die allgemeine Produktsicherheit (GPSR) wenden Sie
sich bitte an den Verlag.

Besuchen Sie uns im Internet:
www.gmeiner-verlag.de

© 2012 – Gmeiner-Verlag GmbH
Im Ehnried 5, 88605 Meßkirch
Telefon 0 75 75/20 95-0
info@gmeiner-verlag.de
Alle Rechte vorbehalten

Lektorat: Claudia Senghaas, Kirchardt
Herstellung: Christoph Neubert
Umschlaggestaltung: U.O.R.G. Lutz Eberle, Stuttgart
unter Verwendung eines Fotos von: © Stephan Koscheck – Fotolia.com
Druck: Libri Plureos GmbH, Friedensallee 273, 22763 Hamburg
Printed in Germany
ISBN 978-3-8392-1270-7

1. Kapitel

Es gibt Tage, an denen man morgens schon merkt, dass daraus nichts wird. Ich hatte heute solch einen Tag hinter mir. Ehrlich gesagt, waren in der letzten Zeit fast alle meine Tage so. Den letzten wirklich guten Tag hatte ich vor mehr als einem Jahr. Für einen Aufsatz in einer Kunstzeitschrift war gerade ein akzeptables Honorar auf meinem Konto eingegangen, ich war auf dem Land bei Ruth, saß auf der Bank vor ihrer Küche, trank ein Glas trockenen Weißwein und fand mich ganz passabel, weil ich gerade drei Kilogramm schlanker war als normalerweise. Es gab nichts, was meine Stimmung störte, sogar das Wetter spielte mit. 25 Grad, nicht zu heiß, nicht zu kalt, nicht zu feucht. Ich hasse feucht-heißes Wetter – vor allem in Berlin.

Der Tag, den ich heute hinter mir hatte, gehörte wieder nicht zu diesen goldenen Tagen. Ich war morgens schon mit Bauchschmerzen aufgestanden und sah aus wie ein Hammerhai. Ich hatte schlecht geschlafen, mich die halbe Nacht im Bett gewälzt. Meine Regel kündigte sich an, die mich normalerweise für mindestens eine Woche lahmlegte: drei Tage vorher, drei Tage hinterher. Wofür nur?

Ich habe keine Kinder und wenn mein Leben so weitergeht, wird sich das auch nicht ändern. Ich bin 37 und habe im Moment ohnehin keine Ahnung, wie ich ein Kind aufziehen sollte. Ich schaffe es kaum, mich selbst einigermaßen über Wasser zu halten. Wer wie ich von einem freien Auftrag zum nächsten hangelt, um zu überleben, hat keine Zeit, in Ruhe über die Zukunft nachzudenken. Die Zukunft findet bei mir in der nächsten Minute statt. Alles entscheidet sich immer heute.

Und heute hatte sich für mich gerade entschieden, dass meine Zukunft erst einmal ein Ende gefunden hatte. Der Kustos Jerôme Kramer, der seit fast drei Jahren an meinem Untergang mitwirkt, kam mittags an meinen Schreibtisch. Ich war gerade dabei, die Korrekturen für einen Katalog zusammenzutragen, der die Ende des Sommers startende Ausstellung »Grafik der Moderne zwischen Kitsch und Kunst« begleitet, für deren Vorbereitung ich als wissenschaftliche Mitarbeiterin auf Honorarbasis eingestellt war. Mein Spezialgebiet.

Jerôme hockte sich ungeniert mit einer Gesäßbacke auf meinen Schreibtisch und schob den Ausdruck mit meinen Korrekturen lässig zur Seite.

»Carolin …«

Wenn ich höre, wie Jerôme, weil ihn seine Mutter unglücklicherweise in einem Anfall von Frankophilie Jerôme genannt hatte, meinen wunderbaren Namen Karoline französisch intoniert, muss ich mich immer zusammennehmen und tief durchatmen, um mich nicht zu irgendetwas hinreißen zu lassen. Heute aber mischte sich in seine eitle Affektiertheit noch ein gewisser Ton von Bösartigkeit – die andere Seite seines Charakters.

»Bedauerlischerweise at die Museumsleitung deinen Vertrag nischt verlängert.«

Jerôme hatte mehrere Jahre in Frankreich studiert und dort auch gearbeitet, und dieser Aufenthalt hatte ihn so nachhaltig geprägt, dass er den französischen Akzent nicht mehr ablegen mochte. Er hoffte damit besonders bei den Praktikantinnen zu reüssieren. Die letzten Jahre hatte ich seine nasalen Dummheiten mit der Langmut einer auf den Job angewiesenen Honorarkraft über mich ergehen lassen. Das konnte ich nun nicht mehr. Seit mehr als drei Jahren hatte ich regelmäßig um ein halbes Jahr verlängerte Honorarverträge erhalten. Ich hatte dafür die unterschiedlichsten Finanzierungstöpfe aufgetan, immer in der Hoffnung, dadurch möglicherweise eines Tages eine feste Stelle zu bekommen. Ich kam mir bei dieser Suche vor wie ein Hund, dem man immer wieder die Ahnung einer Wurst vor die Nase hält.

Jerôme hatte als Kustos auf der letzten Sitzung des Senats die Verlängerung darstellen und mich für ein Folgeprojekt vorschlagen sollen. Mir war schon vorher mulmig gewesen, da er ja nur mein zehntbester Freund ist.

»Es tut mir wirklich leid. Aber es konnte nur eine Stelle verlängert werden, und da at sich die Konferenz dafür ausgesprochen, Melanies 10-Stunden-Vertrag zu verlängern. Das ist für das Museum günstiger.«

Meine Wurst war also von einem anderen Hund gefressen worden. Ich hatte eigentlich nichts gegen Melanie. Jerôme allerdings auch nicht. Vor einem halben Jahr war sie mit eingestiegen in das Projekt und letzten Sonnabend, als mein Blick im Vorbeigehen durch die Fenster im Café Einstein fiel, hatte ich Jerôme und sie dort sitzen sehen.

Ich sah zu Jerôme auf, wie er lässig und selbstgefällig mit seinem Hinterteil meinen Schreibtisch besetzte. Und in diesem Moment wurde mir klar, dass er alles getan hatte, damit ich den Vertrag nicht bekam. Mehr im Zorn auf mich selbst, auf meine hilflose Gutgläubigkeit, dass ich allen Ernstes angenommen hatte, dieser Mann würde sich für mich einsetzen, stand ich mit einem Ruck auf, warf dabei den Schreibtischstuhl um und all meine Vorsicht über den Haufen.

»Glücklischerweise muss isch disch dann auch nisch mär sehn!« Ich blickte ihn finster an und trat unvermittelt gegen den zu Boden gegangenen Stuhl, lief an ihm vorbei zur Tür, drehte mich um und wollte noch etwas Ehrabschneidendes draufsetzen. Aber aufgrund mangelnder französischer Sprachkenntnisse spuckte ich ihm nur ein »Mon Dieu« vor die Füße und wackelte dazu blasiert mit dem Kopf. Zur Bekräftigung knallte ich die Tür.

Und stand daraufhin hinter der Tür meines eigenen Büros mit klopfendem Herzen, aufgelöst im wahrsten Sinne des Wortes. Meine Haarspange war mir herausgefallen. Wahrscheinlich hob er sie gerade auf und legte sie ordentlich neben die Korrekturen auf den Schreibtisch. Ich spürte geradezu körperlich, wie er süffisant grinste. Während ich über den hallenden Flur ging, riss ich mir die andere Hornspange aus den Haaren. Als meine Kollegin Beate mir entgegenkam, richtete ich mir mit gesenktem Kopf weiter meine desolaten

Locken und schaffte es gerade noch bis zur Tür der Damentoilette.

Ich schloss mich auf einem Klo ein und heulte eine halbe Stunde. Zuerst heulte ich über meinen Abgang und verwünschte mich. Wünschte, ich hätte gelassen, kühl und herablassend reagiert. Dann heulte ich über meine Dummheit, denn wie ich es auch drehen und wenden würde: Ich würde diesem Gockel in der Kunst- und Museumsszene Berlins wieder und wieder über den Weg laufen – und da stünde es schlecht um mich und meine Hoffnungen auf eine Festanstellung. Anschließend heulte ich darüber, dass mir das nicht egal war. Schließlich war ich ganz erschöpft, weil ich nicht mehr wusste, was das Schlimmste war: Dass ich so abhängig war oder dass es niemanden außer mir selbst gab, der mich bedauerte? Oder beides zusammen. Am Ende war ich völlig leer und weinte nur noch leise vor mich hin.

〜◦〜

Danach war ich im Bus durch den schwül-heißen Spätnachmittag gefahren, hatte mich die vielen Treppenstufen in meine Wohnung am Gierckeplatz in Charlottenburg hochgeschleppt und hörte schon vor meiner Wohnungstür das Telefon klingeln. Ich wollte nicht telefonieren und machte absichtlich langsam. Das Klingeln hörte auf, als ich meine Tasche an die Garderobe hängte. Gott sei Dank. Und setzte abermals ein. 20 Mal.

»Ja, bitte?«, zischte ich lauernd, gespannt, wer mir jetzt wieder etwas antun wollte.

»Karoline?« Das war Ruth, die da ins Telefon hauchte.

»Ja!« Ich versuchte, sachlich zu bleiben.

»Karoline, ich …« Ruth stöhnte auf, schluchzte und fing offensichtlich an zu weinen, denn sie bekam kein Wort heraus. Ich hörte nur noch ein Rascheln und Knarzen, das an die Anfangszeiten des Telefons erinnern konnte. Nach einem Moment schien Ruth sich gefasst zu haben und setzte erneut an: »Karoline, ich bin 47!« Und dann fing sie doch wieder an zu weinen und schluchzte in den Hörer.

»Ach was! Das ist ja eine Neuigkeit! Aber kein Grund zur Panik. Was ist passiert?« Ich bin, was die Katastrophen anderer angeht, ganz pragmatisch und werde immer besonnener, je dramatischer die Szenerie wird.

»Karoline, ich habe den Prozess verloren!«

»Nein!«

»Doch!«

»Diese miese Ratte!«

»Das habe ich vorhin auch schon gesagt!«

»Ich habe das schon immer gesagt!«

Ich hatte Friedbert, seit ich ihn kenne, für einen langweiligen und selbstgerechten Hohlkopf gehalten, den ich nur ertragen hatte, weil meine Cousine Ruth nun einmal mit ihm verheiratet war. Ich hatte es schon mit zwölf Jahren nicht begriffen, dass die schöne und intelligente Ruth sich an einen solchen Simpel vergeuden konnte, und fand es nicht schade, dass ich an der Hochzeit nicht teilnehmen konnte, weil meine Eltern mich aus pädagogischen Gründen auf einen lange geplanten

Urlaub auf einen Reiterhof geschickt hatten, obwohl – oder weil – ich Reiten hasste, und Mädchen, die reiten wollten, mochte ich auch nicht besonders.

»Ach, Karoline!« Ruth schluchzte wieder. Ruth ist zehn Jahre älter als ich, aber sie ist meine beste Freundin. Ruth ist der Meinung, ich manage alles souverän und gehe mit starken, selbstbewussten Schritten durch mein eigenes Leben. »Quäl mich doch jetzt nicht!«

Ich hatte meine Cousine Ruth immer bewundert, weil sie elegant, schlank und zierlich ist und dazu noch künstlerisch begabt! So viele Dinge! Sie war auf eine unaufdringliche Weise klug, besonnen und natürlich schön. Sie war mein Vorbild. Bis sie Friedbert heiratete. Das konnte ich einfach nicht begreifen.

»Ist denn nichts mehr zu machen?«, fragte ich, während ich die Kühlschranktür öffnete, um mir ein Mineralwasser zu holen. Ruth konnte mir offenbar nicht mehr antworten. Ich hörte nur Gläserklappern und leises Gluckern.

»Jetzt bringt der mich noch zum Saufen, dieses Miststück!« Ruths Heulen wurde von einem fernen metallischen Kratzen und Geknatter untermalt. Offensichtlich hatte sie den Hörer unter ihren Arm geklemmt.

»Ruth, was ist los?« Ich rief lauter, bekam aber keine Antwort. Dann hörte ich ein Schlürfen.

»Ich musste erst mal was trinken!«, sagte Ruth und schien sich den Mund abzuwischen.

»Ruth, nun erzähl doch mal vernünftig und der Reihe nach!«

»Wie denn? Der Richter ist der Ansicht, dass Friedbert allein die Entwürfe für die Stühle gemacht hat, dass er allein die Firma aufgebaut hat. Ich tauche ja in den Firmenunterlagen gar nicht auf, es wäre – meinte damals Friedberts Steuerberater Dr. Bruno Baltz, der Widerling – günstiger, wenn wir Gütertrennung vereinbaren würden, angeblich zu meinen Gunsten, wegen meines Häuschens, und dass ich in der Firma gar nicht auftauchte, nicht einmal als mitarbeitende Sekretärin.« Ruth lachte auf. »Das war in der Tat günstiger – für Friedbert. Ich war offiziell nur Hausfrau und für die Kinder zuständig ... die Kinder ... ach, wie konnte ich nur ...«

Ich spürte, wie ich wieder unter der Achsel eingeklemmt wurde. Sollte sie sich erst mal ordnen. Währenddessen ging ich mit meinem Wasser zum Fenster und sah auf den Spielplatz, auf dem die Kinder immer zu viel Lärm machen, und auf die kleine, von Bäumen beschattete Luisenkirche im Zentrum des Platzes. Ich bin gern allein in dieser Wohnung. Sie ist unordentlich, die Papiere sind auf meinem Schreibtisch verteilt. Aber keiner sagt mir, ich müsse aufräumen. Ich kann nackt durch die Wohnung laufen, wann immer ich will, muss nicht abwaschen am Abend, und ich kann meine schmutzige Wäsche im Badezimmer liegenlassen. Ich muss nicht weinen um einen verlorenen Prozess gegen einen Mann, den ich einmal geliebt habe, ich habe keinen Zorn auf mich selbst wegen der Versäumnisse von gestern. Ich habe eine schöne, unordentliche Wohnung für mich allein. Habe keinen großen Kummer, nur den alltäglichen, geregelten Ärger einer Werkvertragsexistenz beim Museum. Und der hatte ja nun auch ein Ende. So schlecht, wie ich heute Mittag dachte, ging es mir offenbar nicht. Ich versuchte mich bei Ruth bemerkbar zu machen.

»Ruth!« Ich hatte das dumpfe Gefühl, noch immer zwischen ihrem Arm und ihrem Oberkörper eingeklemmt zu sein. »Ruth, verdammt! Hör auf zu saufen, das hilft auch nicht. Ich komme zu dir, morgen früh fahr ich los. Ruth, hörst du, hörst du?«

Ruth hörte nicht, sie schien sich nur erneut etwas einzugießen.

»Und guck dir doch mal an, wie ich aussehe, 47 bin ich. 47!« Sie schien in ihrer Diele zu stehen, vor dem alten meterhohen Kirschbaumspiegel, und sich vor ihm zu drehen.

Sie nahm den Hörer wieder zum Ohr: »Entschuldigung. Aber … dieses Miststück von Friedbert meinte in Einklang mit seinem Freund, dem Richter, ich sei durchaus in der Lage, für meinen Lebensunterhalt selbst zu sorgen. Ich soll jetzt aus der halben Stelle in der Apotheke eine ganze machen. Damit würde es mir doch gut gehen.« Sie spuckte aus, kam ins Husten und würgte: »Ich könnte kotzen, ich würde ihn am liebsten erschlagen, dieses Aas. Und er hockt auf dem ganzen Geld, das ich geholfen habe zu verdienen, er selbst war eigentlich viel zu dumm.«

Ich musste mich zurückhalten, um nicht mit einzustimmen in diesen Schmähgesang. Das würde jetzt auch nichts bringen. Ruth hatte schon genug Ärger, ich würde mit wiederholten Kommentaren wie ›Habe ich doch immer schon gesagt!‹ nicht zur Hebung ihrer Stimmung beitragen. Ruth wusste, dass ich Friedbert nicht nur für banal und schlicht, sondern auch für berechnend und kalt hielt.

Friedbert, der erfolgreiche Möbelfabrikant. Als Möbelverkäufer hatte er angefangen und war deshalb so erfolgreich gewesen, weil er genau den gleichen Geschmack hatte wie die meisten Kunden, die er bediente – nämlich gar keinen. Gelsenkirchener Barock hielt er für die Krönung der Tischlerkunst und Antiquitäten nannte er »antike« Möbel. Mit Such-Annoncen hatte er nebenher begonnen, ein selbstständiges Geschäft aufzubauen. Er sammelte »antike« Möbel und vertickte sie wieder – zunächst ohne großen Erfolg. Aber dann wurden ältere Möbel langsam teurer. Abgebeizte alte Küchenschränke und -buffets aus Fichtenholz trafen den Geschmack der Leute, die mit einem Mal alles, was älter war, für wertvoll hielten und bereit waren, die überteuerten Preise zu zahlen.

Ruth verknallte sich sofort in ihn, als er in der Tür stand und die zwei alten Kiefernstühle mitnahm, die sie angeboten hatte. Sie musste damals das Häuschen ihrer Großmutter auflösen, das sie geerbt hatte. Sie schwärmte noch später, als er längst schon dünne Haare hatte, anderen gegenüber von dem athletischen blonden Kerl mit den langen Wimpern, der er einmal gewesen sei. Bei diesem fragwürdigen Kompliment schaute ich den mit den Jahren umfangreicher gewordenen Friedbert meist unverhohlen an. Er versuchte nämlich schon bald, seine dünn gewordenen Haare mit Haarspray fülliger wirken zu lassen.

Die kurzzeitige Pracht der blonden Haare und die blauen Augen waren schuld daran, dass Ruth kurz vor ihrem Abschluss mit Freuden ihr nur widerwillig betriebenes Pharmaziestudium hinschmiss und Tobias, heute 22 Jahre alt, zur Welt brachte. In der Zeit ihrer Schwangerschaft zeichnete sie einen schönen Stuhl, in Anlehnung an ein »antikes« Modell, aber mit modernen Formen, und ließ ihn von einem befreundeten Tischler bauen. Ich war wie fast jedes Jahr auch in jenem Sommer in den Schulferien bei ihr. Friedbert hatte damals über Ruth gelacht und gesagt, sie solle die Finger von Dingen lassen, die sie nicht verstehe.

Ich konzentrierte mich wieder auf das Gespräch mit meiner Cousine. Ich verstand ihren Zorn und konnte ihren Hass, nach meinem Ausbruch heute Morgen, umso besser verstehen. Innerlich gierte ich mit ihr nach Rache. Eine von uns musste jetzt aber ruhig bleiben. »Lass jetzt dieses Gezeter, du hast ja recht, aber es hilft doch nicht, du zermürbst dich nur. Wenn ich morgen komme, können wir in Ruhe sehen, was wir machen können.«

»Was, du kommst morgen?« Ruth hatte mich also vorhin wirklich eingeklemmt und nicht gehört, dass ich sofort losfahren wollte. Die Vorstellung, Jerôme morgen wiederzusehen, nach dem heutigen Auftritt, war nicht besonders verlockend und so kam es mir eigentlich gelegen, zu Ruth zu fahren.

»Ja, ich komme morgen früh!« Jerôme könnte die Korrekturen allein zusammenführen. Ich würde mich für Freitag krankmelden. Über das Wochenende musste ich mich nicht in meiner Wohnung vergraben – mit der trüben Aussicht auf die knapp drei weiteren und letzten Monate, die ich mit Jerôme noch gemeinsam arbeiten musste, bis der Vertrag beendet war.

Ruth fing vor Begeisterung gleich wieder an zu weinen, und ich fühlte mich abermals ein wenig stärker als noch heute Mittag. Wenn es jemandem noch schlechter geht als einem selbst, kann das auch helfen. Ruth versprach mir, nicht mehr als diese eine Flasche zu trinken und sich mit ihrem Glas Rotwein vor die Glotze zu setzen.

⌦⌦

Meine Nacht war nicht gerade ruhig. Jerôme verfolgte mich mit einem alten Stuhl und schlug ihn in Stücke, die sich wie beim Zauberlehrling rasend schnell vermehrten. Diese türmte er übereinander und setzte sich im Schneidersitz mit hämischer Miene oben drauf. Als er mich in der nächsten Traumphase küssen wollte, erwachte ich, gerade in dem Moment, als er seine feuchten Lippen auf meine Stirn drückte. Es war fünf Uhr, und ich konnte nicht mehr einschlafen. Ich starrte in den grauen Morgen hinter den Vorhängen meines Schlafzimmers und beschäftigte mich bis sieben damit, darüber zu grübeln, warum ich in der Endphase des Traums so gute Gefühle gehabt hatte. Ich hatte meiner Therapeutin versprochen, offen mit mir umzugehen, und versuchte mich an dem Gedanken, dass ich Jerôme möglicherweise irgendwie mochte und nur zu neurotisch war, um mir das bei Tageslicht einzugestehen. Aber ein Blick auf den letzten Newsletter unseres Projektes, dessen Kopf er zierte, ließ mich von diesem Gedanken Abstand nehmen. Ich hatte guten Grund, ihn nicht zu mögen, oder anders gesagt, bleibe ich dann doch lieber neurotisch, als mich von meiner Antipathie abbringen zu lassen.

Unausgeschlafen sammelte ich meine Sachen in den Reiserucksack und war im ersten Zug, der den Hauptbahnhof in Berlin verließ. Selbst wenn ich gewusst hätte, dass ich heute fahren würde, hätte ich keine Platzkarte genommen. Das mache ich aus Prinzip nicht, erst wenn ich gehbehindert bin.

Heute wäre ich gern planvoller gewesen und vor allem auch bieder, spießig und gehbehindert, denn der Zug war völlig überfüllt. Alle Plätze waren reserviert und zu meinem Leidwesen auch besetzt. Der Tag sollte wahrscheinlich genau so werden wie der gestrige. Ich hatte wirklich eine unglaubliche Glückssträhne.

Ich stieg über die Rucksäcke der anderen unkonventionell Reisenden und boxte mich – der Zug war mittlerweile schon über Spandau hinaus – durch sämtliche Wagen der zweiten Klasse in Richtung Bordbistro, um dort einen Kaffee im Sitzen zu trinken. Der Wagen war knallvoll, obwohl das Bistro geschlossen war. Ein Glück für den Zugbegleiter, dass er nicht da war. Ich hätte Gift spucken können. So lächelte ich nur verbissen einen Geschäftsmann an, der von der anderen Seite seinen Weg in das Bistro gefunden hatte. Verschwörerisch, um unser gemeinsames Leiden zu unterstreichen, schüttelte ich herablassend den Kopf und signalisierte damit das, was ich normalerweise an meiner Tante Hedwig nicht ausstehen kann: ›Typisch, ich hab's ja gleich gesagt! Das sind doch katastrophale Zustände! Die Bahn! Welche Unfähigkeit sich doch überall breitmacht!‹ Vielleicht hatte Tante Hedwig ja doch recht. Demonstrativ suchte ich irgendeinen Hinweis, warum das Bistro geschlossen war, wann es möglicherweise geöffnet würde und ob überhaupt.

Ich tat meine Verärgerung mit einem Fußtritt gegen die Verkleidung des geschlossenen Verkaufstresens kund und ärgerte mich außerdem, dass ich immer nur Männer im Zug treffe, die keine Frau treffen möchte. Der freundliche Geschäftsmann wog höchstens 60 Kilo bei einer Länge von mindestens 1,88 Meter und hatte die entsprechende Körperhaltung. Ich war 20 Zentimeter kleiner und mindestens fünf Kilo schwerer. Vielleicht sogar sechs!

Er war nicht nur mager, sondern auch blass und hatte für seine knapp – oder doch mehr? – 50 Jahre ziemlich schütteres Haar. Sein Anzug allerdings war aus hochwertigem Stoff gefertigt. Aber bevor ich noch weitere Beobachtungen abspeicherte, brachte er mich aus der Fassung:

»Haben Sie keinen Sitzplatz?« Diese Stimme konnte einem unter die Haut gehen und passte überhaupt nicht zu dem unterernährten Asketen. Als er mich fragte, ob ich nicht mit in sein Abteil kommen wolle, dort gäbe es noch einen Platz, schloss ich die Augen und versuchte mir einen Moment vorzustellen, dass seine erotische Stimme zu dem Rest passen würde.

»Ja, aber … ich fahre zweiter Klasse!«, stotterte ich und es war mir plötzlich peinlich, kein Geld zu haben und nicht mit den Menschen des mittleren Managements, Angestellten nach BAT II und erfolgreichen Selbstständigen mithalten zu können.

»Das ist sicherlich kein Problem«, surrte seine verführerische Stimme, »sollte der Schaffner irgendetwas dagegen haben, dass Sie bei uns sitzen, werde ich das sicherlich in Ihrem Sinne regeln!«

Erotische Stimme und entschiedene Schärfe – aber mit Frau. ›Uns‹ hatte er gesagt, ›bei uns sitzen‹! Er befand sich also nicht allein in seinem Erste-Klasse-Coupé. Ich zog die Luft durch die Nase. »Wenn Sie meinen«, sagte ich laut und burschikos, wie ich das immer mache, wenn etwas zu kompliziert wird.

Ich folgte ihm in den nächsten Wagen, jenseits des Bistros, auf die Seite der Gutbetuchten und derjenigen mit festen Stellen, die nur privat zweiter Klasse fahren. Hätte ich diese feste Projektstelle bekommen, wäre ich nur erster Klasse gefahren. Aber ich wollte jetzt nicht mehr an Jerôme denken.

Mein Begleiter öffnete mir die Tür des Abteils, kein Großraumwagen. Sie hatte aus dem Fenster gesehen, wandte uns nun das Gesicht zu und lächelte. Ich weiß nicht, aber manchmal formuliere ich Gedanken unmittelbar in triviale Sätze, sie drängen sich mir in Sekundenschnelle auf. Trivialitäten sagen es oft knapp und bündig:›Sie war wirklich eine Frau von beeindruckender Schönheit.‹ Diesen Satz dachte ich, weil es einfach stimmte. Und ich sage so etwas nicht so schnell. Meist schaue ich eine schöne Frau ganz genau an, bis ich entweder sehe, dass sie irgendwo ein bisschen zu dick oder zu dünn ist, oder – wenn da nichts zu machen ist – warte ich mindestens so lange mit meinem Urteil, bis sie mir Anlass gibt zu vermuten, dass sie wahrscheinlich ziemlich doof ist. Diese Frau war aber wirklich umwerfend schön. Dieser zweite Satz platzte direkt in meinem Kopf.

Und sie war nicht nur schön, sondern auch freundlich. Sie schaute mich neugierig, offen und liebenswürdig an.

»Ich habe der jungen Dame einen Platz bei uns angeboten«, sagte der Asket und sie nickte daraufhin zustimmend, begrüßte mich und reichte mir überraschenderweise über den kleinen Laptoptisch hinweg ihre Hand. Noch nicht einmal über den Handschlag konnte ich meckern. Ich mag nämlich nicht, wenn man mir bei der Begrüßung die feuchtwarme Hand über die Handinnenfläche zieht, bevor ich sie greifen kann. Sie hatte einen festen Händedruck und beneidenswert energische und schlanke Finger. Ich war sprachlos.

In dem komfortablen 6-Personen-Abteil saßen doch tatsächlich nur die beiden und ein weiterer Mann, der die neue ZEIT las. Der Asket setzte sich lächelnd seiner Begleitung gegenüber, nahm sofort seine Zeitung, nickte mir zu und begann zu lesen. Konversation war also nicht geplant. Das war mir recht. Außer »Guten Tag« hatte ich bis jetzt in diesem Abteil nichts gesagt.

Nun ergänzte ich »Vielen Dank«, setzte mich auf den Platz am Gang neben der Tür und legte den Rucksack zu meinen Füßen nieder. Umständlich kramte ich einen Krimi aus dem Sack und versuchte mich erneut in die Handlung einzufädeln. Da ich das letzte Kapitel vor drei Wochen gelesen hatte, stieg ich einfach irgendwo ein, und starrte ein wenig zerstreut auf die Zeilen. Ich konnte den Faden nicht wiederaufnehmen.

Also schaute ich aus dem Fenster meines Ganges und ab und zu interessiert auch durch das andere Fenster in die Landschaft. Denn ich war einfach neugierig auf dieses seltsame Paar. Sie saß mir schräg gegenüber und hatte ihre Füße auf seinen edlen Beinzwirn gelegt. Gelegentlich kraulte sie ihn mit ihren Zehen an der Innenseite seiner Weberknechtbeine, schaute kurz von ihrem Buch auf und lächelte ihn an. Mit einer beiläufigen Bewegung strich sie sich ab und zu ihre goldbraunen, seidigen Haare hinter das rechte Ohr. Sie las einen französischen Krimi im Original, den ich schon auf Deutsch zu verwirrend gefunden hatte. Meine Bewunderung und auch mein Neid wuchsen schlagartig. Was konnte diese Frau noch alles? Ich habe mich zwangsweise während des Studiums mit Sprachen herumgeschlagen, kann einige lesen, aber sprechen kann ich nur Deutsch. Das dafür aber richtig.

Sie schien mir immer perfekter zu werden. Was hatte dieser schöne Schwan mit dem hageren Hahn? Aber irgendwas war es wohl. Mir offenbarte sich das jedenfalls nicht bis Hannover. Er las die ganze Zeit ein Finanzblatt und auf der Ablage lag ein Fachbuch über Ratingverfahren – er schien wirklich richtig in seine Lektüre vertieft. Er war sich seiner Freundin sehr sicher. Oder war es seine Frau? Ich warf einen Blick auf die Hände, aber viele Menschen halten es ja für modern, sich nicht mit Eheringen zu outen. Dass sie keine Ringe hatten, musste also nichts bedeuten.

Ab Stendal grübelte ich über ihr Alter und den Altersunterschied der beiden. Sie war höchstens Ende 20, möglicherweise noch jünger, ihn hatte ich vorhin auf Ende 50 taxiert. Weil mir als emanzipierter Frau dieser Altersunterschied so unverschämt abwegig vorkam, versuchte ich ihm nun aufgrund glatter Haut Pluspunkte zu geben, musste zudem meine persönliche Aversion gegen Weberknechte in Rechnung stellen, die mich ihn vielleicht so alt schätzen ließ und zog ihm zwei weitere Jahre ab. Aber ich konnte mich nicht wirklich überzeugen und so schätzte ich ihn zu guter Letzt mit viel Wohlwollen auf 56 Jahre. Um die 25 Jahre Altersunterschied gehört ja für manche Männer zum guten Ton, aber eine so schöne und klug wirkende Frau, was hatte sie von ihm? Vielleicht lag es doch an der erotischen Stimme, die für sie alles rausriss. Außerdem war er ja ein sehr höflicher und freundlicher Mensch.

Sie legte ihren Krimi beiseite und stützte ihre Hände auf die Armlehne, um sich zu erheben. Sofort stand er senkrecht, sah sie an. Sie lächelte und nickte leicht, er hob ihr die kleine Lederreisetasche von der Ablage und zog sogar noch den Griff des Trollis raus. Mit dem gleichen angedeuteten Kopfnicken hauchte sie: »Danke«, und reichte ihm den französischen Krimi, den er ordentlich in die vordere Reißverschlusstasche packte.

Das ist doch was: Sofort strammstehen, wenn eine Frau was will. Bei mir tut das niemand. Ich schaute an mir herunter. Aber ich habe mich schon oft gemustert, und ich weiß, dass es nicht daran liegt, was ich anhabe. Es liegt auch nicht daran, dass ich nicht so schlank bin wie dieses Wesen. Ich bin nicht gerade unterernährt, und ab und zu kokettiere ich auch mit meinen guten Pfunden. Nein, darin waren die Gründe nicht zu finden. Diese Frau nahm das Verhalten des Mannes so gelassen und beiläufig, ohne zu fordern. Sie war bewandert, sie tat das mit der gleichen Selbstverständlichkeit, wie sie ihren Kaffee getrunken hatte. Wäre ich an ihrer Stelle gewesen, hätte ich das Geschehen mit dem Gedanken begleitet: ›Oh, er holt mir den Koffer aus dem Gepäcknetz, oh, oh!‹ Und ich hätte vor Begeisterung vergessen, mich zu bedanken und ganz verzückt gegrinst. Diese Frau aber registrierte das Besondere nicht, weil das für sie alles ganz selbstverständlich war. Sie hätte es wahrscheinlich auch ohne Erstaunen zur Kenntnis genommen, wenn er sich auf die Knie geworfen hätte, um seine Stirn auf ihren Handrücken zu drücken.

Sie wollte offenbar, wie auch ich, in Hannover aussteigen. Ich machte mich also fertig, bedankte mich bei den beiden für die angenehme Fahrt, die noch nicht einmal vom Schaffner gestört wurde, und machte mich auf den Weg zur Waggontür.

Sie küsste ihn doch tatsächlich, wie ich gerade noch sehen konnte.

Als ich den Bahnsteig entlanglief und es mir nicht verkneifen konnte, mich noch einmal umzudrehen, sah ich ihn im Abteil sitzen. Sie war allein ausgestiegen und ging einige Schritte hinter mir her.

»Ach, Sie steigen hier auch um!«, stellte ich überflüssigerweise das Offenkundige fest. Ich war stehen

geblieben, um mit ihr gemeinsam auf die Treppe zuzu-
gehen.

»Ja, ich habe hier einen Termin und fahre morgen
früh übers Wochenende aufs Land.« Sie lächelte entgegenkommend.

»Ja, wie schön! Ich bin auch auf dem Weg in ein kleines Kaff zu meiner Cousine.« Ich sah sie an und sie
schien nichts dagegen zu haben, mit mir gemeinsam
die Treppe herunterzusteigen. »Aber ich fürchte, für
mich wird es ein anstrengendes Wochenende, denn ich
muss meine Cousine aufrichten, der es so richtig mies
geht.« Dass es mir auch nicht viel besser ging, wollte
ich jetzt nicht so kurzatmig durch den Bahnhof eilend
ausführen. Ich wusste ohnehin nicht, warum ich ausgerechnet über Ruths Malaise Konversation mit einer
Wildfremden machte. Aber ich hatte seit gestern, seit
ich mich auf dem Klo ausgeheult hatte, kein Gefühl
mehr gehabt. Als ich diese Frau sah, bei der alles passte,
spürte ich wieder, dass es mir gar nicht gut ging. Und
mich überkam Traurigkeit. Ich hielt den Mund und
musterte sie. Sie war mir sympathisch.

»Ich heiße Karoline«, sagte ich und reichte ihr die
Hand.

»Marianne.«

Eva – so hätte sie heißen können, oder Maja, Nora
oder auch meinetwegen Anna. Aber doch nicht Marianne! Sie musste mir diese Gedanken angesehen haben.
Oder sie kannte diese Reaktion, denn schließlich musste
diese Frau wissen, dass sie eigentlich nicht so eine Frau
war, die einfach Marianne heißen konnte. Aber sie hatte
schon abwehrend den Kopf geschüttelt.

»Unsinn – ich nenne mich Mari.«

Das fand ich nun schon passender. Ich hielt diese Erläuterung außerdem für das Angebot, sie auch so zu nennen. »Vielen Dank, Mari, für die nette und ruhige Fahrt. Ich muss hier hoch zu meinem Zug.« Ich zeigte auf die Treppe zum Gleis 11 und schwankte einen Moment, ob ich hochgehen sollte, und auch sie schien zu zögern. Doch dann drehten wir uns beide mit einem verabschiedenden Lächeln um und gingen jede in ihre Richtung. Ich ärgerte mich noch über eine halbe Stunde, die ich auf den verspäteten Regionalexpress warten musste, dass ich sie nicht nach ihren ›Kontaktdaten‹, wie man das heute nennt, gefragt hatte. Ich hätte sie gern kennengelernt.

2. Kapitel

Für die acht Kilometer von Nomburgshausen nach Eickdorf nahm ich mir ein Taxi, da ich ja jetzt ohnehin kein Geld mehr hatte.

Ich fuhr gern diesen Weg zu Ruths Haus. Sie wohnte hier erst seit vier Jahren, seit sie sich von Friedbert getrennt hatte. Geerbt hatte sie das Haus bereits vor mehr als 25 Jahren von ihrer Großmutter väterlicherseits. Wir sind über unsere Mütter Cousinen. Sie war in ihrer Kindheit fast jeden Nachmittag bei ihrer Oma, die außerhalb des Dorfes am Rande des Waldes wohnte. Die Großmutter galt als verschroben, da sie in den 60er-Jahren nicht mitmachte, als alle nach und nach ihre Häuser modernisierten, das Fachwerk verkleideten und große tote Augen in die alten Wände bohrten. Ruths Oma blieb in ihrem Fachwerkkotten mit den Sprossenfenstern wohnen, ließ ihn so, wie er war, und bestellte ihren Garten mit Gemüse und Kräutern. Die Diele behielt ihren Lehmboden und Oma blieb in den kleinen Zimmern im hinteren Bereich des Kottens wohnen. Ruth erzählte, dass die anderen Kinder ihre Großmutter immer etwas ängstlich beäugten, wenn sie auf ihrem altertümlichen Fahrrad ins Dorf radelte, um einzukaufen. Als Ruth klein war, hätte sie gern eine andere Oma gehabt, wünschte sich weniger aufzufallen. Sie hätte es gern gesehen, wenn ihre Großmutter auch zum Friseur gegangen wäre, um sich Dauerwellen machen zu lassen und nicht mit schulterlangen grauen Haaren und einem weiten Blumenkleid auf einem alten Fahrrad durch die Gegend gefahren wäre. Außerdem wussten die Leute nicht so genau, wovon Ruths Großmutter eigentlich lebte.

Aber später, als Ruth zwölf Jahre alt war, wurde sie stolz auf diese außergewöhnliche Großmutter und verbrachte fast jeden Nachmittag bei ihr. Sie machte im Sommer ihre Schularbeiten vor dem Dielentor und half manchmal im Garten. Sie spielte am Bach, der am Rande der großen Wiese entlangfloss. Im Sommer war er nur ein kleines Rinnsal.

In dieses Paradies war Ruth also vor vier Jahren gezogen. Während der Jahre, die sie mit Friedbert, dem Dünnbrettbohrer, zusammengelebt hatte, hatte sie den alten Kotten nur als Wochenendhaus genutzt und ihn davor bewahrt zusammenzubrechen. Friedbert wollte dort einen schicken modernen Bungalow hinsetzen. Aber da biss er bei Ruth das erste Mal auf Granit. Das war erst drei Jahre nach ihrer Eheschließung. Ich musste die Herbstferien bei Ruth und Friedbert in Nomburgshausen verbringen und lernte für meine Mathematikklausuren. Meine Mutter hatte einen Bandscheibenvorfall und war in der Klinik. Und mein Vater war mit seiner Sekretärin auf einem Kongress. In diesen sechs Tagen lernte ich Friedbert kennen und bekam mit, wie er war. Und das reichte mir für mein ganzes Leben.

Seit der Zeit nenne ich ihn leise nur den Dünnbrettbohrer. Ruth hatte das Haus geerbt, und deshalb konnte er mit seiner Geschmacklosigkeit dort keinen

Schaden anrichten. Aber sie versuchte ihn davon zu überzeugen, wie schön der Kotten war. Sie hätte es sich sicherlich gewünscht, dass er ihre Liebe geteilt hätte. Oder dass er wenigstens nachvollziehen könnte, was dieses Haus für sie bedeutete. Sie war enttäuscht, dass er überhaupt kein Empfinden dafür hatte. Sie war am Ende dieser gemeinsamen Ferien ganz ruhig geworden und hatte nicht mehr vom Haus und auch nicht mehr von ihrer Großmutter gesprochen. Aber ich glaube, sie war voller Kummer, dass er so weit entfernt war von ihr. Ich dachte damals, sie sei immer noch zu verknallt, um zu sehen, wie engstirnig er war. Aber es war genau umgekehrt. Sie sprach nicht mehr darüber, und packte ihre Erkenntnis in eine tiefe Kiste, ganz hinten in ihrer Seele. Denn in diesem Jahr war sie zum zweiten Mal schwanger geworden. Sie hatte das gewollt und sie wollte glücklich sein.

Sie machte in den nächsten Jahren immer wieder ein wenig an dem Haus oder ließ auch etwas machen, verbrachte dort viele Wochenenden und manchmal auch die Ferien mit ihren Kindern. Ich war in den letzten 15 Jahren fast jedes Jahr bei Ruth und habe mit ihr gebaut und gebastelt. Meist waren Tobias und die kleine Rosa dabei. Ich liebe dieses Haus. Als hätte sie langsam, aber stetig ihren Auszug vorbereitet, sagte sie zum Abschluss unserer Arbeiten an der großen Diele vor vier Jahren – wir hatten den Fußboden mit Tonziegeln, Kachelresten und Rundkieseln gepflastert und gefliest: »Das wird meine Wohnküche. Das ist ein bisschen anders als bei meiner Oma. Aber ich werde hier auch wie sie allein leben.«

Am folgenden Tag verließ sie das gemeinsame Haus in Nomburgshausen. Sie war zwar nicht ganz allein, denn sie nahm Tobias und Rosa mit. Aber sie war ohne Friedbert. Endlich – fand ich.

Das Taxi fuhr durch das Dorf mit seiner schönen Kirche auf dem Dorfanger, wo tatsächlich noch einige alte Häuser standen. Bei Riesters, dem Dorfgasthof mit Saal und Fremdenzimmern, standen eine Menge Autos. Hier würde wohl ein Fest sein am Abend. Wir ließen das kleine Dorf hinter uns und fuhren am Supermarkt, der am Rande des Dorfes lag, vorbei weiter in Richtung Barkdorf. Die Buchen waren kräftig grün, und ich bedauerte es, dass ich nicht vor sechs Wochen hier war. Ich liebe das filigrane Grün der sich öffnenden Buchenblätter. Jetzt war der Wald dunkel und sommerlich. Nach einer lang gezogenen Kurve öffnete sich der Wald und die Straße war von Linden gesäumt.

»Den nächsten Feldweg rein«, erklärte ich dem Taxifahrer, als wir die lange Lindenallee entlangfuhren.

»Hier?«, fragte er an dem Schotterweg, der nach links zu Gerd Bodenstedts Hof führte.

»Nein, da vorne direkt in der Linkskurve, rechts rein.«

Drei Linden vor dem Weg zu Ruths Haus war ein Straßenschild in die Knie gegangen: »Vorsicht Baumunfälle«. Damit wollte das Straßenverkehrsamt die Leute zur Vorsicht mahnen. Hier hatte das nicht gefruchtet. Das Schild war offenbar selbst in einen Unfall verwickelt worden und der Baum hatte eine dicke Schramme.

»Ach, lassen Sie mich ruhig hier an der Ecke raus!«
Ich war früh dran und wollte die restlichen 500 Meter
zu Fuß gehen. Das Taxi kostete 30 Euro, ich gab dem
Taxifahrer 35 und rechnete nicht, wie üblicherweise.
Wenn schon arm, dann wenigstens weltstädtisch!

Über den befestigten Waldweg näherte ich mich
Ruths Haus. 100 Meter vor der Wiese, auf der das
Haus liegt, macht der Weg eine kleine Biegung. Hier
blieb ich stehen und genoss die Aussicht. Der Blick,
der sich hier auf das Haus eröffnet, ist einfach bezaubernd. Am Rand des Waldes inmitten eines unglaublichen Blumengartens liegt es genau so, wie ich mir
immer ein verzaubertes Hexenhaus vorgestellt habe.
Ganz ruhig liegt das Haus, schaut in Richtung Weg,
als hätte es auf den Gast gewartet. Die anderen Fenster weisen Richtung Wiesen, die sich vor ihm neigen in
eine leicht abfallende Senke. Nichts versperrt in diese
Richtung den Blick. Ich blieb stehen und überlegte
einen Moment lang zu weinen. Ich entschied mich
aber dagegen, schüttelte den Kopf und ging die letzten Meter etwas entschiedener und schneller.

Das Dielentor stand sperrangelweit offen, eine
leere Weißweinflasche lag im Kräuterbeet rechts von
der kleinen Seitentüre zur Küche, die ebenfalls nicht
geschlossen war. Eine leere Rotweinflasche stand auf
dem großen Tisch vor der Diele neben einem halb vol-
len Glas, in dem 20 bis 200.000 Essigfliegen schwam-
men.

»Ruth, hallo, ich bin's.« Ich rief mit ganz sanfter
Stimme, weil ich ihren Kopf nicht zu sehr strapazie-
ren wollte. »Ruth? Wo bist du?«, fragte ich, während

ich in die Wohndiele trat, ein wenig ängstlich, weil alles so still war.

Ruth lag leise schnarchend auf dem großen alten Biedermeiersofa, das schon ihre Oma hatte. Sie lag auf dem Rücken, ohne Decke. Sie hörte mich nicht.

Während ich auf Ruth herabsah und überlegte, ob ich sie wecken oder die Weinflaschen wegräumen sollte, hörte ich einen Trecker vorfahren. Schnell ging ich hinaus, schloss die Küchentür und ging Gerd entgegen. Er saß auf seinem Lieblingstraktor, einem alten Fendt der 30er-Jahre, mit dem er immer Besuche machte. Sonst fuhr er zweimal im Jahr – im Herbst und im Frühling – mit einem modernen, großen Vier-Schar-Trecker über seine 38 Hektar und den Rest des Jahres langweilte er sich. Seine Milchquote hatte er verpachtet und es gab kein einziges Schwein mehr, das ihn morgens aus dem Bett jagen konnte.

Er schien mit Ruth frühstücken zu wollen.

»Gemach, gemach! Ruth ist krank, mach dein Gefährt aus!«

Gerd schien sich gar nicht zu wundern, dass ich hier war, hob seine große Hand zustimmend zum Gruß, machte den Trecker aus und sprang herunter. »Ist es so schlimm? Hat sie sich was getan?« Er riss seine hellblauen Augen auf, die keiner einem Bauern zugetraut hätte, und legte seine riesigen Hände vor seinen kleinen Mund. Beide übereinander. Das wirkt auf mich immer wieder verwirrend, wenn der große Gerd von 55 Jahren das macht. Und dann ein »Oh« ausstößt.

»Wieso, was getan?«

»Ja, sie sagte nach dem Unfall, es sei alles in Ordnung. Ich könne sie ruhig allein lassen. Ich war ja besorgt und wollte sie unbedingt zum Arzt fahren. Aber sie wollte ins Bett. Hat sie mir gesagt!«

»Da ist sie auch noch! Sie schläft.« Ich frage mich, warum ausgerechnet ich im Berufsleben kein Bein an die Erde kriege, wo ich doch weit und breit die Einzige bin, die bei klarem Verstand ist. »Was für ein Unfall, verdammt noch mal? Erzähl!«

Und Gerd erzählte. »Ich hab sie doch gestern da vorn am Baum gefunden …« An der Böschung vor der letzten Kurve der Hauptstraße, bevor es in den kleinen befestigten Weg zu ihrem Häuschen abgeht, hockte sie im Gras und wimmerte wie ein kleiner Hund. Ihr Auto klebte an der Linde. Unvermittelt hätte sie hysterisch angefangen zu lachen. Und aufgehört zu weinen. Gerd hatte hilflos neben Ruth gestanden. »Wirklich, Karoline, ich wusste nicht, was ich machen sollte. Ich weiß nicht, Frauen sind manchmal so komisch! Ich weiß nicht, wenn sie weitergeweint hätte, aber dieses Lachen!«

»Und wie ist das passiert?«

»Ich weiß es nicht genau. Sie ist wahrscheinlich geschnitten worden, oder jemand ist ihr in der Kurve entgegengekommen. Jedenfalls ist sie wohl ausgewichen und an den Baum gefahren. Ich hab sie dann einfach am Arm genommen und auf meinem Trecker hierher gefahren. Sie hat nur die ganze Zeit ›Dieses verdammte Arschloch, dieses miese, verdammte Arschloch!‹ gesagt. Oh ja, und: ›Diese Ratte …‹!«

»Genau – diese verschlagene, miese Ratte! Das habe ich auch noch gesagt.«

Wir drehten uns beide um. Ruth lehnte in der kleinen Küchentür und schaute zu uns herüber. Sie sah echt verhauen aus. Ihre dunklen Haare standen widerborstig in die Höhe, das weiße T-Shirt war ihr über die eine Schulter gerutscht und hatte auf der linken Brust einen riesigen Rotweinfleck. Sie hatte dunkle Ringe um die Augen und machte den Eindruck eines derangierten Clowns. In langen schwarzen Linien lief ihr die aufgelöste Wimperntusche bis zum Kinn. Ich wollte sie aufmuntern und begrüßte sie.

»Lass disch nisch so gähn!«, flüsterte ich ihr ins Ohr, während ich sie in die Arme nahm und ihr auf die französische Art die Wangen küsste. Dabei schaute ich sie an wie eine Mutter und hielt sie ein wenig von mir zurück. »Mit deiner schlampigen Frisur, gähst du mir gegen die Natur. Du lässt disch gähn, du lässt disch gähn!«

Sie schob sich ihre dunklen Haare hinter die Ohren und lächelte mich an. »Schön, dass du da bist, Karoline!«

Ich stellte meinen Rucksack ab und machte mich an der Kaffeemaschine zu schaffen. Ich wollte jetzt erst einmal in Ruhe frühstücken, draußen in der Sonne zwischen den Blumen, und eine halbe Stunde verschnaufen, bevor ich mich Arschlöchern und Ratten widmen konnte.

Aber Gerd wollte es nun genau wissen: »Ruth, was ist denn gestern passiert? Hast du das Nummernschild von dem anderen? Hat dich jemand von der Straße gedrängt?« Dabei öffnete er das Marmeladenglas, das ich gerade aus dem Kühlschrank geholt hatte, steckte seinen großen Zeigefinger hinein und leckte ihn ab.

»Ruths Erdbeermarmelade ist einfach die beste!«, meinte er und wollte zum zweiten Mal in das Glas.

»Gerd!« Ich schlug ihm auf die Hand.

»Von der Straße gedrängt?« Ruth schüttelte den Kopf und gab Gerd einen nassen Lappen, damit er sich seinen klebrigen Finger abwischen konnte.

»Nein, nicht von der Straße gedrängt, regelrecht aus der Spur geschossen hat mich dieses Arschloch!« Ruth legte den nassen Lappen wieder in die Spüle, von der aus man direkt in das Kräuterbeet gucken konnte.

»Hast du dir denn das Nummernschild merken können? Das geht doch nicht!« Gerd schüttelte seinen kahlen Kopf und legte seine riesige Hand zum zweiten Mal vor den kleinen Mund. »Das geht doch nicht. Das ist doch dann ein Versicherungsschaden. Das bekommst du doch dann ersetzt!«

»Nichts kriege ich ersetzt, nichts, Gerd.« Ruth schnaubte durch die Nase. Sie zuckte mit ihrer rechten Augenbraue, holte Luft und stöhnte. »Nein, Gerd, ich bin einfach so vor den Baum gefahren. Ich habe einfach einen Moment nicht aufgepasst. Als ich das bekloppte Schild, über das ich mich ärgere, seit sie es da hingestellt haben, von Weitem sah, dachte ich: ›Baumunfälle!‹. Es gibt viel schlimmere Unfälle als ›Baumunfälle‹. Es gibt Menschenunfälle. Ich habe noch zu mir gesagt: ›Du armes Schwein‹ und mich bedauert – und dann habe ich wohl vor lauter Selbstmitleid die Augen geschlossen.«

Gerd sah sie nun fast beleidigt an. Weil er das nicht verstand. Wie sollte er auch.

Ruth legte ihm ihre Hand auf den Arm: »Gerd, vielen Dank, dass du dich noch um das Auto gekümmert hast. Was sagen die Jungs denn, ist da noch was zu machen?«

Gerd hatte das Auto mit einem befreundeten Schrauber abgeholt, der wollte sich im Laufe des Tages bei Ruth melden. Wahrscheinlich sei es nicht nur der Kotflügel, wie er zunächst vermutet hatte, aber ob an der Spur irgendetwas verzogen sei, würden sie ihr telefonisch sagen.

∽∾

Als Gerd endlich gegangen war, kümmerte ich mich weiter um das Frühstück, während Ruth duschte. Im Bademantel und mit feuchten Haaren setzte sie sich irgendwann auf das Sofa und schaute mir zu, während ich die Reste ihres traurigen Besäufnisses zur Seite räumte und ihr ein Aspirin anrührte, meine Lieblingstabletten. Ich habe immer welche dabei, weil sie mir spontan und bei allem helfen, noch bevor es ausbricht. Außerdem reichte ich ihr einen Becher Vitamin C, das ich ebenfalls für wirkungsvoll halte. Sie ließ sich alles gefallen. Frisch gewaschen saß sie da, sie wirkte zerbrechlich und anlehnungsbedürftig. Ich war froh, dass ich mich mit dem Frühstück und dem schmutzigen Geschirr vom gestrigen Abend beschäftigen konnte.

Ich klapperte und wartete darauf, dass sie erzählen würde. Die Scheidung war schon seit einiger Zeit abgeschlossen, aber in diesem Prozess ging es noch um den Verkauf und die Auseinandersetzung um die kleine Fabrik, die Friedbert geführt hatte. Erst anderthalb Jahre nach der Scheidung hatte er sie aufgelöst und wollte nun das Betriebsvermögen und die Summe aus den Verkäufen allein kassieren.

»Ich bekomme nichts davon, Karoline, gar nichts!« Sie war ganz leise, schüttelte verwundert ihren Kopf und stockte. »Weißt du, das Schlimmste ist, dass ich mir so hilflos vorkomme, machtlos.« Sie strich sich eine feuchte Strähne aus dem Gesicht. »Es geht mir gar nicht um das Geld. Natürlich ist das nicht unwichtig. Aber du verstehst schon, wie ich das meine.« Sie legte ihre Hand vor den Mund und starrte auf den Tisch.

Natürlich verstand ich das. Sie konnte nicht beweisen, dass dieser Stuhl, mit dem Friedbert vor über 20 Jahren sein Geschäft aufgebaut hatte, ihr Entwurf war. Sie konnte nicht beweisen, dass sie auch die Methode der Fertigung gemeinsam mit einem Freund entwickelt hatte. Sie konnte nicht beweisen, dass sie es gewesen war, die die Ideen hatte und die Lust und die Tatkraft, damals alles auch umzusetzen. Sie hatte nichts, und sie konnte nicht einmal mehr behaupten, dass sie aus Liebe gehandelt hatte, denn an die konnte sie sich nicht mehr erinnern. Sie war in der Geschichte dieses Unternehmens, das nun in knappen Zahlen zur Beurteilung und Aufteilung anstand, gar nicht vorhanden. Sie kam nicht vor.

»Weißt du«, Ruth zog die Beine unter ihren Bademantel, »ich bin voller Hass und Wut. Und es hat nichts mit Geld zu tun.« Sie stöhnte auf, weinte, schlug die Hände vors Gesicht.

Ich setzte mich neben sie und nahm sie in den Arm. »Ruth, ich weiß das. Ich verstehe dich gut.«

»Nein, das kannst du nicht, das kannst du nicht verstehen. Es ist so demütigend, ich stehe da und kämpfe um das Geld. Ich komme mir vor wie eine keifende Alte, die sich voll Zorn an ihrem Mann rächen will. Als wollte ich ihm das wegnehmen, was ihm gehört.« Sie schüttelte mich ab, stand auf und begann auf und ab zu laufen. »Der Richter wollte mich wahrscheinlich besänftigen, aber als er mir so ungefähr sagte, ich solle das nicht so schwer nehmen, das Geld sei ja letztlich doch für Tobias und Rosa, ›Ihre gemeinsamen Kinder‹, war das noch entwürdigender für mich.«

Sie nahm wieder neben mir auf dem Sofa Platz und starrte vor sich hin. Ich blieb einfach neben ihr sitzen. Friedbert, diese miese Ratte, dachte ich im Kreis, Friedbert, diese miese Ratte. Mir stiegen vor Mitleid und Zorn die Tränen auf. Ich konnte Ruths Empörung nachvollziehen, wer, wenn nicht ich. Sie hatte 20 Jahre mit einem Mann zusammengelebt, der sie überhaupt nicht gesehen hat. Denn ich war sicher, dass Friedbert selbst davon überzeugt war, dass er derjenige war, der das alles auf die Beine gestellt hatte. Er hatte keine Skrupel, eine Idee von jemandem, nur weil er sie verstanden hatte, als seine auszugeben. Er war keiner, der irgendetwas zitierte, wenn er mal etwas aufgeschnappt hatte und es weitererzählte. Er eignete sich sofort alles an, nicht weil er anderen etwas wegnehmen wollte, sondern weil er das für selbstverständlich hielt.

»Form follows function!«, hatte er mich einmal aufklären wollen, als ich den beiden in der Zeit, als sie noch zusammenwohnten, einen kurzen Besuch abstattete. »So habe ich das mal auf den Punkt gebracht!«

Ich sah ihn an. Von ihm sollte das also sein? Alle Achtung! Ich tat verblüfft, belehrte ihn aber in der nächsten Sekunde, dass ein berühmter amerikanischer Architekt diesen Satz formuliert habe, der später in Deutschland als Gestaltungsgrundsatz des Bauhauses bekannt geworden sei. Auf jeden Fall könne der Spruch überall herkommen, nur wäre er bestimmt nicht auf seinem Mist gewachsen.

Friedbert wischte meinen Einwand mit einer Handbewegung vom Tisch und entkräftete kurz und bündig: »Meine Stühle kannst du doch nicht mit Selbstbaumöbeln aus einem Baumarkt wie Bauhaus in Verbindung bringen.« Der damalige Mann meiner Cousine war nicht nur ungebildet, er war auch dreist. Und damit erfolgreich.

Ruth hatte das nicht so hart gesehen. Sie hatte versucht, alles wegzudenken oder schönzureden, was unangenehm an Friedbert war. Und das war allerhand. Sie hatte nicht daran zweifeln wollen, dass ihre Entscheidung, diesen Mann zu heiraten, der nichts hatte als seine blonden Haare und blauen Augen, und die nur einige Jahre, richtig gewesen war. Sie hatte versucht, bei dieser Entscheidung zu bleiben und alles, was diese im Nachhinein hätte ins Wanken bringen können, nicht zu sehen.

Friedbert goss sich, nachdem das Geschäft angelaufen war, jeden Abend einen Whiskey ein, ließ ihn, an den Kamin gelehnt, im Glas kreisen, setzte an, blickte in die Runde, ließ sich das hochprozentige Getränk über die Zunge laufen und goss mit einem »Ah!« den Rest in sich hinein. Dann schaute er triumphierend um sich, klopfte auf seine über dem Bauch spannende karierte Weste und tönte: »No sports, sag ich immer!«

Ruth rollte manchmal mit den Augen, wenn sie mein versteinertes Gesicht sah, aber sie schämte sich nicht für ihn. Sie sagte nur gelegentlich entschuldigend zu mir, dass das Friedberts Art von Humor sei. Ich solle nicht so streng sein, er meine das nicht so. Ich wusste nicht, wie er es denn sonst meinen sollte.

Ruth hatte vor vier Jahren endgültig aufgehört, sich diesen Mann schönzureden und über seine Hohlheiten hinwegzusehen. Aber mit dem verlorenen Prozess von gestern hatte sie auch die Erinnerung an ein Leben verloren, das sie mit einem Mann geführt hatte, den sie mal geliebt hatte. Da war – jedenfalls von offizieller juristischer Seite – nichts mehr, keine Reste, die zu ordnen waren – und auch sonst. Nichts! Das war die Bilanz von 20 Jahren.

»Ich zieh mich jetzt an!«, sagte Ruth und riss mich aus meinen Gedanken.

Sie verschwand in ihrem Zimmer, das direkt von der großen Wohndiele abging.

»Und ich pack eben meinen Rucksack aus!«, rief ich ihr hinterher und stieg die Treppe hinauf zu »meinem« Zimmer. So nannte ich jedenfalls eines der beiden Gästezimmer, die sich im Obergeschoss befanden. Mein Zimmer ging nach vorne hinaus und lag direkt über dem großen Dielentor. Von hier hatte man einen berauschenden Blick über die Wiesen. Ich packte die paar Sachen in den Schrank, auch wenn ich nur das Wochenende bleiben wollte, denn ich finde, ein ausgepackter Rucksack oder Koffer zeigt einem selbst, dass man angekommen ist und, sei es auch für noch so kurze Zeit, bleiben möchte.

Ich hörte ein Auto. Die Post kam. Es war Ellen, die diese Tour seit über zehn Jahren fährt. Über zehn Jahre dieselbe Route jeden Tag – das will was heißen! Ich winkte ihr vom Fenster zu, als sie Zeitung und Briefe unter mir auf den Tisch vor der Diele legte. Ruth wollte schon seit Jahren einen Postkasten vorn an der Straße anbringen lassen, hatte es aber nicht geschafft. Und da der Weg zu ihrem Haus eine öffentliche Straße war, musste die Post auch bis zum Haus gebracht werden.

Ich saß gerade auf dem Bett und wollte mir andere Socken anziehen, als Ruth in der Diele einen furchtbaren Schrei ausstieß. Es war ein Aufschrei, der aus einem rauen Röcheln wuchs. Laut geworden, hielt Ruth diesen Schrei an, setzte neu an und hielt ihn aus. Dann gab es einen Knall und es schepperte.

»Nein«, schrie sie, »nein, o nein!«

Ich stürzte mit einer Socke und einem Schuh die Treppe hinunter. Ruth stand mitten im Raum. In der Hand hielt sie einen Brief.

»Diese miese Ratte, Karoline, das glaubst du nicht, das glaubst du nicht!« Sie reichte mir den Brief. Er war von Friedbert.

»Ich glaube alles!«

Ruth schüttelte den Kopf: »Nein, das kann ich mir nicht vorstellen. Das hier ist die Höhe. Einfach die Höhe!«

Ich setzte mich hin und las:

Liebe Ruth,

sorry, aber ich muss Dir das einfach sagen. Ich finde es bedauerlich, dass Du Dich auf diesen aussichtslosen Prozess eingelassen hast. Ich finde es allerdings gut, dass die Sachlage jetzt klargestellt ist. Ich hätte Dir gern einen nicht unbeträchtlichen Betrag aus meinem Vermögen und dem Gewinn, den ich in den letzten Jahren mit der Fabrik erzielt habe, zukommen lassen. Freiwillig, immerhin bist Du ja mal meine Frau gewesen. Wer mich unter Druck setzt, stößt auf Widerstand. Das weißt Du.

Du hättest nur ein Wort sagen müssen. Wenn Du mich darum gebeten und mir gegenüber deine Forderungen persönlich formuliert hättest, wäre ich sehr großzügig gewesen. Du weißt, dass ich Entschiedenheit mag. Du hast Dich mit Deinem Gerichtsmanöver als Opfer hingestellt. Wer die Rolle des Opfers wählt, macht sich dazu, Ruth. Aber nichts für ungut. Last but not least bin ich kein Unmensch. Wenn Du also etwas brauchst, können wir ja drüber reden.

Liebe Grüße
Friedbert.

»Meint der das ernst?«, fragte ich. »Was soll das?«

»Das ist doch Häme!«, zischte Ruth, riss mir den Brief aus der Hand, zerknüllte ihn und warf ihn von sich. »Er hat ein Jahr nach der Scheidung gesagt, er könne mir, wenn er den Laden denn zumachen würde, wie er sich ausdrückte, 20.000 Euro geben, für ein neues Auto. Ich sollte dafür auf alle Ansprüche verzichten. Ich habe damals nur gefragt, ob er noch alle Tassen im Schrank hat. Der Brief jetzt ist nur selbstgefälliger Unsinn, eine Gemeinheit. Dass ich mich von diesem Mann so behandeln lassen muss.« Sie trat gegen den Topf, der bei ihrer ersten Attacke gegen den Küchenstuhl mit zu Boden gegangen war. Er schepperte über die Fliesen bis in die Ecke am Herd.

»Ruth, lass das, mach nicht deine Sachen kaputt!«

Sie schaute mich von unten herauf zornig an. »Er muss diesen Brief gestern geschrieben haben! Sofort nach dem Gerichtstermin. Er hatte es richtig eilig damit, mir diese Widerwärtigkeiten zu schicken. – Da kann ich doch wohl gegen irgendetwas treten!« Sie sah sich um und setzte sich auf das Sofa. Dann musterte sie mich: »Sei ehrlich. Hältst du mich für dumm? Alles sieht doch so aus, als ob ich fast 20 Jahre mit einem Mann zusammengelebt und nichts gelernt habe. Ich hätte nie gedacht, dass mir das, was geschehen ist, geschehen könnte. Ich habe immer gedacht: ›Mir doch nicht.‹ Das passiert nur Frauen, die sich von Anfang an getäuscht haben, die zu dumm waren, die Welt und sich selbst in dieser Welt so zu sehen, wie sie sind: abhängig und blöd.«

»Ruth, ich halte dich überhaupt nicht für blöd. Du bist nur zu nachgiebig.«

Natürlich hatte ich mich jahrelang gefragt, was eine Frau wie Ruth mit Friedbert wollte. Ich konnte es nicht begreifen, dass sie sich so klein machte, dass sie unter sein Niveau passte. Aber ich dachte nie, sie sei dumm, eher störrisch. Sie konnte sich nicht eingestehen, dass sie einmal etwas falsch gemacht hatte. Meine Therapeutin, mit der ich gern über Ruth sprach, wenn ich darüber lamentierte, dass ich unfreiwillig Single war – sie meinte früher, ich sei auf meine Cousine neidisch – gab mir zu bedenken, möglicherweise seien die anderen Frauen, die sich auf Männer einlassen, auch nicht solch ein Ausbund an Dummheit, für den ich sie halte. Vielleicht sei ihr Eindruck von der Welt und den Männern einfach nicht so schlecht wie meiner. Ich solle nicht so streng sein mit den Menschen, die sich erlauben, anders zu handeln, als ich für intelligent halte. Eventuell würde ich mein Urteil irgendwann einmal korrigieren, wenn ich selbst an einen Mann geriete, der gewillt wäre, mir eine dauerhafte Beziehung anzutragen. Bis jetzt bin ich jedoch leider noch nicht in diese Situation gekommen und hatte entsprechend auch nicht die Gelegenheit, abzulehnen.

»Ja, ich hätte früher aufmerksam werden können«, sagte Ruth, als hätte sie meine Gedanken gehört. »Aber weißt du, wenn man zwei gemeinsame Kinder hat, ist das schwer. Du versuchst immer, das Gute zu sehen, das Verbindende. Jedenfalls ich. Vielleicht ist das mein größter Fehler, diese Nachsichtigkeit.«

»Ach Unsinn, Ruth, das ist doch ein guter Zug an dir! Es ist gut, Menschen gegenüber nachsichtig zu sein. Nur Friedbert gegenüber ist das ein Fehler.«

Ruth schaute mich an.

»Ja, ich mochte Friedbert nie, das weißt du, und du hattest, was ihn betrifft, vielleicht einen blinden Fleck.«

Ruth schürzte ihre Lippen. »Nein, ich wollte einfach nicht. Weißt du, das erste Mal, dass ich überlegt habe, ihn zu verlassen, war, als Rosa drei Jahre alt war. Friedbert kam zurück von einem Führungskräfte-Seminar, durchgeführt vom Unternehmerverband. Und die haben ihm ein Repertoire an Argumenten zur schnittigen Menschenführung mitgegeben, das mir geradezu widerwärtig war. Wenn Friedbert davon anfing, habe ich immer versucht, das Gespräch auf ein anderes Thema zu bringen.« Sie schwieg einen Moment. »Ich habe mich für ihn geschämt.«

Dann atmete sie tief ein. »Weißt du, einmal war eine Bekannte bei mir zum Tee, die sich gerade selbstständig gemacht hatte mit einer Schneiderei und die überlegte, wie sie an Kundinnen kommen könnte. Sie meinte, sie könne nicht einfach so drauflosgehen und Anrufe tätigen, aktiv Werbung verschicken und fremde Leute ansprechen. Alles Dinge, die Frauen oft Schwierigkeiten bereiten.« Ruth schüttelte ihren Kopf, als ihr die Situation wieder gegenwärtig wurde. »Da kommt doch dieser widerliche Mistkerl und fragt, was sie denn eigentlich wolle, jammern oder Kundinnen! Ich war fassungslos und Ida – die Schneiderin – guckte ihn ganz verblüfft und wie geohrfeigt an, denn er hatte wohl gelauscht hinter der Tür. Friedbert war das noch nicht einmal peinlich und er hat noch weiter losgelegt, und gesagt, wenn sie wolle, gäbe es doch überhaupt keinen Grund, ihre Kundinnen nicht anzurufen. Es sei einfach eine Sache des Willens. Wer siegen und Erfolg haben wolle, müsse sich einfach dafür entscheiden. Sie habe sich offensichtlich dafür entschieden zu versagen! Ida fing an zu weinen und mir war das alles bis über die Schmerzgrenze hinaus peinlich. Ich habe versucht, die Situation zu retten und irgendein dummes Zeug dahergeredet.« Ruth schnaubte abermals und schüttelte erneut in der Erinnerung leicht ihren Kopf. »Aber ich habe Friedbert nicht angeschrien, das Thema später nicht wieder auf den Tisch gebracht, nicht grundsätzlich gestritten – doch ich habe ihn gehasst.«

Ruth schaute mich an und lächelte müde. »Ich habe begriffen, wie Friedbert ist, Karoline, aber ich habe es nicht wissen wollen. Sei nachsichtig mit mir. Ich war so lange dumm, warum sollte ich so schnell schlauer werden.« Sie hob den Topf auf, stellte ihn in die von ihr selbst gefliesste Spüle, und begann mit einem Schwamm das Becken zu putzen, das ich vorhin schon sauber gemacht hatte. Ich sah ihr zu.

»Weißt du, dieser Brief ist doch für mich und meine Selbstachtung wie eine Ohrfeige. Wie für Ida damals!« Ruth legte den Schwamm endgültig aus der Hand und drehte sich zu mir um: »Ach, das hab ich ja ganz vergessen! Wir, also ich – aber du kannst mitgehen, du kennst die beiden ja – sind heute zur Silberhochzeit von Klaus und Monika Schmerbusch eingeladen. Wir könnten uns amüsieren. Oder?« Sie lächelte mich wieder an und ich zweifelte daran, dass es ein lustiger Abend werden würde. Ich kniete mich hin und langte unter das Biedermeiersofa von Ruths wunderbarer Großmutter. Ruth sah mich fragend an.

»Ich suche den Brief. Den möchte ich in meine Sammlung aufnehmen.«

3. Kapitel

Der Saal bei Riesters war schon voll. Zumindest kurz hinter der Eingangstür. Hier kam es zum Begrüßungsstau. Klaus und Monika standen direkt dem Saaleingang gegenüber links der Theke. Vor ihnen wartete die Schlange der Gratulanten. Wir liefen hinten auf. Alle drückten zuerst der Braut die Hand, kurz darauf dem Bräutigam, und gaben diesem dann gleichzeitig mit der linken Hand einen weißen Umschlag, den er mit einem freundlichen Kopfnicken und einer einzigen Bewegung in der Brusttasche verschwinden ließ.

Es handelte sich um eine Silberhochzeit – damit daran auch kein Zweifel entstand, hatte man das mit viel Aufwand an allen Ecken deutlich gemacht. Die Außentür von Riesters Saal war dekoriert mit einem grünen Kranz, den silberne Röschen zierten. Und drinnen stand das Paar, gerade Anfang 50, und hatte sich entsprechend silbern ausstaffiert. Dadurch sahen sie festlich aus und etwa wie 60. Monika hatte sich in ein Kleid gezwängt, das sie normalerweise nicht tragen würde, und auch an diesem Tag besser gelassen hätte. Es war silbern und ärmellos und endete unglücklicherweise über dem Knie. Über der Brust prangte eine silberne Schleife aus Tüll, und die dunkelgraue Stola war mit Silberfäden durchwirkt.

»Wo findet man hier nur immer diese Klamotten?«, flüsterte ich zu Ruth. »Meinst du, ich kann so überhaupt hier rein?« Ich war ganz in Schwarz – ›Denn da kann man nichts falsch machen‹, sagte Tante Hedwig immer – und hatte mich mit einem Tuch aus Ruths Repertoire aufgehellt. Ruth warf mir einen warnenden Blick zu und wir rückten einen Meter in der Gratulationsschlange auf.

Zwei Meter vor uns stand Gerd. Er war allein, wie immer. Als wir hereinkamen, hatte er uns gesehen und uns zugewinkt. Er machte irgendwelche Faxen, zeigte auf sich, dann auf uns und drehte die Hände.

»Ich glaube, Gerd will mit uns zusammensitzen!«, sagte ich zu Ruth.

»So ein Quatsch, es gibt doch Tischkarten!«

»Aber ich bin doch gar nicht mit eingeplant!«

»Doch, ich habe Monika heute Nachmittag angerufen und gesagt, dass du mitkommst!«

Ich war beruhigt. Nicht nur, weil ich mich jetzt eingeladen fühlte, sondern auch weil Ruth offensichtlich in der Lage war, auch vernünftige Sachen zu machen. Am Nachmittag hatten wir uns nämlich tatsächlich noch ausruhen können. Ruth war in ihrem Zimmer verschwunden und hatte geschlafen. Ich war in der Zeit spazieren gegangen, meinen Lieblingsspaziergang am Bach entlang durch den lichten Buchenwald. Der Boden zwischen den weit auseinanderstehenden alten und hohen Bäumen war mit dem weichen Laub vieler Jahre bedeckt, das bei jedem Schnitt raschelte. Ich ging immer nur bis an die erste Ecke des weiterführenden Waldweges, höchstens 500 Meter vom Haus entfernt, und im Bogen durch den Wald und über die Wiese zurück. Ich habe mich noch nie weit entfernt von einem mir bekannten Ort in unbekannte Regionen mit unbekannter Natur. Ich schwärme zwar immer dafür, wenn es aber ernst wird, fürchte ich den Wald und habe Angst, mich zu verlaufen oder auf einen Menschen zu treffen, der genau deshalb in den Wald gegangen ist, um mich zu meucheln. In der Stadt, wo die Chance, um die Ecke gebracht zu werden, um einiges größer ist, gehe ich auch weit nach Mitternacht durch die U-Bahn-Gänge.

Ruth umarmte Monika und drückte ihr ein Küsschen auf die Wange. Dann gab sie Klaus den Umschlag.

»Schön, Ruth, dass du nun nicht allein hier sein musst«, bedeutete Klaus mit einem Blick auf mich. Der Silberbräutigam stand etwas unbeholfen, aber stolz neben seiner Frau und schien glücklich, dass sie es so lange mit ihm ausgehalten hatte.

»Ja, chic siehst du aus, Karoline!«, meinte Monika zu mir.

Ich wusste nicht, ob sie das ernst meinte, darum antwortete ich »Du aber auch!« und setzte hinzu, um Konversation zu betreiben: »Wo hast du das denn her? Das ist ja ein außergewöhnliches Teil.«

Sie zog mich zu sich heran und flüsterte mir verschwörerisch ins Ohr: »Karoline, du glaubst es nicht, das hab ich noch von meiner Mutter. Das hat die sich zu ihrer Silberhochzeit gekauft! Ich hab mir nur die Schleife vorn raufmachen lassen beim Türken in Nomburgshausen am Bahnhof und da auch gleich die Stola gekauft.«

Ich glaubte ihr das ohne Umschweife. Ich habe

eigentlich ein Faible für Klamotten aus den 60er-Jahren, aber ich kann sie genauso wenig tragen wie Monika.

Wir mussten weiter, denn hinter uns rückten die letzten Gäste nach. Das hat mich als Berlinerin immer schon fasziniert: Wenn auf dem Dorf ein Fest ist, das um 18.30 Uhr mit Sekt beginnen soll, sind alle um 18.30 da. Alle gleichzeitig. Deshalb kommt es zum Begrüßungsstau. Ich ging zu Gerd, der sich in den Halbkreis derer aufgereiht hatte, die schon durch waren, und nahm mir ein Glas Sekt mit Orangensaft, das von der Bedienung angeboten wurde. Wir unterhielten uns über den Schrauber, der auf dem Anrufbeantworter hinterlassen hatte, dass die Spur doch verzogen war und es teurer werden würde. Gerd hatte nun endlich verstanden, dass niemand für Ruths Unfall verantwortlich war außer sie selbst.

»Die Arme«, meinte Gerd, »sie hat aber auch ein Pech!«

»Wieso?«, wollte ich wissen.

»Na, sie lebt allein. Ohne Friedbert. Ich weiß ja nicht, warum er weggegangen ist.«

Gerd konnte sich nur vorstellen, dass jemand, der allein wohnt, alleingelassen worden ist. Denn Gerd hatte immer noch nicht verstanden, warum seine Frau Gerlinde nach 20 Jahren, ohne ein Wort zu sagen, gegangen war. Er war eines Morgens aufgestanden, in die Küche gegangen und hatte den Kaffee trinken wollen, der sonst immer bereitstand. Da war sie weg. Das merkte er daran, dass kein Kaffee gekocht war. Zehn Jahre war das her. Meiner Meinung nach waren die beiden sich seit ihrer Eheschließung unsympathisch gewesen, und Gerlinde hatte einfach die Konsequenzen gezogen, nicht gerade überstürzt nach zwei Jahrzehnten.

»Gerd, Friedbert ist nicht weggegangen. Er wurde von Ruth ausgemustert.«

Gerd guckte mich gekränkt an.

Ruth kam zu uns, sie hatte sich über die Sitzordnung schlaugemacht und sagte, dass wir als Nachbarn zusammensäßen, in der zweiten langen Reihe, rechts vom Ehrenplatz am unteren Ende. Nach und nach setzten sich alle an ihre ihnen zugedachten Plätze. Das Stimmengewirr, Lachen und Stühlerücken in dem niedrigen Saal brauste einen Moment auf, einige riefen noch »Hierher, hier sitzen wir«, standen wieder auf und mussten an einigen dicken Bäuchen vorbei zurück.

»Da bin ich aber froh, dass wir nebeneinandersitzen!«, säuselte Gerd mir ins Ohr, als er sich neben mir niederließ. Er lächelte mich an. »Tanzt du auch?«

»Später vielleicht, Gerd!« Ich war froh, dass ich endlich saß und tatsächlich eine Tischkarte mit meinem Namen fand. Ans Tanzen wollte ich jetzt noch nicht denken.

Gerd, lang und neugierig, drehte sich fast um die eigene Achse, um zu sehen, ob irgendjemand besser säße als er. Seine Nachbarn und die Bekannten waren aber alle so angeordnet, dass er der Sitzordnung zustimmen konnte. Das Silberpaar thronte in der Mitte, von unserem Platz am hinteren Ende der Reihe gut sichtbar.

»Was hat Monika da nur wieder für einen Fummel an?«, raunte Gerd mir ins Ohr.

Sein Pepita schien mir aus der gleichen Zeit. »Den hat sie sich aufarbeiten lassen, ein Erbstück. Wie dein Sakko.«

Klaus, der Bräutigam, zum Glück kein Freund vieler Worte, klingelte an sein Glas, dankte, dass wir alle gekommen waren und wünschte uns einen schönen Abend und einen guten Appetit. Die Gäste bestätigten ihm durch gemeinsames Gläserklingeln, dass sie das toll fanden und forderten, dass das Brautpaar sich küsste. Der nächste Höhepunkt des Abends nach dem Kuss im Stehen war der Einmarsch der Suppe. An zwei Stellen des Saales wurden die Schwingtüren gleichzeitig aufgestoßen und im Paradeschritt setzte eine Reihe adrett beschürzter Frauen unter Applaus alle zwei Meter eine dampfende Suppenschüssel auf den Tisch.

»Wen hat denn der Schmerbusch da bei sich?« Gerd reckte sich nach links, um besser sehen zu können. »Kennst du die, Ruth?«

»Das ist seine Frau Monika, seit 25 Jahren!« Ruth schien es besser zu gehen.

»Nein, ich meine Rudolf, Rudolf Schmerbusch, seinen Bruder. Der sitzt doch da mit einer Frau, die ich nicht kenne.«

»Und ich kenne Rudolf nicht, der war schon weg, als ich fest hier hinzog.«

»Rudolf war immer bei deiner Oma und hat in den großen botanischen Büchern gelesen, die sie hatte. Der war ganz verrückt nach ihrer Sammlung getrockneter Blumen. Wir sind gleich alt. «

»Gerd, ich weiß das nicht mehr. Ich kenne Rudolf nicht. Rudolf hat schon studiert, als ich mit zwölf anfing, meine Oma regelmäßig zu besuchen!«

Gerd gab sich geschlagen. »Aber wer ist die Frau, mit der Rudolf da ist?« Er duckte sich ein wenig, um von unten im Schutz von Ruth, die ihm gegenübersaß, mit seinen unschuldigen Augen um die Ecke zu schielen.

»Gerd, du wirst das schon rauskriegen.« Ruths Vorschlag, ihn doch einfach zu fragen, immerhin seien sie zusammen in die Grundschule gegangen, quittierte er mit einem leichten Achselzucken und »Nein, das kann ich doch nicht!« Dabei legte er wieder seine große Hand auf seinen kleinen Mund und grinste verschämt.

Ich sah wie alle anderen den Suppenschüsseln entgegen und gleichzeitig in die Richtung, in die Gerd geschielt hatte. Wir beiden Neugierigen saßen zum Glück nebeneinander. Mein Blick blieb an einem Hinterkopf hängen, der mir irgendwie bekannt vorkam. In der zweiten Reihe schräg vor uns am Tisch nahe den Fronttischen beim Silberpaar leuchteten diese goldbraunen seidigen Haare. Nein, schöne seidige gewellte Haare, dachte ich – denke ich immer, wenn ich solche Haare sehe, angesichts meiner kräftigen, gelockten Haare, die ohne Kurspülung immer in alle Richtungen abstehen.

Jetzt mischte ich mich ein, was die Identifizierung der Begleitung von Rudolf Schmerbusch anging. »Wo sitzt sie überhaupt?«

»Du kennst Rudolf?« Gerd schaute mich ganz erstaunt an.

»Nein, aber ich möchte ihn vielleicht kennenlernen. Wo ist denn die Frau, die er mithat?«

»Kennst du die Frau?«

Manchmal weiß ich nicht, ob Gerd mich absichtlich aus der Fassung bringen will oder immer aus dem Muspott kommt. Ich lächelte ihn einfach nur an. »Die da mit dem Rücken zu uns – guck jetzt nicht hin –, die mit dem taubenblauen Seidenkleid.« Warum trug Gerd dieses Pepitasakko, wenn er doch erkannte, dass das Seide war? Das Kleid, von dem er sprach, war in der Tat aus Seide und es gehörte zu dem seidenweichen, goldbraunen gewellten Haar.

Eigenartig, irgendwie kam mir die Frau bekannt vor. Ich reckte meinen Hals, aber nun kam Bewegung in die Menge, denn jemand fing an, mit dem Messer ans Glas zu schlagen und das Jubelpaar wurde auf ein Neues aufgefordert, sich zu küssen. Zuerst nur von vereinzelten Stimmen, die wenig später aber kräftig durch Klingeln unterstützt wurden, vor allem durch das rhythmisch ausgestoßene »Küssen, küssen«. Klaus und Monika zierten sich noch eine Weile, gaben irgendwann nach und sich einen Gutenachtkuss auf den Mund. Das Klingeln hörte schlagartig auf. Die Bewegung im Saal ebbte ab, meine Aufmerksamkeit richtete sich erneut auf die goldbraunen seidigen Haare, die sich mir nun von der Seite präsentierten, denn die unbekannte Frau neben Rudolf Schmerbusch küsste genau diesen und zeigte mir ihr Profil.

Ich war perplex. Das war Mari. Sie saß hier bei Riesters im Saal und schaute mit ihrem makellosen Profil den Bruder des Silberbräutigams an und streichelte ihm nun auch noch über das schüttere Haar. Anschließend lächelte sie ihn an, als sei er Prinz Eisenherz und genau so jung und schön, und drückte ihre Wange an seine.

»Das ist Mari«, sagte ich mehr zu mir selbst als zu Gerd und hob mein Weinglas, um irgendetwas zu tun.

»Wer?«

»Die Frau, für die du dich interessierst!«

»Karoline, du willst mich auf den Arm nehmen.«

Das wollte ich nicht, aber ich wollte einfach irgendjemanden verblüffen, damit ich jemanden hatte, mit dem ich meine Überraschung teilen konnte. »Ja, ich kenne sie. Sie ist mit mir im Zug gefahren!«

»Wer«, fragte jetzt Ruth von der anderen Seite des Tisches. »Wer ist mit dir im Zug gefahren?«

Gerd wurde nun ganz aufgeregt: »Na, die Frau, die der Schmerbusch da bei sich hat!«

Ruth drehte sich um und sah gerade noch, wie Mari Rudolf Schmerbusch zärtlich auf den Rücken klopfte und ihm einen weiteren Kuss auf die Wange hauchte.

»Das ist wahrscheinlich seine Tochter!« Ruth drehte sich wieder um. »Der Dicke ist doch mindestens doppelt so alt wie sie.«

»Nicht so laut!«, versuchte Gerd, diese Analyse der Gäste in unserem engen Kreis zu halten. Denn mein rechter Tischnachbar, Ernst Meier, hatte auch schon die Blickrichtung »Schmerbusch« aufgenommen. Ruth nahm einen Schluck Wein. Mari saß mittlerweile erneut mit dem Rücken zu uns und schien sich mit ihrem gegenübersitzenden Tischgenossen zu unterhalten.

Ruth war sich sicher: »Doch, doch, das muss die Nichte von Monika sein. Monika hat mir mal erzählt, die wohnt in der Stadt.«

Das wäre eine Erklärung, warum ich Mari innerhalb von 24 Stunden zweimal mit einem älteren Herrn zu Gesicht bekam. Alles hat eine harmlose Erklärung, beruhigte ich mich und schimpfte im Namen meiner Therapeutin mit mir, dass ich immer gleich allen das Schlechteste unterstelle. Ich lobte mich sogar innerlich, dass ich Mari den Weberknecht nicht übel genommen, sondern das unter »Jeder nach seiner Fasson« abgetan hatte.

»Nein«, sagte Gerd kopfschüttelnd, »die sitzt doch auf der anderen Seite neben Elvira, Monikas Schwester. Die wohnen jetzt irgendwo im Ruhrgebiet. Elvira ist da hingezogen.« Die Nichte von Monika war dunkel, kräftig und groß und eine Frohnatur, denn sie lachte gerade so laut und wiehernd, dass sich auch die anderen am Tisch zu ihr umdrehten.

Wenn die schöne Mari nicht als Nichte von Monika und als Tochter vom kahlköpfigen Rudolf hier war, was machte sie dann im Riester-Saal? Ich trank noch einen Schluck und dachte vor mich hin.

Gerd wollte nun unbedingt wissen, wann und wieso ich Mari kennengelernt hatte, und Ruth schien auch neugierig zu werden, nun, da die Schöne eindeutig als Nicht-Nichte identifiziert war. Ich erzählte von meiner Reise, unterließ es aber, eine Verbindung zwischen meinen Reisebegleitern, dem Weberknecht und Mari, anzudeuten. Denn Gerd hätte das nicht verkraftet. Außerdem saß mir meine Therapeutin innerlich im

Nacken und ich verbot mir, mich in eine ausufernde Dorfdiskussion darüber zu stürzen, was erlaubt ist und was nicht.

»Ich geh nach dem Hauptgang einfach mal rüber und frage sie, warum sie hier ist und in welchem Verhältnis sie zu Rudolf Schmerbusch steht!«

Gerd war schockiert, aber gleichzeitig begeistert, dass die Sache bald aufgeklärt werden würde. »Mach das aber nicht zu direkt, Karoline!«, ermahnte er mich.

»Willst du es nun wissen, oder nicht?« Ich warf ihm noch einen pädagogischen Blick zu und machte mich erst einmal über dreierlei Fleisch her, Rindfleisch, gefüllte Schweinebrust und Pute in Curry, und nahm vom Gemüseallerlei mit Béchamelsoße. Für Vegetarier sind solche Silberhochzeiten nichts. Dreimal mussten sich Klaus und Monika während des Hauptgangs küssen und wir tranken jedes Mal auf ihr Wohl. Ruth schien ihre Kopfschmerzen vergessen zu haben und langte kräftig zu. Sie trank Rotwein, als hätte sie Durst, gönnte sich aber wenig Wasser zum Ausgleich. Mit Ernst Meier neben mir unterhielt sie sich angeregt. Ernst besaß einen kleinen Hof in Ruths Nachbarschaft, den er im Nebenerwerb bewirtschaftete, und hatte vor einem Jahr über das Fernsehen eine Frau gesucht. Er war dadurch zwar über die Grenzen von Eickdorf und Nomburgshausen bekannt geworden, hatte aber immer noch keine Frau. Allerdings rief ihn ab und an eine alte Schulfreundin an, die beim Nomburgshauser Kreisblatt in der Anzeigenaufnahme saß, wenn sie meinte, eine aufgegebene Kontaktanzeige passe zu ihm.

»So bin ich doch immer wieder unterwegs und hab reichlich Verabredungen.« Ernst wollte seine augenblickliche Berühmtheit noch nutzen und Ruth trank mit ihm daraufhin ein weiteres Glas Wein.

Ich war in Sorge, wie sich das weiterentwickeln würde. Ich hatte Ruth noch nie betrunken gesehen, aber nun hatte sie offenbar vor, das einsame gestrige Besäufnis in Gesellschaft fortzusetzen.

Zwischen dem Hauptgang und dem Nachtisch gab es eine kleine Verschnaufpause, die manche Gäste nutzten, die Runde zu machen und sich mit anderen zu unterhalten als denen, denen sie zugewiesen waren. Die unverdrossenen Raucher gingen nach draußen in den Garten, wo auf manche Tische Aschenbecher gestellt waren. Sie hatten Glück, dass das Wetter gut war, Pech, weil sie nicht über das kalte Wetter meckern konnten und die Härte, mit der Raucher unnachsichtig verfolgt wurden. Ich ging an den geöffneten Flügeltüren vorbei, die zum Garten führten, und drückte mich hinter den Fronttischen im Rücken von Klaus durch, um auf die andere Seite zu kommen. Im unverfänglichen Schlenderschritt kurvte ich auf die Toilettentüren zu und wollte mich dabei irgendwie zufällig an den Rudolf Schmerbuschschen Tisch anpirschen, als mir die Silberbraut unbeabsichtigt den Ball zuspielte.

»Karoline, Karoline!«, rief Monika und wedelte mit ihren Armen, als mache sie Morsezeichen mit ihrer silbergrauen Stola, die sie fast etwas lasziv in ihren Rücken hatte sinken lassen, und nur mit beiden Händen über der Brust festhielt. Sie stand gegenüber von Rudolf Schmerbusch und Mari und hatte sich zwischen die dort sitzenden Gäste geschoben. »Karoline, komm mal her!«

Ich ging auf sie zu und überlegte, was ich denn nun tun sollte, aber die fröhliche Monika machte es mir leicht.

»Karoline, das ist mein Schwager Rudolf, also Klaus' Bruder, Dr. Schmerbusch« – ich reichte Schmerbusch die Hand – »und seine Freundin.« Monika strahlte Mari an, die freundlich und entspannt lächelte. »Mari Rosenberg.«

Auch noch Rosenberg, Marianne Rosenberg! Warum sehen sich die Eltern nicht vor, wenn sie ihren Kindern einen Namen geben? Ein Kind, das schon, wenn es auf die Welt kommt, so aussieht, dass man es auf keinen Fall Chantal nennen darf, wird trotzdem so genannt, allein weil der Vater René heißt und die Mutter Yasmin. Und wie viele arme Menschen müssen mit dem Namen Wilhelm herumlaufen, weil Vater und Mutter Busch das für Humor halten! Welches Geld haben die Therapeuten schon an den Johanns verdient, die zu ihrem Unglück mit Nachnamen Bach heißen. Ich war so mit meinem Namenskarussel beschäftigt, dass ich fast vergaß, brav zu nicken und »Guten Tag« zu sagen, als Monika mich vorstellte:

»Frau Dr. Karoline Brauer!« Monika hat mich schon immer gemocht und hielt mich, obwohl ich aus Berlin komme, immer für normal. Aber so richtig ins Herz geschlossen hat sie mich, seit ich promoviert habe, und immer noch normal bin. Seitdem ist sie richtig stolz auf mich.

Ich nickte weltläufig und reichte Mari die Hand.

»Guten Abend, Karoline«, sagte Mari und sah mich ruhig an.

»Ihr kennt euch?«, staunte Monika und auch Dr. Schmerbusch schaute interessiert von unten über seine Nickelbrille.

»Ja, wir sind im Zug von Berlin bis Hannover zusammen gefahren!«, bestätigte ich und musterte Bruder Schmerbusch. Auch von Nahem wirkte er nicht so, als dass ich dafür hätte erwägen mögen, irgendetwas aufzugeben. Er hatte von hinten mehr Haare als von vorn, aber von vorn doch mehr Bauch, als ich das von hinten hätte vermuten können. Zum Glück war der ganze Mann nicht zu groß. Aber er schien intelligent zu sein und trug einen Anzug, der eigentlich für die Silberhochzeit bei Riesters ein bisschen zu overdressed war.

»Das ist ja ein netter Zufall«, meinte Dr. Schmerbusch und sah ein wenig traurig aus.

»Rudolf ist auch kein richtiger Doktor, er ist Chemiker, in München!«

Seit ich nach meiner Promotion im Dorf erklärt habe, dass ich niemandem helfen könne mit meinem Doktor, nicht mal mir selbst, fragt Monika bei jedem nach, der einen Doktortitel hat, und lässt sich nicht mehr aufs Glatteis führen.

Wir unterhielten uns noch eine Weile. Mari und Schmerbusch wollten übers Wochenende bleiben und erst Montagnachmittag zurückfahren. Wohin wohl?, fragte ich mich, konnte das aber nicht offen sagen. Aus dem Gespräch jedenfalls ergab sich nicht, ob sie getrennt oder zusammen fahren würden. Zusammen wohnen taten sie ja wohl nicht. Er war ja in München! Schmerbusch leitete dort das Labor einer großen chemischen Forschungseinrichtung und schien das nicht schlecht honoriert zu bekommen. Ob Mari arbeitete, konnte ich nicht herausbekommen, obwohl ich angelegentlich fragte, ob sie sich Urlaub genommen habe, wenn sie erst Montag zurückführe. Aber Mari antwortete mir darauf einfach nicht.

Ab und an sah ich über den kahlen Kopf von Schmerbusch hinweg auf den kahlen Kopf von Gerd, der aufmerksam alles verfolgte, was hier vorging. Ruth sprach immer noch mit Ernst Meier über dessen Unternehmen Freiersfüße und es schien mittlerweile noch lustiger geworden zu sein. Es war laut und fröhlich im Saal.

Nach dem Gang zur Toilette möbelte ich mich vor dem Spiegel auf und kam gleichzeitig mit dem Nachtisch bei Gerd und Ruth an. Ernst zeigte gerade seine Schuhe und alle kreischten.

»Zieh die Schuhe aus, zieh die Schuhe aus!«, forderte sein Nachbar. Mein strenger Blick hinderte Ernst daran, auch noch seine Socken auszuziehen, obwohl sein rechter Tischnachbar schon die Digitalkamera gezückt hatte, um einmal Freiersfüße zu fotografieren.

Ruth hatte rote Wangen und eine schwere Zunge. »Na, wer ist die nun?« Sie sah mich böse an.

»Sie heißt Mari Rosenberg und ist die Freundin von Dr. Rudolf Schmerbusch.« Ruth sagte gar nichts, kniff den Mund zusammen und schnaubte. Gerd stupste mich in die Seite und wollte Genaueres wissen. Ich setzte ihn ins Bild. Aber natürlich war Gerd damit nicht zufrieden. Er würde das, was auf dem Markt des Dorfklatsches ausgetauscht wurde, schon herausbekommen, da war ich mir sicher.

Der zweite Teil des Festes setzte mit der Zweimannkapelle an Synthesizer und Gitarre ein. Die Nomburgshauser Swinger, in schwarzer Karusselbremserkleidung mit Glitzerlitzen an den Hosenbeinen, instruierten zuallererst die Gäste über das Tanz- und Trinkverfahren des Abends. Mit dem Schnee-Schnee-Schneewalzer wurde das Prozedere eingeleitet. Anschließend schob Klaus Monika im Kreis herum, umringt von den ersten Tanzwütigen. Mit ihrem engen Silberkleid war das ein bisschen schwer für sie, denn Klaus konnte den Dorfschieber nicht richtig ansetzen und so drehten sie auf der Stelle. Dann wurde die Tanzfläche für alle freigegeben und ich verlor die beiden aus dem Blick.

»Tanzt du mit mir?«, fragte Gerd Ruth, die immer noch stumm vor sich hinguckte.

Ruth antwortete nicht gleich. Gerd schaute schon mich an, als Ruth sich einen Ruck gab. »Ja, los!« Sie stand auf. »Das wird eine rauschende Ballnacht!« Sie balancierte nach hinten durch die Reihen, um auf die Tanzfläche zu kommen, die im rückwärtigen Bereich des Saales war.

»Ich tanze nachher auch mit dir«, beruhigte Gerd mich.

Die erste Runde Tanzen wurde ausgeläutet mit der Aufforderung »Jetzt nehmen die Herren die Damen auf die Schulter und reiten zur Theke«, begleitet vom neu betexteten Saufmarsch des Gefangenenchors, abgebunden mit dem einfallsreichen Text »Einer geht noch, einer geht noch rein!« Spätestens jetzt wurde klar, dass der Name der Band wirklich so schlüpfrig gemeint war, wie ich annahm, dass er sein sollte.

Ruth wurde von Gerd nicht wieder an den Tisch geschoben, sondern zur Theke, und sie ließ sich dort einen roten Damenlikör einschenken, den sie sonst immer ablehnte. Noch stand sie. Aber sie stand neben Bruder Schmerbusch und sie stand neben Mari, die sie nicht gerade verhalten musterte.

Mir war die Stimmung von Ruth nicht geheuer. Warum war sie plötzlich so bitter und schaute so verkniffen? Sie wusste ja nicht, dass Mari hier nicht mit dem einzigen Mittfünziger war, den sie kannte. Ich blieb neben Ernst sitzen und behielt die Sache im Auge. Ernst bot mir an, mit mir zu tanzen, aber ich hatte den Eindruck, dass er nicht mehr ganz sicher auf seinen Freiersfüßen stand und lehnte ab. Ich hörte lautes Lachen von der Theke und wurde nervös.

Ruth stand mitten im Thekengemenge und trank, wie ich bemerkte, als ich den Kopf reckte, schon wieder einen roten Damenlikör. Mari stand immer noch dort mit dem dicken Schmerbusch, denn der neugierige Gerd hatte seinen alten Grundschulkameraden in eine Unterhaltung gezwungen. Dr. Schmerbusch schien sehr aufgeräumt und genoss sichtlich die Aufmerksamkeit, die ihm und der schönen Mari zuteil wurde.

Dass Gerd sich interessierte, verstand ich, weil er sich für alles interessierte, was er nicht kannte. Aber was wollte Ruth? Ich war eigentlich die Einzige von uns dreien, die ein belangloses Gespräch mit Mari hätte führen können, denn schließlich waren wir bereits bekannt.

Ich pirschte mich also langsam zur Theke, als die Musik wieder einsetzte und nun zur Ehre des Silberpaares »Er gehört zu mir« von Marianne Rosenberg spielte. Klaus und Monika tanzten auch schon und sangen aus voller Kehle mit »… wie mein Name an der Tür«, und auch Schmerbusch führte Mari zum Tanz.

Ich stellte mich neben Ruth: »Was ist denn los mit dir?«

»Oh, wenn ich das sehe, wie sich eine junge Frau an so einen alten Kerl bindet, ergreift mich ein großes böses Gefühl, verstehst du das nicht?« Sie guckte mich düster an.

»Du meinst, diese Mari bindet sich an Schmerbusch?«

»Ja, das ist doch ein Jammer!«

»Für wen?«

»Sag mal, Karoline«, Ruth musste aufstoßen, »stellst du dich blöd?«

»Nein, ich glaube nicht!« Mir war jetzt unbehaglich, Ruth hatte zu viel getrunken, ich wollte ihr nichts vom Weberknecht erzählen. Ich hatte ja auch keine Ahnung, was es mit dem auf sich hatte. Aber ich hatte eindeutig den Eindruck, dass Mari keine Frau war, die sich in Ketten legte.

»Ich war auch 25, als ich mein Studium abgebrochen habe, und jetzt sitze ich in diesem Schlamassel«, Ruth musste wieder aufstoßen, »und kann nichts mehr ändern.« Sie hielt sich an der Theke fest und rief der Bedienung zu, sie wolle noch ein Ochsenblut.

»Lass das eklige Zeug weg, du hast morgen so eine Birne!«, warnte ich sie.

»Mir ist noch von gestern schlecht, schlechter kann mir gar nicht werden«, meinte Ruth und kippte den Likör in sich hinein.

»Du hast also Mitleid mit ihr und fürchtest, sie würde dein Schicksal erleiden?«, fragte ich Ruth und nahm sie am Arm, denn sie wankte ein bisschen. »Oder nimmst du ihr übel, dass sie sich so einen alten Schmerbauch von über 55 Jahren ausgesucht hat?«

Ruth sah mich an, hielt sich an meinem Arm fest und hickste. »Gar nicht so blöd, willst du das damit sagen?«

»Ich sage gar nichts!« Also schwieg ich und blickte Schmerbusch und Mari entgegen, die von der Tanzfläche zurückkamen und an uns vorbeimussten, um wieder an ihre Plätze zu gelangen.

»Haben Sie sich das auch gut überlegt?«, stoppte Ruth Mari mit schwerer Zunge, als die bei uns vorbeikam. Mari schaute Ruth freundlich und ein wenig verständnislos an. Ich zog Ruth am Arm und hielt sie fest und griente ein bisschen blöd.

»Sie sollten sich das wirklich gut überlegen«, wiederholte Ruth ihre Warnung, »damit das Schicksal nicht zuschlägt!« Dabei stolperte sie ein wenig nach vorn und stützte sich an Schmerbuschs Oberkörper ab. Sie schaute ihn an, während sie weiterhin an seinem Bauch Halt suchte: »Das Schicksal vermeiden, wo man kann!«, insistierte Ruth und patschte ihm zur Bekräftigung noch zweimal auf die enge Weste.

»Schön, so ein Dorffest, nicht?«, wandte ich mich

an Schmerbusch und zog Ruth an der Schulter zu mir an die Seite.

Mit einem Blick auf Ruth antwortete er. »Früher gab es eigentlich immer Schlägereien ab Mitternacht!«

»Ja«, bestätigte Ruth, »weil zu viel Alkohol getrunken wurde.« Sie hatte jetzt einen Schluckauf und hielt sich an mir fest. Dann schaute sie auf Mari und schüttelte den Kopf: »Und Sie wissen genau, was Sie tun?«

Mari lächelte freundlich und sagte klar und deutlich: »Doch, ich weiß, was ich tue.« Sie war stocknüchtern und wurde ein bisschen kühl. Bevor mich Ruth völlig kompromittieren würde, wollte ich mich reinwaschen, denn es sah ja alles so aus, als hätte ich ihr vom Weberknecht erzählt. Aber Ruth rettete mich, als sie nun mütterlich lallte.

»Mein Kind! Denken Sie doch an Ihr Leben, an Ihre Zukunft. Geben Sie doch nicht Ihre eigenen Pläne auf für einen Mann«, und mit einem Blick auf Schmerbusch, Rudolf, »der auch nicht mehr …«, sie stockte und rollte mit den Augen, weil sie merkte, dass sie in der Falle steckte, »der auch schon die 40 überschritten hat.«

Dr. Rudolf Schmerbuschs Gesicht überflog ein trauriger Hauch. »Wenn es denn so wäre«, flüsterte er Mari ins Ohr, die ihn daraufhin liebevoll anlächelte und ihm die Wange streichelte.

Mittlerweile war es kurz vor Mitternacht und die Nomburgshauser Swinger forderten nun mit entschiedenem Nachdruck die Gäste in eine Reihe, um sie mit der Polonäse ans Mitternachtsbüffett zu treiben. Von der Tanzfläche kamen die ersten Paare, die Hände auf der Schulter der Vorderfrau oder des Vordermannes, und nötigten jeden in die Kette und dann ging es ab, mit gaaanz langen Schritten. Ja, da kam Freude auf.

Die Unterhaltung über das Schicksal und alte Männer konnten wir zum Glück nicht mehr weiterführen. Mari wurde von Gerd Bodenstedt, der mit glühenden Augen anmarschierte, an der Schulter gepackt und in die Reihe gezwungen. Sie wedelte mit den Armen, um ihren Schmerbusch noch mitzuziehen und der fädelte sich willig ein. Er schien Freude zu finden an dem Fest im Dorf seiner Kindheit.

Ruth hielt sich mit beiden Händen an der Theke fest und ich lehnte das Ansinnen der nächsten Polonäsereiter ab, mit Verständnis heischendem Lächeln und Blick auf meine wankende Cousine.

Als ich sie an die frische Luft schleppte, knickte sie sofort ein. Ich brachte sie mit dem Shuttletaxi der Gastgeber nach Hause.

4. Kapitel

Ich war überrascht, dass Mari mich am Samstagmorgen anrief. Ich war am Telefon, denn Ruth lag noch im Bett.

»Hallo, Karoline, schön, dass ich dich direkt am Apparat habe. Ich würde dich gern treffen. Hast du heute Nachmittag eine Stunde Zeit?«

Aha, Nachtigall, ik hör dir trapsen – dachte ich mit meiner Tante Hedwig – und sagte sofort zu. Sie müsse mich aber abholen, Ruths Wagen sei kaputt und ich wolle nicht Fahrrad fahren und hätte sonst keine Möglichkeit, nach Nomburgshausen zu kommen.

Der Morgen war für Ruth nicht so schrecklich, wie ich vermutet hatte. Sie kam aus ihrem Schlafzimmer, als ich gerade das Frühstück fertig hatte und ihr eigentlich schon ein Aspirin und eine Tasse Kaffee ans Bett bringen wollte. An das Ende des Abends erinnerte sie sich nicht mehr. Sie behauptete, das Letzte, das ihr im Gedächtnis sei, war, dass Gerd ihr gesagt hätte, sie sei eine traumhafte Tänzerin und dass er gar nicht verstehe, dass sie keinen Mann habe.

»Er tanzt gar nicht so schlecht. Vielleicht sollte ich mal über sein Angebot nachdenken.« Sie rollte mit den Augen und schloss sie dann. Ich klärte sie nicht weiter über das Ende des gestrigen Abends auf, denn sie wirkte erschöpft und traurig. Sie goss sich eine Tasse Kaffee ein, ging damit zum Sofa und legte sich hin. Sie war blass. Das Sonnenlicht fiel auf ihre dunklen

Haare, die einige graue mehr zeigten, als ich in Erinnerung hatte, und der Kontrast zu ihrer Blässe ließ sie zerbrechlich wirken. Durch ihren dunkelblauen Baumwollmorgenmantel zeichneten sich ihre Hüftknochen ab. Sie war noch schlanker geworden und machte einen mitgenommenen Eindruck.

Ich setzte mich neben sie auf das Sofa, nahm ihr den Kaffee aus der Hand und stellte ihn auf den Tisch. »Geht es dir gut?«

»Ja, Karoline. Ich bin sehr froh, dass du hier bist. Entschuldige, dass ich mich nicht ganz unter Kontrolle habe.«

Ich strich ihr durch die Haare und fühlte mich schon wieder mütterlich.

Als Ruth auf dem Sofa eingeschlafen war, setzte ich mich mit einem Stapel Papier vor die Dielentür an den großen Gartentisch. Ich wollte eine Liste erstellen, anhand derer ich mich mit der neuen Situation, in die ich ohne die Verlängerung meines Vertrages gekommen war, auseinandersetzen konnte. Alte Tricks. Meine Therapeutin hat manchmal solche Ideen, die ich erst für banal und abwegig halte, die mich letztlich aber doch durch die verblüffenden Ergebnisse überzeugen. Das letzte Mal hatte ich das Verfahren angewandt, als ich nach einer leidenschaftlichen Affäre mit einem Mediziner wieder allein war. Ich hatte ihn in einem Café in der Nähe der Charité kennengelernt und war sofort verknallt. Verknallt ist das richtige Wort, denn ich war regelrecht durchgeknallt und von Sinnen. Er schien nicht nur feinfühlig, sondern auch durchsetzungsfähig zu sein. Die Geschichte lief drei Monate und wir begegneten uns meist nur kurz – und heftig. Er rief mich immer an, wenn er Zeit hatte. Denn er hatte unglaublich viel zu arbeiten, an ein ruhiges gemeinsames Wochenende war gar nicht zu denken. Ich war so begeistert von seinen zarten Chirurgenfingern, dass ich sogar nachts aufstand, wenn er mich anrief, um sich mit mir zu treffen. Wir hatten immer zwei Stunden heißen Sex, danach musste er zurück auf die Station. Ich war empört über die Arbeitsbedingungen der Assistenzärzte, die so wenig freie Zeit hatten, bis ich ihn eines Sonntags am Nachmittag mit einer Frau aus seiner Haustür kommen sah. Ich wollte ihm gerade einen Liebesbrief in den Kasten werfen. Vier Wochen wälzte ich mich mit dieser Demütigung bei meiner Therapeutin herum, die mir daraufhin empfahl, eine zweispaltige Liste zu erstellen: Erstens: »Was habe ich mit ihm?«, und zweitens: »Was habe ich ohne ihn?« Das holte mich zurück, denn ohne ihn hatte ich auf jeden Fall einen klaren Kopf, keine Lügen und ein geordnetes Leben. Das war doch um einiges mehr als ein bisschen Sex und wenig Schlaf.

Ich hatte gerade die linke Seite begonnen: »Was habe ich mit meiner Honorarstelle!« – Geld und Brötchen –, als Mari in einem dicken Mercedes über den Schotterweg vorgefahren kam. Ich packte meine Sachen zusammen, legte Ruth die Nachricht, dass ich für ein paar Stunden weg sei, unter einen großen runden Stein, der auf dem Tisch lag, und ging zum Wagen:

»Hallo, Mari!«

»Das ist ein Mietwagen, wir haben ihn in Hannover genommen.«

Ich wollte das nicht unbedingt wissen.

»Fahren wir nach Nomburgshausen?«, fragte Mari.

Ich zuckte mit den Schultern. Sie wollte doch irgendetwas von mir, also sollte sie auch den Ort bestimmen.

Wir fuhren durch die schöne Wiesenlandschaft Eickdorfs nach Nomburgshausen und gingen in ein Café am Marktplatz. Es war tatsächlich gerade Markt, der Platz war voller Stände. Fast hätte man denken können, es sei irgendwo im Süden, denn alles wirkte ganz selbstverständlich. Ein ganz gewöhnlicher Wochenmarkt auf dem Land, ohne städtische Eile und städtische Bio-Nonchalance. Hier kauften ganz normale Menschen ein.

Wir waren vielleicht nicht ganz so normal. Mari sah für mich jedenfalls außergewöhnlich und umwerfend aus. Sie trug eine weiß-ich-nicht-wie-farbene Hose und ein sanftes weißbeiges T-Shirt, aber bei ihr war das kein T-Shirt, sondern Garderobe. Es gibt solche Frauen. Sie können sich den letzten Lappen umhängen und sehen aus, als trügen sie Haute Couture.

Wir setzten uns nach draußen. Mari schaute auf das Treiben auf dem Markt, als hätte sie sich nicht mit mir verabredet und schien nachzudenken. Ich stellte mich stur und wollte nicht zeigen, wie neugierig ich war, indem ich das Gespräch eröffnete. Mit mir sollte sie nicht so leichtes Spiel haben. Ich war auf Widerstand gebürstet.

»Ich möchte nicht, dass Rudolf Schmerbusch Schwierigkeiten bekommt«, sagte sie dann und wandte sich mir zu. »Ich mag ihn sehr, und ich möchte das einfach nicht.« Als ich sie schweigend und verständnislos musterte, setzte sie fort: »Ich meine in seinem Dorf. Es ist ihm wichtig, was die Leute dort von ihm denken, seine Schwägerin Monika und sein Bruder Klaus. Das ist seine Familie.« Sie schaute mich an. »Ich möchte nicht, dass sie sich möglicherweise über ihn lustig machen. Obwohl es dazu keinen Grund gibt.«

Ich verstand zwar immer noch nicht, aber ich blickte sie interessiert an. »Wie meinst du das?«, fragte ich, um sie weiterreden zu lassen.

»Du weißt, dass ich noch mit einem anderen Mann zusammen bin. Ich möchte nicht, dass in Rudolfs Dorf das Gerücht herumgeht, seine junge Freundin würde ihn betrügen. Denn das ist nicht so.«

Ich verstand ihre Besorgnis, war nun aber beleidigt, dass sie mir zutraute, ich würde im Dorf herumlaufen, um über irgendeinen älteren Herrn, den ich gar nicht kannte, anzügliche Geschichten zu erzählen. Sie musste mir das angesehen haben, denn sie fuhr fort: »Ich meine das gar nicht böse. Ich unterstelle niemandem, dass er sich das Maul zerreißen würde. Aber ich habe doch gesehen, wie interessiert gestern alle waren, als ich als Freundin von Dr. Rudolf Schmerbusch auf dem Fest war. Da wird aus einer ganz normalen Information, die du an deine Freundin weitergibst, irgendwann eine eigenartige Geschichte. Das meine ich.«

Jetzt hatte ich verstanden. Sie fürchtete, dass ihr Doppelleben auffliegen würde, sollte ich Ruth irgendetwas erzählen, und die Geschichte mit Schmerbusch kompliziert werden könnte. Aber ich hatte mich geirrt.

»Rudolf Schmerbusch weiß Bescheid. Es gehört zu unserer Abmachung. Aber ich möchte nicht, dass irgendwelche Leute, die das missverstehen würden, sich ihre falschen Gedanken dazu machen.«

Nun war ich überrascht. Schmerbusch war also im Bilde. Ich sah wahrscheinlich aus wie ein gieriges Fragezeichen und fragte das Naheliegende: »Welche Abmachung?«

Mari trank einen Schluck von ihrem Milchkaffee und schien zu überlegen, ob sie es mit einem ausreichend intelligenten Menschen zu tun hatte, der das Folgende nachvollziehen könnte. »Er weiß, dass ich noch eine andere, wie soll ich es sagen … Beziehung habe. Wir haben, bevor wir uns aufeinander eingelassen haben, darüber geredet und uns auch über die Bedingungen verständigt, unter denen wir zusammen sein können.«

Das schien mir, als ich an meinen Chirurgen dachte, nicht ganz unvernünftig zu sein. Deshalb fragte ich auch gleich ganz neugierig: »Wie habt ihr das denn gemacht? Schriftlich?«

»Ja, genau!«, antwortete Mari und taxierte mich ein wenig erstaunt an. »Wir haben eine Art Vertrag gemacht. Nicht dass er juristisch verwertbar wäre, aber ich finde als Juristin, dass es gut ist für beide Seiten, wenn sie wissen, worauf sie sich einlassen.«

Ich hatte meine Listen immer nur zur Selbstvergewisserung gemacht und das auch nur, wenn ich so richtig am Boden lag. Offenbar konnte man dieses Verfahren auch anwenden, wenn man obenauf war.

»Da hast du ihm aufgeschrieben, dass du noch mit

dem … dem Weberknecht aus dem Zug zusammen sein willst?«

Mari lachte schallend. Das Lachen kam aus ihrem Bauch und ihre Augen strahlten geradezu. Dann schüttelte sie den Kopf, um anschließend erneut zu nicken. »Ja, der Weberknecht, der heißt Adrian Weber!« Sie lachte weiter und lächelte mich an. »Er heißt wirklich Weber, Adrian Weber.« Sie schnalzte mit der Zunge. »Nein, wir haben sozusagen die Rahmenbedingungen skizziert, festgeschrieben und ein paar Regeln ausdrücklich miteinander vereinbart. Damit sich beide Seiten darüber im Klaren sind, haben wir sie aufgeschrieben, damit es nicht zu falschen und unterschiedlichen Interpretationen kommt.«

Ich platzte vor Neugierde. Hier taten sich ja für meine Beziehungen ganz neue Möglichkeiten auf. Ich hatte wirklich bisher immer gedacht, die Liebe streckt einen dahin, und damit hat es sich, der Rest folgt als Tragödie oder Farce. Aber mit kühlem Kopf alles von vornherein planen? Wie könnte das gehen und wohin führte es? – Offensichtlich nicht in Tragödien. Dafür war Schmerbusch jedenfalls nicht der richtige Partner.

»Aha«, nickte ich nun als Frau aus der Hauptstadt, »mmhh …«, dann nickte ich noch wie eine Frau von Welt und wusste aber immer noch nicht weiter und weil mir Mari kein Stichwort lieferte, gab ich nach und fügte hinzu: »Ich verstehe das nicht. Ich habe meine Beziehungen immer im Nachhinein interpretiert … nächtelang mit einer Freundin, und seit fast zwei Jahren mit meiner Therapeutin. Und wenn ich mir die

Auswertung angesehen habe, komme ich eigentlich zu dem Schluss, dass es auch bei reiflicher Überlegung im Vorhinein gar nicht – um mal mit der Juristin zu sprechen – gar nicht zum Vertragsabschluss gekommen wäre … jedenfalls nicht von meiner Seite.«

Ich sah Mari an und ihr etwas kühles und leicht süffisantes Lächeln ließen mir dämmern, dass ich einen Treffer gelandet hatte. Sie verhinderte also Katastrophen durch Vertragsabschlüsse im Voraus. Ich war beeindruckt und nickte anerkennend. Warum hatte ich das noch nicht gemacht? Wie sie das so darstellte, schien es ja ganz einfach. Es gab nur ein grundlegendes Problem: »Ich habe noch nie nachgedacht – jedenfalls nicht vorher.«

»Und das ist der Fehler!«, triumphierte Mari. »Nachher ist für Frauen zu spät!«

Ich musste ihr da, was meine Geschichte anging, nicht nur mit Blick auf meinen Chirurgen, Recht geben.

»Und wenn du dich verliebst, mit Haut und Haar?«

»Das war ich – bis jetzt jedenfalls – noch nie!« Sie trank einen Schluck Milchkaffee, der mittlerweile kalt sein musste. Und sie schaute mich dabei freundlich an, ich schaute irritiert zurück. Mich überkam ein Gefühl von Mitleid. Noch nie verliebt gewesen, mit Haut und Haar, mit allem, was einen um den Verstand bringt.

Ich wurde ganz eifrig: »Aber es ist doch toll, verliebt zu sein, diese Atemlosigkeit, diese Besessenheit, an nichts anderes denken zu können, voll in Flammen zu stehen, heiß und kopflos …?«

Das war das falsche Stichwort. Ich merkte an ihrem leichten Kopfschütteln und ihrem spöttischen Lächeln, dass sie nicht nachvollziehen konnte, wovon ich sprach. Und dass sie genau das, was ich so glühend beschrieb, auch nicht wollte, sondern im Gegenteil absichtsvoll vermied. Ich stoppte also meinen Redefluss und kam wieder zur Besinnung. Denn unterm Strich waren bei meiner Geschichte mit dem Chirurgen, wenn ich denn Soll und Haben nach meiner Raserei gegeneinander aufrechnen müsste, lediglich zehn Therapiestunden à 95 Euro stehen geblieben. Mir wurde das beim Blick in Maris freundlich lächelnde Augen klar.

Sie hielt mir jetzt einen Vortrag über Verliebtheit, Liebe und Beziehung. Sie war in der Hinsicht sehr belesen, zitierte Psychologen, die schon lange, bevor die Paare es am eigenen Leibe erfahren würden, ermittelt hatten, dass die Verliebtheit maximal ein Jahr, bei vielen nur ein bis zwei Wochen hält. Darauf Beziehungen zu gründen sei kopflos. Beziehungen seien viel zu wichtig und zögen weitreichende Konsequenzen nach sich, als dass man, und vor allem Frauen, sie vom Wahnsinn der Hormone steuern lassen dürfte. Die Ehe im 19. Jahrhundert hätte zum Beispiel überhaupt nichts mit den auf Sex begründeten, individuellen Ansprüchen an heutige Beziehungen zu tun. Die hätten es miteinander ausgehalten – allerdings hätten die Frauen damals in den Verträgen schlechte Karten gehabt. Heute könnten sie doch eigentlich gut die Dinge zu ihrem eigenen Nutzen in die Hand nehmen.

»Wenn das so ist, warum – entschuldige – hast du denn die Hand auf diese beiden etwas älteren Herren gelegt?« Ich konnte Maris Ausführungen durchaus folgen. Aber hätte das nicht auch mit etwas jüngeren und ansprechenderen Männern funktioniert? Ich hätte gern so einen Mari'schen Vertrag mit meinem Kollegen Benjamin gemacht, der mir jetzt gerade in den Sinn kam, der nicht nur rasend gut aussah, sondern auch schlau und charmant war, der aber bis jetzt noch kein Interesse daran gezeigt hatte, mit mir einen Kaffee zu trinken – ich hätte nicht gewusst, wie ich mit ihm in Vertragsverhandlungen über eine Beziehung hätte einsteigen können.

»Das ist ein entscheidender Punkt!«, stieß Mari in meine trüben Überlegungen. »Ältere Männer sind reifer, sie wissen, was sie wollen – sie können sich selbst einschätzen und was das einer Frau wert sein kann – und sie liegen einem nicht auf der Tasche, weil sie selbst Geld haben – jedenfalls die, mit denen ich in nähere Beziehung trete.«

Ich guckte Mari nun wahrscheinlich ein wenig zu streng an. Denn sie warf den Kopf mit einer kleinen Bewegung in den Nacken, die mir signalisierte, ihr nicht moralisch zu kommen. Außerdem schien mir in ihrem Blick noch mitzublitzen, dass sie mich für so intelligent gehalten habe, mir Einblick in ihre Vertragsgewohnheiten zu geben, dass ich jetzt nicht dummes Zeug reden solle.

Ich schwieg also wohlweislich und dachte nach. Meine Liebschaften hatten auch ab und an ein wenig mehr Geld gehabt als ich selbst, sie hatten es aber immer für sich behalten. Geld selbst war nicht der Makel in meinen Augen. Der Makel war, es zu nehmen.

»Gehört das zu eurem Vertragswerk?«

»Ja.«

Junge, Junge! Honi soit qui mal y pense – um mal wieder mit meiner Tante Hedwig zu sprechen. Schande über den, der Böses dabei denkt.

Wir bestellten uns beide noch einen Milchkaffee und blickten versonnen auf die Marktstände. Es war ein wunderbarer warmer Tag. Ich saß auf dem Marktplatz einer Kleinstadt, hatte keine Arbeit mehr, keinen Mann, weder mit noch ohne Geld, neben einer Frau, die zwei Männer hatte, von denen beide über Geld verfügten und die ihr beide offensichtlich davon etwas abgaben. Das musste ich erst einmal verdauen.

»Wofür?«, wollte ich wissen.

Mari hob die Augenbrauen.

»Wofür bekommst du das Geld?«

»Nicht für Sex … jedenfalls nicht nur!« Sie wollte mich offenbar verblüffen, aber ich versuchte, ausgebufft auszusehen, immerhin kam ich aus Berlin. Aber ich war innerlich ein moralisches protestantisches Landei. »Ich bekomme es vor allem für die Zeit und die Zuwendung, die ich gebe.«

Mari wohnte bis jetzt in Berlin, erzählte sie. Dort hatte sie studiert und auch ihre Referendarzeit als Juristin absolviert. Und wohl gar nicht mal so schlecht. Parallel hatte sie angefangen, in einer Beratungsfirma Seminare zum Thema »Wer sich benimmt, verkauft auch besser!« zu geben und hatte dabei als Auftraggeber den Weberknecht Adrian kennengelernt. Der hatte lange Zeit um sie geworben, bis sie nachgab und – er war Banker in Frankfurt und viel zwischen London und Brüssel unterwegs – begann, ihn auf seinen Reisen zu begleiten. Denn Herr Weber war allein. Er war seit über zehn Jahren geschieden, denn seine Frau hatte die Nase voll gehabt von seinen dauernden Affären und dem Gehetze zwischen den Welten, seine Kinder waren groß. Sie hatte wieder angefangen zu studieren und war heute Französischlehrerin an einem privaten Gymnasium in Baden-Württemberg. Dass ihm seine Frau fehlte, dass er kaum Freunde hatte, war Herrn Weber erst richtig aufgegangen, als er über 50 war. Und weil Mari keine Lust hatte, ihre Karriere als Juristin für nichts in den Wind zu schreiben – denn sie konnte, wenn sie mit Adrian Weber unterwegs sein wollte, keine feste Stelle suchen –, hatten sie eine Art Rahmenvertrag geschlossen, der sowohl die finanzielle Seite als auch die Zeit, die sie mit ihm verbrachte, festschrieb.

»Nicht schlecht!« Ich wollte meine Neugier jetzt gar nicht mehr verstecken und wissen, wie denn nun Dr. Schmerbusch ins Bild passte.

Nach Maris Darstellung passte der sich gut ein. Denn es stellte sich nach eineinhalb Jahren heraus, dass trotz des Geldes, das sie von Weber für ihren Unterhalt bekam, die Abhängigkeit zu groß war. Denn es erschien ihr zu wenig Geld und sie war im Grunde dadurch in eine ähnliche Abhängigkeit wie eine Quasi-Ehefrau geraten. Das erläuterte sie Weber, der das – als kühler Rechner – verstand. Er konnte nicht erwarten, dass sich eine fast 30 Jahre jüngere Frau fest an ihn binden würde. Er sah vor allem seine eigenen Vorteile in dieser eindeutigen festen, aber nicht legalisierten

Beziehung. Denn er hatte das, was er sich wünschte, Gegenwart, Zuwendung, intelligente Gespräche – Beisammensein. Er erkannte auch die Vorteile, die ihm diese Verbindung hinsichtlich ausbleibender Scheidungskosten brachte, die ja über kurz oder lang bei einer Ehe angestanden hätten. Er blieb frei und sie blieb auch frei. Als intelligenter Mann, der er war, erwartete er nicht jugendliche Romantik und Schwärmerei. Er wusste, dass er mit 56 nicht mehr zur ersten Wahl der jungen Frauen gehörte, allenfalls für schlichtere Geldschneiderinnen und Miezen, die er aber nicht wollte. Eine Frau wie Mari gehörte nicht zu den Frauen, die er ohne Aufwand – welcher Art auch immer – bekommen konnte.

Weber wollte Mari, zu ihren Bedingungen, und deshalb war er auch sofort damit einverstanden, dass er sie teilen müsse. Mari sagte ihm das rund heraus, und setzte ihn auch über den Dritten im Bunde ins Licht. Und für Rudolf Schmerbusch war die Sachlage von Anfang an klar und durchsichtig.

»Ich mache hin und wieder für diese Beratungsfirma immer noch Seminare. Zuletzt: ›Businesskleidung – das trägt man und das trägt man nicht!‹«

Rudolf Schmerbusch wollte an diesem Seminar teilnehmen und hatte sie schon vorher angerufen, ob er – er war ein bisschen nervös gewesen – als »Führungskraft« sich nicht blamieren würde, wenn er käme. Aber er hätte neulich in einer Zeitung gelesen, dass weiße Socken völlig unmöglich seien, und da sei ihm bewusst geworden, dass er, seit seine Mutter ihm die Sachen nicht mehr hinlegte, eigentlich keine Geschmacksberatung mehr gehabt habe. Denn Rudolf Schmerbusch war nie verheiratet gewesen. Als Chemiker war er in den ersten Jahren zu beschäftigt mit seiner Karriere, und als er Laborleiter geworden war, war er plötzlich Ende 40. Seine Kontaktanzeigen in der ZEIT – »Erfolgreicher, gut verdienender Akademiker in führender Position möchte endlich eine Familie gründen« – waren erfolglos verlaufen, nicht zuletzt, weil er für die Frauen, die für dieses Anliegen biologisch in Frage kamen, nicht mehr in Frage kam.

So wollte er sich jetzt in Sachen Business-Mode ein wenig auf Vordermann bringen und fragte daher vorher zaghaft bei der Seminarleitung an, von der er nachher – so verstand ich das jedenfalls – so hingerissen war, dass er anfing, ihr nachzustellen.

»Rudolf gefiel mir, er war in mancher Beziehung unbeholfen und brauchte Unterstützung, auf der anderen Seite aber war er sehr souverän – beruflich, meine ich. Und so habe ich mit ihm eine ähnliche Beziehung angefangen.«

»Du musst dich mir gegenüber nicht rechtfertigen.«

»Ich rechtfertige mich nicht, wie kommst du darauf?«

»Na, weil du betonst, dass er dir gefällt!«

Mari sah mich etwas kühl an, lächelte dann aber. »Mit ihm ist es ein wenig schwieriger. Er ist vielleicht ein wenig zu verliebt. Du scheinst ja zu wissen, wie das ist. Daher bin ich im Zweifel, ob ich das so weiterführen kann. Aber auf jeden Fall hat Rudolf Schmerbusch mit mir eine Partnerin, auf die er sich verlassen kann, die ihn unterstützt und die viel mehr Zeit mit ihm verbringt, als das eine Ehefrau täte. Ich bin hundertprozentig offen zu ihm. Er muss nicht fürchten, dass ihn seine junge Frau betrügt, wenn er nicht da ist, und er ist ja meist nicht da. Ich begleite ihn, am Abend, auf Reisen – wie es eben in meinem Terminplan zu integrieren ist.«

»Ist das nicht ein unglaublich großer Organisationsaufwand?« Ich konnte mir gar nicht vorstellen, wie das zu bewerkstelligen sei, denn bislang musste ich nicht einmal einen Freund in meinem Leben unterbringen, und wenn mal einer auftauchte, brachte der mein geregeltes Einerlei jedenfalls immer durcheinander. Aber Mari hatte ihre beiden Männer offenbar in den verschiedenen Städten und Lebenszusammenhängen in so einen klaren Terminkalender mit Absprachen gepackt, dass sie – wie sie mir augenzwinkernd sagte – eigentlich noch Platz hätte, einen weiteren einzubauen.

Ich war innerlich sprachlos. So blieb ich auch äußerlich ruhig und um nicht zu verstummen, rief ich die Kellnerin und bestellte mit entschiedener Stimme einen weiteren Milchkaffee.

5. Kapitel

Als ich um die Ecke des Marktplatzes bog, um zum Parkplatz zurückzugehen, stand ich direkt vor Friedbert. Ich musste abrupt stoppen, um ihm nicht – im wahrsten Sinne des Wortes – in die Arme zu laufen. Mir waren der Schreck und meine Abscheu wohl ins Gesicht geschrieben, denn Friedbert grinste mich von oben herab an.

»Schön, dich zu sehen, Karoline!« Er zog seine Mundwinkel noch ein wenig mehr nach oben, während ich um Fassung rang. Er legte ein mildes Lächeln auf sein Gesicht und den Arm auf Tobias' Schulter. Denn der stand neben seinem Vater. Noch ein wenig größer, fast an die 1,90, versuchte der große Tobias seinen Kopf so weit wie möglich nach unten zu senken. Die Hand seines Vaters auf der Schulter schien den jungen Mann dazu zu bringen, fast in die Erde versinken zu wollen. Er musste von unten hochschauen, um mich anzusehen. Er sah aus wie ein Kind – trotz seiner 22 Jahre.

»Hallo, Karoline!«, hauchte er und versuchte durch einen Schritt zur Seite, die Hand seines Vaters loszuwerden. Aber der war ganz locker und rückte einfach einen Schritt mit.

Tobias sollte eigentlich in Hamburg sein. Dort studierte er im letzten Semester Geschichte und Ruth hatte mir gesagt, er hätte eine große Hausarbeit zu beenden und plane deshalb, am nächsten Wochenende zu ihr zu kommen. Nun stand er hier mit seinem Vater. Die Inkarnation des schlechten Gewissens.

Entweder bemerkte Friedbert die Leiden seines Sohnes nicht, oder er genoss sie. So wie ich ihn einschätzte, Letzteres. Als kühler, kontrollierter Mensch konnte er über die Gefühle anderer Menschen hinweggehen, weil er sie gar nicht wahrzunehmen schien. Aber auf der anderen Seite hatte er ein ausgemacht feines Sensorium für die wunden Punkte seiner Mitmenschen. Der kurze Blick, den er Tobias zuwarf und sein feines – als Kunsthistorikerin gesprochen – sardonisches Lächeln, bestärkten diese Vermutung. Was wollte er hier mit seinem Sohn?

»Warst du schon bei deiner Mutter?«, platzte ich heraus und ärgerte mich gleichzeitig unglaublich, dass ich Friedbert in die Falle gegangen war. Denn der schwieg und sah mich weiter süffisant an. Er hob nur kurz seine Hand, um sie dann erneut auf die Schulter seines Sohnes zu legen.

»Nein«, stammelte Tobias, »aber …«

Mari rettete Tobias, der aufhörte zu stottern und den Mund hielt. Sie war kurz hinter mir zurückgeblieben, um sich mit einem Blick ins Fenster der Boutique »Chic für Sie und Ihn« zu informieren. Jetzt hatte sie die Schaufensterbesichtigung beendet und war neben mir stehen geblieben. Mit einer leichten Kopfbewegung und einem so einladenden Augenaufschlag, dass mir – um mit Tante Hedwig zu sprechen – der Kaffee hochkam, wandte sich Friedbert zu Mari.

»Oh – guten Tag!« Er gurrte wie die Synchronstimme von Brad Pitt und fixierte Mari mit dem leuchtendsten Blick, den er auf Lager hatte.

Ich musterte ihn voller Abscheu, aber er nahm mich gar nicht mehr wahr. Er lächelte Mari an, die mich nun ihrerseits fragend anstarrte, weil sie wohl annahm, dass ich sie miteinander bekannt machen würde. Ich hatte das nicht vor.

»Friedbert Hansen!«, durchkreuzte Friedbert meine Absicht, mich einfach umzudrehen und Mari mitzuzerren, und reichte Mari die Hand, die sie natürlich ahnungslos ergriff.

Sie bedachte ihn mit einem freundlich Gesichtsausdruck. »Mari – Mari Rosenberg!«

Ich maß die beiden ab. Friedbert sah auf jeden Fall besser aus, als es um seinen Charakter bestellt war. Er hatte keine Geschwüre, war nicht buckelig und verfügte auch über alle Zähne. Wenn man ihn nicht kannte, würde man ihn für einen ganz passabel aussehenden Mann mittleren Alters halten. Das konnte ich nicht, denn ich kannte ihn. Aber ich versuchte, ihn einen Moment mit den Augen eines arglosen Mitmenschen zu betrachten. Friedbert hatte nämlich in den letzten drei Jahren erheblich abgenommen. Möglicherweise, weil er sich wieder auf dem Partnerschaftsmarkt bewähren wollte. Auch der Bauch, den er sich in den letzten 20 Jahren langsam angefressen hatte, war verschwunden. Ich hatte ihn ja auch zum Glück seit vier Jahren nicht mehr gesehen, und kannte niemanden, der mir etwas über seine Diäten hätte erzählen können. Sein dünnes Haar hatte er extrem kurz geschoren. Er trug die obligate Modeglatze und eine schwarz gefasste Brille, die ihm wohl zu einem intellektuellen Aussehen verhelfen sollte. Nun konnte Friedbert mich nicht täuschen und deshalb lächelte ich meinerseits süffisant und schnaubte leicht durch die Nase. Doch Mari schien dieses Signal meiner Herablassung nicht zu bemerken. Sie gab nun auch Tobias die Hand, der diese Gelegenheit nutzte, dem besitzergreifenden Griff seines Vaters zu entkommen. Friedbert legte seinen Blick weiterhin auf Mari, die das mit großer Gelassenheit registrierte.

Friedbert war schon vor drei Jahren nach der Scheidung von Ruth nach Hannover gezogen. Zwar gab es die Wohnung in Nomburgshausen noch, aber er war seit dem Verkauf der Fabrik kaum noch dort gewesen.

Was wollte dieses Aas nur hier?

Als hätte er die Frage gehört, sagte Friedbert: »Wir sind übers Wochenende hier – Tobias und ich –, um ein paar finanzielle Dinge zu klären! Nicht wahr, Sohnemann!« Jovial und selbstgefällig schaute Friedbert seinen Sprössling an und wollte schon wieder die Hand auf seine Schulter legen.

Aber Tobias wich mit rotem Kopf einen Schritt zurück. »Ach, Papa!«, flehte er fast wie ein Kind und sah von seinem Vater zu mir und zurück zu seinem Vater. Das Schlimmste für ihn schien die Anwesenheit der fremden Mari zu sein, die ihn freundlich und – wie mir schien – nachsichtig musterte.

»Na, na, nichts für ungut«, warf sich Friedbert nun ein wenig zu laut in die Brust. »Das ist doch kein Grund zur Panik, wenn der Vater dem Sohn eine kleine Examensunterstützung einräumt.« Und mit einem dünnen Lächeln zu mir gewandt, erläuterte Friedbert: »Mein Vater hat mir keinen Pfennig gegeben! Ich musste alles allein und aus eigener Kraft aufbauen!«

Ja, mit dem Geld, der Arbeit und den Ideen deiner Frau. Ich schrie vor Zorn, ohne Worte, ich fixierte ihn, voller Hass. Und zählte einatmend bis fünf. Auch eine Hilfsmaßnahme – nicht meiner Therapeutin, aber meiner Yogalehrerin. Es muss bis fünf sein, drei reicht manchmal nicht aus, hatte sie gesagt. Sie hatte recht. Bei fünf sah ich Friedbert an, denn während ich zählte und atmete, hatte ich den Blick in mich selbst versenkt. In dem neuen Blick nach außen versuchte ich, all meine Verachtung deutlich werden zu lassen, gleichzeitig war ich stolz auf mich, dass ich mich nicht dazu hatte hinreißen lassen, wie eine Irre zu toben. Innerlich aber fühlte ich mich so. Weiß vor Zorn und rasend vor Wut.

»Wir müssen gehen, Tobias. Bis später!«, sagte ich zu Tobias gewandt, griff mit einer Hand nach Mari und zog sie an meine Seite.

Ich wandte mich zum Gehen und gestattete Mari gerade noch, den beiden ein kurzes »Auf Wiedersehen« zuzuwerfen. Tobias stand immer noch etwas abseits fast an der Hauswand und starrte auf die Erde. Friedbert schaute kurz hinter uns her und machte einen Schritt auf seinen Sohn zu.

»Der Arme!«, flüsterte ich zu Mari und beschleunigte. »Der arme Junge!«

»Wer, der junge Mann? Tobias?«

»Ja!«

Ich schwieg und fragte mich, ob Tobias wusste, dass seine Mutter vorgestern eine schmähliche Niederlage vor Gericht erlitten hatte. Oder ob er völlig ahnungslos war. Mir wurde klar, dass ich nicht genau wusste, wie Ruth mit ihren Kindern darüber gesprochen hatte, und ob sie es überhaupt getan hatte. Aber auf jeden Fall wussten beide nach der Scheidung, dass es um die Fabrik eine Auseinandersetzung gab. Auch wenn sie über den Ausgang und den Prozesstermin unter Umständen nicht informiert gewesen waren. Friedbert hatte Tobias in eine richtig unangenehme Situation manövriert.

»Das ist kein armer Junge!« Mari schüttelte zur Unterstützung ihrer Aussage noch den Kopf und schob abschätzig die Unterlippe vor. »Der lässt sich gerade kaufen!«

Ich sah Mari an. Sie hatte die Situation offenbar im ganzen Umfang erfasst. Sie war ja Profi! Meine Gehässigkeit tat mir im nächsten Moment schon wieder leid. Denn Mari fuhr fort.

»Der junge Mann schämt sich dafür. Er hat wohl die Vorstellung, dass ihm das Geld, für das er sich hier mit seinem Vater verabredet hat, nicht zusteht, oder dass es nicht richtig ist, dass er es nimmt.« Sie hatte recht. Tobias schämte sich offensichtlich, weil er hier ohne Wissen seiner Mutter war.

»Warum nimmt er die Kohle nicht und hebt den Kopf hoch? Vielleicht hat er ein Recht auf ein bisschen finanzielle Unterstützung?« Mari schaute mich fragend an und wartete auf eine Antwort.

»Ich weiß nicht. Darum geht es aber nicht. Friedbert hat Tobias hierhin geholt, um seine Mutter zu kränken. Friedbert ist der Ex-Mann meiner Cousine Ruth. – Ruth, mit der ich gestern auf der Silberhochzeit war, und bei der ich wohne.«

»Ich weiß.«

Natürlich wusste Mari über die Geschichte von Friedbert und Ruth Bescheid, jedenfalls so weit diese Geschichte im Dorf bekannt war. Schließlich hatte sie heute Morgen mit Klaus und Monika gefrühstückt und wusste wahrscheinlich noch viel mehr.

»Ja, was du aber nicht weißt, ist, dass Ruth gestern ...« Ich brach ab, denn ich hatte eigentlich keine Lust weiterzusprechen, weil ich zu aufgebracht war. In einem solchen Gefühlchaos bin ich nicht in der Lage, eine Geschichte einigermaßen ruhig und sachlich zu erzählen. Und ich wusste, dass die Geschichte von Friedberts Diebstahl – denn das war es und nichts anderes – eigentlich keine Übertreibung brauchte, sondern in der Kürze aller gebotenen Sachlichkeit am düstersten dröhnte. Deshalb erzählte ich nicht weiter.

»Ach, Mari. Es sind nicht alle Frauen so klug und ausgeschlafen wie du.« Auf dem Weg zum Auto gingen wir schweigend nebeneinander her.

Als Mari den Motor startete und mich fragte, ob ich jetzt nach Hause wolle, nickte ich. Ich sah sie an, und merkte, dass ich ihr gern mehr erzählt hätte.

»Weißt du«, meinte Mari, als sie anhalten musste, um auf die Hauptstraße einzubiegen, »ich glaube, ich kann dich und Ruth besser verstehen, als du glaubst.« Sie bog auf die Hauptstraße ein und setzte hinzu: »Aber

Tobias ist kein armer Junge. Er ist für alles, was er tut, selbst verantwortlich.«

Wir hatten Nomburgshausen hinter uns gelassen und fuhren durch die Wiesen zurück zu Ruths Häuschen. Diese Landschaft hat für mich immer etwas Beruhigendes. Ich schaute aus dem Fenster und dachte an nichts. Ich fand, dass das im Moment das Beste war.

~⊛~

Ruth und ich saßen vor der Glotze und tranken Tee. Alkohol hatten wir uns untersagt. Tee verbreitet immer ein Gefühl von Gesundung. Man tut etwas für seinen Körper und – wenn man den Aufschriften auf den Teebeutelpackungen glaubt – auch etwas für die Seele. Wir versuchten es mit Entspannungstee und ayurvedischer Frauen-Fitness. Beides wirkte nicht. Ruth zappelte vor dem Fernseher herum und konnte sich nicht auf den Tagestipp der Fernsehzeitung konzentrieren. Eigentlich liegen wir beide gern vor der Glotze und versuchen bei Melodramen oder seichterer Unterhaltung, die Dialoge vorzusprechen, bevor sie im Film geäußert werden. Dafür verteilen wir Punkte. Wir schließen auch oft Wetten ab über den Fortgang der Action-Filme. Für jeden richtig getippten Toten gibt es fünf Punkte.

Heute waren wir nicht in der Stimmung. Sondern zappten durch 32 Programme und blieben zum Schluss auf einem Astro-Sender stehen und brachten eine gewisse Begeisterung auf für die Frauen, die dort professionelle Lebensberatung anboten.

»Ich sollte da mal anrufen!« Ruth nippte am Entspannungstee. Die Damen hatten gerade gewechselt, die Glaskugel-Guckerin wurde abgelöst. Miriam legte Karten und erweckte den Anschein, als würde sie neben dem Halbtagsjob am Astrosender ihr Geld an der Kasse eines Autoscooters oder als Barchefin im Provinzpuff verdienen.

»Wer ist denn da? … Hallo, Rita … Ja, wir sind in der Schnellrunde. Was willst du denn wissen, Rita? Ah ja … ob es was wird, mit der Liebe. In diesem Jahr!« Sie mischt die Karten und schaut in die Kamera. »Ja, da ist ein Mann«, Rita grunzt, »Ja, der steht da im großen Haus.« – Rita bestätigt, sie hätte vor drei Monaten einen Mann kennengelernt. – »Ja …das ist er hier.« Miriam tippt dreimal mit ihrem langen Fingernagel auf eine Karte. »Der steht sehr nah zu deiner Karte.« – Rita freut sich. »Hmm, ja!« – Miriam schaut in die Kamera. »… aber da ist noch nicht alles ganz klar!« – Rita stimmt zu. Wir auch, denn deshalb hatte sie ja angerufen. – Miriam weiß aber, warum nicht alles so reibungslos läuft. »Ja, ich hab hier die schwarze Sieben daneben. Der ist ein bisschen vorsichtig, was?«, mutmaßt Miriam. – Rita stimmt wieder zu und will wissen, wann er sich denn endlich entscheiden wolle. – »Ja, da ist hier wie gesagt noch eine Bremse …da musst du Geduld haben!« – »Da gäbe es noch eine andere Frau, meint Rita, ob das wohl die schwarze bremsende Sieben sein könne.« – »Ja!« Miriam ist sich da ganz sicher. »Die Karten sagen genau das. Also der Mann ist, wie gesagt, da, der will auch was von dir, aber die andere Frau, die steht da … noch dazwischen. Du musst Geduld haben, Rita.« – Rita lacht. – »Ja, Geduld ist nicht deine Stärke, was?«, stellt Miriam mit sicherem Blick in die Kamera fest. – »Nein«, lacht Rita und fragt, ob sie den Kerl vor die Entscheidung stellen solle. – »Das kannst du machen, Rita, wie gesagt, die Sieben bremst hier, wenn du wissen willst, was dran ist an der Liebe, dann sag ihm, du willst es wissen. Wenn er das nicht will, Rita, dann lass ihn laufen. So was brauchst du nicht.« – Rita lacht. Dankt Miriam. – »Mach's gut, Rita, alles Liebe.« Das Telefon klingelt, Miriam lächelt: »Ja, wer ist da? Grüß dich, Claudia. Was ist deine Frage?« – Claudia möchte gern wissen, ob sie demnächst endlich einen Mann kennenlernen wird. Beim letzten Mal hätte Miriam ihr gesagt, dass ihr im Lauf von sechs bis neun Monaten jemand ins Haus stehe. Jetzt seien aber schon zehn um, meint Claudia zaghaft. – Miriam kann sich eigentlich nicht vorstellen, dass sie danebengelegen haben soll. Fragt deshalb zur Sicherheit nach, ob Claudia denn wirklich keinen Einzigen kennengelernt hat. – Claudia gibt zögernd zu, sie hätte beim Kundenservice am Counter vor drei Monaten einen sehr netten Kunden gehabt, der aber lediglich die Rechnung bezahlt habe. Zu mehr sei es nicht gekommen – Miriam triumphiert und gibt zu bedenken, dass Claudia vielleicht nicht entschieden genug war, ihn anzusprechen. »Du hast in deinem Haus hier die Karo-Dame. Das ist das Problem.« – »Wie?«, will Claudia wissen. Ja, wir wollen das auch wissen. – »Du bist zu zurückhaltend. Hab ich nicht recht, Claudia?« – Claudia stimmt zu und lässt sich von Miriam ermuntern, die Chancen, die ihr die Karten gezeigt haben, und die ja auch eingetreten waren, beherzt zu ergreifen und nicht erneut vorüberziehen zu lassen. – Claudia ist dankbar und will noch schnell wissen, ob sie diesen Kunden denn nun anrufen solle. – Miriam bedauert, verweist auf die Schnellrunde, gibt aber den Tipp, auf das eigene Herz zu hören. »Wenn du dir sicher bist, ruf ihn an.« – Claudia ist erleichtert und begeistert von Miriam. – Miriam grinst uns ermunternd an und schon wieder klingelt das Telefon.

»Hallo, Mama!« Wir drehten uns um wie eine Frau. Tobias stand in der kleinen Küchentür. Wir hatten ihn nicht hereinkommen hören.

๛

Außer dass Ruth fragte, ob er denn seine Hausarbeit schon fertiggestellt habe, sagte sie nichts, was irgendein Erstaunen erkennen ließ. Sie umarmte ihren groß gewachsenen Sohn und fragte ihn, ob er was zu essen haben wolle. Es gäbe noch Salat und ein paar Spaghetti. Er beugte sich zu ihr herunter und küsste sie. Obwohl er so groß war, war sie es, die ihn in den Arm nahm. Das hat offenbar nichts mit der Körpergröße zu tun.

Während Ruth das Essen in der Mikrowelle warm machte, brachte Tobias seinen Rucksack in sein Zimmer, das andere Gästezimmer im Obergeschoss. Vielleicht wollte er nicht mit mir in der Wohndiele bleiben, argwöhnte ich, allen immer das Schlimmste zutrauend. Er kam nämlich erst in dem Moment wieder herunter, als Ruth die Spaghetti auf den Tisch stellte.

Tobias stopfte die Reste in sich hinein und warf mir

ab und zu einen Blick zu. Er fragte sich offensichtlich, ob ich von unserem kurzen Treffen berichtete hatte. Hatte ich nicht, klopfte ich mir innerlich auf die Schulter, ich bin schließlich keine fiese Petze. Aber dass Tobias mir das zutraute, kränkte mich doch.

»Wie bist du denn von Hamburg gekommen?«, fragte ich, »mit dem Zug?«

»Ja!«

»Wann bist du denn angekommen?«, fragte Ruth und schaute über die Schulter, während sie eine Flasche Weißwein aus dem Kühlschrank nahm. Sie suchte den Korkenzieher in der Schublade.

»Gestern Abend. Ich hab bei Papa geschlafen ... in Nomburgshausen.«

Ruth öffnete die Flasche und stellte sie auf den Küchentisch, dann nahm sie drei Gläser aus dem alten Glasschrank und stellte eins vor Tobias, eines vor mich am Sofa, und setzte sich mit ihrem Glas ihrem Sohn gegenüber an den Tisch. Ich nahm die Fernsehzeitung und suchte interessiert nach einem Film, aber es gab immer noch keinen, den es sich meiner Meinung nach lohnte anzusehen.

»Ich geh ins Bett, Ruth. Gute Nacht, Tobias. Bis morgen.« Ich warf den beiden einen möglichst unbefangenen Blick zu und ging die Treppe rauf. Sie schauten mir nach.

Froh, keine Kinder zu haben, über die ich mir Sorgen machen muss und die mir Kummer bereiten oder die mich ohne viel Federlesens kränken können, legte ich mich ins Bett. Weil ich aber nach diesem Tag nicht einfach einschlafen konnte, begann ich einen architektonischen Aufriss eines zweistöckigen Landhauses zu imaginieren. Wie andere Menschen Schäfchen zählen oder schwierige Wörter wie Tschechoslowakei – obwohl heute ja Tschechei reicht – rückwärts buchstabieren, um sich selbst zu überlisten, so baue ich Häuser, die ich mir nicht leisten kann. Ich berechne so lange die Grundflächen und die Aufgliederung einer Fassade, bis ich vor lauter Konzentration einschlafe. Der Bau eines Hauses dauert etwa eineinhalb Jahre, nach dieser Zeit kenne ich jeden Winkel, und könnte einem Architekten alles direkt in den Stift diktieren.

Von unten hörte ich Lachen. Etwas benommen schaute ich auf die Uhr, es war kurz vor zwölf. Ich hatte tatsächlich schon anderthalb Stunden geschlafen. Die Konstruktion des Treppenhauses, bei der ich seit etwa einem Monat einschlafe, ist kompliziert und meist erfolgreich.

Erleichtert drehte ich mich auf die Seite und schlief wieder ein, froh, dass nicht alles so problematisch ist, wie ich meist argwöhne, und mit dem Gedanken, dass Menschen, die gutmütig und nachsichtig sind, etwas haben, was sie bewundernswert macht, auch wenn sie selbst das nicht wissen.

6. Kapitel

Jerôme hüpfte – so würde ich das nennen, er selbst hält es für elegantes Schlendern – über die Friedrichsbrücke, um auf die Museumsinsel zu gelangen. Ich kam gerade aus der Burgstraße, als ich seinen kleinen Gockelhintern vor mir sah. Wenn ich nicht wüsste, dass er jede Praktikantin persönlich begutachtet, hätte ich ihn für schwul gehalten. Möglicherweise wollte Jerôme durch seine tuntige Attitüde mithalten mit den Künstlern, denen er sich nahe fühlte. Oder er hoffte, dass man ihn für begabt hielt, für einen begabten Schwulen. Ich habe immer noch nicht verstanden, was Geschlecht und Neigung mit Begabung zu tun haben sollen. Aber in der Kunstszene gehört es immer noch zum guten Ton, schwul zu sein. Da hat man als Frau schon mal schlechte Karten. Vor allem als Frau, die stinknormal ist – so wie ich.

In Berlin kann es unter Umständen nicht ganz unangebracht sein, seine Beziehung zu jüdischen Familien herauszukehren. Ich finde das zum Kotzen. Meinen jüdischen Urgroßeltern habe ich bis jetzt – obwohl ich immer noch am Rande der Existenzmöglichkeit herumkrebse – noch nicht bemüht, weil mir diese Anbiederei vieler Kulturschaffender dem Antisemitismus näher scheint als der Toleranz.

Jerôme stakte vor mir her und ich hatte auf der Stelle die gleiche Laune wie am Donnerstagnachmittag, als er mir die Rote Karte gezeigt hatte. Drei Monate hatte ich nun noch vor mir. Auf der einen Seite waren mir so lange noch die Honoraranweisungen aus dem Werkvertrag sicher, auf der anderen Seite musste ich dafür aber auch täglich mein Haupt in das Joch beugen und die Gegenwart Jerômes durchstehen. Zum Glück hatte ich am nächsten Tag einen Therapietermin. Die Zeit dort würde ich auf keinen Fall verplempern. Ich sammelte innerlich schon die Punkte, die ich ansprechen wollte. Alles, was in meinem Leben schieflief, konnte ich nicht vorbringen, ich musste Schwerpunkte setzen. Das allein war schon ein therapeutischer Erfolg. Ich warf einen letzten Blick auf den wackelnden Hühnerarsch von Jerôme und entschied mich, über meinen Neid auf erfolgreiche Nicht-Schwule, die schwul zu sein vorgeben, zu sprechen. Da klingelte mein Handy.

Ich suchte hektisch in meinem Rucksack, und es steckte natürlich nicht an der Stelle, die dafür vorgesehen ist. Es lag mit anderen Dingen wie Kugelschreibern, Lippenstiften und zwei Haarspangen aus Horn zwischen einer geplatzten Tüte Werthers Echte im Bodensatz meines Rucksacks. Als ich es endlich rausgefischt hatte, sah ich den Gockelhintern die Treppe zum Museum heraufhüpfen und das stumme Display meines Handys. Ein Anruf in Abwesenheit. Der Anrufer hatte aufgelegt. Die Nummer in der Liste war mir unbekannt. 5er Vorwahl. Ich grübelte – und meine Neugier siegte. Hannover – oder Hildesheim. Möglicherweise wollte das Wilhelm-Busch-Museum etwas von mir? Hatte ich da mal meine Handy-Nummer hinterlassen? Eigentlich gebe ich die nicht weiter. Wer was von mir will, muss mich zu Hause anrufen.

Ich wählte die Nummer.

»Hansen.«

»Friedbert?« Ich war so verblüfft, dass ich nicht auflegte. Er hätte ja an der Rufkennung ohnehin gemerkt, dass ich ihn zurückgerufen hatte.

»Ja, ich bin's. Karoline, ich möchte dich gern treffen!«

»Du hast sie wohl nicht alle! Weshalb sollte ich mich mit dir treffen?«

Friedbert räusperte sich, als ob ihm etwas peinlich sei, was nicht sein konnte. Friedbert war noch nie etwas peinlich gewesen. Noch nicht einmal, mich anzurufen. Mir wurde bewusst, dass er das auch noch nie getan hatte in den fast 20 Jahren, die er mit Ruth verheiratet gewesen war. Weshalb hätte er auch? Es gab keinen Grund. Und heute konnte es erst recht keinen halbwegs ehrenwerten Grund geben. Mir dessen bewusst, wurde ich bösartig neugierig.

»Hä?«, fragte ich deshalb abermals nach.

»Ach, weißt du, es ist doch etwas falsch gelaufen in der Geschichte mit Ruth – jetzt zuletzt, du weißt …«

Was hatte dieser naturfiese Typ vor? Ich schwieg laut, wartete und drückte ihn, nun erst recht auf halb acht, nicht weg.

»Ich möchte noch einmal mit dir sprechen!«

»Wieso? Worüber?«

»Ich möchte nicht, dass die Geschichte so unschön endet. Ich …«

»Dass diese Geschichte, wie du das nennst, so hässlich, wie ich das nenne, geendet hat, das lag ja nun an dir.«

»Ich möchte dir das gern in einem Gespräch erklären.«

Was wollte er von mir? Erklären konnte er mir nichts. Mir war schon alles klar. Ich war Friedbert gegenüber von unerbittlicher Überheblichkeit, da würde er mir nichts, aber auch gar nichts erklären können. Das Einzige, was meine Sicht auf Friedbert ändern würde, wäre, wenn er Ruth das geben würde, was ihr zustand. Also Geld.

Aber was er im Schilde führte, machte mich hochgradig neugierig. »Um was geht's?«, fragte ich deshalb.

»Wirklich, Karoline, lass uns das nicht am Telefon besprechen. Was hältst du von Mittwoch oder Donnerstag ... bei Sarah Wiener. Gegen 18.00 Uhr. Ich lad dich zum kleinen Imbiss ein!«

Das war ja wohl das Mindeste, wenn er schon wollte, dass ich mich mit ihm zusammensetzen sollte. Aber wieso trieb sich Friedbert in Berlin herum, überlegte ich, aber Friedbert klärte das ungefragt auf.

»Ich bin mit Rosa verabredet, sie hat einen günstigen Flug von Salamanca nach Berlin bekommen. Deshalb bin ich in Berlin, und ich dachte, ich könnte dich – wo ich doch sowieso schon komme –, ich könnte das mit einem Treffen mit dir verbinden.«

Er tat ja gerade so, als wenn wir uns immer dann, wenn er gerade mal Zeit hatte, verabreden würden. Das Interesse Friedberts an seinen Kindern war ungewöhnlich, aber vielleicht fürchtete er auch nur, als alter Mann verlassen und mit Krätze irgendwo zu enden, und wollte dem entgegenwirken, indem er beizeiten seine Kinder an sich band. Genug Geld hatte er ja.

Die süße Rosa studierte in Salamanca. Nachdem sie in der elften Klasse ein Austauschjahr in Spanien verbracht hatte, wollte sie unbedingt auch dort studieren. Seit einem Jahr wohnte sie in Salamanca und studierte Kunstgeschichte und Spanische Literatur. Ich freute mich darüber, dass die kleine Rosa, die so zierlich war wie ihre Mutter, in meine Fußstapfen treten und einfach etwas lernen wollte, von dem sie nicht würde leben können und was ihr nicht unbedingt ein sicheres Einkommen versprach. Rosa hatte eine gewisse Kompromisslosigkeit und ich war mir eigenartigerweise ziemlich sicher, dass sie es schaffen würde, ohne zu heiraten. Wie hatte Friedbert sie dazu gebracht, mitten in den spanischen Semesterklausuren Ende Juni zu ihm zu kommen?

Genug Fragen, die mich dazu brachten, mich mit ihm für Donnerstag zu verabreden. Ich wusste nicht genau, was dabei herauskommen sollte. Aber irgendwie hatte mich gestern schon im Zug, als ich nach Berlin zurückfuhr und aus dem Fenster starrte, eine eigenartige Unruhe überkommen. Irgendeine Idee regte sich in mir. Weit entfernt davon, esoterischen und spinnerten Gedanken anzuhängen und zu vermuten, dass da in mir irgendetwas wach wird, zum Durchbruch kommen will, bin ich durch meine Therapeutin mittlerweile aber so weit, darauf zu achten, ob mir mein Körper oder mein Unterbewusstsein irgendein Signal gibt, dass etwas Verdrängtes wieder nach oben, in mein Bewusstsein will.

Ich hatte mich seit meiner Abfahrt bemüht, die vielen Erlebnisse des Wochenendes zu ordnen. Es flatterten da ein paar Gedanken, Sätze und Bilder herum, die mir nicht mehr aktiv im Bewusstsein waren, aber doch eine Bedeutung haben konnten. Doch immer, wenn ich eine Ahnung davon hatte und sie heben wollte, verschwand das Bild im Dunkeln. Aber als Friedbert mich eben überreden wollte, mich mit ihm zu treffen, da legte mir der Gedanke an das Geld, das Ruth zustand, sozusagen einen Hebel im Kopf um, und ich zog diesen Zipfel aus dem Nebel: Das, wonach ich in meinem Hirn auf der Suche war, hatte jedenfalls mit Geld zu tun – mit dem Geld, das Friedbert jetzt hatte.

Nachdenklich kroch ich die Treppe zum Museum rauf, die Jerôme mit seinem kleinen Hintern so lässig heraufgehüpft war. Auf dem Flur der Abteilung, der ich nun noch drei Monate angehören würde, kam mir Beate entgegen und ich wurde zum zweiten Mal zurückkatapultiert in den Donnerstag.

»Wie war's auf dem Land?«, fragte Beate. »Scherömschen sitzt schon in seinem Büro und will uns um 10.00 Uhr zu einer kleinen Beschpreschung zusammenrufen.« Sie bückte sich, um sich die Schuhe zuzubinden und hüpfte schon los, bevor sie mit der Schleife richtig fertig war. Das Gute an Beates Fragen ist, dass man sie in der Regel nicht beantworten muss, weil sie meist schon wieder unterwegs ist.

Die Besprechung mit Jerôme würde ich als Erstes hinter mich bringen müssen. Ich kam als Letzte in die Runde, alle waren schon um den Besprechungstisch versammelt.

Ich setzte mich und sah 10-Stunden-Melanie an. Blass und blond, hübsch und zurückhaltend. Aber böse wollte ich ihr nicht sein. Sie war ja im Grunde genau so ein armes Schwein wie ich. Und nur weil sie sich besser »verkaufen« konnte, wollte ich nicht mit ihr hadern. Ich lächelte sie nachsichtig an, wollte keine bösen Gefühle zulassen. Also betrachtete ich sie mit aller gebotenen Sachlichkeit und musste aber leider feststellen, dass sie doch ziemlich unsympathisch war – jedenfalls mir. Aus dem Archiv war der gut aussehende, charmante Kollege Benjamin anwesend und Beate, die die ganze Zeit auf ihrem Stuhl herumzappelte. Auch die Abteilungssekretärin war heute da und zwei Kollegen aus der Abteilung Malerei des 17. bis 19. Jahrhunderts, von denen wir auch Exponate mit in unsere Ausstellung genommen hatten. Es ging um die letzten praktischen Arbeiten, die nun noch zu erledigen waren.

Jerôme erwähnte zu Beginn dieser Arbeitsbesprechung mit keinem Wort, dass meine Zeit hier zu Ende ging. Wir besprachen den Stand der letzten Arbeiten für die Vorbereitung der Ausstellung »Grafik der Moderne zwischen Kitsch und Kunst«. Und auch ich steuerte meine Fakten bei, fand mich cool und sagte ebenfalls nichts über die Nichtverlängerung meines Vertrages. Als Beate vorschlug, dass ich mit ihr ab Ende August die Zusammenstellung der Exponate für ein niederländisches Museum übernehmen sollte, das für ein Ausstellungsprojekt im nächsten Januar eine Anfrage gestellt hatte, winkte Jerôme ab.

»Carolin' ist nur noch bis einschließlisch September, also bis zur Ausstellungserrrrröffnung, bei uns – c'est dommage.«

Die Kollegen waren verblüfft und redeten durcheinander, wollten wissen, wie denn das gekommen sei, meine Verlängerung sei doch so gut wie sicher gewesen, und ob man da nicht noch mal was machen könne, das ginge doch nicht, und wie sollten sie das denn ohne mich auf die Beine stellen. Jerômes Einwand, Melanie, die sich nicht an dem Geplapper beteiligt hatte, wäre weiterhin da, sie hätte eine Aufstockung auf 15 Stunden bekommen, galt ihnen nichts, 15 Stunden seien zu wenig, außerdem hätte Melanie gerade erst ihren Magister und der Schwerpunkt passe ja nicht so richtig, sie sei schließlich eher spezialisiert auf Malerei und wie der Berliner Senat so eine unglaubliche Sparpolitik auf Kosten der Kultur fahren könne, das sei ja skandalös.

»Was willst du denn jetzt machen?«, fragte der schöne Benjamin und Beate wollte gleichzeitig wissen, ob ich denn schon was Neues in Aussicht hätte für Oktober. Dann schwieg sie plötzlich und wartete auf eine Antwort von mir.

»Ich mache mich selbstständig«, hörte ich mich sagen und sah mit »festem Blick« in die Runde. Jedenfalls hoffte ich das, denn ich hatte keine Lust, meine spontan entstandenen beruflichen Pläne weiter zu spezifizieren. Jerômes Desinteresse an meiner Zukunft ersparte mir die Peinlichkeit, etwas sagen zu müssen über etwas, das ich selbst noch nicht wusste. Mit einer legeren Bewegung winkte er das Durcheinander ab und mit dem Hinweis auf die Bedeutung der aktuellen Arbeiten und die knappe Zeit wollte er nun wieder zum Arbeitsthema kommen.

»Ihr könnt eusch später in der Kaffeepause ja ausgiebisch unterrralten«, schlug er vor und fragte, ob alle ihre Korrekturen in die Korrekturabzüge des Kataloges eingetragen hätten. Ich und meine Zukunft waren von seiner Seite aus abgehakt.

Den Rest der Sitzung verbrachte ich mit dem Gefühl innerer Leere. Immer und immer wieder hallte »Ich mache mich selbstständig« in mir nach. Und mit Verwunderung registrierte ich, dass die fest bestallten Kollegen und die verlängerte Praktikantin sich über diese von mir in Aussicht gestellte Selbstständigkeit nicht wunderten. Sie schienen das für möglich zu halten und vor allem schienen sie mir das zuzutrauen. Sie kehrten ohne weitere Umschweife zurück in die fachliche Diskussion, der ich nur noch am Rande folgen konnte, denn ich war damit beschäftigt, meine Selbstzweifel dem Bild, das ich nach außen vermittelte, gegenüberzustellen.

Wer hatte recht? Ich entschied mich, das Thema meiner Therapiestunde noch einmal zu wechseln und mich nicht mit krypto-schwulen Konkurrenten, sondern mit mir selbst und meiner Zukunft zu befassen. Immerhin ein Anfang.

»Willst du eine Galerie aufmachen?«, fragte Beate mich, als wir nach der Besprechung zu unseren Büros zurückgingen. Benjamin wollte sich gleich wieder ins Archiv verkrümeln, hatte immer noch keine Lust auf einen Kaffee mit mir. Von Verträgen über Beziehungen war ich im Moment weiter entfernt denn je zuvor. Aber auch mir selbst stand die Lust weder nach Kaffee noch nach Benjamin. Meine Regel hatte ihren Höhepunkt erreicht und von Kaffee auf Schmerztabletten kann ich nur abraten.

»Ja, später.« Ich sah hinter Benjamin her, der gut gelaunt die Treppe zum Archiv hinunterhüpfte.

»Dafür, dass er im Keller haust, sieht er nicht nur gut aus, sondern hat auch extrem gute Laune!«, versuchte ich das Gespräch in eine andere Richtung zu lenken.

»Ja, Benjamin ist verliebt. Ich hab ihn gestern am Südstern gesehen, Hand in Hand mit seinem Freund.«

Beate beäugte mich triumphierend. Ich hatte sie bis jetzt alle enttarnt, die Schwulen und Nicht-Schwulen. Ich galt Beate in der Hinsicht als Profi. Weit davon entfernt, wegen Beates Überführung meiner Fehleinschätzung gekränkt zu sein, war ich vor allem erleichtert. Das ausdauernde Desinteresse Benjamins hatte also wenigstens nicht an mir gelegen.

Meine Laune besserte sich schlagartig. Ich war ihm regelrecht dankbar und er wurde mir noch sympathischer. Beate erzählte, wie sie die beiden begrüßt und Benjamin sie gebeten hatte, nichts im Museum zu erzählen.

»Ich erzähle das natürlich niemandem. Obwohl das doch Unsinn ist heutzutage, damit hinterm Berg zu halten!«, fand Beate.

Wir lachten und gingen in unsere Büros.

Zum Glück kam der Dienstag. Wie sehr ich mich auf diesen Termin gefreut hatte, merkte ich erst, als ich die Treppen zur Praxis hinaufging. Wenigstens ein Mensch in meinem Leben, der mir zuhörte, und dem es um mich ging. Allerdings zahlte ich dafür auch kräftig. Die Kasse hatte es Anfang dieses Jahres abgelehnt, sich weiter an meiner seelischen Gesundung zu beteiligen. Also nehme ich sie selbst in die Hand und zahle auch selbst. Umso wichtiger wird die teure Stunde und will gut genutzt sein.

Martha Baum ist mein Fels in der Brandung. Sie ist Mitte 50 und sieht überhaupt nicht so aus, wie ich mir früher immer eine Therapeutin vorgestellt habe. Blond, mittelgroß ist sie, sieht gut aus und spricht in einfachen normalen und klaren Sätzen. Sie ist ein wenig herb, was mir entgegenkommt, und hat mich noch nie gefragt: »Wie fühlt sich das an?« Sie kann lachen und geht auch meinen Ärger ein Stück mit. Bis sie mir die Grenze zeigt.

Die war heute erreicht, als ich es doch nicht lassen konnte, über Jerôme zu zetern.

»Was wollen Sie denn jetzt tun?«

Der Antwort, die ich Beate schuldig geblieben war, musste ich mich nun stellen. »Ich habe Angst, allein.«

Sie konnte das verstehen. Schließlich kannte sie mich. Darum war ich ja hier, mich meiner Angst zu stellen. Sie konnte das wahrscheinlich deshalb so gut verstehen, weil sie die vielen Geheimnisse der vielen anderen Menschen kannte, die sich hier bei ihr herumdrückten. Alle hatten sie wahrscheinlich Angst und wenig Begeisterung dafür, alles im Leben allein managen zu müssen, immer mit dem Rücken zur Wand.

»Das Glück, es flieht auf allen Wegen, das Unglück kommt dir stets entgegen!« Diese Lebensweisheit aus einem sinnlosen Film hat sich mir eingeprägt und schien mir meine jetzige Lebenslage treffend auf den Punkt zu bringen.

»Wie soll ich mich denn selbstständig machen! Das habe ich dieser Bande doch nur zur Selbstverteidigung hingeworfen, und alle haben es gefressen.«

Sie ließ mich einen Moment in Ruhe, wollte dann aber von mir wissen, warum ich denn eigentlich die Einzige sei, die mir das nicht zutraut. Darauf kaute ich herum, um wenig später loszuheulen. So sieht es oft in meinen Therapiestunden aus. Aber deshalb gehe ich immer wieder hin.

Mit einem Zitronentee hockte ich mich am frühen Abend auf den kleinen Balkon vor meiner Küche, von dem aus ich auf den Spielplatz hinunterschauen kann. Heute hielt sich dort niemand auf, wahrscheinlich waren die Mütter mit ihren Kindern im Park oder in der Badeanstalt. Es war ein wunderbarer lauer Juniabend. Die Tage wurden immer länger, bald würde der Sommer auch offiziell beginnen.

Ich grübelte nicht, sondern lungerte einfach herum. Die Therapiestunde hatte mich angestrengt und ich wollte meine bei Ruth begonnene Liste der persönlich-psychischen Gewinn-Verlust-Rechnung ohne Festanstellung noch nicht weiterführen. »Nehmen Sie sich

Zeit«, hatte Martha Baum mir empfohlen. Also wollte ich das tun.

An diesem Tag ging ich entspannt und gelassen ins Bett. Manchmal weiß man selbst nicht, woran es gelegen hat, dass es einem gut geht. Alles, was der Tag bereithielt, war widrig, alles, was es aufzuzählen gäbe, gehört auf die schwere Seite. Und es findet sich nichts oder fast nichts, für die gute Seite. Ich habe ohnehin einen scharfen Blick für die unangenehmen Dinge und von Zeit zu Zeit, glaube ich, ziehe ich das Unglück an, weil ich es so gut erkenne. Aber dass sich nun etwas ändern würde in meinem Leben, das fühlte ich ganz klar. Nur noch nicht genau das Wie.

An diesem Abend musste ich mir keine Sorgen machen, weder um mich, noch um Ruth. Sie rief mich nämlich an, kurz bevor ich einschlief, und erzählte mir, Rosa würde übers Wochenende zu ihr kommen. Ihre Tochter würde sich mit Friedbert in Berlin treffen.

»Wenigstens bevorzugt er nicht seinen Sohn, sondern gibt Rosa auch einen vernünftigen Betrag fürs Studium.«

Tobias hatte seiner Mama erzählt, dass er ein 20.000-Euro-Sparbuch bekommen hätte, zur freien Verfügung während der Zeit seines Studiums. Das wollte Friedbert für Rosa jetzt wohl auch einrichten. Das also war der Grund dafür, dass er Rosa mitten im Semester dazu bringen konnte, nach Berlin zu kommen.

Aber Friedbert wollte die Dankbarkeit in den Augen seiner Kinder leuchten sehen, deshalb hatte er sie zu sich zitiert, da war ich mir sicher. Ich hatte also recht gehabt, er wollte nicht als Aussätziger zu Grunde gehen und schmiedete neue Familienbande. Ruth fand das in Ordnung – sie konnte ihren Kindern nichts geben, ihr Geld war in Friedberts Händen. Sie war der Meinung, dass die Beträge für ihn ein Taschengeld waren.

»Es ist viel Geld für jeden, auch für meine Kinder. Aber es ist nicht viel Geld für Friedbert.« Ruth war froh, dass ihre Kinder wenigstens überhaupt etwas bekamen, und freute sich auf den Besuch ihrer Tochter.

Ich erzählte ihr nicht, dass ich mit Friedbert verabredet war. Nicht weil ich es ihr verheimlichen wollte, sondern weil ich ihr das Ergebnis meiner Feldforschung im Feindgebiet als Tatsachen präsentieren wollte, als nackte Wahrheit.

7. Kapitel

»Wie bitte, du willst von mir die Telefonnummer von Mari?« Ich explodierte geradezu vor Empörung und spuckte ihm dabei auf seine Tapas. Wir hatten uns nämlich, weil ich diese leckeren, fetten Sachen so gerne mag, doch nicht bei Wiener, sondern in einer Tapas-Bar in der Nähe der Alten Schulenburgstraße getroffen. Friedbert wollte die Weltstadt erleben, deshalb hatte er zum Prenzlauer Berg gewollt und am liebsten in eine Sushibar, was ich aber abgelehnt hatte. Warum sich die Welt für Sushi begeistert, hat sich mir noch nie erschließen können. Wenn nicht die Saucen dabei wären, würde alles nach gepresstem Meer schmecken.

Nun tupfte er sich mit einer Serviette den Mund ab und begutachtete angewidert sein Seiden-T-Shirt, auf dem der Sprühregen meiner Spucke unzählige hässliche kleine Fettflecken hinterlassen hatte.

Er hasst mich genau so wie ich ihn! Schlagartig wurde mir das klar. Warum auch sollte er mich sympathisch finden, ich hatte ihm nie einen Grund dafür gegeben. Es musste ihn regelrecht Überwindung gekostet haben, mich anzurufen, mit mir essen zu gehen, Zeit mit mir zu verbringen. Seine Antipathie war im Grunde genau so groß wie meine, logische Konsequenz meines eigenen Verhaltens ihm gegenüber. Diese Erkenntnis verblüffte mich einen kurzen Moment lang, denn schließlich bin ich bei Weitem nicht so unsympathisch wie

Friedbert! Bei diesem Gedanken sah ich ihn an und musste laut über mich lachen.

Die Gäste an den Nachbartischen drehten sich nach uns um. Friedbert war das unangenehm. »Reiß dich doch ein einziges Mal zusammen und benimm dich! Schweinerei«, setzte er hinzu und schaute wieder auf sein Hemd und dann mit gleichem Abscheu auf mich.

»Eine Schweinerei ist es, dass du die Stirn hast, hier eine Stunde meiner Zeit zu beanspruchen, weil du spitz bist auf eine Bekannte von mir. Eine Sauerei ist das!« Ich schmiss mein Weißbrot in die Reste meiner Riñones in Aceite. »Der Herr möchte gern bezahlen«, rief ich dem Kellner zu und wollte mich erheben.

»Warum bist du denn mit mir essen gegangen?«, hielt Friedbert mich fest und hakte sich mit dieser Frage bei mir ein. Denn ich war mir darüber immer noch nicht im Klaren.

Fast eine Stunde, während ich meine fettige Morcilla mümmelte, hatte er mir von Tobias und Rosa erzählt. Er sei so stolz auf seinen Sohn, der jetzt bald fertig sei und möglicherweise promovieren wolle. Und sie hätten solch einen schönen Abend in der Wohnung in Nomburgshausen gehabt am letzten Freitag, hätten zusammen Wein getrunken und so richtig von Mann zu Mann gesprochen. Tobias habe ihm sogar den Schlüssel seiner Wohnung gegeben, damit der Vater, wann immer er wolle, bei ihm vorbeischauen könne in Hannover. Sie hätten jetzt beide vor, wieder mehr Kontakt zu haben. Ach ja, es sei schon toll, wenn man so einen großen Sohn habe. Auch Rosa sei so erwachsen geworden, ein wenig widerspenstig. Aber er habe jetzt seinen beiden Kindern väterlich unter die Arme gegriffen. Das sei schon toll, dieses Gefühl.

Ich lauerte, warum er mir das alles erzählte, hielt mich bedeckt und hörte zu, um genügend Zeit zu gewinnen. Zwischendurch hatte ich sogar einmal versucht, ihm einen Gedanken, der von Sympathie getragen war, entgegenzubringen, als er sagte, Rosa sei so entzückend, weil ich seine Meinung in diesem Fall teilte. Als er aber hinzusetzte, dass sie ihn an Ruth erinnere, als sie jung gewesen sei und er sie kennengelernt habe, kam mir die Galle hoch.

»Was soll das Geseire, Friedbert? Willst du dir so dein schäbiges Verhalten schönreden?«

Friedbert war fast erschrocken über meine ungebremst aggressive Art und wehrte ab. So wolle er mit mir nicht über seine Ehe reden. Es habe einen fairen Prozess gegeben, und er wolle sich mit mir nicht über juristische Details auseinandersetzen.

»Halt verdammt noch mal den Mund«, fuhr ich in seine Rede. »Weshalb muss ich denn hier mit dir meine Zeit verbringen? Du wolltest doch die ›unschöne‹ Geschichte schönen. War das eben das erste Kapitel? Dann erspar mir bitte den Rest.«

Friedbert guckte beleidigt auf seinen Teller, riss sich aber zusammen. »Ach, ich dachte, dass du zumindest honorieren würdest, dass ich Rosa und Tobias unter die Arme greife. Ich bin sehr großzügig zu ihnen. Ich lass es immerhin nicht an meinen Kindern aus, nur weil ich getrennt bin von Ruth und sie mir den Prozess angehängt hat.«

»Bist du eigentlich bei Verstand?« Ich musste mich beherrschen, nicht laut zu werden. »Ich schlage mir hier meine Zeit mit dir um die Ohren, weil du mir eine Selbstverständlichkeit als Großtat verkaufen willst.« Seine Uneinsichtigkeit und Selbstgerechtigkeit erschütterten mich aufs Neue. Denn er hatte – Zeichen seiner mangelhaft ausgebildeten Selbstwahrnehmung – offenbar angenommen, dass er mich beeindrucken könnte mit seinem Gesülze über seine Kinder und die Liebe zu ihnen, die er ausgerechnet an dem Wochenende entdeckte, als ihm von amtlicher Seite der Betrug an seiner Frau für rechtens erklärt wurde.

Ich musterte ihn und entschied mich für Angriff. »Hör auf mit der Schleimerei, frei heraus: Warum wolltest du dich mit mir treffen?«

Er tupfte sich maniert seine Mundwinkel ab und nahm noch einen Schluck Wein, bevor er mich pikiert und geschlagen ansah: »Ich hab dich doch neulich in Nomburgshausen mit deiner Bekannten getroffen, dieser Mari Rosenberg. Nun – «, dabei schaute er etwas verunsichert auf eine vorbeieilende Kellnerin und suchte mit der Zunge nach den letzten Resten seines Weißbrotes, »ich dachte, du könntest mir vielleicht sagen, wie ich sie erreichen kann?«

An dem Punkt waren wir also. Er hatte sich von mir über eine Stunde lang beleidigen lassen, nur um Maris Telefonnummer zu bekommen. Und rückte nun damit raus. Das war schon allerhand. Offenbar hatte er großes Interesse. Mit seiner Einschätzung hatte er allerdings völlig richtig gelegen. Er wusste, dass es für mich keinen Grund gab, ihm die Telefonnummern von irgendwelchen Frauen weiterzureichen. Umsonst kam er da nicht ran, das war ihm klar, also hatte er es auf diese Tour versucht.

Deshalb hatte er mich wohl gefragt, nachdem ich ihm aufs Hemd gespuckt und meiner Empörung genügend Luft gemacht hatte, warum ich denn mit ihm Essen gegangen sei.

»Das frage ich mich allerdings auch, Friedbert«, versuchte ich, seine Frage zu beantworten. Ich starrte auf sein Seidenhemd, das ich ihm gerade versaut hatte, setzte mich wieder hin und ließ ihn sogar an meinen Überlegungen teilhaben. »Ich weiß es nicht. Das ist mein voller Ernst.« Und das entsprach den Tatsachen. Ich schob den Teller mit der Serviette zur Seite. Da ich eher nachdenklich als bösartig auf dem Tisch herumstarrte, um mir selbst diese Frage zu beantworten, traute Friedbert sich noch einmal, nachzulegen.

»Ich hab's versucht übers Internet, aber ich hab nichts gefunden. Es gibt keine Mari Rosenberg.« Er sah mich an und schien zu überlegen, ob er seinen leuchtenden Blick auflegen sollte, entschied sich aber zu seinem Glück dagegen und beobachtete mich fast ein wenig ängstlich.

»Bist du ohne deinen Anwalt noch nicht einmal in der Lage, eine Adresse aus dem Internet herauszufischen?« In Sachen Internet bin ich einigermaßen fit, und bis jetzt habe ich jedenfalls immer alles gefunden, was ich brauchte. Dass Friedbert als Kaufmann auch an dieser Stelle unbegabter sein sollte als eine in technischen Dingen eher unterbelichtete Kunsthistorikerin, erfüllte mich mit warmer Genugtuung.

Mit diesem Gefühl lächelte ich ihn ausdauernd an und schwieg.

»Ach, Karoline«, stöhnte Friedbert, »meinst du, ich wäre sonst mit dir essen gegangen?« Und da ich nicht bereit war, mein Schweigen und Lächeln zu beenden, fuhr er fort: »Den Namen gibt es nicht, ich habe ihn nirgends gefunden. Ich weiß doch auch gar nicht, was sie macht und wo sie wohnt ... und überhaupt.«

Meine Genugtuung wuchs. Ich schwieg weiter und beobachtete ihn mit leidenschaftlicher Bosheit. Er war also gescheitert mit seinen eigenen Bemühungen, hatte auch keine Kontakte nach Nomburgshausen, um dort nachzufragen. Denn Nomburgshausen und vor allem Eickdorf waren Ruths Umgebung. Er hatte mit der Scheidung alles hinter sich lassen müssen. Ruth war wieder in die alte dörfliche und kleinstädtische Gemeinschaft eingetaucht und Friedbert war verschwunden. Er hatte dieses Kapitel seiner Geschichte in der Provinzstadt seiner Frau verbracht und mit der Scheidung waren diese Verbindungen gekappt, er hatte alles aufgeben müssen.

Er war also – was die Kontaktdaten von Mari anging – auf mich angewiesen. Sie schienen ihm viel wert zu sein.

Ich lächelte ihn deshalb weiter blöde an und hielt die Klappe. Mittlerweile, weil ich nicht wusste, wie ich darauf reagieren sollte. Seine Abhängigkeit von mir war die blanke Befriedigung und ich wollte diese Sekunden noch ein wenig auskosten.

Auch er schwieg, wohlweislich, denn so weit kannte er mich, dass ein falsches Wort mich sofort zu ihm unnachvollziehbaren Reaktionen hinreißen konnte. Ich sah ihm ins Gesicht. Und im Hinblick auf die Zeit, die er mit mir hier verbracht, und die Bemühungen, die er angestellt hatte, um mich von seiner Gutherzigkeit zu überzeugen, obwohl er von vornherein fürchtete, dass das alles nicht klappen würde, sprach ich mit meiner dunkelsten Stimme: »Die Information scheint dir ja einiges wert zu sein.« Dann fixierte ich ihn kühl.

»Ja, wie viel willst du denn?«, zischte er.

Das verschlug mir jetzt wirklich die Sprache. Friedbert bot mir Geld an. Ich als arme gebildete Kirchenmaus denke an innere Werte, an die Mühe und Arbeit, die man erduldet, um etwas zu erreichen. Und an die Qualen, die er auf sich nehmen, und meine Demütigungen und Beleidigungen, die er über sich ergehen lassen musste. Aber Friedbert dachte bei »Wert« nur an Geld.

Diese Eindimensionalität weckte mich auf. Ich ließ den Gedanken zu und fand Gefallen daran. »Wie viel ist sie dir denn wert?«, wiederholte ich nun und ließ ihn nicht aus dem Blick, damit er auf keinen Fall auf den Gedanken käme, dass ich viel argloser war, als er überhaupt vermuten konnte.

»1.000 Euro?«, meinte er, offensichtlich doch verunsichert und irritiert, dass ich ihm wie ein amerikanischer Filmspitzel die Informationen verkaufen wollte.

Ich sagte erst einmal gar nichts und versuchte ihn nun anzusehen wie Marlon Brando. »Willst du mich auf den Arm nehmen?«, überspielte ich meine Verblüffung.

Friedbert sah mich mit einer Mischung aus Erstaunen und Widerwillen an. »Ist dir das zu wenig? Ich denke, du hast ab Oktober keinen Job mehr!« Das hatte er sicher von Tobias oder von Rosa, mit der er sich ja heute getroffen hatte. Rosa wusste immer alles von ihrer Mutter, sie telefonierten mindestens einmal in der Woche.

»1.000 Euro, mein Lieber, helfen mir da nicht weiter.« Wie würde er das jetzt aufnehmen? Er schien zu überlegen, ob ich das wirklich ernst meinte.

»Mach mir doch ein Angebot, das ich nicht ablehnen kann.« Die Sache begann mir jetzt Spaß zu machen.

Friedbert guckte unsicher und begann offensichtlich zu denken. Er kaute dabei auf seiner Unterlippe. Er war regelrecht durcheinander, sein Bild von mir musste er neu einrichten und justieren. »Dass du so abgefeimt bist!«

Ich blieb hart: »Wie viel?« Mein Repertoire an Gesichtsausdrücken und Verhandlungsphrasen war erschöpft und ich begann in meinen Rucksack zu kramen, als wolle ich packen.

»2.000 Euro!«

Ich bot ihm ein höhnisches Lachen. Dann griff ich nach meinem Rucksack, und halb erhoben flüsterte ich ihm ins Ohr: »Für diese lächerliche Summe nicht. Ich will 10.000 Euro.«

»Du spinnst wohl!« Jetzt wurde Friedbert laut, das Pärchen vom Nachbartisch schaute schon wieder herüber. »Für das Geld kann ich ja einen Privatdetektiv beauftragen!«

»Das kannst du. Ob du damit aber bei Mari reüssieren wirst, ist eine andere Sache!«

Das leuchtete ihm unmittelbar ein. Bitter nickte er. Du Schlange, schien er zu denken, sprach es aber wohlweislich nicht aus. Aber er zögerte wohl auch, weil ihm nichts garantieren konnte, dass ich Mari nicht doch eine schillernde Charakterzeichnung von ihm geben würde. In diesem Fall hätte ich sein Geld und lustige Gespräche mit Mari und Ruth. Friedbert war das klar. Er kannte ja auch mich.

»Denk nicht so viel, dabei kommt doch nichts raus. Du überweist 10.000 Euro an Ruth, Absendervermerk: Geschenk für Dich. Wenn das Geld eingegangen ist, gebe ich dir die Adresse und Telefonnummer von Mari.«

Friedbert war überrascht. Das war eine neue Wendung für ihn, die er nicht so schnell einschätzen konnte.

»Du hast doch letzte Woche so lieb geschrieben, dass du ihr jederzeit helfen würdest, wenn sie dich darum bittet.« Ich faltete meine Hände, stützte mein Kinn darauf und setzte abermals das liebenswürdige Lächeln auf, das ich so gut beherrsche. Er sah mich misstrauisch an und wartete, ob noch eine Gemeinheit hinterherkäme.

»Ruth würde dich um nichts in der Welt bitten, schließlich ist es ihr Geld, auf dem du sitzt. Sie braucht aber Geld für ihr demoliertes Auto. Daher nehme ich es von dir.«

Er schien dieses Arrangement zu erwägen und vielleicht sah er auch irgendwelche Vorteile für sich selbst.

Ein gutes Gewissen, Ruth würde vielleicht demütig zu Kreuze kriechen, seine Kinder sähen weitere guten Seiten an ihm und – das Wichtigste – er käme an die Adresse der schönen Mari.

»Keine Angst, wenn du zahlst, werde ich Mari nicht darüber ins Bild setzen, was für ein Typ du bist«, ermunterte ich ihn noch einmal.

Er war immer noch im Zweifel. »Was hast du davon?«

»Friedbert, wenn du das nicht weißt!«

Friedbert stöhnte ein wenig auf, zuckte mit den Schultern und winkte der Kellnerin. »Ich muss mir das noch überlegen.« Er zahlte mit Kreditkarte und wir warteten schweigend, bis der Kellner wieder zurückkam. Die Rechnung war meiner Meinung nach zu niedrig ausgefallen, aber ich war mir nicht sicher gewesen, ob er letztlich wirklich zahlen würde. Sonst hätte ich ein teureres Restaurant vorgeschlagen. Vor der Tür verabschiedete sich Friedbert von mir nur knapp, er würde sich in den nächsten Tagen bei mir melden. Ohne Händedruck gingen wir auseinander.

Ich konnte es nicht lassen, ihm freundlich hinterherzuwinken.

8. Kapitel

Friedbert hatte recht gehabt. Im Internet war kein Eintrag über Mari zu finden. Eigentlich eigenartig, wo sie doch Seminare für verschiedene Anbieter machte. Ihr Name hätte zumindest in diesem Zusammenhang irgendwo auftauchen können. Ich versuchte es über die Titel der Seminare: »Besser verkaufen«› »Benimm für Fortgeschrittene« oder »Business und Outfit« – all die Themen, die sie genannt hatte. Aber es gab keinen Hinweis auf eine Mari Rosenberg. Möglicherweise bot sie keine Seminare mehr an und die Anbieter pflegten ihre Seiten und die alten Einträge waren gelöscht.

Jerôme schlenderte mit leichtem Hüftschwung an meiner Tür vorbei und ich schaute auf. Seit ich entschieden hatte, mich nicht weiter an dem sinnlosen Kampf um rare Stellen im Kulturbereich zu beteiligen, konnte ich ihn ohne Widerwillen registrieren. Seit einigen Tagen fühlte ich mich auf eine gewisse Weise sogar erleichtert, dass ich mich nicht mehr weiter quälen und demütigen lassen musste. So weit, es Glück zu nennen, dass Jerôme mir nicht wohlgesonnen war und mich in die Freiheit getrieben hatte, war ich allerdings nicht.

Ich ging zurück zu einer Expertise, die ich noch fertigstellen musste. Ein privater Sammler hatte angefragt, ob die Grafik, die er in Straßburg auf dem Flohmarkt gekauft hatte, wirklich von Chodowiecki war. Die beiden Kollegen aus der zuständigen Abteilung waren zu beschäftigt und so hatte Jerôme die Anfrage an mich zur Bearbeitung weitergeleitet. Das Honorar ging an das Museum. Wenn ich ein wenig berühmter auf meinem Fachgebiet gewesen wäre, hätte ich von Expertisen leben können. Aber – ich war leider nicht so berühmt.

In der Kaffeepause alberten Benjamin und Beate herum, wenn ich mit meiner Galerie selbstständig sei, könnte ich sie ja als Honorarkräfte einstellen. Wir würden den Kunstmarkt auf den Kopf stellen und schrille Trends markieren. Kunst sei doch sehr abhängig vom Marketing, und wenn man es nur geschickt anpacken würde, könnten wir den einen oder anderen Künstler schon pushen und selbst gut daran verdienen. Ich alberte mit, weil es Spaß machte, konnte mir aber erstens nicht vorstellen, dass eine gut bestallte BAT-II-Kraft wie Beate sich auf dieses dünne Eis begeben würde, und zweitens bezweifelte ich, dass sie die nötige Kreativität hätte, die sie hier gerade beschwor. Meiner durch meine Nichtverlängerung noch einmal bekräftigten Ansicht nach sind feste Anstellungen wenig geeignet, den Menschen zu beflügeln. Mein Blick auf den hübschen, aber zugegebenermaßen für mich ein wenig langweiliger gewordenen Benjamin, der doch tatsächlich ein dazu noch fast unsichtbares Bäuchlein hatte, bestätigte mein Urteil. Ich beschloss, diesen neuen kühlen Blick für meine Mitmenschen in Brot und Lohn und meine Kollegen mit Festanstellung im Öffentlichen Dienst bei meiner Therapeutin auf den Prüfstand in Sachen Neid zu stellen.

Gut gelaunt griff ich nach der Pause zum Telefon.

Mari war tatsächlich in Berlin in ihrer kleinen Wohnung. Sie hatte mir zwar ihre Handynummer gegeben, aber ich wollte sie eigentlich persönlich sprechen, darum hinterließ ich ihr eine Nachricht auf dem Anrufbeantworter. Sie unterbrach meine launige Ansprache.

»Hallo, Karoline, ich wollte dich auch anrufen. Ich bin nämlich für drei Tage in Berlin und hätte Lust, mal wieder ins Kino zu gehen!« Sie meinte, das sei doch eine gute Gelegenheit, uns ein bisschen kennenzulernen. Sie habe an diesem Wochenende etwas in Berlin zu erledigen und würde erst am Montag früh zurück nach Frankfurt fliegen. Nächstes Wochenende sei sie in München. Ich freute mich über ihr Interesse an mir.

»Ich wollte eigentlich was mit dir besprechen.«

»Gut, gehen wir eben irgendwo einen Wein trinken.« Sie könne sich die gerade angelaufene französische Tragikomödie auch nächste Woche mit Rudolf ansehen. Es mutete mich eigenartig an, dass sie mir gegenüber vom dicken Dr. Schmerbusch als Rudolf sprach, ich nahm es aber als Zeichen ihres Vertrauens und freundschaftlicher Empfindungen für mich.

»Falls du nicht abwarten kannst, kannst du dir ja schon in Frankfurt mit deinem Weberknecht den Film angucken!«

Sie schwieg einen Moment, und ich dachte schon, mein loses Mundwerk sei wieder einmal schneller gewesen als mein Verstand, aber dann fragte sie freundlich: »Spricht da der Neid der Besitzlosen?«

»Möglicherweise!«, gab ich zu und dachte darüber nach, ob es wirklich wahr sein könnte, dass mir ihre

Kinobegleitungen für meinen Geschmack zu alt waren, oder ob ich das nur in Ermangelung überhaupt einer Begleitung so bewertete.

⁘

Wir waren im Jüdischen Museum verabredet. Für mich war das ungünstig, aber Mari wohnte im Prenzlauer Berg in der Rykestraße und fuhr ohnehin immer mit dem Taxi. Sie hatte diesen Ort zu meiner Verblüffung vorgeschlagen. Ich schob meinen Rucksack durch die Kontrolle und ging durch das Café zu dem mit Glas überspannten Innenhof.

Schon am Eingangsbogen zum weiten, hellen Raum bemerkte ich, dass Mari nicht allein war. Sie saß dort im Gespräch mit einem jungen Mann. Er sah aus wie ein wild gewordener Geiger, der sich beim Csárdás verausgabt hatte. Schlank, schwarzlockig und mit dunklen Koteletten hätte man ihn fast schon für eine Karikatur halten können. Aber die Brille riss alles raus. Sie verlieh ihm ein geradezu intellektuelles Aussehen. Eine Sensation.

Ich schluckte, stieß die Tür auf und näherte mich dem Tisch. Die beiden bemerkten mich nicht, und ich spürte, wie ich mich verkrampfte, die Schulterblätter anspannte.

»Hallo, Mari!«, sagte ich fest und ein wenig zu laut. Dann drehte ich mich zu dem Geiger, reichte ihm die Hand, drückte sie mit entschiedener Männlichkeit und schleuderte ihm meinen Namen entgegen. »Brauer!« Mit der anderen Hand klopfte ich ihm freundlich burschikos auf die Schulter, denn er hatte aufstehen wollen, um mir die Hand zu geben. Stattdessen schlug er nach hinten auf seinen Stuhl und musste mich nun von unten aufschauend begrüßen.

»Schröder!«, rief er zu mir rauf. Und lächelte.

Ich schluckte abermals und kroch innerlich auf allen vieren um den kleinen Tisch herum, setzte mich auf den dritten Stuhl und schwieg. Ein paar Sekunden lang kramte ich in meinem Rucksack, um irgendwas zu suchen, was mir einerlei war, und wartete, dass meine Ohren nicht mehr glühten.

»Karoline, wir haben ein bisschen länger gebraucht. Darf ich vorstellen: Das ist Manuel – Schröder.« Mari lachte freundlich und legte ihre Hand auf meinen Arm. »Manuel, das ist meine neue Errungenschaft, Dr. Karoline Brauer. Wir haben uns erst letzte Woche im Zug kennengelernt!«

Diese junge Göre – empörte ich mich mit meiner Tante Hedwig. Ich bin fast zehn Jahre älter als sie, dachte ich verzweifelt, ich werde es nie lernen. Sie machte das so souverän und gelassen, und mit so viel Ernsthaftigkeit. Sie hätte auch die Königin von Saba mit George Clooney bekanntmachen können, ohne zu stottern. Schröder, Manuel lächelte mich unvermindert an. Vielleicht konnte er nicht sprechen. Er war nun eigentlich kein Jüngling mehr. Ende 30 war er, möglicherweise auch gut erhaltene Mitte 40.

»Es hat mich gefreut, Sie kennenzulernen«, sagte er dann doch mit einem mir so angenehmen badischen Einschlag. Er machte Anstalten zu gehen.

Ich nickte stumm und räusperte mich. Nach einer

gefühlten Ewigkeit erhob er sich und zu Mari gewandt verabschiedete er sich. Ich starrte ihm wortlos hinterher. Sie kann wahrscheinlich nicht sprechen, dachte er jetzt. An der Tür drehte er sich noch einmal um und winkte uns zu. Ich schob meinen Kopf wieder in den Rucksack.

»Karoline, was ist denn los?«, sagte Mari und zog mich am Oberarm über die Tischkante. »Was ist denn mit dir los?«

»Wieso? Nichts, ich wollte nicht stören.«

Mari sah mich misstrauisch an. Sie kannte mich nicht und konnte mich nicht richtig einschätzen.

»Wollen wir hier bleiben oder woanders hingehen?«, fragte sie mich. Sie hatte schon seit zwei Stunden mit Manuel Schröder im Jüdischen Museum gesessen. Wir entschieden uns also zu einem Ortswechsel und brachen auf. Ich bog vor dem Museum sofort selbstverständlich rechts in Richtung Bushaltestelle ab, sie hob mit der gleichen Selbstverständlichkeit den Arm, um ein Taxi anzuhalten.

»Komm, lass uns mit der U-Bahn oder dem Bus fahren«, hielt ich sie zurück.

»Wohin?«

»Keine Ahnung, ich will ein bisschen laufen.« Es war ein angenehmer Abend, noch nicht zu heiß. Die Wetterlage war stabil und es war noch immer ein Wetter, das meiner Ansicht nach akzeptabel war. Bald würde es sicher wieder schwül werden. Wir gingen die Lindenstraße entlang Richtung Norden. Es gab genug Schatten unter den Linden.

Wo hatte Mari nur diesen Mann her, grübelte ich,

während wir uns in Richtung Kochstraße in Bewegung setzten. Wir gingen nebeneinander her, Mari mit langen Beinen und entsprechenden Schritten, und redeten über die architektonischen Besonderheiten dieser Gegend. Ich konnte mich ein wenig zusammenraufen, auf diesem Terrain war ich zu Hause. Ich geriet sprachlich regelrecht in Fahrt, um meine stumme Blamage eben im Café vergessen zu machen.

»Da rechts, diese Bauten wurden bei der IBA 1987, der Internationalen Bauausstellung, gebaut. Ich war damals mit der Schule das erste Mal in Berlin. Es haben solche Architekten wie Hinrich und Inken Baller mitgemacht.«

Mari war interessiert und freute sich, eine kompetente Begleitung zu haben. Ich schlug vor, zum Fraenkelufer zu laufen, um das damals aufsehenerregende Gebäude anzusehen. Aber sie lehnte ab. Wir gingen weiter, ich redete ohne Punkt und Komma, sie hörte zu. Ich schnappte nach Luft. In welcher Beziehung stand sie zu dem Geiger? Ich sah sie von der Seite an, aber sie machte keine Anstalten, mich aufzuklären. Also klassifizierte ich ihr das Axel-Springer-Hochhaus, dem wir uns näherten, noch in architektonischer Hinsicht und beeindruckte sie damit offenbar.

»Ist er Journalist?« Ich hielt es nun für unverfänglich, nachzufragen. Immerhin waren wir schon einige hundert Meter gelaufen.

»Ich hab mich schon gefragt, wie lange du es aushältst!«, meinte sie trocken.

»Wieso, wie meinst du denn das?« Ich blieb stehen.

Sie taxierte mich sanft fragend. »Der hat es dir doch angetan!« Das brachte sie mit ziemlicher Entschiedenheit vor und setzte sich wieder in Bewegung. Ich musste hinterhersprinten.

»Was für ein Unsinn, ich fand ihn ganz passabel – verglichen mit den anderen Exemplaren deiner Sammlung.«

Mari ging ungerührt weiter und lachte. »Er ist nicht Journalist! Er ist Zimmermann – er hat einen gut gehenden Handwerksbetrieb.«

Ich hatte aufgeschlossen und hielt nun Schritt mit ihr und ihren langen Beinen.

Also war er kein Geiger, wenngleich er doch mit den Händen arbeitete, oder damit umgehen konnte. Was hatte Mari mit diesem falschen Geiger vor? Der lockige Handwerker hatte also eine florierende Werkstatt. Wir gingen ein wenig flotter nebeneinander her.

Sie sah mich prüfend an. »Ich finde ihn sympathisch! Ich habe ihn vor einem Jahr kennengelernt.«

»Aha!« Ich wollte mir nun keine weitere Blöße geben und beschloss, nicht weiter nachzubohren.

An einer Bushaltestelle an der Kochstraße blieben wir stehen, schwiegen und grinsten uns an. Weil wir ohnehin nicht wussten, wohin wir genau wollten, nahmen wir den Bus, der gerade kam. Am Oranienplatz stiegen wir aus und gingen in ein Gartenlokal am Legiendamm, wo um diese Zeit gerade noch zwei Tische frei waren. Ich hatte nicht vor, mir das Heft noch einmal aus der Hand nehmen zu lassen und wollte wegen des als Zimmermann enttarnten Geigers von Mari nicht weiter examiniert werden. Also ging ich nun das eigentliche Anliegen meines Treffens mit ihr an.

»Sag mal, Mari, wieso bist du eigentlich im Internet nicht zu finden mit deinen Seminaren? Dass deine Adresse nicht auftaucht, kann ich verstehen, das ist ja auch nicht unbedingt selbstverständlich. Aber auch im Zusammenhang mit deinen Seminaren gibt es keinen Eintrag. Wieso nicht?«

»Weil ich nicht Mari Rosenberg heiße.«

Das zweite Mal an diesem Tag verschlug es mir die Sprache. Mari saß da – ungerührt – und wartete auf meine weiteren Fragen. Sie war der zurückhaltende Typ, dem es Freude macht, die anderen kommen zu lassen. So gewann sie Sicherheit im Umgang mit neuen Situationen. Ich hatte vor, mir von ihr einiges abzugucken. Doch nicht heute. Aber nicht sofort und zu viel zu sprechen, ist sicherlich ein guter Tipp, den ich beherzigen sollte. Vielleicht wäre ich dann auch irgendwann einmal in der Lage, einem lockigen Zimmermann mit dem schweigenden Lächeln eines Vamps zu begegnen, anstatt vor Schreck zu verstummen und wie eine Dreijährige in einen Rucksack zu kriechen. Bei der Erinnerung daran wurde mir schon wieder flau.

Als die Studentin in ihrer körperbetonten Klamottage – sie konnte es sich leisten – unsere Bestellung aufgenommen hatte, ließ sich Mari herab, ohne dass ich noch einmal nachgesetzt hatte, mich aufzuklären.

»Eigentlich heiße ich Helene Marianne Schwartz. Mein Vater hieß Schwartz.«

»Wieso, ist er tot?«

»Nein«, antwortete Mari, »aber für mich ist er

gestorben. Deshalb benutze ich den Namen nicht mehr. Wenn ich Menschen neu kennenlerne, nenne ich mich nach meiner Mutter. Rosenberg.«

Mari begann zu erzählen. Sie hätte sozusagen zwei Leben, das offizielle und das private. Als Helene Schwartz machte sie ihr Abitur, ihr Studium und das Gerichtsreferendariat und so musste sie selbstverständlich auch bei der Bank unterschreiben, weil sie nun einmal amtlicherseits Helene Schwartz hieß. Auch ihre Tätigkeit in den Beratungsfirmen lief unter dem offiziellen Namen, denn dafür musste sie Steuern zahlen.

Aber privat war sie Mari Rosenberg.

»Kannst du dir denn diesen Namen nicht auch offiziell zulegen?«

»Warum? Erstens ist das in Deutschland nicht möglich, oder nur sehr schwer. Ich könnte mir höchstens einen Künstlernamen überlegen. Für mich ist die offizielle Bezeichnung meiner Person auch nicht so wichtig, wichtig ist mir meine eigene Entscheidung.«

Sie hatte sich eigentlich – so erzählte sie – schon im Alter von 13, also vor 15 Jahren, dafür entschieden. Da hatten sich ihre Eltern getrennt, oder, wie Mari das ausdrückte, ihr Vater hatte seine Ehefrau gegen ein jüngeres Exemplar ausgetauscht.

»Meine Mutter war schon 39, als ich auf die Welt kam. Meine sechs Brüder sind alle älter, Johannes, der Älteste, ist heute 43.«

Ihre Mutter hockte plötzlich mit 54 ohne Ausbildung in Frankreich. Dorthin hatte es ihren Mann wegen der Karriere verschlagen. Er war Ingenieur und hatte eine Top-Position in Toulouse bekommen, wo er an der Entwicklung von Hochgeschwindigkeitszügen beteiligt war. Er verdiente entschieden mehr, als seine sparsam haushaltende Ehefrau verbrauchen konnte, und gab deshalb viel Geld für Freundinnen aus. Maris Mutter wusste wohl davon, hatte es aber nicht für möglich gehalten, dass ihr tiefkatholischer Ehemann, der ihr sieben Kinder gemacht hatte, sie eines Tages wirklich verlassen könnte.

»Konnte er aber. Mein Vater hat eine junge Assistentin geheiratet, die an der Universität von Toulouse arbeitete, wo er zusätzlich unterrichtete.«

Die Kellnerin kehrte mit unseren Bestellungen und dem Wein zurück, Mari aß als Erste von ihrem Salat. Wenn sie aß, sprach sie nicht. Ich musterte sie und schob meine Salatblätter von einer Seite auf die andere. Sie sah mich ernst an.

»Weißt du, als ich bei einem Streit meiner Eltern hörte, wie mein Vater sagte, Juliette sei so eine intelligente, selbstständige und anregende Frau, da hätte ich ihn töten können.« Da war sie 13. Und da hatte sie sich für alle Zeiten auf die Seite ihrer Mutter geschlagen.

Ihre Mutter hatte sich mit Anfang 20 Hals über Kopf in ihren Vater verliebt und war ihm gefolgt. Einige Jahre später auch nach Frankreich. Sie hatte ihren Gatten vergöttert, alles getan, was er wollte, und ein Kind nach dem anderen bekommen. Sie hatte sich nicht um Emanzipation geschert und hielt die Mahnung der Zeit, Frauen sollten an ihre Selbstständigkeit denken, für Gerede. Sie war genau so katholisch wie ihr Mann, und glaubte aus tiefstem Herzen an die Familie. Sie tat alles für die Kinder, sie kochte und brachte sie in die Schule, sie holte sie wieder ab und fuhr sie zum Reiten oder zum Judo oder zum Musikunterricht. Sie ließ ihre Kinder nicht aus den Augen und die hielten sie den ganzen Tag auf Trab. Sie half ihnen bei den Schularbeiten und schlug sich beim Elternsprechtag mit den Lehrern herum. Sie ging mit dem Hund spazieren, nachdem sie sich von sechs Söhnen und einer Tochter hatte breitschlagen lassen, sich einen zuzulegen, denn sie würden sich um den Hund kümmern. Sie ging auch zu den gesellschaftlichen Damen-Nachmittagen des Unternehmens, wo die Gattinnen der Manager der mittleren bis oberen Etage gegenseitig Rezepte austauschten und ihre Nachmittagskostüme vorführten. Sie tat das alles, weil sie sich entschieden hatte für die Familie. Und sie tat es aus vollem Herzen und mit Liebe.

»Sie war eine unglaublich liebevolle Frau.« Mari machte eine Pause.

»Wann ist denn deine Mutter gestorben?«

»Vor fünf Jahren. Seitdem nenne ich mich Rosenberg.« Mari stiegen die Tränen in die Augen, sie schluckte und trank hastig vom Wein. Ihre Mutter hatte nach der Trennung und Scheidung ohne großen finanziellen Unterhalt wieder in Deutschland gelebt. Ihre Söhne waren aus dem Haus, studierten in Paris und in der Schweiz. Sie nahm nur Mari mit. Die vier Jahre bis zum Abitur, die Mari mit ihrer Mutter zusammenlebte, waren für beide schwer. Für Mari, weil sie jeden Tag ihre enttäuschte Mutter sah, und für die Mutter, die sich bemühte, sich wegen ihrer Tochter zusammenzureißen. Aber es war nicht mehr die selbstverständliche Fröhlichkeit, die sie gelebt hatte, als sie noch Familienmutter mit dem Vertrauen war, dass dies immer so weitergehen würde. Sie fühlte sich nicht nur von ihrem Mann missbraucht und verraten, sie zweifelte auch an ihrem ganzen Lebensweg. Sie schaffte es nicht, sich von ihrem Mann zu befreien, sie konnte nicht noch einmal anfangen.

Schlimm wurde es, als Mari mit 19 aus dem Haus ging und studierte. Ihre Mutter wurde psychisch krank und verbrachte viele Monate in einer psychiatrischen Klinik. Nach dem Klinikaufenthalt litt sie an allen möglichen anderen Krankheiten.

»Sie konnte diesen Verrat nicht verwinden, sie wurde nicht mehr froh. Es klingt wie ein Klischee. Aber in diesem Fall stimmt der Ausdruck ›Er hat ihr das Herz gebrochen‹. Ich hasse meinen Vater. Ich hasse ihn dafür, dass er aus meiner fröhlichen Mutter eine depressive und kranke Frau gemacht hat.«

Wir bestellten uns noch einen Wein. Ich war betreten und hatte Angst, dass ich nach dieser langen Erzählung von Mari möglicherweise etwas Falsches sagen könnte. Ich kannte diese Frau erst seit einer guten Woche und saß nun hier und sie erzählte mir solch ein dunkles Kapitel ihrer Biografie.

Auf keinen Fall legst du jetzt deine Hand auf ihre, sagte ich mir, als Mari ihre auf meine legte: »Du musst dich nicht beunruhigen. Ich bin nur immer sehr leidenschaftlich, wenn ich mich daran erinnere. Es ist traurig, aber es ist jetzt auch vorbei. Ich denke gern an meine Mutter, für mich überwiegt heute die gute Zeit, die wir miteinander hatten.«

Ich war ihr dankbar, dass sie mich aus meiner Beklemmung erlöst hatte. »Und dein Vater, was macht der?«

Monsieur Schwartz war nun 70 und hatte mit seiner jungen Frau vier halbwüchsige Kinder. Seine Frau war nicht mehr Assistentin an der Uni, sondern noch mitten in der Kinderrallye. Sie würde er in seinem Alter nun nicht mehr verlassen, sondern sich auf ihre Pflege verlassen. Mari hatte keinen Kontakt mit ihrem Vater, aber ihr Bruder Johannes, der in Toulouse geblieben war, hielt sie auf dem Laufenden.

»Vielleicht will ich irgendwann mal meine Halbgeschwister kennenlernen. Mal sehen.«

Mari konnte sich in Europa bewegen. Wenigstens war das bei der Familiengeschichte herausgekommen. Für mich eine beneidenswerte Fähigkeit. »Immerhin kannst du französische Krimis im Original lesen!«

Mari war überrascht, dass ich das im Zug bemerkt hatte. Sie sei aber ohnehin sprachbegabt, und sie überlege zurzeit, ob sie nicht ernsthaft Seminare für interkulturelle Kommunikation machen solle. Französisch würde ihr da vor allem für die Zusammenarbeit mit Firmen im indochinesischen Raum von Nutzen sein.

»Willst du denn deine berufliche Seite weiterentwickeln?« Ich hatte gedacht, dass sie sich von ihren beiden älteren Lebensgefährten weiter sponsern lassen wolle.

»Karoline, was denkst du denn. Ich kann doch so nicht mein ganzes Leben verbringen! Aber ich wollte die Zeit meiner Jugend gut nutzen.«

»Ich dachte, du magst die beiden alten Herren!«

»Ja, ich habe doch die Freiheit, mir gebildete und intelligente Liebhaber zu wählen. Männer, von denen ich nicht abhängig bin, und die eine angemessene Gegenleistung für die Zuwendung bieten, die ich ihnen zuteil werden lasse. Das habe ich dir ja schon auf dem Marktplatz in Nomburgshausen erzählt.« Sie nahm noch einen Schluck Wein und fügte hinzu: »Aber du hast recht. Ich mag ältere Männer, ich weiß nicht genau warum, aber es ist so. Ich denke auch manchmal, dass ich im Grunde das tue, was mein Vater mir beigebracht hat.« Dann bedachte sie mich wieder mit ihrem freundlichen, kühlen Gesichtsausdruck und lachte gleich darauf herzlich. »Manuel Schröder jedenfalls – der wäre mir einfach zu jung.«

Ich registrierte diesen Themenwechsel als Signal, nicht weiter über Familiengeschichten zu sinnieren. Ich fand Manuel Schröder weder zu jung noch zu alt. Er passte vom Alter für mich hervorragend. Dass Mari mit ihren 28 Jahren einen Mittfünfziger einem schwarz gelockten Zimmermann vorzog, der dazu noch einen gut gehenden Betrieb hatte, und immerhin auch noch 13 Jahre älter war als sie, wie ich herausbekam, konnte ich nur mühsam nachvollziehen.

»Aber – ich will dich nicht verwirren. Ehrlich gesagt, hatte ich überlegt, mit Manuel eine ähnliche Beziehung aufzubauen. Wir haben uns ein Jahr lang ab und an getroffen und geredet, aber ... ich bin nicht sein Typ.«

Ich guckte sie ungläubig an.

»Ehrlich, er mag mich, aber er war nicht verrückt nach mir.«

Das schlug mir wie ein Faustschlag von innen durch den Magen unter den Kinnladen. Ich versuchte, eine unbeteiligte Stimme aus mir herauszukramen, aber bevor ich fündig wurde, fuhr Mari freundlich lächelnd fort.

»Wir haben uns wegen einer Eigentumswohnung getroffen. Ich überlege nämlich, eine Wohnung zu kaufen in einer Villa in Lichterfelde, die ich in das Dachgeschoss hinein erweitern kann. Er soll für mich den Dachstuhl begutachten und mir eine Vorstellung davon vermitteln, welche Kosten da auf mich zukommen würden.«

Ob das eine gute Wendung für mich war, war mir an dem Abend nicht klar. Aber ich war froh, dass auch eine Frau wie Mari nicht jeden Mann bekommt, nach dem sie ihre schlanken Finger ausstreckt.

Wir gingen gemeinsam bis zum U-Bahnhof Kottbusser Tor. Sie nahm sich ein Taxi und ich hatte noch eine halbe Stunde in der U-Bahn, um vor mich hinzudösen.

9. Kapitel

Rosa war, nachdem sie sich mit ihrem Vater getroffen hatte, mit dem Zug zu ihrer Mutter gefahren. Dort verbrachte sie das ganze Wochenende. Mich erleichterte das, denn ich machte mir Sorgen um Ruth. Sie war zwar weniger aufgebracht, als sie mich letzten Sonntag mit Gerds Wagen zum Bahnhof gebracht hatte, aber sie trug ja ohnehin – um abermals meine Tante Hedwig zu bemühen – das Herz nicht auf der Zunge. Dass ihre Tochter Rosa, die äußerlich so viel von ihr hatte, aber anders als ihre Mutter mit einer gesunden Portion Pragmatismus gesegnet war, nun bei ihr war, tat meiner Cousine bestimmt gut.

Im Grunde hatte ich teil an ihrem Wochenende. Den halben Samstagabend hing ich, die Füße auf meinem kleinen Klapptisch, auf dem Balkon und telefonierte mit Ruth. Aus dem Off hörte ich von Zeit zu Zeit Rosa, die die Beiträge ihrer Mutter kommentierte.

Ruths Auto war in der Werkstatt und sie dachte darüber nach, ob sie sich ein neues Auto kaufen sollte, denn ihre alte Kiste war hin, ein Totalschaden. Sie wollte sich bis Montag überlegen, wie sie das am besten finanzieren könnte. Gerd hatte angeboten, ihr mit 5.000 Euro unter die Arme zu greifen. »Aber ich weiß nicht, Gerd trinkt schon jeden Nachmittag bei mir Kaffee. Ja, er bringt immer Bienenstich mit, aber ich weiß nicht, ob er anschließend nicht auch mit mir Fernsehen gucken will!«

Gerd sei doch ein netter Kerl, rief Rosa von drinnen von der Spüle her, sie klapperte mit irgendwelchen Tellern und schien das Essen vorzubereiten.

Ruth saß draußen und ich saß draußen. Als ich merkte, dass Rosa nicht mehr direkt in Hörweite war, fragte ich sie, ob Rosa wenigstens gerecht von Friedbert behandelt worden sei. Das sei sie, versicherte meine Cousine. Aber Rosa sei die ganze Sache irgendwie unangenehm, weil sie fürchte, dass Ruth ihr böse sei.

»Das bin ich natürlich nicht. Friedbert ist ihr Vater. Auch wenn er das spät entdeckt und sich mit meinem Geld bei ihnen lieb Kind macht.« Sie klang nicht bitter, sondern eher resigniert. »Auch Tobias hat sich erst total geziert, aber ich war doch schon glücklich, dass Friedbert das überhaupt tut. Ich verlange doch nicht, dass meine Kinder keinen Kontakt zu ihrem missratenen Vater haben.«

Tobias war erleichtert nach Hamburg zurückgefahren und sie hatten am letzten Sonntag noch lange gefrühstückt, als ich schon längst weg war. »Es ging plötzlich hoppladihopp. Du kennst ja Tobi. Einen Pullover hat er vergessen und sein Lieblings-T-Shirt. Und heute habe ich beim Putzen unter dem Schreibtisch einen Schlüssel gefunden. Seiner war es wohl nicht.«

Tobi hatte sich nämlich nicht gemeldet und offenbar nicht – wie so oft schon – vor seiner WG-Tür gestanden und seinen Schlüssel gesucht. Meist ließen ihn seine Mitbewohner rein, die er irgendwo auftrieb. Ruth hatte ihn auf seinem Handy bis jetzt nicht erreicht, es war ausgestellt, meinte Ruth – oder verloren, mutmaßte Rosa, die sich nun wieder von hinten aus der Küchenzeile einmischte. Die organisierte Rosa machte sich über ihren verschusselten Bruder lustig, er würde noch einmal ohne Hosen auf die Straße laufen.

Da klopfte es an auf meinem Telefon. Ich hasse das, bin aber bis jetzt noch nicht in der Lage gewesen, diese Funktion auszustellen. Also verabschiedete ich mich von Ruth – wir hatten fast anderthalb Stunden geredet – und wechselte. »Wer klopfet an?«

»Wie bitte?« Es war Friedbert, damit hatte ich allerdings nicht gerechnet.

»Was wollt Ihr dann?«

»Wie bitte?«, schnalzte er ärgerlich. »Wir waren doch so verblieben, dass ich mich melde!«

»Nein, ach nein, es kann nicht sein …«, zitierte ich das alte Weihnachtslied weiter und fing an zu singen.

Friedbert raunzte mich an, ich solle mit dem Quatsch aufhören, es ginge um was Ernsthaftes.

»Was Ernsthaftes? In diesem Fall geht es sicher um dich!«

Friedbert schwieg und ließ nur ein Schnaufen hören, das mir signalisierte, dass er nur mit Mühe die Fassung bewahrte.

»Ich hab das Geld an Ruth überwiesen!«

Jetzt war es an mir, um Contenance zu ringen. Ich hielt das Mikro zu, damit mein Atem nicht von ihm interpretiert wurde.

»Bist du noch dran, he, Karoline!« Er wurde ärgerlich. Da hatte er sich auf etwas eingelassen. Er hatte das Geld an seine Ex-Frau überwiesen, ohne zu wissen, ob ich meinen Teil der Verabredung bereit war einzuhalten. Ich hatte damit überhaupt nicht gerechnet. Er hatte tatsächlich das Geld überwiesen! Ich war in der Tat völlig überrumpelt und schwieg weiter.

»Karoline, verdammt, nun sag doch was!«

Er wurde lauter. Er war – wurde ihm das gerade bewusst? – völlig angewiesen auf mich. Die Überweisung war getätigt, und ich schwieg.

»Wann hast du das gemacht?« Mir schossen erst jetzt die Gedanken durch den Kopf, die ich mir vorher hätte machen sollen. Ruth wusste nicht Bescheid, und Mari auch nicht. Ich hatte hier schon das Fell verkauft, bevor ich den Hasen geschossen hatte. Was würde Ruth überhaupt sagen, möglicherweise schickte sie das Geld sofort wieder zurück. Schließlich war sie stolz. Und wie würde Mari es finden, wenn ich ihre Adresse für 10.000 Euro verhökerte?

»Jetzt gerade, vor 20 Minuten. Ich dachte, ich sag dir Bescheid, bevor …«

Aha, doch nicht ganz unabgesichert. Er hatte noch 30 Minuten lang Zeit, die Überweisung zu stornieren. Jedenfalls erzählt mein Computer mir immer solche Dinge. Angesichts meiner schlechten Finanzlage überdenke ich in der Tat zuweilen die eine oder andere Rechnung, die ich zahlen muss, und bin manchmal geneigt sie zurückzuholen, wenn ich mir anschließend das addierte, vorgemerkte Soll ansehe.

»Hast du was zu schreiben?« Ich wollte ihn nicht teilhaben lassen an meinen Überlegungen, was meine Online-Kenntnisse anging. Er würde die Überweisung nicht zurückziehen.

»Selbstverständlich habe ich was zu schreiben! Was soll das?«

Ich gab ihm die Handynummer von Mari. Er notierte sie, indem er jede Zahl wiederholte.

»Und die Adresse?«

»Warum willst du denn die Adresse?«

»Sag mal, das ist doch wohl meine Sache!«

»Willst du ihr Blumen schicken? Sehr romantisch!«

Friedbert atmete wieder heftig. Also lenkte ich ein. Immerhin ging es hier um Ruths neues Auto.

»Friedbert!«, sagte ich so sachlich, wie es ging, »ich muss doch Mari erst einmal sagen, dass ich dir ihre Adresse gebe. Das ist doch das Mindeste. Ich hab das bis jetzt noch nicht gemacht, weil ich – ehrlich gesagt – nicht damit gerechnet habe, dass du jetzt schon am Telefon hängst. Und ...«, ich hielt kurz inne, »wenn Ruth mir bestätigt hat, dass das Geld eingegangen ist, kriegst du sie.«

Wir verabredeten uns für Montag früh, damit Ruth kontrollieren konnte, ob der Betrag tatsächlich auf ihrem Konto gelandet war. Außerdem brauchte ich etwas Zeit, allen Beteiligten zu erklären, was ich da zusammengebraut hatte. Wenn ich das überhaupt erklären konnte.

Ich ging in die Küche, holte mir eine Schale Kirschen, die ich mir morgens auf dem Markt gekauft hatte, und setzte mich erneut auf den Balkon. Während ich versuchte, die Steine in einen zwei Meter entfernt stehenden Eimer mit einem Rest Blumenerde zu spucken, dachte ich nach, wie ich das nun alles in genau die Wege leiten sollte, die ich angebahnt hatte. Mit Ruth zu sprechen war nicht ganz so eilig. Sie hatte zwar seit einiger Zeit einen kleinen Laptop, aber wenn ich ihr eine E-Mail schickte, musste ich meist hinter ihr her telefonieren, damit sie auch mal nachguckte. Diese moderne Kommunikationsform, wie sie das nannte, war nicht in ihren Alltag integriert, es konnte ewig dauern. So hatte ich aufgehört, ihr E-Mails zu schreiben, und da ich ohnehin lieber mit Ruth spreche, rufe ich sie immer an. Online-Banking machte sie erst recht nicht, da war ich mir ziemlich sicher. Sie würde also frühestens Montag, falls sie überhaupt zur Bank in Nomburgshausen ging, mitkriegen, dass sie plötzlich 10.000 Euro von Friedbert auf dem Konto hatte.

Ein bisschen eiliger war die Sache mit Mari. Ich wollte auf keinen Fall, dass Friedbert ohne Vorwarnung von mir bei Mari anrief. Ich spuckte einen weiteren Kirschkern in den Eimer. Jeder zweite landete drinnen, einige waren über die Brüstung gegangen, der Rest lag an der kleinen Mauer, die den Balkon begrenzte. Ich legte die Beine übereinander auf den zweiten Stuhl auf meinem Balkon, ließ den Kopf in den Nacken sinken und schaute in den klaren, fast wolkenlosen Himmel über Berlin. Mein Blick heftete sich an eine kleine Schäfchenwolke und ich verfolgte ihre unmerkliche Bewegung. Sie zog nicht weiter, schien stillzustehen, nur ihre Ränder wurden diffuser vor dem dunkelblauen Abendhimmel, der von den Lichtern der Großstadt beleuchtet wurde. Ich genoss den Blick auf den Himmel und wunderte mich, dass ich so ruhig war. Ohne konkrete Perspektive auf Arbeit hatte ich mir zwei kleine Abenteuer organisiert. Martha Baum kroch in meine Brust und fragte mich, wie viel passieren müsste, damit ich mich einmal wirklich mit mir selbst und meinen eigenen Anliegen beschäftigen würde. Ich nahm eine neue Kirsche, spuckte den Kern in den Eimer und antwortete Martha pampig, dass das durchaus etwas mit mir zu tun hätte. Wenn auch nicht unmittelbar. Das ist ja das Problem, hörte ich meine Therapeutin sagen und ich wusste, dass sie es schaffen würde, mich zu überzeugen, diese Nebenschauplätze in meinem Leben aufzugeben. So beschloss ich – und verschlang eine weitere Kirsche – ihr am folgenden Dienstag nichts davon zu erzählen und bis dahin diese Geschichten nicht nur zu lösen, sondern auch wirklich zu meinen zu machen.

Das Telefon riss mich aus diesen Gedanken und ich nahm das gleichzeitig als einen Wink des Schicksals. Es war Mari! Sie fragte, ob ich sie begleiten wolle, um das Dachgeschoss in Lichterfelde anzuschauen. Sie hatte mit dem Verkäufer kurzfristig einen Termin vereinbaren können, und da sie die nächste Woche in Frankfurt und anschließend in München sei, hätte sie zugesagt, sich die Wohnung jetzt sofort anzusehen.

Ich schluckte. »Ich weiß nicht …«

Mari lachte. »Komm, du kannst doch wenigstens gucken!«

»Ich habe keine Ahnung von Wohnungen, … und von Dachstühlen auch nicht!«

»Dafür habe ich einen Fachmann!«, sie machte eine kleine Pause. »Manuel ist nicht dabei, falls du das befürchtest, er hat einen Extratermin mit dem Vertreter der Eigentumsgemeinschaft in der nächsten Woche. Ich will mich dort jetzt einfach nur so, sagen wir, aus rein ästhetischen Gründen, umsehen. Komm mit, du bist doch professionelle Ästhetin!«

Mein Magen krampfte sich zusammen, ich hatte mich selbst erwischt, es war die Freude, die mir gleich wieder genommen wurde, Enttäuschung, dass Zimmermann Manuel Schröder nicht mit dabei war bei der Besichtigung. Allerdings lasse ich mich nicht gern ertappen. Darum versuchte ich es als entspannte 14-Jährige. »Wieso befürchten? Dass dieser Manuel kommt! Das ist mir doch ganz egal!«

Mari lachte nur und streichelte mir wie die weise Fee mit ihrer Stimme über meine krausen Haare. »Natürlich, ja, natürlich.« Wieder lachte sie und fragte die 14-jährige Karoline in dem gleichen mütterlichen Ton, ob es ihr recht sei, wenn sie morgen um 14.00 mit dem Taxi abgeholt werden würde.

Ich schluckte und sagte Ja. Wenig später war mir schlecht, ich hatte fast ein Pfund Kirschen gegessen. Ich fegte die Steine auf meinem Balkon zusammen und versuchte, meine Beklommenheit in Sachen Manuel Schröder loszuwerden. Ich hatte keine Zeit, mich mit schönen Männern zu verzetteln und mich von ihnen durcheinanderbringen zu lassen. Dass Mari mich durchschaute, war mir unangenehm, auf der anderen Seite war es aber auch entlastend. Endlich wusste mal ein anderer Mensch außer meiner Therapeutin, was in mir – zumindest, was Männer betrifft – vorging.

10. Kapitel

Mari würde die Wohnung kaufen. Schon von außen war das Haus schön anzusehen. Es hatte verschiedene Erker, an vielen Ecken, denn das Haus war aus mehreren Blöcken und verschachtelt konstruiert. Es war sandfarben gestrichen und zeigte dekoratives Fachwerk – eine der typischen Prachtvillen der Gründerzeit, kennzeichnend für Lichterfelde. Die riesige Villa war bereits in vier Eigentumseinheiten aufgeteilt. Zum Erdgeschoss gehörte der Garten, in der ersten Etage gab es zwei Wohnungen, eine mit Terrasse, über die ebenfalls ein Zugang zu einem separaten Gartenstück führte. Auch die Wohnung der dritten Partei, etwas kleiner, befand sich im ersten Stock und hatte auf einem Vorbau einen kleinen Balkon.

Die Wohnung, in der wir standen, lag im zweiten Stock, dem obersten, von der Grundfläche etwas kleiner als die unteren, da hier die Balkon- und Dachterrassenflächen, die zur ersten Etage gehörten, natürlich nicht überbaut waren. Trotzdem war es eine große Wohnung, die von außen ein bisschen die Anmutung eines Schlösschens hatte.

Die schöne Mari stand inmitten des hellen riesigen Raums, die Sonne durchflutete alles und ich setzte ihr im Geiste gerade ein spitzes Burgfräulein-Hütchen auf, an der Spitze verziert mit Tüll. So wie sie sich freute, und das beruhigte mich etwas, hatte auch sie etwas Kindliches. Sie war also doch nicht nur cool und überlegt und so viel erwachsener, als ich es je werden würde.

Ich betrachtete sie und wurde mir nun gerade deshalb, weil sie so unschuldig und jung aussah, unsicher, ob ich ihr das mit Friedbert beibiegen könnte. Aber sie müsste ja nicht unbedingt erfahren, dass ich für die Adresse Geld genommen hätte.

»Warum willst du denn das Dachgeschoss überhaupt dazunehmen?«, fragte ich, um erst einmal für mich Zeit zu gewinnen. »Die Wohnung ist doch groß genug – für eine Person!«

Sie forderte mich auf mitzukommen. Wir gingen ins Treppenhaus und von dort auf den Boden. Der Staub wirbelte im Dachgebälk und das Holz schimmerte rötlich braun. Wir gingen an den Sparren entlang und schauten durch ein kleines bleigefasstes Dachfenster. Das Dach war ein wenig höher als die Häuser der unmittelbaren Nachbarschaft, und es bot sich ein freier Blick über die Dächerlandschaft Lichterfeldes. Mari lächelte und machte eine ausladende Bewegung mit der rechten Hand, als zeigte sie über ihre Besitztümer.

»Schön, nicht?«

Das war es in der Tat. Die Häuser, die vor uns lagen, waren adrett und lagen ruhig in der Sonne, der Himmel war klar und blau mit einigen Schönwetterwolken. Es war Sonntag und so klang auch die Luft. Sie surrte nach Sommer und schien bewegungsloser als an einem Montag. Der Geräuschpegel der Stadt stand auf Sonntag, das Rauschen der Autos war entfernter und gedämpfter als an anderen Tagen. Und die Kinderstimmen, die von unten aus dem Garten zu uns hochdrangen, erinnerten ein bisschen an Badeanstalt-gequietsche. Auch der Boden selbst mit seinem alten Eichengebälk war schön. Beste Zimmermannsarbeit, schoss es mir durch den Kopf.

Soweit wir das beurteilen konnten, war der Dach-stuhl in Ordnung – und was unsere Fantasie anbe-langte, hervorragend geeignet für einen zusätzlichen Raum, der über eine Treppe vom zweiten Wohnraum aus zu begehen sein könnte.

»Ich wollte immer schon eine Wohnung haben, die zusätzliche Räume hat, wo man sie nicht vermutet!«, sagte Mari, als wir wieder gemeinsam an der Fenster-bank im großen Wohnzimmer standen und nach unten in den Garten guckten, wo zwei etwa dreijährige Kin-der in einem Plastikplanschbecken hockten und mit den Händen auf das wenige Wasser schlugen. Die Müt-ter saßen daneben auf Gartenstühlen und unterhiel-ten sich. Die blonde Frau – sie wohnte, wie Mari mir mitteilte, mit ihrem Mann im Erdgeschoss – schien schwanger zu sein.

»Ja«, ich wandte mich ihr zu, »ich träume auch manchmal davon, dass in meiner bekannten Umge-bung plötzlich Türen sind, die in unbekannte und auf-regende Gelasse führen.«

»Du hast auch solche Träume?« Sie schien erstaunt. Und ich hatte endlich seit gestern Abend zum ersten Mal wieder das Gefühl von ein wenig Sicherheit. Sie war erstaunt und ich war wissend. Es war an mir, mich endlich wieder mütterlich zu fühlen.

»Das haben viele Menschen!«

Mit Martha Bauer hatte ich oft über meine Riesenwohnungen gesprochen. Häufig hatte ich davon geträumt, dass in der ersten Einzimmerwohnung, in der ich in Berlin gewohnt hatte, eine kleine Klappe im Kniestock in einen weiteren großen Raum führte und dass die großen Altbauräume in meiner ersten Wohngemeinschaft am Ende des Flures hinter einer weißen Tür in Flügel des Nebenhauses führten, die sich über unüberschaubare Gänge und Treppen in die Unendlichkeit zogen. Auch in der letzten Nacht war ich erneut in diesen Gängen unterwegs gewesen.

»Ich bin eher pragmatisch: Ich möchte diese Wohnung haben!« Mari lächelte mich ein wenig spöttisch an, und schon wieder fühlte ich mich durchschaut.

»Meinst du, ich träume nur vor mich hin?«, wollte ich von Mari wissen.

»Wieso?«, sie schien verblüfft, »ich meine nur, dass ich diese Wohnung wirklich haben will!«

Karoline, sagte ich zu mir, was du dir immer denkst, ist wohl eher dein Problem. Nicht alle sind so kompliziert, wie du annimmst. Manche Dinge sind viel einfacher, als man vermuten könnte. Derartig ermutigt, nahm ich nur einen kurzen Anlauf und machte den Mund auf. »Ich habe Friedbert Hansen deine Telefonnummer gegeben!« Ich schaute sie an und bevor ich mich entschuldigen und unnötigerweise nachsetzen konnte, das sei ihr sicher recht, preschte ich weiter vor. »Er findet dich total attraktiv und hat sich deine Nummer einiges kosten lassen.«

»Wie meinst du das?« Mari war neugierig. »Du findest diesen Mann doch widerwärtig, so schien es mir jedenfalls in Nomburgshausen.«

»Ja, das stimmt, aber das heißt nicht, dass du deshalb diese Meinung teilen musst.« Eigentlich fand ich, dass die ganze Welt diese Meinung teilen müsste, aber ich wollte mich großzügig und tolerant zeigen.

»Was will er denn von mir?« Mari legte ihren Kopf schief und musterte mich.

»Na, das weiß ich doch nicht. Er will dich wohl kennenlernen.« Ich sah sie an und wurde mutig: »Außerdem hat er einen Haufen Geld.« Ich brach ab und atmete ein.

Sie betrachtete mich skeptisch. »Er ist nicht mein Typ.«

Das konnte ich nachvollziehen. Und es konnte mir einerlei sein, ob sie auf Friedberts Avancen eingehen würde. Ich wusste nicht so genau, weshalb ich die Angelegenheit nicht sofort abhakte. Ich hatte wirklich keinerlei Verpflichtung diesem Mistkerl gegenüber, bei Mari für ihn ein gutes Wort einzulegen. Trotzdem war da noch etwas, das ich noch nicht ausgesprochen hatte, etwas, das ich auch noch nicht in Gänze gedacht hatte. Ich hatte nur eine Ahnung, dass da noch etwas sein könnte.

Mari sah mich von der Seite an, hielt ihren Kopf noch schräger und prüfte mich unverhohlen. »Was grübelst du?«, wollte sie wissen.

»Ach, ich weiß nicht, ich weiß nicht. Ich warte auf einen Gedanken, der nicht richtig hochkommt.«

»Hm«, murmelte sie und suchte in ihrer Tasche nach ihrem Handy. »Ich ruf uns ein Taxi.« Sie fixierte mich weiter, während sie wartete, dass die Taxizentrale sich meldete. »Wieso hat er sich das was kosten lassen? …

Ja, bitte einmal in die Kommandantenstraße 135. Ja, erst nach Charlottenburg, dann nach Schönefeld.« Sie steckte das Handy zurück in die Tasche. »Ich fliege schon heute Abend nach Frankfurt, Adrian hat ein wichtiges Geschäftsessen, und er möchte, dass ich ihn begleite.« Dann griff sie den Faden wieder auf. »Also, was meintest du damit?«

»Mari, er war so hinter deiner Adresse her, dass er mich, ausgerechnet mich, angerufen hat. Ich weiß nicht, was mich geritten hat, aber ich habe mich mit ihm getroffen, weil mich das irrsinnig neugierig gemacht hat.« Und so erzählte ich ihr die Geschichte meiner ersten Erpressung. Wir gingen die Stufen der verschachtelten Villa hinunter und blieben vor dem Gartentor des Hauses stehen, um auf das Taxi zu warten. Ich erzählte ihr von Ruth und ihrem verlorenen Prozess, ich tobte über die Ungerechtigkeit der Gesetzsprechung und die Dummheit der Frauen, die sich auf so unsinnige Verträge einlassen, nur weil sie verliebt sind. Ich zürnte über die berechnenden Männer und die ausgebeuteten kreativen Frauen, die zu blöd sind, zu rechnen. Ich spuckte Gift und Galle. Anschließend schilderte ich ihr das Gespräch mit Friedbert mit liebevollen Details, die ich alle noch einmal genussvoll lebendig werden ließ. Aufs Neue spuckte ich ihm aufs Hemd, so heftig, dass ich mich verschluckte. Ich wiederholte das Gespräch so, wie ich es erlebt hatte – Wort für Wort. Mari schaute mich die ganze Zeit nur unverwandt an, aufmerksam und wach.

Ich geriet immer mehr in Fahrt und schilderte das Ende meines Abends mit Friedbert noch um einige

Details reicher, den Details meiner Interpretation. Ich ließ Mari teilhaben an meinen Gedanken und Vermutungen über Friedberts Motivation und ich ließ sie wissen, wie sehr ich die Abhängigkeit genossen hatte, in die er sich manövriert hatte.

Ich musste meine Ausführungen stoppen, weil das Taxi kam. Zum Glück verspätet, sonst wäre ich gar nicht so weit gekommen. Aber kaum saßen wir im Wagen und wurden über das Kopfsteinpflaster durch Lichterfelde gerüttelt, sprach ich weiter.

Mari hörte die ganze Zeit interessiert und konzentriert zu. Sie unterbrach mich nicht und schien sich zu amüsieren. Und weil ich schon einen ganz trockenen Mund und eine klebrige Zunge hatte von meiner langen Rede, wagte ich ihr die Frage zu stellen, wie sie das alles fände.

Sie lehnte sich etwas zurück gegen die Tür des Wagens, schien einen Moment zu überlegen und sagte dann: »Bemerkenswert!«

Sie fand es – bemerkenswert! Das war alles, was sie dazu anzumerken hatte. Bemerkenswert. Das hätte mir die Sprache verschlagen, hätte ich nicht bereits den Mund gehalten. Ich hatte seit fast einer halben Stunde ununterbrochen gesprochen, und sie fand dafür nur ein Wort. Was sollte ich dazu sagen? Ich zuckte die Schultern und nickte wie ein alter Marabu. Ja, da hatte sie in der Tat nicht unrecht. Es war bemerkenswert.

Ich betrachtete sie von der Seite und wartete irgendwie auf mehr. »Das ist doch allerhand, dass jemandem deine Adresse und Telefonnummer 10.000 Euro wert sind!«

Sie schob ihre Unterlippe etwas vor und nickte in gespielter Selbstgefälligkeit mit dem Kopf. »Hältst du das nicht für angemessen?«

Königliche Eleganz, ach, hätte ich ein klein wenig davon! Aber ich bleibe immer und ewig ein Aschenbrödel. Noch nicht einmal die Unterlippe kann ich so vorschieben, ich sehe garantiert eher aus wie ein koketter Koalabär.

Sie sah mich nun rundheraus an. »Ich meine etwas anderes.« Abwehrend hob sie ihre grazile Hand und die Abendsonne legte einen Kupferglanz auf ihre zarte Haut. Meine Güte. Noch nicht einmal jetzt konnte ich es lassen, triviale Sätze zu denken.

»Also, was meinst du, was ist bemerkenswert?«, bohrte ich nach.

»Du hast kein schlechtes Gewissen, Friedbert 10.000 Euro abgeknöpft zu haben!«

»Nein, wieso denn? Es ist doch nicht sein Geld.« Das fand ich nun völlig abwegig, deshalb ein schlechtes Gewissen zu haben. Ich war unschuldig und lauter und konnte diesen ungerechten Vorwurf entschieden zurückweisen. »Ich habe – in gewisser Weise – einen Teil seiner Beute wieder zurückgegeben. An die, der es wirklich gehört!«

»Robina Hood!« Mari lehnte sich abermals halb gegen die Wagentür, um mir richtig gegenüberzusitzen auf der Rückbank und mich genau im Blick zu haben. Sie nickte erneut mit ihrer vorgeschobenen Unterlippe und schaute mich unverwandt, aber freundlich an.

»Wenn du so willst. Ja.« So hatte ich das noch nicht

gesehen, fand es aber ein tolles Angebot und fühlte mich gleich ein kleines bisschen edel – und trotzig.

Das Taxi hielt vor meinem Haus. Ich hatte nur am Rande mitbekommen, wo wir entlangfuhren. Jetzt war es mittlerweile fünf Uhr, und ich musste mit all meinen ungeklärten Fragen zurückbleiben. Denn Mari wollte direkt weiter zum Flugplatz. Ich stieg aus und reichte ihr von außen die Hand. Ich wollte sie fragen, wann sie zurück sei – oder ob wir telefonieren sollten.

Da beugte sie sich leicht vor, griff mit einer Hand um meinen Nacken, zog mich zu sich heran und gurrte in mein Ohr: »Und du würdest gern noch mehr gute Werke tun, oder?« Dann ließ sie mich los, gab dem Taxifahrer das Zeichen zum Losfahren und ließ mich mit einem königlichen Winken ihrer rechten Hand im lauen Sommernachmittag zurück.

11. Kapitel

Mitunter verändert sich das Leben ganz schnell. Während es andere Lebensphasen gibt, in denen es scheint, als trete das Leben auf der Stelle.

Vor drei Wochen hoffte ich noch, dass meine Stelle erneut verlängert werden würde, hoffte, dass ich wieder einige Jahre Sicherheit hätte, und dass ich mich erst danach auf die Pirsch nach Geldern für weitere Projekte machen müsste. Ich saß in meiner kleinen, hübschen Wohnung – ohne Liebhaber, aber auch ohne Liebeskummer – und kaufte mein Gemüse auf dem Weg von der U-Bahn bei meinem türkischen Gemüsehändler und manchmal mein China-Fast-Food beim Chinesen, der aus Siam stammte. Mit Beate verbrachte ich meine Mittagspausen und gelegentlich ging ich ins Kino mit zwei Freundinnen, die einen kleinen Designer-Schneiderladen im Prenzlauer Berg aufgemacht hatten.

Es war erst drei Wochen her, dass mich Adrian Weber im Zug aus Mitleid mit in sein Abteil genommen und mich Mari mit ihrer Erscheinung und vor allem mit ihrem Lebenswandel ins Schleudern gebracht hatte. Ruths Niederlage vor Gericht schien vor Monaten geschehen und weit entfernt, und Friedbert, den ich mir fast 20 Jahre von Leib und Seele gehalten hatte, war ein Bestandteil meines Alltags geworden. Wie ich ab Oktober meine Miete bezahlen sollte, war unsicher, aber nun saß ich hier und sprach mit einem gut gekleideten Adrian Weber, denn der wollte Kunst kaufen.

»Hallo, Karoline, ich bin auf dem Weg nach München und komme erst in 10 Tagen wieder. Ich habe Adrian deine Nummer gegeben. Er ist zwei Tage auf irgendeiner Tagung im Wirtschaftsministerium in Berlin. Er will deinen fachlichen Rat in Sachen Kunst und wird sich bei dir melden.« Die Nachricht hatte ich vorvorgestern Abend, am Mittwoch, nachdem ich von einem kleinen Abendessen im Garten bei Benjamin und Kurt zurückgeradelt war, auf dem Anrufbeantworter vorgefunden. Ja, so schnell kann sich auch bei anderen etwas verändern und plötzlich legt das Leben ein ganz anderes Tempo vor: Benjamin und seine Flamme Kurt waren Hals über Kopf zusammengezogen und hatten ein paar Leute zur Einweihungsfeier in Kleinmachnow eingeladen. Und weil mir der Weg von der S-Bahn zu ihrem Haus zu weit war, hatte ich das vor Jahren eingekellerte Fahrrad reaktiviert. Seit drei Tagen fuhr ich also wieder Rad und fühlte mich schon viel drahtiger. Auch etwas Neues in meinem Leben.

Neu war auch, dass ich nicht mehr ans Telefon ging, weil ich immer fürchtete, Friedbert wollte möglicherweise die Adresse von mir wissen, bevor ich mit Ruth gesprochen hatte. Aber er hinterließ mir nur am Montag die Nachricht auf dem AB, er würde sich gelegentlich melden, was mich wunderte. Immerhin hatte er nur eine Handynummer.

Der Mittwoch brachte aber noch eine andere Überraschung.

Ruth fand es nämlich völlig in Ordnung, dass sie die 10.000 Euro auf ihrem Konto hatte. Ich druckste herum, als ich sie anrief. Ich hatte den Anruf vor mir hergeschoben und darauf gehofft, dass Ruth nicht zur Bank ginge. Und als es raus war, dass sie bitte prüfen solle, ob das Geld von Friedbert bei ihr eingegangen war, hielt sie mich erst für übergeschnappt.

»Wieso sollte Friedbert mir denn 10.000 Euro überweisen?«

»Weil er spitz ist auf Mari, die Freundin von Schmerbusch, das ist der moppelige Chemiker aus München, du weißt schon, der von der Silberhochzeit.«

Ruth wusste noch und ließ sich von mir erzählen. Irgendwann meinte sie nur lakonisch: »Jetzt finanziert sich dieses Aas schon seine Liebschaften mit meinem Geld.« Sie fand es aber höchst abgebrüht von mir, das Wort benutzte sie, dass ich Friedbert so am Zipfel erwischt hätte.

»Immerhin könnte ich mir jetzt den gebrauchten Hybridwagen von Toyota zulegen.« Gerd Bodenstedts Angebot habe sie schon abgelehnt und hatte eigentlich am nächsten Tag zur Bank gehen wollen, um über eine Finanzierung zu sprechen. Sie war regelrecht aufgekratzt, dass sich das Problem mit ihrem Auto so einfach gelöst hatte. »Nicht schlecht. Vielleicht kannst du ihm ja noch mehr aus den Rippen leiern? Ich würde ganz gern meine Terrasse vor der Dielentür neu pflastern.«

Ich lachte und war erleichtert, dass falscher Stolz sie nicht zu dummen Handlungen hinriss. Auch hier schien sich etwas zu ändern. Meine Einschätzungen von Menschen, mit denen ich immer schnell bei der Hand bin, schienen sich doch häufig bei näherem Hinsehen nicht zu bewahrheiten. Ruth jedenfalls zeigte ganz neue Seiten und war nicht – oder nicht mehr – so zart, sanft und lebensuntüchtig und nachsichtig, wie ich es ihr immer unterstellt hatte.

Wir alberten noch ein bisschen herum und Ruth schlug vor, ich könnte Mari ja sozusagen häppchenweise an Friedbert verfüttern.

»Wenn eine Frau sich nicht verfüttern lässt, dann ist das Mari«, stellte ich die Sachlage klar.

Aber irgendwie gefiel mir der Grundgedanke. Allerdings sollte es dabei nicht nur um Häppchen gehen. Mit diesen Überlegungen ging ich am Mittwochabend ins Bett und träumte erneut von einer Wohnung, die einen ganz tiefen Keller hatte, in deren Gängen ich mich verlief, weil ich meinen Verfolger nicht schnell genug loswurde.

⁓౷〜

Zwei Tage, nachdem ich Maris Nachricht auf dem Anrufbeantworter hatte, rief mich also ihr Weber an und wir verabredeten uns für Freitag in der Tadschikischen Teestube im Palais am Festungsgraben. Zum einen war das für mich nach dem Museum nicht zu weit und zum anderen wollte ich mich mit ihm dort, da er ja meinen Rat in Sachen Kunst wollte, in Ruhe ein bisschen unterhalten. Außerdem hatte ich sehen wollen, wie er sich auf den niedrigen Sitzkissen des Cafés anstellte.

Wahrscheinlich machte er eine bessere Figur als ich, denn er legte seine langen Weberknechtbeine mit Leichtigkeit übereinander und hockte dort im falschen Lotussitz, während ich meine Knie mühsam zusammendrückte, wie eine Frau der 60er-Jahre, und meine Beine parallel verschwenkt irgendwie mit der Fußspitze unter einem kleinen Holzfuß des niedrigen Holztisches fixierte.

»Yoga?«, fragte ich ihn.

»Nein, Tai Chi Gong.«

Allerhand, das hätte ich ihm nicht zugetraut. Dann waren wir ja hier genau richtig, und mit einer aufmunternden Handbewegung auf die hohen Holzsäulen des Raumes, die eine fein gearbeitete Holzdecke und mit Schnitzereien verzierte Balken stützten, wartete ich auf ein zustimmendes Zeichen für meine Wahl der Lokalität. Adrians Blick folgte mir zu den kristallbehangenen Kronleuchtern, die den mit Teppichen ausgestatteten Raum in eine Atmosphäre von Exotik tauchten.

Ich nahm einen Jasmintee und Adrian einen Ingwertee, und während wir warteten, offenbarte er mir seine Schwäche für chinesisches Essen und Medizin. Täglich trinke er zwei Liter Ingwerwasser. Das sei Labsal für seinen Magen.

Vielleicht war er deshalb so mager, weil er sich als chinesischer Asket von Tees und leicht parfümierten Wässern ernährte. Ich überlegte, ob ich erwägen sollte, meine nicht gerade gesunde Ernährung umzustellen. Denn ich wollte mindestens drei Kilo abnehmen, und das schon seit ich denken kann.

Im Anschluss kamen wir zur Sache.

Adrian Weber hatte die Finanzkrise offenbar unbeschadet überstanden, zumindest hatte er seinen Job in den oberen Etagen seiner Bank noch. Aber er schien sich Sorgen zu machen, dass ihm sein privates Geld, das er ziemlich konventionell auf die sichere hohe Kante gelegt hatte, durch die Aktivitäten seiner Kollegen verdampfte. Spekulieren taten sie mit dem Vermögen ihrer Anleger und das eigene Geld legten sie, im Wissen um riskantes Zocken, lieber auf ein ganz normales Sparbuch. Einen Moment war ich froh, dass ich kein Vermögen hatte, um das ich mich sorgen musste. Die Probleme der Welt sind ungerecht verteilt. Die einen sorgen sich um das Geld, das sie nicht haben, die anderen um das, das sie haben. Adrian Weber gehörte zu den anderen. Aus Angst, dass ihm die Inflation sein Gespartes zusammenschnurren ließ, war er auf der Suche nach Dingen, die er in der Hand halten konnte. Und so dachte er an Kunst.

»Da muss ich Sie enttäuschen, Ihre Kollegen verticken zurzeit unter der Hand die in den letzten Jahren zusammengekauften Stücke.«

Ja, das wusste der Ingwer trinkende Adrian Weber, der langsam an seinem Tässchen schlürfte, wie – so jedenfalls nach meinen Kenntnissen der Bankszene, die ich aus Fernsehfilmen bezog – die Businessmänner an ihrem abendlichen Glenfiddich.

»Deshalb sind die Preise doch eher akzeptabel und halten sich im Rahmen, was meinen Sie?«

Fuchs Adrian wollte sich also mit günstig abgestoßener Kunst eindecken, und, wie unsereins bei Tchibo, auf seinem Feld ein Schnäppchen machen. Ich war mir nicht sicher, ob ich diesem Leichenfledderer helfen sollte, als er mir mit einem Vorschlag kam, der mir interessant erschien.

»Soweit ich das beurteilen kann, handelt es sich beim Kunstmarkt im Moment um einen ausgesprochenen Käufermarkt.« So formuliert der Fachmann, wenn von Notverkäufen die Rede ist und die Preise fallen.

Er hob wieder sein Tässchen zum Mund und saß immer noch regungslos auf seinem Kissen, während mich das rechte Bein, das ich unter das linke geklemmt hatte, langsam schmerzte. Ich verschob beide Beine in die andere Richtung und klemmte sie nun auf der linken Seite ein.

»Aber ich weiß nicht so genau, welche modernen Künstler sich auf Dauer durchsetzen werden«, fügte Adrian hinzu und setzte sein Tässchen mit seinen schlanken Fingern zurück auf das niedrige Intarsientischchen.

»Na, wenn wir das wüssten, wären wir ja aus dem Schneider!« Ich zuckte innerlich zusammen, denn ich wollte Maris Weberknecht nicht brüskieren, immerhin bat er mich um Hilfe. Also fügte ich versöhnlich hinzu: »Der Kunstmarkt verhält sich ähnlich wie die Modeindustrie. Die Galerien schmeißen jedes Jahr irgendeine neue Kollektion auf den Markt und hoffen darauf, dass durch Presse und Events irgendwelche Stimmungsmacher der Branche dafür sorgen, dass genügend Radau entsteht, und alle auf den Zug aufspringen.«

Das – so erläuterte mir Maris Knecht – verstünde

er genau, gleichwohl gäbe es ja gute und schlechte Kunst.

»Das ist eben das Problem!«, lächelte ich ihn an. »Auf mich hört ja keiner!«

Adrian Weber räusperte sich und schien einen Moment zu überlegen, ob es sinnvoll sei, weiter mit mir zu sprechen. Er entschied sich dafür und weihte mich in seine Pläne ein. »Ich möchte – auf Sie hören!«

War es das, was Mari so an ihm fesselte? Er hörte bestimmt auch auf Mari, wenn sie ihm in bestimmtem Ton anwies, ihr einen Wein zu bringen, die Schuhe auszuziehen und sich an ihre Knie zu lehnen. Gemeines Aas, schalt ich mich nach diesem Gedanken und brachte ihm wieder neue Aufmerksamkeit entgegen.

»Ich möchte zweigleisig fahren. Natürlich möchte ich einige arrivierte Künstler kaufen, von denen sicher ist, dass sie ihren Wert behalten – wie …«, er kramte die drei Maler aus seinem Gedächtnis, die er kannte, »wie Picasso, Immendorf, Richter!«

Eine eigenartige Reihenfolge, aber sei's drum. »Da müssen Sie aber einiges auf der hohen Kante liegen haben!«

Er nickte nur freundschaftlich und führte seinen Einkaufsplan weiter aus. »Auf der anderen Seite möchte ich aber auch neuere Papierarbeiten kaufen. Und zwar die, die Sie mir empfehlen, die heute auf dem Markt sind und Potenzial für die Zukunft haben.«

Weil er den ganzen Abend Zeit hatte – warum hatte er das eigentlich nicht so organisiert, dass Mari anwesend war, wenn er einmal zufällig in Berlin sein musste? – wollte er mich zum Edelfress einladen und so schlug ich ihm vor, vorher noch einige Galerien aufzusuchen, damit er sich selbst ein Bild machen und mir ungefähr eine Idee davon geben könnte, was ihm persönlich denn gefalle. Denn schließlich geht es beim Kauf von Kunst nicht nur um Geld, sondern auch um das, was einem gefällt.

Wir nahmen ein Taxi zur Kochstraße – in den letzten zehn Jahren meines Lebens bin ich insgesamt nicht so viel mit dem Taxi gefahren wie in den vergangenen drei Wochen –, um einen Galeriekomplex zu besuchen. Innerlich glänzten meine Augen, denn hier tat sich, ohne dass ich etwas dafür getan hatte, meine Zukunft auf: Ich als Expertin hatte meinen ersten selbstständigen Auftrag, ein Geschäft im sechsstelligen Bereich abzuwickeln. Ich zählte heimlich an meinen Fingern ab, wie hoch die Provision sein könnte, und rechnete das um auf die Miete und die Monate, die ich meine Wohnung würde bezahlen können.

Denn ich hatte schon was für Maris Weber. Die Expertise für den Privatmann, die mich Jerôme neulich hatte anfertigen lassen, war für ein Bild, das genau den Vorstellungen meines einzigen Kunden entsprach. Eine Picassografik aus der blauen Periode, ich kannte den Anbieter, er war bereit zu verkaufen. Ich war ganz aufgeregt, und rechnete, als wir an der roten Ampel warteten, bevor wir in die Kochstraße einbogen, zum dritten Mal, wie viel Minimum dabei für mich herausspringen würde. Adrian, mein liebster Kunde, saß im Fond des Taxis neben mir, und ich versuchte mich zu fühlen wie eine selbstständige, erfolgreiche Galeristin und Art »Consultorin«, lehnte mich zurück, schaute aus dem Fenster und gab mir die größte Mühe, entsprechend souverän zu wirken.

Da überquerte er direkt vor uns die Straße, bog rechts ein und ging an meiner Seite vorbei: Manuel Schröder. Ich verfolgte ihn mit den Augen und verdrehte den Kopf, bis es nicht mehr ging. Ich verrenkte mir dabei den Hals, und beobachtete, wie er hinter uns weiter geradeaus lief und sich entfernte. Es durchzuckte mich, mein Magen krampfte sich zusammen und mein Herz flatterte. Ich riss den Kopf wieder nach vorn und starrte auf meine Hände, mit denen ich gerade noch meine Buchhaltung durchgeführt hatte.

»Ein Bekannter?«, interessierte sich Adrian Weber.

»Nein!«, meine Stimme war rau und ich räusperte mich. »Doch, ich …« Aber es war schon zu spät. Mein eigenes Luftbild von der Geschäftsfrau war gerade zerplatzt. »Er ist Zimmermann, … er baut Dachstühle, … er ist …« Erfolgreiche Geschäftsfrauen würden sich von einem schwarz gelockten Mann nicht aus der Fassung bringen lassen.

Der Wagen hielt vor dem Galeriebau in der Kochstraße und ich stellte mein Gestammel ein. In diesem Gebäude residierten einige Galerien, wir gingen über die Treppe nach oben – Adrian wie eine Gliederpuppe, der man die Kniegelenke hochzog, ich ein wenig atemlos, weil ich innerlich schnaubte und mich darüber ärgerte, dass ich immer noch einen Druck auf dem Solarplexus hatte.

Die Galerie war kahl und menschenleer. Als wir den großen weißen Raum betraten, hob eine blasierte unterernährte Blondine nur kurz den Kopf. Sie saß hinter einem weiß gestrichenen Tresen und legte nun das Kinn auf die Hand. Sie fand sich sehr chic und begrüßte uns deshalb nicht.

Adrian schlenderte an den Exponaten vorbei. Ich begleitete wortlos seinen Rundgang. Hier waren die Werke eines der letzten Shootingstars ausgestellt. Mit Farbe beschmierte Müllsäcke auf Leinwand.

»Wer kauft denn so was?«, fragte mich Adrian mit gesenkter Stimme.

Ich zuckte die Schultern. »Reich gewordene 68er«, und mit einem Blick auf ihn fügte ich hinzu: »Sie sind dafür wahrscheinlich ein bisschen zu jung!« Jedenfalls gefielen ihm diese Sachen nicht. Weber war pragmatisch, das wurde schon deutlich. Er wollte noch nicht einmal wissen, was die Müllsäcke kosten sollten. Wir bummelten zurück zum Tresen.

»Vielen Dank!«, sagte Weber und »Auf Wiedersehen!«

Die blonde Mieze fuhr sich mit ihren fünf Zentimeter langen Fingernägeln durch die Haare und gönnte uns einen Augenaufschlag. »Ciao!«, spitzte sie die Lippen und schob zwei Kataloge von der einen Seite zur anderen. Dann bleckte sie die Zähne, stützte erneut die Hand auf ihre Kralle und verfolgte uns mit gelangweiltem Blick bis zur Tür.

Auch in der nächsten Galerie, die ich vorschlug, um Adrians Geschmack ein wenig einzugrenzen, am Kupfergraben gelegen, empfing uns eine Kaugummi kauende magersüchtige junge Frau, allerdings kastanienbraun.

»Kann ich Ihnen helfen?«, begrüßte sie uns immerhin. Und schob den Kaugummi nach der Begrüßung hinter die linken Backenzähne. Die verzerrten Mickymäuse auf Riesenleinwand schienen es Adrian jedenfalls auch nicht angetan zu haben. Vor allem aber nicht der Preis. Auf seine Frage, was die Riesenmäuse kosteten, antwortete die brünette Magersüchtige mit einem gewissen Stolz und Schnalzen: »Tjsch, 180.000 bis 250.000 Euro.«

Adrian machte ein erstauntes Gesicht und hob die linke Braue. »Warum, wegen des Rahmens?«

Der Mann fing an, mir zu gefallen.

»Hoffentlich sagen Ihnen wenigstens unsere Galerieräume zu«, wandte sie sich beleidigt ab, verkroch sich hinter ihrem Tresen und kümmerte sich zur Strafe nicht mehr um uns.

Nach dem Abendessen in einem sündhaft teuren, aber hervorragenden Restaurant – ich lebte heute auf großem Fuß – brachte mich Adrian nach Hause. Mir hatte der Tag gefallen, ich wusste, was er wollte und was ihm nicht gefiel, und die drei Stunden, die wir im Lokal verbrachten, ließen mich ein weiteres Vorurteil fallen lassen. Adrian Weber war ein netter Kerl. Nicht alle, die reich sind, sind blöd. Zudem hatte ich einen Auftrag, und damit den Grundstock für meine weitere Zukunft gelegt.

12. Kapitel

Die Zeit kroch vor sich hin. Es wurde heiß und schwül in Berlin. Alle warteten auf ein Gewitter, aber es kam nicht. Die warme Dunstglocke drückte alle herunter, die Menschen aus den großen Büros erkälteten sich, wenn sie aus den klimatisierten Räumen nach draußen kamen und von der dicken, heißen Luft in die Knie gezwungen wurden. Die Menschen sahen elend aus, zwischen den Häuserzeilen stand die Luft. Die Plätze vor den Museen schienen zu flimmern, der Himmel hatte eine bleiche Farbe und senkte sich auf das Pflaster. Die Menschen eilten über die Straßen. Sie wurden aggressiv, ungeduldig und ungehalten. Mehr Stress als sonst schien sie zu treiben, aus der dunstigen Sonne in den Schatten, aus dem Büro nach Hause, ins Schwimmbad oder irgendwohin, wo sie glaubten, es einigermaßen aushalten zu können.

Ich war froh, dass ich nicht mehr U-Bahn und Bus fuhr und mit meiner Größe von 1,68 mit der Nase direkt in der Achselhöhle eines durchweichten Mannes im kurzärmligen Hemd zwei Kilometer durchhalten musste. Ich war zwar schweißgebadet, wenn ich mit meinem Fahrrad nach Hause kam, aber ich wusste wenigstens, dass ich das war, was ich da roch und nicht irgendwelche anderen Menschen.

Die Nächte waren unerträglich, die geöffneten Fenster ließen keinen Lufthauch herein, nur den Lärm der Autos und den Schwall der Redefetzen der Menschen, die sich auf der Straße bewegten, weil sie im Sommer draußen bleiben wollten, obwohl es keine Erfrischung gab. Es war Ende Juli, die Ferien hatten begonnen, Berlin schien leerer und wie sediert unter der Wärmeglocke. Und die Menschen, die arbeiten mussten und nicht in Ferien oder Urlaub waren, hatten das bizarre Gefühl, privilegiert und wichtig zu sein. Denn eigentlich war an Arbeiten nicht zu denken.

Meine Zeit im Museum sollte in knapp sechs Wochen beendet sein. Die zwei letzten Septemberwochen würden mir noch einmal vom Senat finanziert werden: mein letzter bezahlter Urlaub. In den Räumen des Museums und auch in den Büros war es kühl und so kam ich früh und ging spät. Die zusätzliche Zeit versuchte ich zu nutzen, um mich auf die Pirsch nach verschiedenen Objekten für Adrian zu machen. Es hatte sich gut angelassen. Ich war mit dem Verkäufer des Picasso in der nächsten Woche persönlich verabredet. Und natürlich war ich ein bisschen aufgeregt. Eigentlich hatte ich mir vorgenommen, meine Wohnung umzuräumen und mein Arbeitszimmer besser durchzuorganisieren, denn ich plante, meine »Geschäfte« von dort aus zu steuern. Aber in der Schwüle, die augenblicklich herrschte, war das nicht möglich. Wie alle Menschen hockte ich abends entweder auf meinem Balkon, häufiger aber in einem an der Spree gelegenen Gartenlokal, denn hier hatte ich mit Blick auf das Wasser wenigstens die Illusion, dass sich die Luft bewegte.

Auch heute sprang ich völlig durchgeschwitzt nach den sieben Kilometern Fahrrad unter die Dusche und wusch mir den Dreck der Stadt ab, der sich an mich geklebt hatte. Natürlich klingelte das Telefon genau in dem Moment, als ich pitschnass und von oben bis unten eingeseift war. Ich hätte mich über eine Abwechslung für heute Abend gefreut. Mari wollte erst morgen zurückkommen, sie war von München wieder nach Frankfurt gereist, bei unserem letzten Telefonat hatte sie doch tatsächlich angekündigt, bei ihrer kurzen Stippvisite in Berlin am kommenden Wochenende mit Beate und mir an einen See zum Baden fahren zu wollen. Mit S-Bahn und Fahrrad! Ich neige zwar zu Extremen, aber so viele Kilometer auf dem Fahrrad, schien mir übertrieben. Aber mir schien das im Moment gesünder, als in das andere Extrem zu verfallen und sich überhaupt nicht zu bewegen, dafür aber mehr zu essen, also stimmte ich zu.

Obwohl ich, nass wie ich war, vom Badezimmer bis ins Wohnzimmer eine Wasser- und Seifenschaumspur legte, kam ich zu spät. Als ob ich es geahnt hätte, legte derjenige, der mich aus der Dusche gejagt hatte, genau in dem Moment auf, als der Anrufbeantworter einsetzte. Ruth schimpft immer mit mir, wenn ich mich aus jeder Lage zum Telefon hetzen lasse, aber Neugier ist mein zweiter Name und ich will gern direkt dran sein.

Eine Stunde später, als ich in einem weiten Baumwollkleid, das Leichteste, was ich hatte, hinter den noch geschlossenen Rollläden meines Schlafzimmers auf dem Bett lag und irgendwas dachte, was nicht mit Wetter zu tun hatte, klingelte das Telefon zum zweiten Mal.

Diesmal war ich schneller und während ich mit der Rechten das große Fenster im Wohnzimmer nun doch zu öffnen wagte, um zu gucken, ob es draußen mittlerweile kühler war als hier drinnen, klemmte ich mir mit der Linken das Telefon ans Ohr und fragte – meiner Meinung nach – munter: »Wer stört denn hier den lauen Abend?«

»Oh«, räusperte sich jemand, »Entschuldigung ...«

War das etwa Jerôme?, schoss es mir durch den Kopf. »Wer stammelt da in mein Telefon?«, ermunterte ich den Anrufer.

»Entschuldigen Sie bitte, ich bin's ... Manuel ...«

»Schröder?«, fuhr ich dazwischen.

Pause.

»Wir haben uns im Café im Museum ... vor ein paar Wochen getroffen, mit Mari ...«

»Ja?«, fuhr ich ihm wieder in seinen Versuch, einen Satz zu Ende zu sprechen. Was bist du für eine blöde Kuh, raunzte ich mich innerlich selbst an, ließ das Fenster los und setzte mich auf meinen Lieblingssessel. Der Geiger, nein, der Zimmermann, warum rief der an? Manuel heißt er, und nicht Schröder, doch, Schröder, aber doch nicht so. Was wollte er, wieso wollte er was? Gott sei Dank aber, und woher hatte er meine Telefonnummer? Ach ja, ich stand ja im Telefonbuch, hatte er denn meinen Namen behalten? Meine Güte, das heute Abend! Mari – wer könnte sonst ... Ich schluckte, aber viel mehr tat ich nicht.

»... im Café im Jüdischen Museum.«

»Mmmh, ah!«

»Erinnern Sie sich noch?«

Welche Frage, natürlich erinnerte ich mich, wer sollte denn diese Erscheinung vergessen, wollte der mich etwa auf den Arm nehmen? Ich hatte eine Faust in der Magengrube, die sich langsam durch mich hindurchbohrte zum Hals. »Ja!«, keuchte ich. Was wollte er? Von mir?

»Um was geht's?« Viel herrischer und abweisender konnte ich eigentlich nicht sprechen. »Raus mit der Sprache, Herr Schröder!« Oh Gott, geht es noch burschikoser, das wird ja immer schlimmer, ohrfeigte ich mich innerlich und sprang auf, um in der Wohnung herumzulaufen.

Er schwieg einen Moment. »Mari hat mir Ihre Nummer gegeben. Sie möchte gern, dass Sie mich begleiten, wenn ich den Dachstuhl in Lichterfelde begutachte.«

Wieso? War er denn noch nicht da gewesen? Das sollte doch schon in der letzten Woche erledigt worden sein.

»Warum das denn?«, ermunterte ich ihn nun in meiner entgegenkommenden Art weiter.

»Es sei ihr lieber, dass Sie mir ... die Gegebenheiten zeigen und mich auch der Partei im Erdgeschoss vorstellen. Sie seien dort bereits bekannt.«

»Versteh' ich nicht!«

»Es war nur ein Vorschlag oder eine Bitte von Mari, ich kann natürlich auch allein hinfahren.«

»Mari ist doch, soweit ich weiß, schon morgen, spätestens aber Sonnabend wieder zurück!«

Erneut hüllte er sich in Schweigen. »Ja, aber ich kann nur morgen, und sie kann morgen nicht, ... sie ... sie hat Besuch, und am Wochenende bin ich auf einer

Baustelle in Mecklenburg. Aber ... es war ja nur eine Frage.« Er zögerte. »Dann fahr ich eben allein.«

Er schien das Gespräch beenden zu wollen.

»Na gut, wann denn?«, rief ich ihm schnell hinterher, damit er nicht auflegte. Und damit er ja nicht auf den Gedanken kommen könnte, dass ich das möglicherweise gern machen würde, fügte ich noch hinzu: »Wenn Mari das wichtig ist!«

Er wollte mich also morgen um 18.00 Uhr bei mir zu Hause abholen. Ich gab ihm die Adresse und erklärte, ich könne auf dem Fahrrad nicht früher vom Museum zurück sein. Das sei in Ordnung, meinte er und ließ mich allein zurück.

Ich stand noch mit dem Telefon in der Hand und es war mir natürlich klar, dass gar nichts in Ordnung war. Es waren noch etwa 23 Stunden, bis er mich abholen wollte. Ich konnte morgen unmöglich sieben Kilometer auf dem Fahrrad zurücklegen und dann duschen. Das war viel zu wenig Zeit! Was hatte ich denn da für eine Verabredung getroffen! Selbst wenn ich um vier gehen würde, blieben mir nach der Rückkehr zu Hause maximal 60 Minuten, unmöglich. Ich müsste mich krankmelden im Museum. Aber das ging nicht, ich hatte noch etwas auf dem Tisch liegen, auf das Beate und Benjamin warteten. Das musste bis Mittag erledigt sein. Also – mittags nach Hause. Dann hätte ich genügend Zeit, mich fertig zu machen.

Ich ging zum Schrank und schaute, was ich wohl anziehen könnte. Meine Lieblingsleinenhose, die so einen schönen Hintern machte, hatte einen Fleck auf dem rechten Bein. Ich warf sie in die Waschmaschine und ging zurück zum Schrank. Vielleicht besser ein Kleid?

Ich tanzte mit den vier Sommerkleidern, die ich besaß, vor dem Spiegel herum und überlegte. Grün steht mir gut, aber der Ausschnitt war mir zu eckig. Vielleicht lieber rund? Das Blaue hatte einen U-Boot-Ausschnitt, kam dennoch nicht in Frage, ein bisschen Dekolleté sollte ich doch wohl zeigen. Ich probierte eine Bluse an und ließ zwei Knöpfe offen stehen. Das sah gut aus, aber ich würde mir selbst immer in den Ausschnitt spinzen, um zu prüfen, ob auch alles in Ordnung war, nicht zu viel und nicht zu wenig. Das ist aber nicht der Sinn der Sache. Schließlich soll ja er gucken. Weil ich also aus leidvoller Erfahrung weiß, dass ich die ganze Zeit an mir herumzupfen würde und mein Dekolleté nicht entspannt zur Besichtigung hinhalten könnte, entschied ich mich dagegen. Also doch das Leinen-Baumwollkleid mit dem runden Ausschnitt und den eingelassenen Taschen. Ich testete es vor dem Spiegel, es war nicht schlecht, ich konnte die Hände in den Taschen lassen und mich damit lässig an die Wand lehnen. Allerdings war es sandfarben, möglicherweise ein bisschen farblos. Also probierte ich sämtliche Hosen, die ich hatte – alle hielten meiner Ansicht nach hinsichtlich des Zimmermanns nicht stand. Wie war ich nur die ganze letzte Zeit herumgelaufen! Ich hatte ja überhaupt nichts!

Vielleicht sollte ich morgen noch mal schauen, ob ich ein ganz einfaches, gut geschnittenes T-Shirt finden würde, in dem ich eine Wohnung besichtigen könnte.

Ja – ich verwarf das Leinenkleid wieder. Es war zu blass und irgendwie auch zu overdressed für eine Wohnungsbesichtigung. Die Waschmaschine war noch nicht durch. Ich würde doch die Hose anziehen. Also machte ich mir erst einmal etwas zu essen. Ich hatte Hunger. Mein Griff ging zur Nudelpackung – aber ich ließ doch die Finger davon und machte mir die Mühe, einen Salat zu schnippeln. Nicht zu viele Kohlehydrate, sagte ich mir – aber bis morgen kannst du auch nicht mehr drei Kilo abnehmen. Also schmierte ich mir doch noch ein Brot zum Grünzeug.

Während ich auf dem Balkon saß und in meinem Salat stocherte, versuchte ich Mari anzurufen. Was hatte sie sich nur dabei gedacht? Warum wollte sie, dass ich mitkomme? Wir hatten doch mit der schwangeren Frau aus dem Parterre gar nicht gesprochen, sondern ihr im Rausgehen nur kurz zugewinkt.

Noch 20 Stunden, in denen ich nichts machen konnte. Gibt es Frauen, die sich in einer solchen Situation anders verhalten? Ja, natürlich, Mari würde nie so einen Affentanz veranstalten. Aber die lief ja wohl außer Konkurrenz.

Ich setzte mich an den Schreibtisch, denn ich hatte noch im Internet bei Sotheby's etwas nachschlagen wollen, aber ich wurde nicht sofort fündig und hatte keinen Elan, diesem halbherzig gefassten Vorhaben weiter nachzugehen. Stattdessen forschte ich nach dem schwarz gelockten Abgott und googelte Schröder und Zimmermann und Holzkonstruktionen und Dach und Berlin. Ich fand Tausende Schröders, aber keine Zimmerleute. Dann ließ ich Berlin weg und suchte mit

Schröder und Zimmermann, fand eine Zimmerei – in der Nähe von Lübtheen –, aber nicht Manuel, sondern Peter. Das konnte ja wohl nicht sein! So weit entfernt und mit falschem Vornamen.

Es war zehn, als ich mich endlich wieder auf die Sotheby's-Seite begab und mich zusammenriss, doch noch etwas zu tun. Die Leinenhose hatte ich auf dem Balkon auf einen Bügel gehängt. Der Fleck war nicht richtig rausgegangen. Ich musste Waschbenzin besorgen und die Hose noch mal waschen.

Nachdem ich den Laptop geschlossen hatte, nahm ich mir ein Glas Weißwein und setzte mich noch einmal nach draußen. Es war Viertel vor elf. Ich wollte ganz entspannt sein. Und es waren noch immer gut 19 Stunden.

⸻

Die Welt der Geschlechter ist ungerecht. Der Mann, dessentwegen mein ganzer Kleiderschrank in der Wohnung verteilt war, stand in seiner Zimmermannshose und einem kurzärmligen Hemd vor seinem Kangoo.

»Tach!«, sagte ich und ging ihm mit ausgestreckter Hand zur Begrüßung entgegen.

Er lächelte mich an und ergriff meine Hand. »Schön, dass Sie mitkommen ... Frau Dr. Brauer.«

»Ich bitte Sie, ich bin Karoline!«

»Manuel«, informierte mich Manuel und ließ leider meine Hand gleich wieder los. Dann aber geleitete er mich zum Kangoo und legte seine linke Hand auf meine Schulter, während er mir mit der rechten die

Beifahrertür öffnete. Ich dachte an Mari und versuchte ein dankendes Kopfnicken. Meine Schulter fühlte noch den Abdruck seiner Hand, ein Gefühl, das die nächsten drei Kilometer anhalten sollte.

»Mari meinte, es sei ganz gut, wenn Sie, du mitkommst, da du die Leute unten schon kennst.«

»Na ja!«

Wir schwiegen. Ob Männer das eigentlich auch haben, diese eigenartigen Besessenheiten? Ich schaute ihn von der Seite an. Er war völlig ruhig und saß da entspannt in der Hose, die er den ganzen Tag auf irgendeiner Baustelle angehabt hatte, und sah fantastisch aus.

Ich dagegen hockte hier in meiner zweitbesten Hose, die ich mir in meiner Verzweiflung aus dem Haufen gezogen hatte, nachdem meine erste Wahl mit Waschbenzin ruiniert war. Mittags hatte ich das Museum verlassen, in einem Drogeriemarkt das Benzin besorgt und damit aus einem kleinen Fleck einen großen gemacht. Es gab einen riesigen Rand, die Hose musste noch mal in die Waschmaschine und wurde natürlich nicht mehr trocken.

Dann hatte ich mich geschminkt, was ich höchst selten mache. In Aussicht auf meine Picasso-Vermittlung hatte ich mir auf dem Heimweg in einer Parfümerie nämlich noch ein teures Kompakt-Make-up zugelegt. Außerdem hatte ich mir die Haare geföhnt, was ich sonst auch nicht tue, und erkannte mich anschließend nicht wieder. Ich sah aus wie Strubbelpetra mit einem kleinen, dick gepuderten Gesichtchen und wie aus einem Fellinifilm geflüchtet. Nachdem ich alles wieder abgewaschen hatte, fühlte ich mich aufgerubbelt und ganz elend. Es war mittlerweile halb sechs. Zornig ging ich noch einmal unter die Dusche, machte mir die Haare wieder nass, und so stieg ich mit feuchten Haaren in die Hose, die ich gerade noch greifen konnte, als er bereits um Viertel vor sechs klingelte. Und nun saß ich so unpräpariert im Auto neben ihm.

Er setzte den Blinker und fuhr los. Als wir auf die Otto-Suhr-Allee einbogen, fragte er mich nach der Wohnung in Lichterfelde, und ob sie mir gefalle.

»Ja.«

Anschließend wollte er wissen, wo ich eigentlich arbeite.

»Im Museum! Ich bin Kunsthistorikerin.«

Dann schwieg er. Wir fuhren über die Stadtautobahn nach Süden. Als wir sie verließen, erzählte er mir, dass er Mari seit einem Jahr kenne und sie sich auf einem Konzert in irgendeinem Schloss nördlich von Berlin kennengelernt hätten.

»Ist das in der Nähe von Lübtheen?«

»Nein, wieso?«

»Ich dachte, du bist in Lübtheen mit deinem Betrieb.«

»Nein, das ist mein Bruder.« Er sah mich an und ich wurde rot. Auf dem Kangoo stand nichts davon, sondern nur eine große Telefonnummer unter der Aufschrift »Zimmerei – individuelle Holzkonstruktionen«.

»Ich dachte, Mari hätte so was erwähnt!« Hätte ja zumindest sein können. Ich stierte aus dem rechten Seitenfenster und ärgerte mich über mich. Er klärte mich auf, dass er mit seinem Bruder zusammenarbeite, der seit über zehn Jahren in der Nähe von Lübtheen die große Werkstatt hatte, mit entsprechendem Lagerplatz – er sei sozusagen der kleine Ableger in Güterfelde. Er richtete sich an Kunden in Berlin und der näheren Umgebung und hätte sich spezialisiert auf denkmalgeschützte Bauten. Bei vielen Baustellen arbeitete er aber mit seinem Bruder Peter zusammen.

Ich hörte schweigend zu und versuchte möglichst unbefangen und desinteressiert auszusehen.

Endlich hielten wir vor der Kommandantenstraße 135 und nun ging ich vor. Immerhin hatte Mari mich ja vorgeschickt. Die schwangere junge Frau war im Garten, dieses Mal allein, sie saß unter einem großen Sonnenschirm auf der Terrasse. Das dreijährige Kind hockte auf der Wiese und spielte mit Legosteinen.

Sie kam auf mich zu und begrüßte mich mit Namen. Sie sagte, Frau Rosenberg hätte angekündigt, dass ich den Handwerker begleiten würde. Wenn es uns recht wäre, gäbe sie mir jetzt die Schlüssel, ich wüsste ja den Weg. Manuel bedankte sich und wir gingen zur Haustür. Ich öffnete die Tür, drückte ihm aber den Schlüssel in die Hand.

»Das ist ja dein Job hier.«

In der Wohnung ging ich zum Fenster, an dem ich mit Mari gestanden hatte, und blickte wie beim ersten Mal in den Garten. Mari hatte mir da wohl einen Gefallen tun wollen. Warum hatte ich mich so kopflos auf diese Sache eingelassen? Ich wurde wütend auf Mari, wie auf eine große schöne Schwester, die der kleinen ein bisschen Schokolade abgibt. Sie wusste, dass mir dieser Kerl gefiel, und so hatte sie das hier arrangiert und ihn unter fadenscheinigen Gründen mit mir zusammengebracht. Ich fühlte mich mit einem Mal gedemütigt und verkrampfte.

»Kommst du mit auf den Boden?«, fragte Manuel.

Ich drehte mich brüsk um, schüttelte den Kopf und lehnte ab. »Ich war schon mal oben. Ich warte hier.«

»Wie du meinst«, meinte Manuel, lächelte mich an und verließ die Wohnung. Ich hatte zehn Minuten Zeit, in der ich auf dem schön gearbeiteten Boden auf und ab ging, mich über mich ärgerte, dass ich überhaupt mitgefahren war, auf Mari fluchte, dass sie mir das angetan hatte. Sie hatte mich verkuppeln wollen, mir etwas Gutes tun, sie, der schöne Schwan führte mich unbeholfene Ente mit einem Traummann zusammen. Ich kam mir vor, als nähme ich ein Almosen. Irgendjemand musste ja Schuld haben, also zürnte ich Mari, dass sie mich in eine Situation gebracht hatte, in der mich meine eigene Unbeholfenheit niederstreckte. Und je mehr diese Gedanken von mir Besitz ergriffen, desto weniger konnte ich glauben, dass Manuel freiwillig mit mir die Wohnung und den Dachstuhl besichtigte. So zürnte ich mir selbst, dass ich das Manöver nicht von Anfang an durchschaut hatte, und wurde Opfer meiner Ungeduld, da ich sie nicht erreichen konnte, um ihr das zu sagen. »Dieser Anschluss ist im Moment nicht zu erreichen«, informierte mich ihr Anrufbeantworter lapidar. Am bösesten war ich mir aber deshalb, weil ich Manuel nicht gleich abgesagt hatte. Unentschieden zwischen Zorn und Niedergeschlagenheit kamen mir die Tränen.

»Ich bin fertig!«, sagte er hinter mir von der Tür her.

Ich schloss die Augen und drehte mich um. Eher traurig als kühl antwortete ich, ich sei auch fertig, und ging an ihm vorbei, die Treppe herunter. Die nette Frau aus dem Erdgeschoss kam uns entgegen, um den Schlüssel von Manuel in Empfang zu nehmen. Ich stand beklommen neben ihm und schaffte es gerade noch, ihr die Hand zu geben und mich zu verabschieden.

Auf der Rückfahrt versuchte Manuel, sich mit mir über die Wohnung auszutauschen, aber meine Einsilbigkeit brachte das Gespräch nicht gerade in Gang. Da mit mir keine Unterhaltung möglich schien, erzählte er mir vom Zustand des Dachstuhls und erläuterte Möglichkeiten, die es seiner Ansicht nach gäbe, in Übereinstimmung mit Denkmalschutz und Wohnbedürfnissen hier einen Raum zur Wohnung hinzuzunehmen.

Ich starrte aus dem rechten Seitenfenster des Kangoos und war damit beschäftigt, nicht zu heulen und mit mir zu schimpfen. Ich konnte nur ab und an »Hm, hm« beisteuern, sodass er auf der Hälfte der Strecke zu mir nach Hause seine Konversationsversuche einstellte. Er sah mich an, während ich mich abschnallte und aus dem Kangoo ausstieg. Ich verabschiedete mich ohne Händedruck und ging ins Haus.

13. Kapitel

Ausgerechnet ich hatte darauf bestanden, an diesem Sonnabend die Fahrradtour mit Beate und Mari durchzuführen, wie wir es verabredet hatten. Mir war eigentlich die Lust vergangen auf Unternehmungen, die eine gute, immerhin aber entspannte Laune voraussetzten. Aber in meiner angeschlagenen Stimmung blieb ich stur, obwohl wir alle drei am Abend auf ein mit Understatement »Kunst auf dem Lande« tituliertes Event gehen wollten. Darauf hatte wiederum Beate insistiert. So hatten wir uns als moderne Frauen für diesen Tag terminlich gleich doppelt gebunden.

Ziemlich einsilbig trat ich in die Pedale.

Mit den Fahrrädern hatten wir uns am Bahnhof Wandlitz getroffen. Beate war schon eine Bahn eher gekommen als ich und während wir auf die Ankunft der nächsten warteten, kam Mari doch tatsächlich mit einem Kombitaxi beim Bahnhof vorgefahren und ließ sich vom beflissenen Taxifahrer das Fahrrad ausladen. Ich wunderte mich, dass sie überhaupt eines hatte. Hatte sie nicht, wie sich herausstellte. Es war das Zweitrad eines Nachbarn, das sie sich geliehen hatte.

Beate fuhr die ganze Zeit vorweg, sie ist immer schneller als der Wind, und Mari fuhr neben mir her. Manchmal schaute sie mich von der Seite an, aber sie fragte nichts. Ich hatte nach meiner misslungenen Hausbesichtigung mit Manuel zwei Abende damit verbracht, mir die Schuld an meinem blöden Verhalten zu geben, und nicht Mari dafür verantwortlich zu machen. Sie hatte es gut gemeint, und jede andere Frau hätte daraus auch etwas Gutes gemacht. Sie konnte nichts dafür, dass mir ein Mann im wahrsten Sinne des Wortes den Verstand raubte, und ich nur noch im Kasernenton kommunizieren konnte.

Also erzählte ich ihr nur, während wir uns fleißig abmühten, wir hätten uns die Wohnung noch einmal gemeinsam angesehen, obwohl es meiner Ansicht nach überflüssig gewesen sei, dass ich dabei war. Ich hätte zu den Bauplänen nichts weiter beitragen können.

»Ich dachte, es ist besser, wenn nicht so viele Fremde in das Haus gehen, deshalb bin ich auf die Idee gekommen, dich zu bitten. Es war mir einfach lieber«, meinte Mari nur und gab mir die Chance, meine bösen Vermutungen, sie hätte mich gezielt mit meinem Schwarm zusammengebracht, fallen zu lassen. Obwohl ich wusste, dass sie es getan hatte. Aber auch sie hakte nicht weiter nach und beendete das Thema mit der Information, dass sie sich demnächst mit Manuel zusammensetzen wolle, um ein paar technische Dinge zu besprechen in Sachen Dachstuhl und was weiß ich.

Mir war es lieb, nicht weiter über diese Niederlage – und als solche empfand ich mein Verhalten – nachzusinnen. Ich wollte nicht an Manuel Schröder denken, mir nicht die Laune verderben lassen. Jedenfalls nicht an diesem schönen Tag. Denn es war nicht mehr so schwül. In der letzten Nacht war endlich das Gewitter über Berlin heruntergegangen. Es hatte die ganze Nacht wie aus Eimern geschüttet und ununterbrochen gekracht und geblitzt. Der Boden hatte noch gedampft, als wir losfuhren, und wir mussten Pullover tragen. Fast zwölf Kilometer waren wir vom Bahnhof bis zum Liepnitzsee gestrampelt und hatten uns nur kurz ausgeruht. Nun lagen wir am Rand des kleinen Sees mit Blick auf die Insel und versuchten, wieder zu Kräften zu kommen.

Gegen Mittag mussten wir uns schon wieder auf den Rückweg machen. Denn der eigentliche Höhepunkt des Tages, die »Kunst auf dem Lande«, fand beim Landadel statt. Ein Ereignis, das bei Beate höchste Priorität hatte.

Sie hatte mich in ihrem Übereifer genötigt, mitzukommen. Von Mautzenbachs Einladungen waren vor vielen Wochen an das Museum gegangen und ich hatte – damals noch in der Hoffnung auf eine Verlängerung meiner Honorarstelle – abgesagt, denn mich deprimieren diese Veranstaltungen, auf denen die Selbstdarsteller der Saison sich ins Auge schauen. Aber als Mari gestern davon hörte, als sie mich mit Dr. Schmerbusch im Museum besuchte, wollte sie unbedingt mit. Rudolf Schmerbusch war seit drei Tagen in Berlin und hatte verschiedene Termine im Bundesamt für Materialprüfung hinter sich. Dr. Schmerbusch war ebenfalls angetan von der Aussicht, beim Landadel zu Gast zu sein und wollte uns nach seinem Termin am Sonnabend – diese Leute arbeiten einfach immer – mit seiner Leihkarosse die 40 Kilometer Richtung Werneuchen fahren. Er schaute Mari begeistert an und die freute sich, denn so könnte sie Rudolf auch einmal was vom Leben im Umland der Metropole zeigen. Beate hüpfte um die beiden herum und fand das toll, sie würde sich um die Anmeldung für uns drei kümmern und vertrat vehement die Ansicht, dass, wenn hier jemand auf jeden Fall hinmüsse, dann ja wohl ich – wenn du dich doch selbstständig machst – und sie wollte deshalb eigentlich die Fahrradtour absagen. Denn schließlich müsse man sich auf solch ein Event beim Adel angemessen vorbereiten und sollte sich nicht verzetteln, gab Beate zu bedenken.

Ich hätte auf diese schweißtreibende Fahrradtour verzichten sollen, wenn ich mich schon breitschlagen ließ, zum Landadel mitzukommen. Aber ich hatte mich stur gestellt, weil ich mich selbst zu diesem Ausflug hatte durchringen müssen, und aus übereifriger Prinzipienreiterei darauf bestanden. Wenn ich mich über mich selbst ärgere, werde ich verbockt.

Nun war ich ziemlich erschöpft, hatte an die 20 Kilometer in den Beinen und stand hier herum. Unauffällig und gelangweilt. Alles, was in Berlin übrig geblieben war in diesem Sommer und sich für das, was Kunst war und werden sollte, interessierte, schien sich hier zu versammeln.

Ich fühlte mich fehl am Platz.

»Ich war gestern in Hannover.« Mari stand vor einem schmiedeeisernen Rosenbogen, ein Bein mit ihren Ballerinaschühchen angewinkelt und dagegengestützt, um das elfenbeinfarbene Seidenkleid nicht zu beflecken. Sie schaute Rudolf Schmerbusch hinterher, der sich für seine Körperfülle geradezu elegant den Weg durch vereinzelt stehende Menschengruppen suchte. Er war von ihr losgeschickt worden, Wein für uns zu besorgen. Dann sah sie mich an und wartete auf meine Reaktion.

»Ja und?«, antwortete ich nur und zuckte mit den Schultern. Mari war permanent unterwegs, warum sollte sie nicht auch einmal in Hannover gewesen sein. Sie zog ihre linke Braue hoch und grinste mich an, und es schien mir, als schüttelte sie leicht den Kopf.

Das Wetter hatte sich gehalten. Wir standen in der französischen Gartenanlage des kleinen Schlosses derer von Mautzenbach. Hinter uns lag der gelb verputzte zweigeschossige Bau mit übergiebeltem Mittelrisalit, davor eine ausladende Terrasse, von der eine breite dreistufige Freitreppe in den Garten führte, in dessen Zentrum eine rechteckige Brunnenanlage den Blick über den breiten Mittelweg weiterzog, der sich in einigen Hundert Metern in einen englischen Landschaftspark verlor. Die Bäume schützten das Anwesen vor den Blicken derer, für die es nicht gedacht war.

Ich tat gelangweilt und schaute auf Dr. Schmerbusch, der sich uns strahlend näherte, gefolgt von einem schwarz gekleideten Tänzer, den man für den Service engagiert hatte und der ein Tablett voller Champagnergläser in unsere Richtung balancierte.

»So, gnädige Frau waren also in Hannover!«, flüsterte ich zu Mari an meiner Seite, lächelte, neigte den Kopf leicht schräg und versuchte mit feurigen Augenaufschlägen, den Tänzer zu mir zu locken.

»Ja. Bei Friedbert Hansen.«

Ich riss den Kopf zu ihr herum und starrte sie an. »Wieso das denn?«

Durch meine Verblüffung hatte ich den Tänzer

vergessen und konnte nun nicht feststellen, ob ich es geschafft hätte, wenn ich ihn weiter im Visier gehalten hätte, dass er zuerst mir, und nicht Mari das Tablett reichte. Aber so war es Mari, der er das Tablett mit Champagner als Erstes hinhielt, obwohl er mich dabei ansah. Sehr professionell. Wahrscheinlich war er kein Tänzer, sondern Kellner.

Dr. Schmerbusch hatte sich neben Mari eingefunden, griff ihren rechten Arm und nahm ihre Hand in die seine.

»Willi Mindhoff macht hier das Catering!«, sagte er zu Mari, die das mit einem anerkennenden »Oh!« quittierte.

»Wer ist Willi Mindhoff?«, fragte ich etwas zu laut, denn der Kellner, der schon im Begriff war weiterzuschweben, drehte sich mit einer unnachahmlichen Pirouette um seine Längsachse zu mir, stoppte mit einem Pas de Bourrée, strahlte mich mit weißen Zähnen an und setzte mich ins Bild.

»Mindhoffs – bodenständige Küche mit einer Prise Wahnsinn.« Damit gab er mir eine Visitenkarte, die darüber informierte, wo Mindhoff sich mit seinen drei Sternen niedergelassen hatte: in der Nähe von Großbeeren, dem Bild nach zu urteilen auch auf einem kleinen Gut.

»Gut – und schön!« Ich sah dem tanzenden Kellner nach und fragte Schmerbusch, der sich ja wohl schon informiert hatte, wie das Event vor allem in Hinblick auf die Verpflegung weitergehen sollte und wann Mindhoff denn auftischen wolle. Schmerbusch schien sich über mich zu amüsieren und erklärte mir, dass es diverse kleine Speisen gäbe, im Grunde eine Reihe lauter »Amuse-Gueules«, die im Laufe des Abends serviert werden würden.

»Aha, hier laufen gleich diese schönen Menschen herum und füttern uns mit kleinen feinen Leckereien?«, fragte ich.

Schmerbusch nickte verschmitzt, leckte sich die Lippen und strahlte Mari an. Er hatte sich seinen Bauch sicher nicht mit Currywurst und Kantinenessen zugelegt. Das ging auch mit Sterneküche.

Beate kam über den Kiesweg auf uns zu. Mari, Schmerbusch und ich hatten uns, gleich nachdem wir eingetroffen waren, an dieses Rankgestell in einiger Entfernung von der ausladenden Terrasse postiert, während Beate gleich auf die Terrasse gegangen war, um sich umzusehen, wie denn die Rittersleute von heute leben. Natürlich kam hier nicht jeder rein. Am schmiedeeisernen Parktor, das wir mit Schmerbuschs dickem Leih-Mercedes passierten, hatte uns eine »ganz reizende junge Dame«, wie Tante Hedwig sagen würde, einen Parkplatz zugewiesen und ohne Nachdruck, eher im Nebensatz, nach unserer Einladung gefragt, die sie mit entzückendem Lächeln mit ihrer Liste abglich. Etwas Gutes hatte die Anwesenheit von Schmerbusch. Wir saßen in einem dem Anlass angemessenen, unauffälligen Wagen. Mit öffentlichen Verkehrsmitteln hätten wir es eh nicht geschafft, hierherzukommen, und mit dem Peugeot 206 von Beate wären wir zumindest der reizenden Hostess extrem aufgefallen.

Beate gesellte sich wieder zu uns und zupfte mich

aufgeregt am Arm. »Herr und Frau von Mautzenbach sind im großen Sommersalon und empfangen dort die Gäste. Los komm, Karoline, du musst wenigstens sagen, dass du hier bist.«

Ob die von Mautzenbach das interessieren würde, bezweifelte ich. Aber da es nicht so aussah, als ob Schmerbusch Maris Hand so bald wieder loslassen wollte, ging ich mit. Die beiden folgten Beate und mir Arm in Arm.

Da hatte dieses Lotterweib doch tatsächlich Friedbert, diesen Simpel, in Hannover besucht. War sie dort über Nacht geblieben? Ich wartete tagelang darauf, dass er mich anruft, um von mir ihre Adresse zu bekommen, und bin fast zerknirscht über das, was ich da angestellt habe, da ist Mari schon lange mit ihm unterwegs. ›Er ist nicht mein Typ‹, das klang mir noch in den Ohren. Schmerbusch konnte sie ja offenbar leiden, der war ja auch ganz rührend in seiner Begeisterung für Mari. Aber Friedbert hatte nun wirklich nichts, was eine Frau begeistern konnte. Außer Geld.

»Ja, es ist das Geld!«, deklamierte ich laut.

»Ja, eine Menge, das sag ich dir!«

»Hmm?«, fragte ich Beate, die vor mir herlief.

»Eine Menge Geld – mein ich, schau dich doch mal um!« Sie wies auf eine schöne fette Henry-Moore-Bronze, die wie hingegossen auf dem kurz gehaltenen Grün lag.

»Hm«, antwortete ich erneut, obwohl meine Gedanken in eine andere Richtung unterwegs waren.

»Die von Mautzenbach sind nicht nur reich, sondern richtig reich!«

»Was ist denn richtig reich?« Ich musste Beate am Blusenzipfel greifen, denn sie wollte schon wieder weiterhüpfen. Sie blieb stehen, sah mich verschwörerisch an und senkte die Stimme, denn in unserem Rücken stand eine nonchalante Herren-Dreiergruppe in hellen Sommeranzügen. Sie hielten ihre Champagnergläser fest und strahlten sich gegenseitig an, weil sie so klasse ausschauten.

»Im Frühjahr war ich im Schloss Mautzenbach am Niederrhein!«, sagte ein Mittvierziger, der einen perfekt geschnittenen hellblauen Schlafanzug trug. »Unglaublich beeindruckend!«

»Oh!«, lachte sein Gegenüber mit einer zurückhaltenden Mischung aus Anerkennung und Misstrauen.

»Der Hauptsitz der von Mautzenbach. Dort hat er seine Sammlung frühes 20. Jahrhundert – einige herausragende Arbeiten von Matisse …«

Anerkennendes Nicken, verhaltene Zustimmung. War der im Schlafanzug wirklich am Niederrhein gewesen, oder hatte er das aus dem Internet? Die gleiche Frage schien sich der Dritte zu stellen, der etwas beiläufig an seinen Fingern pulte. Denn dass von Mautzenbach eine große und vor allem wertvolle Sammlung von Öl- und Papierarbeiten der ersten Hälfte des 20. Jahrhunderts hatte, konnte dort jeder nachlesen.

Aber Beate setzte sich schon wieder in Bewegung, sodass ich meine gesellschaftlichen Beobachtungen an dieser Stelle nicht weiterführen konnte, und erklärte mir, was richtig reich ist. »Richtig reich ist, wenn jemand nicht mehr weiß, in welchem seiner Schlösser er wohnen soll.« Von Mautzenbach hatte nämlich nicht nur dieses Schloss in der Uckermark, sondern neben seinem Familiensitz am Niederrhein noch je ein Château in Südfrankreich und in der Schweiz. Das kleine uckermärkische Juwel war ihm von der Treuhand 1991 für einen Euro angeboten worden. Denn von Mautzenbachs Opa hatte 1945 ausziehen müssen, später quartierte sich die Verwaltung einer LPG ein und die Ländereien wurden sozialistisch begradigt. Papa von Mautzenbach hatte kurz vor seinem Tod wieder durch das zurückerworbene Schloss und den Park wandeln können. Weil die Erben der Sozialisten an diesem Schloss nichts als zukünftige Kosten hinterlassen hatten und sich angesichts der Einschränkungen des Denkmalschutzes und horrender Erhaltungskosten niemand fand, der die sozialistische Ruine übernehmen wollte, investierte der wohlgeborene Enkel des enteigneten Großvaters erst einen Euro für die Übernahme und später mehrere Millionen für die Renovierung des Schlosses seiner Ahnen. Nun verbrachte er seit etwa zehn Jahren jedes Jahr zwei Monate im Sommer in diesem Schloss.

»Richtig reich ist auch, wer seine Schlösser nicht besichtigen lassen muss!« Deshalb wollte Beate uns auch unbedingt hierhinschleifen. Denn eine andere Gelegenheit gab es nicht. Sie selbst kannte sich aus im deutschen Hoch- und Niederadel, informiert durch die »Gala«, die sie ohne Scham abonniert hatte und nicht beim Zahnarzt las, und durch den leidenschaftlichen Konsum der Sendungen von Seelmann-Eggebert, dem Adelsexperten. Sie war ausgewiesene Fachfrau. Vor nicht allzu langer Zeit hatte sie ihre kunsthisto-

rische Promotion über illusionistische Deckenmalerei in den Schlössern Norddeutschlands verfasst und
war somit nicht nur über die Behausungen des Adels,
sondern auch über deren Familienverhältnisse bes-
tens informiert.

Ja, neben dem Besitz derer von Mautzenbach nahm
sich Friedberts Reichtum verhältnismäßig lächerlich
aus. Wir gingen die breiten Stufen zur Terrasse herauf
und durch die einladend geöffneten Doppeltüren in
den Salon. Hier hatte sich eine kleine, lockere Schlange
gebildet, denn die Gastgeber begrüßten alle Gäste mit
Handschlag und sprachen – ganz demokratisch – mit
jedem ein, zwei Sätze. Wir stellten uns ein wenig abseits
und warteten, bis wir an der Reihe waren. Schmerbusch und Mari gesellten sich zu uns und so gedulde-
ten wir uns gemeinsam.

In diesem Sommersalon gab es keine illusionistische
Deckenmalerei mehr. Entweder hatte es sie nie gegeben, oder sie war dem Kunstverständnis realsozialisti-
scher Bürokratie zum Opfer gefallen. Nun waren die
Felder der durch Eichenpaneele kassettierten Wände
in gebrochenem Weiß gestrichen und bildeten den neu-
tralen Hintergrund für ein paar ausgewiesene Stücke
der Sammlung Mautzenbach. Neben Hödicke, Get-
ting und Salomé hatten die Hausherren noch andere
neue Anschaffungen aus den letzten 20 Jahren hin-
gehängt.

»Frau Dr. Schulzendorf, schön, dass Sie gekommen
sind!« Baron von Mautzenbach reichte Beate die Hand
und stellte sie seiner Frau vor, die Beate anstrahlte,
als habe sie eine gute alte Freundin wiedergesehen.

Beate strahlte auch und schien überrascht, dass Eugen von Mautzenbach sich noch an sie erinnern konnte. Es war immerhin acht Jahre her, dass sie ihn wegen ihrer Arbeit an der illusionistischen Deckenmalerei am Niederrhein in seinem Büro aufgesucht, sein dortiges Schloss besichtigt und von ihm weitere Empfehlungen an die Herren Kollegen Adlige in Mecklenburg, Schleswig und in der Uckermark erhalten hatte.

Derart hervorgehoben präsentierte Beate nun ihrerseits ihre Kleingruppe, zuerst Mari und Dr. Schmerbusch, anschließend mich. Sie stellte mich den beiden Gastgebern als Kollegin und – ich schluckte, weil es für mich so ungewohnt klang – als selbstständige Kunst-Agentin und -Beraterin vor, spezialisiert auf Papierarbeiten des 19. und 20. Jahrhunderts.

»Sehr erfreut, Frau Dr. Brauer. Wenn es Ihnen recht ist, zeige ich Ihnen nachher zwei Arbeiten von Beuys und Hann Trier, mein ganzer Stolz.« Eugen von Mautzenbach lächelte mich freundlich und gelassen an. »Hinterlassen Sie doch Ihre Karte dort drüben bei meinem Sohn.« Er wies mit seiner rechten Hand auf einen in Jeans und einfachem weißem Hemd gekleideten jungen Mann von Anfang 20, der an dem einzigen Möbel stand, das außer einem großen Bösendorfer Konzertflügel in diesem Raum verblieben war. Es war ein großer Eichentisch von etwa acht Metern, auf dem ein Gästebuch aufgeschlagen war und ein kleines silbernes Tablett stand, auf dem einige Visitenkarten lagen.

Der Junge sah ganz normal aus, aber ich musste passen. »Ich bin leider ohne Karte hier, aber mit umso größerem Interesse. Wenn Sie mir also dennoch die Bilder zeigen wollen, spreche ich Sie später noch einmal an, wenn Ihre Gastgeberpflichten Ihnen Zeit lassen.« Ich nickte freundlich und Baron Eugen forderte mich auf, einfach nachher – es gäbe gleich eine Kleinigkeit zu essen – zu ihm und seiner Frau zu kommen.

»Wenn Ihre Gastgeberpflichten Ihnen Zeit lassen …«, echote Beate, als wir wieder auf der Terrasse standen.

»Tja, da staunst du!« Ich staunte selbst nicht schlecht. Geht doch. Mit einem gewissen Stolz blickte ich hinunter in den weiten Garten und fühlte mich einen Moment ganz großartig. Wie wohl es tut, jemand anderen gut über sich selbst sprechen zu hören. Mit meiner notorischen Griesgrämigkeit beschimpfe ich mich meist selbst und bin damit, wie mir Martha Baum immer versicherte, nicht die einzige Frau, die das tut. Beates Worte klingelten mir noch in den Ohren und in dem Gefühl des mir gegenüber wiedergewonnenen Wohlwollens wandte ich mich aufgeräumt meiner Kleingruppe zu, die hier auf mich gewartet hatte.

»Komm, Mari, wir pudern uns mal die Nase!«, sagte ich an Rudolf Schmerbusch gewandt, der Maris Hand nur widerwillig losließ. Da nun aber eine Reihe schmaler Kellner in Schwarz durch die großen Flügeltüren auf die Terrasse traten und ihren Weg in den Garten fortsetzten, konnte Schmerbusch sich mit seiner zweiten Leidenschaft trösten.

Mari lachte ihrem alten Liebhaber noch einmal zu und ging mit mir die drei Treppenstufen der Terrasse hinunter. Der ganze Garten war voller Lachen und gedämpftem Stimmengewirr. Die Gruppen standen an hohen Teakholz-Stehtischen, Biertischgarnituren für den Adel. Alle hielten sich noch aneinander fest, blieben bei ihren Begleitungen stehen, lustwandelten durch den Garten und betrachteten die Skulpturen. Einige aber saßen bereits an einem der zahlreichen Gartentisch-Ensembles. Wenn die Menschen nicht da gewesen wären, hätte es das Arrangement für einen Garpa-Katalog sein können. Ich fragte mich, ob das Gartenmobiliar geliehen war, oder ob Baron Eugen Tische, Sessel und Bänke immer in einer der großen Scheunen aufbewahrte.

»Nein, isch finde es superb, dass ein Privatmann sisch mit seinem Geld so wohltuend engagiert!« Das war ja mein Freund Jerôme, dessen Stimme ich hinter einem akkurat geschnittenen Buchsbaum vernahm. Ich war nicht überrascht, dass er sich hier herumtrieb, immerhin war er der Kustos unserer Abteilung. Er war im Gespräch mit Professor Marin von der Hochschule der Künste, wie sich mir offenbarte, als wir um den Buchs herum waren, und begleitet von seiner Praktikantin Melanie, die in ihrem hautengen Stretchkleid aussah wie eine sehr schlanke Wurst.

»Sie wissen ja selbst am besten, dass sisch die öffentlische Hand und damit wir von den Müseen oft gar nischt mehr an den Versteigerungen beteiligen können. Isch bin desalb froh, dass sisch ein verantwortungsvoller Sammler mit Verstand und Geschmack beteiligt.« Die Praktikantin nickte Jerôme bestätigend zu. Auch der Professor murmelte seine Zustimmung und nickte heftig und energisch, als einer der Kellner, die mit den Platten durch den Garten schwärmten, fragte, ob die gnädige Frau und die Herren Lust hätten auf einen kleinen Willkommensgruß der Küche. Er reichte je ein kleines Porzellanschälchen auf Untertasse mit Löffelchen:

»Eine Mousse vom Hummer mit Chili-Eis auf einem Jus de Cassis!«

»Oh, homard!«, stöhnte Jerôme.

»Bon appétit!«, grüßte ich Jerôme und zog Mari gleichzeitig mit mir weiter. Jerôme sah mich verblüfft an und zwang sich ein Lächeln ab. Professor Marin schaute uns hinterher, als er – in welcher Weise auch immer – von Jerôme wohl eine Einordnung meiner Person bekam. Er schien sich dunkel an mich zu erinnern und winkte mir vage mit der Hand zu.

»So, jetzt erzähl mal«, forderte ich Mari auf, »wieso warst du mit Friedbert Hansen zusammen!« Wir schlenderten den gebogenen Kiesweg entlang, der in einiger Entfernung auf den Hauptweg zurückführte.

»Ich war nicht mit Friedbert Hansen zusammen, ich war bei Friedbert Hansen!«

»Ist das ein Unterschied?«

»Wenn du mir erklärst, was ›zusammen sein‹ heißen soll?« Auffordernd schob sie ihre Unterlippe leicht vor.

»Zusammen sein eben.« Ich überlegte, was ich eigentlich gedacht hatte und stellte fest, dass es genau das war, was »Zusammen sein« in diesem Kontext heißt: »Zusammen im Bett!« Damit sie nicht noch einmal nachfragte: »Nicht gekuschelt, sondern gevögelt – ja, das hab ich gedacht, wenn du mich so rundheraus fragst!«

»Du bist ziemlich aggressiv, schon den ganzen Tag. Was ist nur mit dir los?«, fragte Mari und atmete tief ein. Dann schaute sie mich an, entschied sich offenbar für ihre übliche Langmut und antwortete mir auf meine Frechheiten, als hätte ich sie nicht gesagt. »Ich war mit Friedbert Hansen erst zusammen in einem Café, ich war mit ihm zusammen in der Marktkirche zu einem Sommerorgelkonzert und zuletzt war ich zusammen mit ihm in seiner Wohnung zu einem Drink.«

Ich knabberte an meinem Daumen, weil ich nicht weiterwusste. Auf der Terrasse waren die Menschen ein wenig in Bewegung geraten. Denn durch die großen Flügeltüren wurde jetzt der Bösendorfer herausgerollt.

»Danach hat er mich zum Bahnhof gebracht.«

»Aha!«

Mari schaute auch in Richtung Terrasse, auf der der prächtige Flügel jetzt seinen vorbestimmten Platz gefunden hatte. Er wurde aufgeklappt und – das war auch aus dieser Entfernung gut zu erkennen – der junge von Mautzenbach setzte sich in seiner Jeans und seinem weißen Hemd an das Instrument. Er begann vor sich hinzuklimpern, bestes Barpiano, und erneut sollte eines meiner vorgefassten Urteile zu Bruch gehen. Der Adel ist nicht immer degeneriert, sondern auch schon mal begabt, wie ganz normale, andere Leute auch. Der junge Mautzenbach spielte so nebenbei und für einen kurzen Moment schienen alle ein wenig bezaubert und stellten ihren Partytalk ein.

Mari wandte sich mir wieder zu. »Friedbert Hansen ist sehr interessiert an mir.«

»Das ist ja keine Neuigkeit, schließlich hat er sich den Kontakt zu dir 10.000 Euro kosten lassen.«

Der Junge von Mautzenbach spielte nun Tico Tico, meinen persönlichen Traumtitel, von dem ich dachte, dass ihn keiner außer mir kennt.

»Hansen ist nicht mein Typ«, fuhr Mari fort, »überhaupt nicht!«

»Das hast du auch schon einmal gesagt. Warum gehst du dann mit ihm aus und zu einem ›Drink in seine Wohnung‹?« Hatte sie das aus Rücksichtnahme für mich gemacht, weil ich mich mit dem Preis für ihre Adresse so weit aus dem Fenster gelehnt hatte?

»Ich wollte einfach mal sehen … »

»Wie Hansen wohnt?« Ich schaute sie mit aufgerissenen Augen an, klimperte wie Bambi mit den Lidern und grinste so frech und verkniffen, wie ich konnte.

Mari schien genervt von mir und meinen Albereien und fuhr mich fast etwas kurzatmig an: »Das wollte ich damit auch nicht zum Ausdruck bringen.«

»Was wolltest du denn damit zum Ausdruck bringen?«

»Dass ich nur begrenzt interessiert bin an Friedbert Hansen.«

»Dass du diesen engstirnigen Langeweiler nicht magst, musst du doch nicht so kompliziert formulieren.« Ich schaute abermals zur Terrasse auf den jungen Mautzenbach, um irgendetwas zu tun. Mir war nicht klar, was Mari sagen wollte. Sie sah mich von der Seite an und schüttelte wieder ihren schönen

Kopf. Wortlos ließ sie mich stehen und ging weiter. Sie bog auf den Hauptweg ein, der genau und zentral auf das vor dem Schloss liegende Brunnenbecken zurückführte. Dann drehte sie sich zu mir um. »Warum, meine Güte, bist du so kiebig und machst es mir so schwer?«

Applaus kam auf, Mautzenbach Junior erhob und verbeugte sich. Er nahm bescheiden seinen Applaus entgegen, setzte sich wieder und spielte einfach weiter. Der war mir sympathisch.

»Ich bin interessiert an dir – nicht an Hansen!« Mari schüttelte abermals den Kopf wie über ein dummes Kind. Dann lächelte sie und fuhr fort: »Du hast mir doch die ganze dramatische Geschichte von Ruth erzählt. Du hast mir doch gesagt, dass das Hansensche Geld eigentlich moralisch seiner Frau gehört. Dass diese Frau betrogen wurde. Ich bin interessiert an ihm, daran, was das für ein Typ ist. Vielleicht denke ich an meinen Vater, der hat zwar meiner Mutter nicht das Geld weggenommen, sondern nur die Freude und das Vertrauen und die Sicherheit, aber Hansen hat sich doch ganz ähnlich verhalten. Auch er hat seine Frau missbraucht, ausgenutzt und – das ist vielleicht das, was die beiden mir so ähnlich erscheinen lässt – er hat überhaupt kein Unrechtsbewusstsein, es ist alles in Ordnung, findet er. Ich bin interessiert, wie die Wahrnehmung solch eines Menschen funktioniert.«

Ich betrachtete sie, diese schöne Mari, die eine so lange Rede geführt hatte. Sie stand da in der untergehenden Sonne, die – ja, Tante Hedwig hätte das sagen können – auf ihre braunseidenen Haare einen golde-nen Glanz legte und dieses makellose Gesicht in ein sanftes Licht tauchte. Sie blieb ernst und setzte sich wieder in Bewegung, denn ich hatte ihr nicht geant-wortet. Ich heftete mich an ihre Fersen und wir gin-gen schweigend auf das Brunnenbecken zu.

»Und wohin soll das führen?« Ich zupfte sie am Seidenärmel. Wir waren schon wieder in der Nähe der Tische und der Kellner, die unablässig durch den Garten schwirrten. Jerôme hatte sich mit Prof. Marin neben einen Giacometti gestellt und fachsim-pelte. Rechts stand ein Kollege, der viel für die Villa Griesebach arbeitete und mit dem ich häufiger zu tun gehabt hatte, und winkte mir zu. Rudolf Schmerbusch, den wir in der Obhut von Beate zurückgelassen hat-ten, winkte ebenfalls und schien Anstalten zu machen, seine Mari abzuholen.

»Ich weiß nicht, wohin das führen soll. Vielleicht hast du ja eine Idee. Du bist doch – was Hansen angeht – ganz kreativ!« Sie nickte mich aufmunternd an und ging nun etwas rascher voran.

Ich schoss hinterher. »Was … ich … wie soll ich das denn verstehen?«

Aber Mari schien mich mit dem Haken, den sie ausgeworfen hatte, allein lassen zu wollen und ant-wortete nicht mehr. Vielleicht hatte sie ja auch gar keinen anderen Gedanken gehegt, als eine Art Psy-cho-Vivisektion an einem unangenehmen Menschen durchzuführen, der sie entfernt an ihren Vater erin-nerte. Ich hatte aber kein Interesse an einem Unter-suchungsobjekt Friedbert Hansen. Das Einzige, was mich an Friedbert reizte – im wahrsten Sinne des Wortes – war das Geld, auf dem er unberechtigterweise hockte.

»Meinst du meinen Adressenhandel?«, rief ich Mari hinterher. Sie drehte sich zu mir um, schob ihre Unterlippe erneut leicht vor, lächelte wie immer und zuckte die Schulter ... aber wir konnten das Thema nicht weiter erörtern. Denn Rudolf Schmerbusch ging uns die letzten zehn Meter entgegen, nahm Mari wieder in Besitz und schwärmte von den Fasanenbrüstchen auf blauem Kartoffelbrei. Leider hätten wir die grüne Salat-Gazpacho mit Crevetten-Haube verpasst. Schmerbusch war geradezu enthusiasmiert von Windhoffs Sternen und Maris Rückkehr. Er hatte sich bereits kundig gemacht, und in der Gewissheit, dass weitere kulinarische Preziosen in der Küche gerichtet wurden, strahlte er vor Begeisterung.

Während der Besichtigung, die Eugen von Mautzenbach tatsächlich persönlich für mich durchführte, musste ich mich zusammenreißen, denn das Gespräch mit Mari hielt mich völlig gefangen. Nun wollte ich mir allerdings diese Gelegenheit nicht entgehen lassen und ließ die beiden allein. Beate war auf der Terrasse im Gespräch mit zwei Galeristen aus Mitte, die sie kannte, weil sie mit ihnen studiert hatte. Sie wollte mit Sicherheit Mautzenbach junior abpassen, wenn er eine Pianopause machen würde – für ihre Adelssammlung.

Ich fand Mautzenbach in den unteren Räumen, er sprach mit einem Galeristen, der zwei der noch unbekannten neuen Maler vertrat, die er sich zugelegt hatte. Der gesamte große Raum neben dem zentralen Salon war diesen jungen Künstlern vorbehalten. Nicht schlecht – die neuen Emporstrebenden neben der Avantgarde von gestern.

Eigentlich wollte ich mich zurückziehen, als von Mautzenbach mich entdeckte.

»Frau Dr. Brauer, einen Moment. Ich stehe sofort zu Ihrer Verfügung.« Dann erlaubte er sich noch, mich dem skeptisch und misstrauisch schauenden Herrn vorzustellen, der scheinbar gegen seinen Willen versuchte, mich freundlich anzulächeln, dabei seine Kiefer einhängte und für kurze Zeit tiefgefror. Ich hatte nicht vor, ihm in seine Geschäfte zu funken, aber das konnte er nicht wissen, und die Haifische sind immer wachsam und schlafen angeblich nicht. Von Mautzenbach verbeugte sich vor dem verbissen grimassierenden Galeristen und bat ihn um Entschuldigung, dass er sich der »bezaubernden Frau Dr. Brauer« widmen wolle. Das sagte tatsächlich er – nicht Tante Hedwig.

Zum zweiten Mal an diesem Abend benommen von der Ehre, die mir hier unerwartet zuteil wurde, folgte ich dem Gastgeber in die Belle Étage, die Räume, die er privat bewohnte, wo er mir seinen Beuys und seinen Hann Trier zeigte. Wir unterhielten uns einige Minuten über die aktuelle Lage auf dem Kunstmarkt. Im Anschluss präsentierte er mir eine Mappe mit Bleistiftarbeiten und Lithografien verschiedener Examensstudenten und fragte mich, welche mir gefielen. In dem Höhenflug, auf dem ich mich befand, nahm ich kein Blatt vor den Mund und ging sie mit ihm durch. Ich verstand mich mit Eugen von Mautzenbach – er fand mich bezaubernd, das hatte ich nicht vergessen – und deshalb konnte ich auch gewinnend sein.

Während wir wieder die Treppe heruntergingen, sagte er: »Frau Dr. Brauer, wenn Sie etwas haben, das mich interessieren könnte, melden Sie sich. Ich glaube, wir liegen auf einer Wellenlänge!«

Ich verabschiedete mich vom edlen Eugen und schwebte – bezaubernde Frouwe, zu der er mich geschlagen hatte – durch den Empfangssalon, in dem die Gäste mit ihren kleinen Leckerbissen standen und parlierten und zu dieser späten Stunde nun nicht mehr auf die Bilder schauten. Frau Dr. Karoline Brauer war von Baron von Mautzenbach nach oben geführt worden und damit quasi emporgehoben: Wie leicht den Menschen zu schmeicheln ist.

Damit war für mich der absolute Höhepunkt des Abends erreicht. Mich konnte nichts mehr verärgern oder erschüttern. Die kurze Stunde, die wir noch blieben, konnte ich gut gelaunt dem schönen Theater zusehen, das hier alle spielten. Ich hatte auch eine Rolle bekommen.

Rudolf Schmerbusch fuhr uns bald danach brav eine nach der anderen nach Hause. Schließlich durfte er bei Mari bleiben. Er war ein Ausbund an Freude und Herzlichkeit. Beschwingt verabschiedeten wir uns.

Es war tatsächlich nicht mehr schwül geworden, die Nacht war lau, durch die geöffneten Fenster wehte ein leichtes Lüftchen. Es ging mir gut, als ich mich hinlegte.

Ich träumte von Manuel Schröder. Er stand auf der Terrasse bei von Mautzenbach und spielte, begleitet vom Junior des Hauses, auf der Geige, Mari tanzte mit Schmerbusch Csárdás. Beate rannte die drei Stufen der Terrasse rauf und runter wie aufgezogen und Jerôme stand bei Marin und schüttelte den Kopf wie eine ausgestopfte Großmutter. Immer heftiger und mechanischer schüttelte er den Kopf, der viel größer war als ein normaler Kopf, wie ich nun feststellte, denn plötzlich stand ich weit unter ihm, wie geschrumpft, und schaute nach oben. Mari flog herbei, hob mich hoch, setzte mich auf den Tisch, der sich sofort in eine schiefe Ebene verwandelte, und ich drohte abzustürzen. Ich klammerte mich an die obere Kante und die Ebene verwandelte sich fast in eine senkrechte Wand. Ich hing dort oben und hielt mich verzweifelt in der Ecke fest. Bevor ich abstürzte, dachte ich, sollte ich wach werden, wie das gewöhnlich bei dieser Art Träumen ist. Aber ich schlief zu meiner Verblüffung weiter und sah meinem Traum weiter gespannt zu.

Diesen Fortgang kannte ich noch nicht: Die Ebene schob sich wieder in die Waagerechte und begann zu rotieren. Ich drehte mich um mich selbst und drohte von der Scheibe zu fliegen. Als ich dem nichts mehr entgegensetzte, wurde ich in die Luft geschleudert und flog los. Ich war leicht und hatte lange Arme wie Schwingen und schwebte wie eine Elfe über das tiefe Grün und flog weiter über die Erde, die unter mir wie ein Satellitenfoto aussah.

Ich landete auf einer Wiese, auf der Friedbert auf einem Maulwurfshügel saß. Mari lachte Friedbert an, legte ihm ein Band um den Arm und zog ihn fort. Sie hatte einen Fischschwanz und bewegte sich über die Wiesen wie ein Delfin über das Wasser. Ich ging zum Maulwurfshügel und stellte fest, dass er aus Gold war.

Als ich wach wurde, wusste ich einen Weg, wie wir an das Geld von Friedbert kommen könnten.

14. Kapitel

Der Morgen war genau so schön, wie die Nacht geendet hatte. Nicht zu heiß, nicht zu feucht. Das Thermometer am Fenster zeigte bereits 25 Grad. Wieder ein neuer Beweis, wie sich das Wetter mit der persönlichen Laune ändert. Es würde also sehr heiß werden heute, und mir machte das nichts aus. Das wollte ich übermorgen Martha Baum als neues Ereignis in meinem Leben mitteilen. Es gibt Wichtigeres als Temperaturbeobachtungen und Wettervoraussagen. Vielleicht hatten die Therapiestunden gefruchtet.

Mit meinen neuen Ideen saß ich allerdings erst einmal fest. Mari war die nächsten zwei Wochen nicht in Berlin. Zuerst begleitete sie Schmerbusch und dann wollte sie eine Woche in Frankfurt bleiben.

Auf der anderen Seite wollte ich jetzt auch nichts überstürzen. Auf jeden Fall wollte ich an mich halten und meiner Therapeutin nichts von meinen kriminellen Fantasien erzählen. Der Traum fiel also flach. Aber möglicherweise träumte ich bis Dienstag noch etwas Neues, was ergiebig genug war für die Therapiestunde. Irgendwie ging es mir so gut, dass mich der Gedanke anflog, meine psychisch bedingten Ausgaben einzustellen – oder doch zumindest zu reduzieren.

Als ich endlich auf ihrer Couch lag und ihr diese Überlegungen etwas skeptisch und vorsichtig erzählte, freute sie sich. Befürchtungen, dass sie Patienten in der Hinsicht schurigeln würde, sie seien nicht so weit, oder die Sorge, dass es sie unter Umständen kränken könne, wenn ein Patient auch ohne sie leben wollte, waren völlig überflüssig.

»Das freut mich. Sehen Sie!« Und sie wies auf ihr Plakat, das sie über dem Sofa hängen hatte – eine alte Mercedes-Werbung aus den USA, die sie sich von irgendeiner Reise mitgebracht hatte: »Fire your therapist – see your local dealer.«

Martha Baum war ein altes erfahrenes Urgestein. Sie hatte so viele Menschen auf ihrer Couch gesehen, die sich – manche mühsamer, andere schneller – veränderten. Für sie sei es ihr schönster Erfolg, wenn die Patienten endlich begännen, das zu tun, was für sie richtig und notwendig ist, statt auf dem Sessel oder der Couch für teures Geld darüber zu philosophieren, was sie gern hätten oder täten. Gelungen sei ihrer Ansicht nach eine Therapie dann, wenn eine Patientin endlich keine Zeit mehr für die Therapie habe, weil es in ihrem Leben Wichtigeres zu tun gebe.

Ich wunderte mich in meiner Rückenlage ein wenig darüber, dass sie mir das erzählte, nahm es aber als Ritterschlag, dass sie mich sozusagen als »reif« erachtete, das zu verkraften.

Denn sie setzte noch hinzu: »Handeln ist heilender als Reden!«

Da waren wir allerdings an einem heiklen Punkt. Was war Handeln? Meine Absichten, Friedbert um das Geld zu bringen, das ihm nicht zustand, wollte ich nicht mit ihr erörtern. Ich ahnte auch, dass sie vom therapeutischen Aspekt nicht gerade diese Art von Handlungen meinte, die förderlich seien. Obwohl es durchaus vorstellbar war, dass die Rückführung des Geldes eine ganz heilsame Sache sein könnte. Zumindest für Ruth. Die hätte das, was ihr zustände – und Mari könnte sich die Eigentumswohnung ohne Kreditaufnahme leisten. Und die Genugtuung, etwas wieder richtigzustellen, was schiefgelaufen war, konnte auch ein durchaus hilfreiches Gefühl sein.

Allein der Gedanke daran, Friedbert auf sein Mittelmaß zurechtzustutzen, setzte in mir einen Anflug von Allmachtsfantasien frei, die – da war ich sicher – von Martha Baum als die Umkehrung einer selbstzermürbenden Ich-Störung interpretiert werden könnten. Also blieb ich bei meiner Entscheidung, ihr nichts von diesem Plan zu erzählen.

Ihr den Traum mit Friedbert auf dem Goldhaufen vorzutragen, kam auch nicht in Frage. Sie war viel zu gerissen, als dass sie – wenn ich ihr nur einen Zipfel der Geschichte reichte – nicht alles aus mir herauspulen würde.

Ja, es täte sich was in meinem Leben, sinnierte ich unverbindlich vor mich hin und döste weiter über den gestrigen Abend.

Martha schwieg eine Weile und fragte freundlich: »Was tun Sie denn in Ihrem Leben?«

Touché. Wieder hatte sie mich freundlich an den Ohren, damit ich mich nicht über meine unbedachte Formulierung verstolperte. Verschweigen geht nicht, wenn Martha etwas wissen will.

»Ich verkaufe einen Picasso, ich bin beim Hochadel auf der Telefonliste und ich spreche nicht mehr über das Wetter.«

Meine Therapeutin lachte und dachte wahrscheinlich einen Moment darüber nach, dass ich ihr seit drei Jahren mit der Begrüßung eine Kleinklimabeschreibung gegeben habe, was sie mir auf Dauer austrieb, weil sie das meist mehr oder weniger subtil mit meiner augenblicklichen psychischen Verfassung verquickt hatte. Mit der Zeit wurde ich zwar vorsichtig bei meiner Wortwahl über das Wetter und vermied die andernorts unverfänglichen Beschreibungen wie »drückend«, vom Wetter »gebeutelt«, »entkräftet«, »niedergedrückt«, vom Sturm »durchgerüttelt«, in die Wohnung »verbannt« und durch die Hitze »ausgelaugt«. Einmal hatte es eine ganze Sitzung gebraucht, nachdem ich lapidar beim Hereinkommen gesagt hatte, in diesen Temperaturen würde man ja eingehen, bis ich zugab, dass nicht alle eingingen, sondern nur ich und meine Margerite auf dem Balkon und das auch nicht wegen der Temperaturen, die andere gut gelaunt an Seen und in Badeanstalten lockten, sondern die Margerite, weil ich sie nicht goss und ich wegen meiner Unnachsichtigkeit mir und meinen Kräften gegenüber. Die Margerite überlebte den Sommer gut, weil ich ihr von da an jeden Tag eine kleine Kanne Wasser gab.

Dann erzählte ich Martha Baum von meinem gestrigen Abend und sie ließ mich ungebremst vorpreschen. Es fiel mir gar nicht schwer, meinen Anschlag auf Friedbert zu verschweigen, denn wie sich herausstellte, war das nicht das Entscheidende, was an diesem Tag augenfällig wurde.

»Sie sollten Beate öfter mitnehmen.«

Das war der knappe Vorschlag, den mir Martha nach meinem illustren Bericht unterbreitete. Meine – gemessen an der Kürze des Abends – in die Länge gezogene, theatralisch nachgesprochene Vorstellungsarie bei von Mautzenbach hatte es ihr mal wieder offenbart. Früher wären mir in solchen Situationen, wenn sie mit solch einem kurzen Satz meinen wunden Punkt wie einen Nagel auf den Kopf getroffen hätte, sofort vor Selbstmitleid die Tränen gekommen.

Jetzt konnte ich nur zustimmen und wurde ganz übermütig, drehte mich ein wenig, sodass ich sie ansehen konnte, und sprach: »Warum können Sie sich selbst nicht so sehen, wie Ihre Kollegin Beate Sie Fremden vorstellt? Wie Beate Sie sieht, so sind Sie auch. Sie haben diese Rolle doch hervorragend eingenommen. Akzeptieren Sie, dass auch das ein Teil Ihrer Persönlichkeit ist! Schauen Sie doch einmal mit dem wohlwollenden Blick von Beate auf sich selbst.« Ich drehte mich noch ein wenig zu ihr herum und sah sie triumphierend an.

Martha Baum lächelte mich an. »Guter Text!«

Ich legte mich wieder gerade und starrte an die weiße Decke mit dem trotz Renovierung immer noch sichtbaren Wasserfleck, den ich seit drei Jahren im Blick habe. »Aber ganz kann ich mich noch nicht von Ihnen trennen!«

»Was müssen Sie denn noch erledigen?«

Ich zögerte einen Moment, denn nach dem schönen Einstieg und dem aufbauenden Event wollte ich mich ungern in düstere Geschichten und auf den Lichterfelder Dachboden ziehen lassen. Aber das auffordernde Schweigen von Martha Baum – das ich mir nach drei Jahren nicht mehr leisten wollte, immerhin war das ja hier mein Geld, wenn ich bockte – brachte meinen deprimierenden Ausflug an den Tag.

»Was würde Beate sagen?«

»Wann, wozu?«

»Wenn Sie ihr erzählten, ein Mann, den Sie vor mehr als drei Wochen flüchtig kennengelernt haben, wolle, dass Sie eine Wohnung mit ihm besichtigen!«

Ich schwieg diesmal.

»Was ist mit Ihren ganzen Bedenken, dass diese Besichtigung eigentlich nicht notwendig war?«

Ich schwieg weiter, weil mir das suspekt vorkam. Martha Baum wartete immer noch auf meine Antwort.

»Dass es ein Vorwand ist?«, fragte ich zaghaft.

Martha ließ mir noch ein bisschen Zeit und wartete auf mehr.

»Nein«, wandte ich nach einiger Überlegung ein, »wieso sollte er denn solch einen albernen Vorwand suchen?« Ich bin eigentlich immer geneigt, Martha Baum zu folgen und ihre Angebote anzunehmen, aber das schien mir ein wenig zu weit hergeholt und reine Interpretation.

»Ist denn Ihre Interpretation stimmiger?«

Ich zuckte zusammen. Sie konnte doch wohl nicht Gedanken lesen! Ich drehte mich um, aber sie saß ganz arglos auf ihrem Sessel und schaute mich an.

»Wie meinen Sie das?« Ich war vernagelt und verstand sie überhaupt nicht.

»Ich meine, ob Ihre Interpretation, Ihre Bekannte

mit den zwei Männern hätte das arrangiert, stimmiger ist?«

Ich fand, nun verstieg sich Martha Baum aber gewaltig. Wohin wollte sie mich da führen, für mich schoss sie über das Ziel hinaus, und ich wollte mich nicht auf diesen Pfad begeben. »Das lag für mich auf der Hand«, widersetzte ich mich noch einmal störrisch.

Jetzt schnaubte die Therapeutin unmerklich und ich vermutete schon, sie wollte mich nun für heute entlassen.

»Sie sind doch ganz bezaubernd!«, wiederholte sie das Kompliment von Eugen von Mautzenbach. So, wie sie jedes einzelne Wort fallen ließ, ging es mir durch Mark und Bein. Der Satz klang in meinen Knochen nach, und sie ließ mich noch eine Minute in Ruhe liegen und lauschen. Dann legte sie ihr Heft und den Bleistift auf den kleinen Beistelltisch. Der Sessel knarrte ein wenig, Zeichen, dass die Zeit um war. Ich schwang meine Beine mit einem tiefen Seufzer auf die Erde.

Wir verabredeten für die Zeit nach dem Sommer noch fünf Sitzungen, um die Jahre, die wir zusammen verbracht hatten, abzuschließen. Daraufhin entließ mich Martha Baum und machte sich auf nach Formentera, wo sie aus mir unerfindlichen Gründen drei Wochen in einem Pool lungern wollte, um sich die Cocktails direkt im Wasser servieren zu lassen.

❧

Ruth hatte den Schlüssel noch nicht zurückgegeben. Tobias war mit seinen Freunden immer noch irgendwo in Europa unterwegs und hatte diesen Schlüssel bis jetzt nicht vermisst, wenn er ihn denn je vermissen würde. Sie hatte mittlerweile selbst gar nicht mehr daran gedacht und wollte nachsehen, ob sie ihn überhaupt noch fände. Rosa war in Spanien geblieben und wollte in einigen Wochen kurz vor Semesterbeginn für ein oder zwei Wochen zu ihrer Mutter kommen. Rosa arbeitete in Salamanca in einer Tapas-Bar und wollte – sie hatte ja nun genügend Reisegeld – mit einem José, auf den Ruth gespannt war, erst wegen der Besichtigung der Bauwerke nach Rom fahren und anschließend wegen der wechselseitigen Besichtigung von Mutter und Freund nach Eickdorf kommen.

»Hoffentlich schlägt sich das nicht negativ auf ihr Studium nieder.« Ruth äußerte diese Befürchtungen mit einem Stoßseufzer. Wir telefonierten schon fast eine halbe Stunde und die Erzählungen von ganz normalen und nicht katastrophalen Geschichten passten in diesen schönen Abend. Wie üblich saßen wir gemeinsam draußen. Sie vor ihrer Diele, ich auf meinem Balkon.

Dass Rosa wegen eines José ihre Studien vernachlässigen könnte, war für mich nicht vorstellbar. Aber wer weiß? Eine Mutter macht sich aus Prinzip Sorgen – vor allen Dingen, wenn sie selbst weiß, was dabei herauskommen kann, wenn eine Frau sich selbst aus dem Mittelpunkt ihres eigenen Lebens rückt. Sie fürchtete, natürlich aus leidvoller Erfahrung, nichts Gutes.

Dieses Übel wollte ich jetzt ansprechen. »Wenn du das Geld, das dir zusteht, von Friedbert bekämest, aber ohne dass er wüsste, dass er es dir gibt, würdest du es annehmen?«

»Willst du mich auf den Arm nehmen, Karoline, warum redest du so kariert?«

Ich insistierte: »Nur rein hypothetisch, würdest du es annehmen?«

»Wenn er mir das Geld gäbe, das mir zusteht? Ja, sicher, es ist ja meins.« Ruth lachte auf und fuhr fort: »Aber Friedbert wird es mir nicht geben.«

»Deshalb sag ich ja: Wenn er nicht wüsste, dass er es dir gibt!«

Ruth lachte erneut, diesmal etwas schriller, und meinte, Friedbert wüsste, was Geld angeht, immer, was er tue, nämlich gut darauf achten, dass sie nichts davon bekomme.

»Ich habe doch erst heute Morgen von seinem widerlichen Anwalt, diesem Fissenewerth, ein Schreiben bekommen, nach der neuen Gesetzgebung sei sein Mandant nicht mehr genötigt, den Unterhalt in der Höhe zu zahlen, wie er es jetzt täte. Die Kinder seien schließlich aus dem Haus, ich sei fit, und sie wollten nun vor Gericht prüfen lassen, ob es für mich nicht zumutbar sei, meinen Unterhalt voll selbst zu leisten.« Ruth lachte bitter und schien sich etwas zu trinken einzuschenken. Den Exzess von damals vor Augen fürchtete ich das Schlimmste, vor allem glaubte ich, die gleiche Bitternis aus ihrer Stimme herauszuhören. Aber dann lachte sie, als hätte sie meine Befürchtungen gehört. »Keine Angst, Karoline, ich trinke hier selbst gepressten Orangensaft. Ich hab es mir richtig schön gemacht.«

Natürlich war sie außer sich gewesen vor Zorn. Erst brachte er sie um die Früchte ihrer Leistung und dann wollte er noch die Unterhaltszahlungen einstellen, obwohl sie niemals wirklich für sich selbst berufstätig gewesen war. Sie konnte nicht einfach »wieder einsteigen«. Sie hatte mich sofort anrufen wollen, letztlich aber gedacht, sie wolle nicht gleich hysterisch reagieren, deshalb hatte sie erst einmal einen Termin bei ihrer Anwältin vereinbart. Die Anwältin hatte sie beruhigt und war der Ansicht, dass sie in dieser Angelegenheit ganz gute Karten hätte.

Aber Ruth war es mittlerweile fast egal. Denn eines wollte sie nicht – sich das Leben vergällen lassen mit endlosen Zänkereien. Eigentlich wollte sie diese Sache innerlich abschließen. Sie freute sich an ihrem Hexenhaus und den netten Nachbarn im Dorf, sie hatte ihr knappes Einkommen in der Apotheke und überlegte gerade, mit Gerds Hilfe eine Art Kräuter-Gewürz-Heilgarten auf der großen Wiese anzulegen, um damit etwas zu verdienen. Gerd langweilte sich mit seinen verpachteten Milchquoten ohnehin den ganzen Tag, weil er nichts zu tun hatte, und deshalb wollte er unbedingt bei Ruth mitmachen. Da er alle möglichen Maschinen hatte und das sozusagen als nachbarschaftliche Beschäftigungstherapie ansah, hatte sie nichts dagegen und freute sich schon darauf. Dass ein Kräutergarten Geld abwerfen würde, war meiner Ansicht nach zwar ein bisschen blauäugig, aber das behielt ich für mich. Es ging Ruth um die Freude und das war ja das Entscheidende. Ich dagegen hing viel mehr an dem Geld, das mir gar nicht gehörte. Deshalb kam ich abermals auf mein Thema zurück.

»Hättest du denn – angesichts deiner Pläne – was dagegen, das Geld, das dir zusteht, vielleicht doch noch zu bekommen?«

»Karoline, lass mich in Ruhe, ich versuche mich davon zu verabschieden, und du sprichst die ganze Zeit von nichts anderem. Der Prozess ist gewesen, die Sache gelaufen. Und dass ich das Geld von Friedbert angenommen habe, hast du doch gesehen.« Sie schwieg einen Moment. »Was ist denn eigentlich daraus geworden? Hat sich seine Ausgabe gelohnt?«

In den letzten Wochen hatten wir beide telefonisch darüber sinniert, was wohl aus den Kontaktversuchen Friedberts mit der Freundin von Schmerbusch, wie Ruth sie immer nannte, geworden war. »Also, weißt du jetzt was Näheres?«, fragte sie noch einmal.

»Das ist es ja, ich weiß selbst erst seit dem letzten Wochenende, dass sie sich getroffen haben.«

Ruth dachte kurz nach und fragte: »Was ist das eigentlich für eine Frau?«

Das konnte ich ihr nicht in wenigen Worten erläutern. Wer war sie schon, ich wusste es selbst nicht so genau. Mari auf der sachlichen Ebene zu beschreiben, war mir unmöglich, Ruth hätte einen falschen Eindruck gewinnen können. Am Telefon konnte ich Ruth die Lebenskonstruktion von Mari nicht recht darlegen, ohne dass alles eine Schieflage bekommen hätte. Zudem, wo Mari mir doch im Park der von Mautzenbach indirekt ein eindeutig zweideutiges Angebot unterbreitet hatte.

Oder wie sollte ich das verstehen? Sie hatte mir gesagt, dass sie auf unserer Seite sei. Sie hatte bei Friedbert offenbar solch einen Eindruck hinterlassen, dass sie ihm nah kommen konnte, hatte aber nicht vor, ihre eigene Haut zu verlieren. Und sie wollte mit mir darüber sprechen. Im Park hatte sie nicht gesagt, worauf es hinauslaufen sollte, aber ich hatte das übersetzt in meinem Traum. Sie müsste Friedbert von seinem Goldhaufen ziehen, damit wir graben konnten. Sie war auf unserer Seite. Und, so schien mir, sie wollte ihre Haut teuer verkaufen.

»Karoline, bist du noch da?«, fragte Ruth und riss mich aus meinen Gedanken.

»Ja, ja. Mari ist recht ungewöhnlich, und sie ist gerissen, sieht toll aus und kann jeden Mann«, – nicht jeden, korrigierte meine verinnerlichte Martha Baum –, »fast jeden Mann um den Finger wickeln.«

»Eine richtige Sirene.«

»Ja, eine gefährliche Sirene, aber sie sitzt nicht einfach da und betört die Männer, dass sie völlig haltlos werden und sich ins Verderben stürzen.« Ich dachte an Adrian Weber und Rudolf Schmerbusch. »Ich würde eher sagen, sie lockt sie an, und zieht sie auf ihren Felsen.«

»Aha!« Ruth machte unmissverständlich deutlich, dass ihr meine Beschreibung nicht weiterhalf, sich ein Bild von Mari zu machen. »Es geht mich ja auch nichts an, wer sie ist. Ich hoffe nur, dass Friedbert in ihren Strudeln absäuft, das sei mir ja erlaubt!«

Das war der Punkt. Ruth hatte es erfasst, ich hatte also die griechische Mythologie nicht umsonst bemüht, ihr meinen Plan zu verdeutlichen. »Ja, das hast du schön ausgedrückt. Im Grunde geht es darum.«

Alles, was mir vorschwebte, fußte darauf, dass Ruth ihr Einverständnis gab. Und natürlich darauf, dass Mari mitspielte. Und auf der gegenseitigen Sympathie von Ruth und Mari. Die beiden mussten bereit sein, gemeinsame Sache zu machen. Deshalb musste ich unbedingt mit Mari sprechen und klarstellen, dass ich nicht in die falsche Richtung geträumt hatte, und herauskriegen, ob mir Mari als Sirene diesen Traum geschickt hatte. Friedbert war weder optisch noch intellektuell ein Odysseus. Es würde doch ein Kinderspiel sein für Mari, ihn an der Leine zu führen.

Ruth verstand mich nicht richtig, aber viel deutlicher wollte ich nicht werden. Ich nahm ihr das Versprechen ab, den Schlüssel gut aufzubewahren, und – damit Tobias auch später nicht herausbekommen würde, was ich vorhatte – ihrem Sohn gegenüber nicht zu erwähnen, dass sie ihn überhaupt gefunden hatte.

»Sag mal, was hast du denn vor, Karoline, willst du bei ihm einbrechen?«

»Nein, so kann man das doch nicht nennen, wenn man mit dem Schlüssel in eine Wohnung geht. Ich möchte nur einmal gucken!«

Ruth lachte. Ich solle mich nicht lächerlich machen, ob ich ihm seine Boxen klauen wollte oder sein Bett besudeln.

»Igitt.« Bei der Vorstellung konnte einem ja speiübel werden. »Nein«, wies ich das mit Empörung zurück, »ich will an seinen Rechner!«

Das verschlug Ruth die Sprache. Sie schwieg und wiederholte nur, ich sei verrückt. Außerdem sei das verboten.

»Wahrscheinlich hast du recht! Aber Frauen um ihr Vermögen zu betrügen, ist auch verboten, jedenfalls bei mir. Ach, Ruth, es ist eine Spinnerei von mir. Aber«, beschwor ich sie, »lass uns einfach mal darüber nachdenken.« Es sei ja auch noch lange nicht ausgemacht, dass wir den Schlüssel benutzen würden, aber sie solle sich das in Ruhe durch den Kopf gehen lassen und den Schlüssel einfach gut verwahren. Und um auch das Thema Mari wieder aufzunehmen, schloss ich: »Mari ist nicht nur eine Sirene, sondern auch eine Circe, und vielleicht kann sie uns ja ein bisschen was zaubern.« Ich sah den verzauberten Friedbert schon als Schwein bösartig und dumm grunzen.

Ruth fand die Brocken, die ich ihr da reichte, reichlich unausgegoren und meinte, ich hätte einen Hau. So sagte sie das zwar nicht, aber sie hielt mich für besessen, was dem ja in etwa entspricht. Es hatte ohnehin keinen Zweck, wenn wir beide allein über eine Sache sprachen, für die wir Mari brauchten. Wann das gehen würde, wusste ich nicht, aber dass wir uns zusammensetzen mussten, war klar.

»Ruth, wir müssen uns treffen. Das Beste wäre doch, ich komme mit Mari zu dir, sobald sich eine Gelegenheit ergibt. Dann lernt ihr euch kennen, und wir können ein bisschen vor uns hinspinnen.«

Als ich am nächsten Abend vom Museum nach Hause kam, informierte mich der Antwortbeantworter: »Sie haben vier neue Nachrichten. Nachricht eins, empfangen heute um 10.30: ›Was hast du denn mit dem armen Manuel gemacht? (Räuspern und Schnarren.) Hier ist Mari. Ich bin in München. Eigentlich wollte ich dich fragen, ob du Lust hast auf ein Spät-Sommer-Hoffest bei mir, wenn ich zurück bin.‹«

Ich war etwas außer Atem, denn ich hatte gerade mein Fahrrad in den Keller gebracht, nachdem ich durch halb Berlin gefahren war, denn ich wollte übermorgen zum Picasso-Mann nach Süddeutschland reisen und mein Rad nicht in Gefahr bringen. Morgen würde ich den Bus nehmen. Jetzt drückte ich den Pausen-Knopf, um erst einmal meine Einkäufe zu verstauen. Was sollte ich denn mit dem »armen« Manuel gemacht haben? Ein kühler Hauch aus dem Kühlschrank wehte mir ins Gesicht. Arm war ich doch! Ich nahm mir einen Orangensaft, ging mit meinem Glas zurück ins Wohnzimmer und drückte auf »Play«.

Nachricht zwei war von der Hausverwaltung, die anmeldete, endlich die gebrochene Schwelle zum Badezimmer reparieren zu wollen, ob der Termin 7.00 Uhr übermorgen passen würde? Wunderbar, seit Monaten lag ich ihnen in den Ohren, und plötzlich sollte es ein Termin am übernächsten Tag sein. Nachricht drei war von Ruth, die mir mitteilte, dass sie ziemlich aufgeregt sei nach unserem Gespräch gestern, und ich solle sie doch bitte anrufen, wenn ich aus dem Museum zurück sei. Der letzte war Adrian Weber, der um meinen Rückruf bat.

Das erledigte ich zuallererst, in Sorge, dass er den Picasso nun doch nicht haben wolle. Aber – entgegen meiner ersten Befürchtung – ermunterte er mich lediglich dranzubleiben. Manche Menschen klingen so förmlich und sachlich auf den ABs, dass ich immer das Schlimmste annehme. Dabei wollte er nur Kontakt, mehr war es nicht.

Die Dame von der Hausverwaltung zeigte sich ganz und gar von ihrer undamenhaften Seite, als ich den Termin absagen wollte, und drohte mir, dass es in diesem Fall eventuell Spätherbst werden könne mit der Reparatur. Aber wenn es nicht so dringend sei, würde sie den Termin mit dem Handwerker eben verschieben. Das sei schließlich meine Entscheidung. Weil ich so grundlegend gute Laune hatte und keine Lust, mir ein weiteres Jahr die Strümpfe zu zerreißen, wenn ich ohne Schuhe ins Bad huschte, verabredeten wir eine komplizierte Schlüsselübergabe mit meinem Nachbarn.

Mari erreichte ich natürlich nicht. Wenn sie unterwegs war, hatte sie ihr Handy häufig abgestellt. Ich verspürte aber keinen Drang, mit ihrem Berliner Anrufbeantworter zu kommunizieren, den sie regelmäßig abhörte, deshalb versuchte ich es trotzdem vergeblich auf ihrem Handy.

Ich musste unbedingt mit ihr sprechen. Ich dachte erneut an meinen Traum, vor allem aber an das gestrige Gespräch mit Ruth und an das vor mir liegende. Ich hatte Ruth nervös gemacht. Und möglicherweise hatte ich etwas in diese eigenartigen Andeutungen von Mari fantasiert, die sie bei Licht besehen gar nicht gemeint hatte. Es wurde eilig damit, ich wurde ganz ungehalten, dass ich Mari nicht erreichte, und wählte sie fast halbstündlich an. Sie musste doch meine Nummer auf ihrer Liste haben. Warum rief sie, verdammt noch mal, nicht zurück? Außerdem interessierte mich der »arme« Manuel.

Also brachte ich das mit Ruth hinter mich.

»Karoline, mir ist erst hinterher klar geworden, was du da gesagt hast. Soll das heißen, du willst Friedbert bestehlen? Karoline, stürz dich nicht ins Unglück.«

»Ruth, damit wir überhaupt weitersprechen können, sollten wir die Begrifflichkeiten klären. Nicht ich will Friedbert bestehlen, er hat dich bestohlen.«

Wir sprachen eine halbe Stunde darüber, dass das keine Wortklauberei sei, sondern zwischen uns klar sein müsse. Ansonsten hätte ich gar nichts vor, wir sollten uns unbedingt mit Mari treffen. Ruth gab sich erst zufrieden, als ich mehrfach beteuerte, meine Fantasie sei einfach mit mir durchgegangen.

∽◉∾

Am nächsten Tag regelte ich mit Beate meinen Urlaubstag und die Abwesenheit wegen der Reise, und fühlte mich dabei ziemlich gut. Geschäftsfrau auf Reisen, erster Teil. Ich versuchte, wie es sich anfühlt und wollte von Stund an alles um mich herum mit der Gelassenheit einer Frau von Welt betrachten.

Diese letzten paar Wochen im Museum sollten richtig schön werden. Jerôme hatte Urlaub und auch seine schlanke Praktikantin wollte in die Ferien. Jerôme hatte am vergangenen Freitag seinen letzten Arbeitstag gehabt, sie wollte heute »die Fliege machen«, wie sie mir überflüssigerweise mitteilte. Dann erzählte sie ausgerechnet mir, die das nur ganz entfernt interessierte, dass sie nach Amrum fahre, sie liebe den Norden und die weiten weißen Strände. Schließlich wusste das gesamte Museum bis in die letzten Ecken des Archivs, dass Jerôme immer ins Roussillon fährt.

Während sie mir vom Wind auf den Nordseeinseln erzählte, platzierte sie einen Stapel Bücher, den sie unter den Arm geklemmt hielt, und einige ihrer Papiere in das Regal hinter mir. »Wenn es dich nicht stört!«

Es störte mich nicht, das Einzige, was mich störte, war, dass ich Melanie, als sie vor einem halben Jahr im Museum angefangen hatte, in einer demokratischen, kollegialen Anwandlung das Du angeboten hatte. Das war nun nicht mehr rückgängig zu machen. Dass sie ihre Sachen dort ablegte, amüsierte mich eher. Ich drehte mich mit dem Schreibtischstuhl, sah ihr zu und wartete darauf, dass sie mir damit käme, dass Jerôme ihr das Büro hier vorübergehend angewiesen hätte, da fiel mein Blick auf einen nicht museal anmutenden Buchrücken. Ich stand auf und legte ihr den Klett Französisch-Grundwortschatz, der zwischen dem Handwörterbuch der Symbole und der Emblemata steckte, ganz nach oben auf den Stapel und lächelte sie mit all meiner gewinnenden Herzlichkeit an. Sie griff sich das Buch und drehte wortlos ab.

Meinen kleinen Triumph konnte ich nicht lange genießen. Das Telefon klingelte.

»Hallo, hier ist Mari!«

Ich winkte Beate zu, die sich gerade mit einem Eistee zu mir setzen wollte, und bedeutete ihr, dass sie die Türe schließen solle. Beate machte Faxen und pantomimische Verrenkungen, die mich wohl fragten, ob der Anruf von Mautzenbach sei? Das signalisierte sie mir mit zwei erhobenen Händen, die eine Krone über ihrem Kopf bildeten, und mit fünf erhobenen Fingern – für die fünf Zacken. In der Mittagspause hatte sie allen Nachhilfe in Adelsfragen gegeben. Benjamin wurde von ihr ausführlich über das Kunst-Event bei von Mautzenbach informiert, denn er hatte lieber mit seinem Freund ein verlängertes Wochenende in Ahrenshoop verbracht und arglos gefragt, ob es sich bei Mautzenbach denn um einen Baron, Grafen oder eine Durchlaucht handeln würde.

Daraufhin machte Beate uns alle fit in Sachen Adelskronen – und meinte, dass, wer es auf blaues Blut abgesehen habe, immer darauf achten solle, dass der Blaublütige auch genügend Zacken in der Krone habe. Da die Herzoge mit ihren neun Zacken in Europa eher dünn gesät sind, vor allen Dingen diejenigen, die noch auf dem Beziehungsmarkt gehandelt werden und einen Intelligenzquotienten über 89 haben, und die siebenzackigen Grafen auch eher selten seien, empfahl sie, sich doch um fünfzackige Barone zu bemühen. Davon gäbe es genug, wenn auch nicht alle Geld hätten. Von den einfachen drei Zacken riet sie, die Finger zu lassen, niederer Adel, da lohne sich ja die Mühe kaum. Es war ein lustiges Mittagspäuschen und Beate in ihrem Element.

Als sie mir also die fünf Zacken symbolisierte, schüttelte ich den Kopf und wedelte sie samt Eistee aus meinem Büro, das ich ja jetzt eigentlich gar nicht mehr so nennen konnte, wo Jerômes Wurst sich hier schon begann niederzulassen.

»Endlich, Mari, ich habe gestern den ganzen Abend versucht, dich zu erreichen!«

Mari wollte eigentlich gar nichts Besonderes, sondern nur plaudern und fragen, ob ich denn an dem Wochenende in drei Wochen Zeit hätte. Ihr Nachbar aus dem Erdgeschoss, der ihr das Fahrrad geliehen hatte, war der Gemeinschaftsmensch in ihrem Haus. Er hatte alle Parteien des Hauses dazu gebracht, in dem gemeinschaftlich genutzten Hofgarten einen Sommertanz zu veranstalten.

»Sommertanz?«

»Ja, er tanzt gern – na, eigentlich ist das nur der Name, es ist eine ganz normale Gartenparty, schon lange geplant, zu der alle Mietparteien ein paar Gäste einladen. Und mich hat er erst zu spät erreicht, weil ich so häufig unterwegs bin. Hast du Lust zu kommen?«

»Ja, klar! Warum nicht!«

»Warum hatte ich dich denn 35 Mal auf meiner Anrufliste?«

Ich druckste ein bisschen herum, es ginge um das, was sie über Friedbert gesagt habe, und das habe mich so beschäftigt, und ich hätte da eine etwas gewagte Idee, und wollte schon ansetzen, ihr umständlich den Traum zu erzählen, da unterbrach sie mich und verblüffte mich ein weiteres Mal, sodass meine ganze

Aufregung der letzten beiden Tage sich in Luft auf-
löste: »Ich finde, dass wir uns zusammensetzen und
in Ruhe besprechen sollten, ob es sich lohnt, dass
ich mich weiter mit Herrn Hansen treffe – für uns
alle!«

Das war ein Wort.

»Gut!« Was sollte ich dazu noch weiter sagen? Bis
zu unserem Wiedersehen in knapp drei Wochen konnte
ich meine Überlegungen etwas präzisieren und noch
einige Dinge klären. Aber die geheimnisvolle Ansage
von ihr über den »armen« Manuel im Kopf, wollte
ich mich nicht gleich verabschieden, aber auch nicht
direkt nachfragen.

»Ja – dann bis zu deinem Spätsommer-Hoffest«,
sagte ich gedehnt, wie um mich zu verabschieden.

»Ja. Bis zum Hoffest.« Mari machte eine Pause.
»Manuel kommt aber auch!«

Mir stockte einen Moment das Herz. »Ach ja, der
›arme‹ Manuel – was soll ich denn mit dem armen
Kerl gemacht haben?« Aber Mari konnte ich da mit
meinem Versuch, lapidar zu klingen, nichts vorma-
chen, selbst in meinen eigenen Ohren klang das völlig unglaubwürdig.

Sie hatte erst nach dem Wochenende mit ihm telefoniert und da hatte er ihr erzählt, was es von Zimmermanns Seite aus zu ihrer Wohnung zu sagen gab, zu
guter Letzt hatte er wohl über meinen Auftritt gesprochen. Als sie mir das berichtete, schoss mir das Blut in
den Kopf. Sofort waren der demütigende Abend und
meine unsägliche Unfreundlichkeit wieder gegenwärtig. Und ich war auf der Stelle unglücklich.

»Er sagte, du könntest ihn nicht leiden.«

»Wie kommt er denn darauf?« Ganz unverständlich war seine Einschätzung nach diesem Ausflug nach Lichterfelde nicht. Allerdings war es genau umgekehrt. Ich konnte ihn zu gut leiden.

»Das stimmt nicht, ich war nicht gut drauf«, wollte ich Mari mein Verhalten verständlich machen.

»Das hab ich ihm auch so erklärt. Aber er war ganz zerknirscht. Schließlich hat er mich darum gebeten, diese Besichtigung mit dir zu arrangieren.«

Meinen Körper durchschoss eine heiße Welle vom Schambein bis an die Zungenspitze. Dann hatte ich das Gefühl, dass sich Wolken unter meiner Schädeldecke versammelten. Und mir wurde heiß. Sie hatte das alles in die Wege geleitet – aber nicht mir zuliebe, sondern weil er das wollte.

»Hey!«

Den letzten Teil meines Gedankens sagte ich mir noch einmal auf, weil er so schön war: Ihm zuliebe hatte sie das arrangiert.

»Hallo!«, rief Mari wieder.

»Ja, ich bin noch hier. Aber ich schwebe gerade über meinem Schreibtisch.«

An diesem Abend konnte ich nicht mehr landen. Ich ging zwei Bushaltestellen zu Fuß und summte ein Lied vor mich hin. Als ich in den Bus stieg, bemerkte ein älterer Herr, der hinter mir durch den Mittelgang ging: »Diese alten Volkslieder sind doch wirklich wunderschön. Schade, dass die Kinder in der Schule heute so wenig singen!«

Da wurde ich den Text des Liedes, das ich vorher

gedanken- und wortlos gesummt hatte, nicht mehr los und als ich unter der Dusche stand – sang ich – das erste Mal in meinem Leben: Ach wie ist's möglich dann ...

15. Kapitel

Die Reise im Zug zum Picasso-Verkäufer machte ich doch wieder zweiter Klasse. Aber anders als vor über zwei Monaten war der Zug diesmal fast leer und ich traf niemanden. Es ging mir so gut, dass ich nur schöne Menschen sah und mich schon in der U-Bahn fragte, wo die ganzen Monster geblieben waren, die sonst in den Morgenstunden durch das unterirdische Berlin zu hasten pflegen und die öffentlichen Verkehrsmittel bevölkern. Ein dünner Mann mit schmalem Gesicht und großen Augen stieg am Ernst-Reuter-Platz ein und begrüßte mit vorgerecktem Hals und spitzer Nase jeden Fahrgast mit Handschlag. »Ich wünsche Ihnen einen wunderschönen guten Morgen, mein Herr«, und auch mich strahlte er an: »Ich wünsche Ihnen einen wunderschönen Tag, gnädige Frau!« Die Menschen dieses Waggons lächelten mindestens noch zehn Minuten. Alle schienen zu denken, dass der eigentliche Wahnsinn darin besteht, sich täglich selbst die Laune zu verderben und sein Gegenüber so böse anzustarren, wie man sich selbst fühlt. Ich lächelte ohnehin schon, und so hielt sich mein inneres Lächeln den ganzen Tag. Auch im Zug waren nur freundliche Menschen unterwegs und niemand guckte verkniffen. Der Bistrowagen war offen, und selbst wenn er geschlossen gewesen wäre, hätte es mir nichts ausgemacht. Heute ging es mir gut, und nichts, aber auch gar nichts konnte mich aus der Bahn werfen.

Im Zug von Berlin nach Regensburg träumte ich vom Hoffest bei Mari. Drei Wochen waren eine sehr, sehr lange Zeit. Damit ich mich aber mit Manuel Schröder beschäftigen konnte, hatte ich mir aus Beates Regal ein Buch über niedersächsische Fachwerkbauten mitgenommen, das sie wahrscheinlich von irgendeinem ihrer Besuche bei der westdeutschen Verwandtschaft mitgebracht hatte – und außerdem hatte ich noch ein kleines Fachbuch »Holzverbindungen« erstanden. Darin konnte ich allerlei über Zapfen und Zinken lesen, war damit aber im falschen Metier. Manuel war Zimmermann, nicht Tischler. Aber es ging um Holz, und damit fühlte ich mich wenigstens ein bisschen in seiner Nähe.

Das Geschäft mit meinem Picasso-Verkäufer, einem Herrn Schlumpeter, ging ruckzuck über die Bühne. Wir waren uns schon vorher einig über den Preis, es handelte sich um die angegebene Grafik, ich konnte sie in Augenschein nehmen, Signatur und Nummer prüfen und in vier Wochen sollte das Geschäft abgewickelt werden. Bis dahin musste ich noch Versicherung und Transport organisieren. Dass ich auch noch ein Geschäftskonto einrichten und mich beim Finanzamt anmelden müsste, erzählte ich ihm nicht. Er musste ja nicht unbedingt wissen, dass ich das hier zum ersten Mal machte. Herr Schlumpeter lud mich zum Essen ein, seine Haushälterin hatte Saumagen gemacht. Das war mein erster Saumagen und der Tag, als ich das erste Geschäft auf eigene Rechnung abwickelte.

So geht das also. Im Zug zurück brauchte ich diesmal nicht die Finger, sondern nahm meinen Taschenrechner, um auszurechnen, wie viele Monate ich von dem prozentualen Anteil an der Vermittlung leben konnte. Das trug weiter zur Hebung meiner Stimmung bei. Also erlaubte ich mir ein Taxi vom Hauptbahnhof in meine Wohnung und lag um 22.00 Uhr, noch besser gelaunt als am Morgen, wieder in meinem Balkonsessel, Beine hoch, und stieß mit mir an.

Das augenblickliche Minus hatte ich bereits in Regensburg vergrößert um den Preis einer Flasche Veuve Clicquot, von der ich zwar nicht wusste, wie sie schmeckt, aber den Namen kannte. Eine Frau, die einen Picasso vermittelt, sollte sich das leisten, fand ich.

Hätte ich gewusst, dass ich das kann, hätte ich mich nicht jahrelang abgehechelt, um immer wieder und wieder Gelder aufzutreiben, damit meine Stelle irgendwie finanziert werden könnte. Aber – hämmerte mir Tante Hedwig ins Ohr – »Hätte, hätte, hätte … wenn meine Tante Räder hätte und stänke, wär' sie ein Automobil«. Eine dümmere Bemerkung gibt es eigentlich nicht, brachte die Sache aber auf den Punkt. Solche Betrachtungen im Nachhinein sind sinnlos. Denn es fehlt ein entscheidender Aspekt – die Zeit. Ich hätte eben vor fünf Jahren nicht so souverän und entspannt mit einem Herrn Schlumpeter reden und mit ihm gemeinsam Saumagen essen können. Schließlich hatte Herr von Mautzenbach vor fünf Jahren noch nicht zu mir gesagt, wie bezaubernd ich sei. Und – ich nahm noch einen stolzen Schluck Champagner – ich konnte ihm heute glauben, dass er das auch so meinte, und konnte ihm sogar zustimmen. Das, hätte jetzt Martha Baum gesagt, ist doch das Entscheidende. Es machte Spaß, gemeinsam mit der Witwe Clicquot zu sinnieren. Prost! Möglicherweise hatte ich solche Komplimente auch vorher schon mal bekommen, aber all diesen Zungen keinen Glauben geschenkt und ihnen Schmeichlertum, Unehrlichkeit und böse Absichten unterstellt.

Der Champagner war zu Ende gegangen in regem Gespräch mit mir, meiner Tante Hedwig und Martha Baum. Da klingelte das Telefon in meine Balkonidylle.

»Hallo, Karoline!« Es war die Stimme von Friedbert.

Die leere Flasche noch immer in der Hand, konnte ich in meiner Überraschung nichts weiter vorbringen als ein trockenes »Prost.«

Friedbert sammelte seinen Charme, oder was er dafür hielt, zusammen und versuchte eine sinnlose Konversation. »Wie geht es dir?«

Die Flasche zerschellte in der Ecke. Ich hatte sie eigentlich nur hinstellen wollen, aber der Unwillen, den Friedbert bei mir erregte, ließ sie auf den Holzdielen zu Bruch gehen.

»Was war das denn?«, fragte Friedbert.

Die Tatsache im Ohr, dass er nun auch noch vorhatte, die letzen Zahlungen an Ruth einzustellen und sich trotzdem dazu verstieg, mich anzurufen, machte mich ganz fassungslos. Zudem funkte er hier in die beste Stimmung hinein, die ich seit Jahren hatte. Ich wollte mir diesen Zustand nicht durch irgendwelche Kompromisse verderben lassen, aber auch nicht extrem ausfallend werden. So sagte ich so beherrscht wie möglich: »Was geht dich das an?«

»Sorry, Karoline, ich rufe nicht an, um mich von dir beleidigen zu lassen.«

»Weshalb rufst du denn sonst an?« Ich ging in die Ecke und griff den abgebrochenen Flaschenhals. »Lass es doch einfach! Was anderes kannst du von mir nicht erwarten.« Das konnte ich ihm ganz sachlich, sogar mit einer gewissen Freundlichkeit in der Stimme empfehlen. Aber es musste ja große Not sein, dass er es tat. Darum schwieg ich und wartete.

»My God, ich dachte, du könntest mir noch einmal einen Gefallen tun ... immerhin ...«

Das musste mit Mari zusammenhängen, darum wurde ich jetzt ganz nachgiebig. Und er dachte daran, dass er dafür einiges gezahlt hatte.

»Um was für einen Gefallen handelt es sich denn, mein Lieber?«

Friedbert konnte mit diesem Ton noch weniger anfangen und raunzte mich nach einer kurzen Besinnung rundheraus an. »Vielleicht weißt du, wo Mari Rosenberg ist. Ich erreiche sie einfach nicht.«

Friedbert hatte es ja noch viel heftiger erwischt, als ich vermutet hatte. Denn nun sollte ich das zweite Mal intervenieren. Angesichts meiner sich immer konkreter abzeichnenden Pläne, einige Umschichtungen auf seinem Konto vorzunehmen, schien es mir aber angebracht, meine Beziehung zu Mari nicht zu eng darzustellen.

»Friedbert, soll ich dir den Postillon d'Amour spielen?«, fragte ich ganz sanft.

»Was?« Amour hatte er verstanden. »Sprich bitte vernünftig.«

Friedbert konnte es nicht lassen, obwohl er in der abhängigen Position war, Vorschriften zu machen. Also redete ich mit ihm kurz und knapp und sehr vernünftig. »Vielleicht will sie nichts von dir?« Das war jetzt gewagt, ich wollte ja, dass er was von ihr wollte und in der Hoffnung lebte, dass sie ihn auch nicht ganz abstoßend fand.

»Das ist doch gar nicht die Frage. Wir sind schon einige Male ausgegangen – und – anyway, das geht dich ja auch nichts an. Ich dachte nur – ich wollte was planen mit ihr – eine Reise machen.«

Das war ja eine Überraschung, Mari war also schon mehrfach mit ihm verabredet gewesen, nicht nur »einmal in Hannover«. Und Friedbert plante schon Reisen, die er – er war ja nicht realitätsfern – nicht in Erwägung gezogen hätte, wenn er nicht davon ausgehen könnte, dass Mari mitfahren würde.

»Mhmm, Mhmm«, zog ich das Gespräch jetzt ein wenig in die Länge, um noch mehr zu erfahren.

»Natürlich hat sie sich bei mir abgemeldet.« Welche Wortwahl, so eng sah er also die Beziehung schon. »Sie ist drei Wochen bei einer Tante im Bayerischen Wald.«

»Mhmm, mhmm«, ermuntere ich ihn weiterzusprechen.

»Ich müsste aber übermorgen zusagen, was die Reise – in eine Ferienvilla – angeht. Kann ich privat bekommen. Und ihr Festnetzanschluss ist außer Betrieb.«

»Mhmm, mhmm!« Dass Maris Festnetznummer nicht funktionierte, war mir neu.

»Deshalb dachte ich, dass du vielleicht die Nummer von der Tante im Bayerischen Wald hast.«

Jetzt konnte ich einen weiteren Pfahl einschlagen und mit freundlicher Genugtuung bedauerte ich: »Tut mir leid, Fiesbert. Ich habe keinen Kontakt mit Mari Rosenberg. Ich habe sie damals in Nomburgshausen auf einer Silberhochzeit kennengelernt und wir haben lediglich unsere Adressen ausgetauscht. Ich habe keine Ahnung, wo sie sein kann.«

Ein Stöhnen kam durch die Leitung. Er hatte sich ein weiteres Mal unvorsichtig in meine Gewässer begeben und seine schwache Seite gezeigt, ohne dass er etwas davon hatte.

Ich tröstete ihn jetzt in ganz freundschaftlichem Ton, es täte mir echt leid, aber ich hätte wirklich keine Ahnung. Ob er denn das Dorf wüsste, dann könnten wir ja mal unter Rosenberg gucken, aber man wisse ja auch nicht, ob es nicht eine Schwester der Mutter sei, dann wär das so eine Sache mit dem Namen. Vielleicht war die Tante ja auch verheiratet und hieß völlig anders. … Er könne es sich aber doch leisten, das Haus einfach zu mieten – stornieren könne er ja immer noch – sie würde doch, wenn er sich so sicher sei, bestimmt mitkommen.

»Ach, das hat keinen Zweck mit dir«, fluchte Friedbert.

Ungehalten beendete er das Gespräch.

∿⊛∿

Mari hatte sich in der Tat schon häufiger mit Friedbert getroffen, er war einige Male nach Berlin gekommen und sie waren essen gegangen. Wie sie das in ihre knappen Anwesenheitszeiten hineinorganisiert hatte, weiß der Teufel. Möglicherweise war sie aber auch gar nicht so oft in München oder Frankfurt gewesen, wie sie erzählt hatte. Sie hatte Friedbert jedenfalls signalisiert, dass sie Interesse an ihm habe. Ganz deutlich hatte sie ihm das an dem Tag in Hannover gemacht. Er hatte sie zum Abschied gefragt, ob sie nicht das nächste Wochenende mit ihm in einem hessischen Golfhotel verbringen wolle. Da sie ihm – ihren kühl zustimmenden Blick mit kaum merklichem Lächeln konnte ich mir lebhaft vorstellen – prinzipiell zugesagt hatte, war Friedbert jetzt so was von aus dem Häuschen, dass er bereits längere Ferien mit Mari plante. Da aber die Tante im Bayerischen Wald schon so lange auf sie wartete und sie mit einer Freundin eine lang geplante Fahrradtour über eine stillgelegte Bahnstrecke nach Tschechien machen wolle, hatte sie ihn auf ihre Wiederkehr in vier Wochen vertröstet.

»Du bist ja ausgekocht!« Mari lachte. Sie hatte mich ein paar Tage nach Friedberts Verzweiflungsruf im Museum angerufen, wo ich jetzt schon die Tage zählte. Aus diesem Grund hatte sie auch ihren Anrufbeantworter ausgestellt. Sie wollte den nächsten Kontakt mit ihm hinauszögern.

»Ich möchte nicht mit Friedbert Hansen in ein Golfhotel. Abgesehen davon, dass ich mir auch aus Golf überhaupt nichts mache.«

Wir verabredeten, in der Woche nach dem Hoffest

gemeinsam zu Ruth zu fahren und diese Angelegenheit in aller Ruhe zu besprechen. Mit dieser Verabredung wollte ich Mari aber noch nicht entlassen, denn ich wollte von ihr noch mehr wissen.

Ich versteckte mich nicht mehr, was Manuel Schröder betraf. Seit Tagen, fast einer Woche war ich ganz begeistert und konnte mich mit niemandem austauschen. Nur jetzt mit Mari und das wollte ich ausnutzen. »Erzähl mir bitte, wenn du mich schon angerufen hast, irgendwas über Manuel Schröder.«

Mari lachte warnend. »Pass auf, denk an meine Worte und sei vorsichtig – nicht nur mit dem Bauch denken. Sei kühl!«

Sie hatte gut reden. Sie war ja noch nie verliebt gewesen, wie sie mir auf dem Marktplatz in Nomburgshausen erzählt hatte.

»Ich bin kühl bis ans Herz hinan, erzähl!«, ermunterte ich sie.

»Du bist ein Clown, Karoline!«

Sie hatte Manuel vor gut einem Jahr kennengelernt – aber das hatte sie alles schon erzählt – und wusste nicht viel mehr, als dass er in Güterfelde in der Nähe von Berlin eine Zimmerei hatte und sich auf denkmalgeschützte Bauten und ökologische Sanierung spezialisiert hatte. Er arbeite eng mit seinem Bruder zusammen, der in der Nähe von Lübtheen eine größere Werkstatt habe. Durch seine Spezialisierung auf Denkmalschutz interessiere er sich auch für Baukunst, überhaupt sei er ganz interessiert. Er lese sogar.

»Findest du das ungewöhnlich?«

»Für einen Mann, ja.« Adrian Weber hatte im Zug auch gelesen, allerdings das Manager Magazin, und Rudolf Schmerbusch nahm wahrscheinlich lieber das Austernmesser in die Hand als ein Buch. Vielleicht lag Maris Einschätzung der Männer an sich aber auch an der konkreten Auswahl ihrer Männer.

»Was liest er denn?«

Das wisse sie nicht. Wahrscheinlich Krimis und Romane.

»Was macht er denn sonst noch?«

Sie wusste zu meiner Erleichterung, dass er noch nie verheiratet gewesen war und seine letzte langjährige Beziehung schon vier Jahre zurücklag. Ansonsten würde er noch Formationstanz machen.

»Wie bitte, was tut er?« Formationstanz ist für mich das Albernste, was es gibt. Deshalb musste ich tief durchatmen. Ich hörte Mari leise lachen.

»Das ist ein richtig harter Sport, Karoline!« Er hatte ihr davon erzählt, dass das ein recht zeitintensives Hobby sei. Er tanzte nämlich im Verein, mit Wettkampf und allem Drum und Dran.

»Hast du das schon mal gesehen? Wenn das in der Glotze kommt, zappe ich immer ganz schnell weg – und diese Frauen …«

Mari fuhr dazwischen. »Willst du ihn jetzt schon verlassen, bevor du ihn überhaupt erobert hast?«

»Nein, nein! Ich muss das nur irgendwie verarbeiten.« Und aus Jux fügte ich hinzu: »Ich werde mich mal informieren, ob es bei mir um die Ecke nicht auch so einen Verein gibt.«

Nachdem das Gespräch beendet war, machte ich

mich sofort auf die Suche. Weil ich in den letzten zwei Wochen im Museum ohnehin nur noch mit der Übergabe der laufenden Angelegenheiten, vor allem der Ausstellung »Kitsch und Kunst«, beschäftigt war, konnte ich doch sehen, ob ich außer Fahrradfahren nicht noch ein bisschen anderen Sport treiben könnte. Und was spräche denn gegen Tanzen? Ich war ja ohnehin dabei, meine ganzen Vorurteile über Bord zu werfen. Warum nicht auch in Bezug auf Formationstanz.

Doch ein Blick ins Internet über die entsprechenden Suchbegriffe brachte eine so erschütternde Galerie von aufgebrezelten Tanzhühnern und in die Brust geworfenen pomadigen Gigolos zutage, dass ich mich nicht entschließen konnte, dieses Vorurteil sofort abzulegen. Ich versuchte, mir Manuel Schröder im schwarzen Frack und mit zurückgekämmter Tolle vorzustellen. Das machte mir in gewisser Weise sogar Freude. Die Vorstellung aber, dass er eine dieser lackierten, halb nackten Miezen an den ganz tiefen Rücken fasste, gefiel mir nicht.

Bei meiner Recherche stolperte ich über ein Ballhaus, das gerade zwischen Juni und Mitte September Sommerkurse anbot, und weil wir in Berlin waren, das Ganze natürlich auf Englisch als »Summer open Classes« annoncierte. Ich entschied mich für eine Fünferkarte, und – musste gleich heute Abend anfangen »Urplötzlich hilflos auf der Tanzfläche und die Schritte sind nicht parat?«, sprach meine Befürchtungen direkt an. Wie stände ich denn da, wenn er zu mir sagen würde: »Darf ich bitten?« Das hatte zuletzt Gerd auf der Silberhochzeit zu mir gesagt, und

ich hatte gedankt. Aber wenn nun er – der tanzende Zimmermann – mich eines Tages fragen würde …
Ich schloss die Augen und lehnte mich in meinem Schreibtischstuhl zurück. »Karoline«, dabei würde er mit seinen dunklen Augen tief in meine schauen, »darf ich bitten?«, und mich an der Hand nehmen. Dann wollte ich nicht die Füße in den Boden rammen und ihm barsch einen Korb geben mit etwas Ungehobeltem wie »Nein danke, ich tanze nicht!«, sondern meine langen Wimpern ganz langsam heben und mit verheißungsvoller Stimme flüstern: »Gern!« Ich würde mich sanft führen lassen, um mich dann selbstsicher und entspannt in seine Hand zu legen, die er mit festem Griff auf meinen tiefen Rücken drücken würde. Ach!

»Wir begleiten Euch am Mittwoch beim Tanzcocktail«, versprach das Tanzstudio der besonderen Art. Das war heute – und so entschied ich mich, einfach mitzumachen im großen Ballhaus, das in seinen Dimensionen meinen Tanzkünsten nicht gerade entsprach, aber vom Flair doch genau zu meinen Erwartungen passte und vor allem zur Größe meiner Sehnsucht.

Also fand ich mich am Abend zum ersten Mal dort ein und tanzte mit »Starthilfe« von 21.00 bis 22.00 Uhr. Aber wie mit dem Abnehmen von drei Kilo, die man auch nicht durch Einmal-daran-Denken loswird, war es auch mit dem Tanzen. In erster Linie hatte ich am nächsten Tag einen gehörigen Muskelkater in den Oberschenkeln und nicht gerade das Gefühl, mich sicher auf dem Parkett bewegen zu können. Doch ich konnte mich mit meiner Fünferkarte in der geistigen Nähe meines Schwarms fühlen.

꤀

Das war kein Hinterhof, sondern, wie Mari gesagt hatte, eine Art Hof-Garten. Er war bepflanzt mit Schattengewächsen, die Wände waren mit Efeu berankt, mit Knöterich, wildem Wein und Kletterhortensien. In Töpfen waren einjährige blühende Kaiserranken, die sich an Drähten hochwanden. Dazwischen standen Tomaten, angelehnt an die Wand, um die Wärmeabstrahlung der Mauer zu nutzen. Einige Palmen in Töpfen gaben dem Ganzen ein gewisses italienisches Flair. Da der frühere Querflügel des Gebäudes nicht mehr stand, hatte der Hof relativ viel Sonne und war deshalb gärtnerisch zu nutzen. Zwischen den Pflanzeninseln war der Hof gepflastert. Dort standen jetzt kleine Tische.

Vor dem rechten Seitenflügel war eine relativ große Fläche mit Steinen gepflastert, an dessen Seite, vor den Fenstern zur Erdgeschosswohnung, stand ein riesiger Tisch. Die Fenster waren allesamt geöffnet. Denn hier wohnte der Mann mit dem grünen Daumen. In Absprache mit der Hausverwaltung hatte er die Innenhofgestaltung und -pflege übernommen. Er war beurlaubter Landschaftsgärtner, angestellt beim Bezirksamt Charlottenburg und in Elternurlaub. Seine Frau war im Job geblieben und er kümmerte sich um Kind und Grünzeug.

Als ich den Hof betrat, schaute er interessiert aus

dem Fenster und rief mir zu: »Hallo, wollen Sie zu unserem Fest?«

Ich nickte und kam ihm entgegen. Sein Blick zeigte, dass er ein bisschen irritiert war, schließlich war ich mehr als zwei Stunden zu früh.

»Keine Panik, ich will vorher noch zu Mari Rosenberg.«

Ich winkte ihm zu und ging die Treppen hoch. Mari wohnte in der obersten Etage. Das Haus hatte keinen Fahrstuhl, aber nach dem Fahrradtraining der letzten Wochen und meiner abgetanzten Fünferkarte und nicht zuletzt in Erwartung des Abends sprang ich fast die Treppe hoch.

Wir saßen zuerst einfach eine Weile auf dem Balkon, schauten nach unten auf den noch leeren Hof und tranken Orangensaft. Es war ein warmer Spätsommertag Anfang September, bald würde es Herbst werden, aber heute war davon nichts zu spüren. Ich war ruhig und Mari begann nach einer Weile von sich aus das Gespräch.

»Was meinst du, sollten wir besprechen?«

»Wir sollten grundsätzlich darüber reden, was du damit meintest, dass du Friedbert Hansen erst dann wiedersehen wolltest, wenn wir das besprochen hätten.« Ob ich es richtig deuten würde, dass sie den Unterhalt, den sie normalerweise von ihren Liebhabern bekomme, mittelbar erhalten wolle, also nicht direkt von Hansen selbst, dem das Geld moralisch nicht gehöre, sondern von Ruth.

»Das ist etwas kompliziert ausgedrückt, aber möglicherweise, ja.« Sie beugte sich ein wenig vor zu mir.

»Dass du mich recht verstehst. Mir geht es nicht um Geld. Mir geht es in diesem Fall eher darum ...«, sie neigte den Kopf einige Male hin und her, »meinen Charme, wenn du so willst, in eurem Interesse einzusetzen.«

Wir waren uns einig, dass das nur mit Ruths Einwilligung ginge. Und dass wir die Details, wie das Geld von Friedberts auf Ruths Konto gelangen könnte, gemeinsam diskutieren müssten. Am Mittwoch wollten wir zu Ruth fahren. Ich musste mir also, obwohl ich in acht Tagen meinen letzten Tag haben würde, doch noch einmal Urlaub nehmen.

Von unten stiegen Stimmen auf. Die ersten Gäste der anderen Hausbewohner trafen ein, und ein kleiner Blitz durchzuckte meinen Bauch und kickte gegen meinen Solarplexus. Gleich würde ich endlich den tanzenden Zimmermann wiedersehen. Ich war so aufgeregt, dass ich seinen Namen nicht denken konnte.

Gerade als wir an der Haustür waren, um runterzugehen, klingelte Maris Telefon.

»Hallo!« Pause. »Grüß dich, Manuel«.

Ich blieb im Türrahmen stehen und versuchte, alles mitzuhören.

Sprechen. »Nein!« Längeres Sprechen. »Das ist ja schade!« Längeres Sprechen. »Ja, versuch das!«

In diesem Moment hätte ich in Tränen ausbrechen können, meine Anspannung war so groß gewesen, dass die Enttäuschung mich unvermittelt traf. Fest lehnte ich meine Schultern gegen den Türrahmen, um die Fassung zu bewahren.

Mari legte auf. Sie hatte etwas sehr Mütterliches, als sie mir zärtlich über den Kopf streichelte. »Manuel muss in einem Formationstanz seines Vereins mitmachen. Es ist ein Showtermin, sie treten bei einer Hochzeit auf.« Sie sah mich tröstend an und strich mir mit ihren zarten Fingern über die Wange. »Eigentlich war er nicht dran, aber jemand hat sich den Fuß verstaucht und er musste einspringen.«

»Ach!«, wehrte ich ungehalten Maris Zärtlichkeiten ab. »Ist ja auch egal!« Ich drehte mich zum Treppenhaus und wollte runtergehen. Auf das Hoffest hatte ich keine Lust mehr. Wie sollte ich diesen Abend durchstehen?

»Er versucht, noch einen anderen Ersatzmann aufzutreiben!« Sie stieg hinter mir die Treppe runter. »Und er versucht auf jeden Fall, wenn es sich zeitlich noch lohnt, im Anschluss zu kommen.«

»Ach, wenn es sich noch lohnt!« Ich war seit drei Wochen auf diesen Termin »Hoffest bei Mari« geradezu fixiert, und er machte lieber Formationstanzen. Ich hätte heulen können. Wie schnell so ein Mann eine Frau unglücklich machen kann.

»Manuel ist ganz niedergeschlagen«, meinte Mari, aber das konnte ich nicht glauben. »Er versucht alles, damit er es noch schafft!«

Was hätte mir dazwischenkommen können, dass ich einen Termin mit jemandem, in den ich mich verliebt hatte, versäumen könnte? Nichts, aber auch gar nichts. Unvorstellbar. Er war also nicht verliebt, er konnte das nicht sein, denn sonst hätte er es nicht ertragen können. Es könnte doch ein Paar weniger tanzen in dieser bescheuerten Formation, ob nun fünf oder sechs Paare herumspringen, es wird nicht dadurch schöner, dass es sich vervielfacht.

Wir traten aus dem Treppenhaus in den Hof, der Nachbar aus dem Erdgeschoss kam uns freundlich entgegen und gab mir die Hand.

»Guten Tag, Fritz!«, begrüßte ich ihn, nachdem Mari uns bekannt gemacht hatte, und atmete tief durch, um meine Mundwinkel zu lockern. Wie sollte ich diese Veranstaltung nur überleben, ohne unfreundlich zu sein? Ich nahm mir ein Glas Weißwein und setzte mich an einen Tisch. Es war 18.30, vor 21.00 Uhr konnte ich nicht gehen, ohne unhöflich zu wirken. Mari sprach mit einigen ihrer Nachbarn und schaute zu mir herüber, ich versuchte zu lächeln und spürte die Anspannung in meinen Mundwinkeln.

Feste, die man sich anders gedacht hat, sind trostlos.

Der ganze Hof war voller Enttäuschung. Je fröhlicher die Menschen lachten, desto sinnloser war meine Anwesenheit. Ich konnte nichts essen, ich saß da und wunderte mich darüber, dass es hier so viel Grund zur Freude gab. Es war 19.10. Ich entschied mich für eine Portion Tortellinisalat und merkte, dass ich doch Hunger hatte. Wenig später futterte ich mich durch das kalte Büffet und ärgerte mich gleichzeitig, dass ich noch nicht einmal abnehmen würde, obwohl ich so unglücklich war. Daraufhin aß ich noch mehr von dem Tortellinisalat, der wirklich ausgezeichnet war. Es war 20.10 und mein Magen drückte. Mari setzte

sich ab und an neben mich und übte sich in Konversation, aber ich blieb stur und freudlos.

»Karoline, das ist das, was ich vermeide!«

Recht hatte sie, aber »es gibt sonne und sonne!«,
sagte Tante Hedwig immer und ich war eben anders
als Mari. Ich war verliebt und unglücklich.

Um halb zehn ging ich nach Hause.

Bevor ich mich ins Bett legte, verstaute ich das Buch
über niedersächsische Fachwerkbauten ganz oben im
Regal und das Buch über Holzverbindungen steckte
ich hinter die Bücher meiner Abteilung »Triviales«.

16. Kapitel

Wir saßen zu dritt vor Ruths Diele. Dieser warme Septemberabend stimmte versöhnlich. Die ganze Umgebung um Ruths Haus hatte diese beruhigende Stille, die Dahlien leuchteten, rote Astern und Herbstanemonen standen vor Sonne strotzend in dem großen Beet, das an die linke, der weiten Wiese zugewandten Seite des Hauses grenzte. Der Rittersporn trug die zweite Blüte. Der Hauswein, der an dieser südwestlichen Hauswand wuchs, war in diesem Jahr voller Trauben, die sich langsam blau färbten. Nach den vielen Sonnentagen des langen Sommers würde Ruths Ernte gut ausfallen. Sie machte seit Jahren ihr eigenes Traubengelee. Dieses Jahr würde sie zusätzlich reichlich Saft herstellen können.

Die Wiese war gemäht, Gerd hatte vorgestern für Ruth die zweite Mahd gemacht und das geschnittene Gras in Reihen zusammengeschoben. Morgen wollte er mit der Ballenpresse das Gras in dicke Ballen rollen, wie sie auf den Wiesen der Nachbarn bereits herumlagen, und mit weißen Folien verpacken.

»Ich werde mir wahrscheinlich im nächsten Frühjahr ein paar Schafe zulegen!«, meinte Ruth mit Blick auf die Wiese. »Die fressen diese Silage, und Gerd will gemeinsam mit mir in die Kleinschäferei einsteigen.«

Wir waren vor einer knappen Stunde angekommen. Mari hatte sich in Berlin einen Leihwagen genommen und mich zu Hause abgeholt. Eigentlich war geplant gewesen, dass sie mich erst gegen vier direkt am Museum aufsammeln sollte, aber ich hatte mich für diesen Tag ganz abgemeldet, und auch für den nächsten.

Das war mir nicht schwergefallen. Jerôme war seit einer guten Woche zurück, braun gebrannt, und seine Praktikantin war nun seine offizielle Freundin Melanie.

Ich hatte ihn lediglich kurz über meine Abwesenheit informieren wollen und als er mir dumm kommen wollte und mich darauf hinwies, ich hätte doch noch sieben volle Arbeitstage bis zu meinem Ausstieg, fuhr ich ihm, in meiner alten Stimmung, die ich noch vor dem Wochenende glaubte, für immer und ewig abgelegt zu haben, über den Mund.

»Jerôme, es interessiert mich nicht, was du meinst!«, kläffte ich ihn an und es machte mir Spaß, endlich einmal einfach zu gehen, ohne aus irgendeinem Grund oder wegen irgendwelcher beruflicher Rücksichtnahmen anhalten zu müssen und mir etwas anzuhören, das nur Schikane war. Deshalb hielt ich an der Tür an, einzig und allein weil ich es so wollte, drehte mich aufs Neue um und schaute ihn mit all der Herzlichkeit an, die ich für ihn empfand.

»Was guckst du?«, fragte er mich und spitzte sein Mündchen.

»Ich will noch einmal in mich aufnehmen, was ich nun bald nicht mehr sehen werde!«

Jerôme reckte seinen langen Hals noch weiter vor und seinen Kopf zur Seite und sah aus wie ein dürrer Hahn. »Caroline, du bist doch nisch mehr böse, dass das mit der Verlängerrrung nisch geklappt at? Oder?« Sein Gockelkamm fehlte, aber sein Kropf – den er sicher für einen männlichen Adamsapfel hielt – ging rauf und runter, und ich fragte mich, ob seine Praktikantin noch irgendetwas anderes als ihre Stellenverlängerung an diesem Mann attraktiv fand.

»Nein, aber meine Therapeutin sagt immer, dass man sich auch dem Grauen stellen soll, um sich bewusst davon zu verabschieden.«

Jerôme hatte berechtigte Zweifel, ob ich damit den Zustand der Unsicherheit einer Honorarstellenexistenz meinte oder nicht eher doch ihn, entschied sich aber offensichtlich für Ersteres. »Apropos Abschied, zu deinem Ausstand näschste Woche kann isch nischt, ich habe einen Termin außerrr Haus.«

Von einem Ausstand war mir nichts bekannt, ich hatte eigentlich vorgehabt, einige Kolleginnen und Kollegen zu einem Umtrunk einzuladen, aber noch gar nichts angekündigt. Mittlerweile war mir die Lust daran eigentlich auch vergangen.

»Na, dann wird es ja ganz lustig.«

Jerôme würde ich also wahrscheinlich nicht mehr sehen. In der nächsten Woche war er auf irgendeiner Dienstreise und dieser Kontakt war wohl unser letztes offizielles Zusammentreffen. Der Abschied fing an, und dieser war nicht sehr gelungen. Martha Baum konnte ich damit nicht kommen.

Ich würde es nicht lernen, meinen Ärger in sozialverträglicher Weise in mich hineinzufressen, souverän durch die Arbeitswelt zu spazieren und so zu tun, als ließe mich das alles kalt. Noch ein Grund, mit mir unzufrieden zu sein. Obwohl ich mich über mich und meine Ungezogenheit ärgerte, als ich an meinen Schreibtisch zurückging, war ich doch froh, Mari sagen können, dass sie mich am nächsten Tag gleich am frühen Mittag bei mir zu Hause abholen konnte.

Die Fahrt nach Nomburgshausen hatten wir damit verbracht, über das missglückte Hoffest zu reden. Mari verstand mich, meinte sie, und versuchte ernsthaft zu begreifen, dass ich es nicht länger hatte aushalten können, aber im Grunde stand sie dem verständnislos gegenüber. Sie ging mit Männern anders um und hatte es ihr Leben lang vermieden, in diese für sie unfassbare Kopflosigkeit zu geraten. Sie behielt ihre Konturen, ihre Fassung, ihre Contenance. Sie bewahrte die Kontrolle, die Frauen in ihrer Verliebtheit ihrer Ansicht nach völlig aufgeben.

Mit Blick auf die Landschaft schien mir diese sichere Friedlichkeit, von der sie sprach, erstrebenswert. Aber selbst in meiner ungehaltenen Enttäuschung freute ich mich doch noch an der Intensität meines Kummers. Ganz ohne, das war für mich nicht vorstellbar.

Mari saß mit ihrem leicht kühlen Lächeln auf den Lippen hinter dem Steuer, fuhr sicher und unangestrengt und war von einer fernen Unnahbarkeit. Sie war nicht nur für andere unnahbar, sie schien sich auch selbst fern. Sie begab sich nicht in Gefahr und schiffte auf ihrem Boot langsam und kontinuierlich über den Fluss, der keine Stromschnellen hatte. Ihre Landschaft war eben, grün, angenehm – immer gleich, aber ohne Drangsal.

»Mach dich nicht so abhängig von einem Mann, den du doch noch gar nicht kennst!«

Ich antwortete ihr nicht darauf, sondern aß stattdessen weiter Haribo-Colorados, die für mich zu längeren Autofahrten dazugehören.

»Möchtest du einen rosanen!« Mari bevorzugte nämlich die rosa Stücke, die ich immer übrig ließ. Ich mochte eigentlich nur die weißen mit Kokosgeschmack und die aus purem Lakritz. In Bezug auf die Haribo-Packung komplementierten wir uns gut.

»Lenk nicht immer ab!«

Die Landschaft zwischen der Autobahnabfahrt und Nomburgshausen war noch kräftig grün, und ich genoss es, neben Mari zu sitzen und ihren Versuchen zuzuhören, mich zu beruhigen. Kurz nach Nomburgshausen erzählte sie nämlich, dass Manuel am Sonntag bei ihr angerufen, sich ganz zerknirscht entschuldigt und gesagt habe, er sei »untröstlich«.

»Warum erzählst du mir das erst jetzt?« Ich sah sie empört an.

»Ich habe es dir direkt am Sonntag gesagt, dass Manuel sich bei mir entschuldigt hat«, erwiderte sie.

»Dafür, dass er nicht mehr kommen konnte! Das ist ja wohl selbstverständlich, dass er sich dafür bei dir entschuldigt. Aber du hast mir nicht gesagt, dass er ›untröstlich‹ gewesen sei!«, regte ich mich auf.

»Das ist Wortklauberei, Karoline, ich habe dir das so, wie ich das jetzt wiedergebe, erzählt, aber du warst nicht in der Lage zuzuhören.« Sie schüttelte ihr seidiges Haar und zog die Mundwinkel missbilligend hoch. »Du bist vernagelt!«

Da hatte sie recht. Bis heute Morgen hatte ich gelitten, insgeheim gewartet, dass dieser Kerl mich anrufen würde. Aber mein Telefon hatte eisern geschwiegen. Meine Nummer hatte er doch, also wertete ich das als Zeichen, dass er überhaupt kein Interesse an mir hatte.

»Er ist auf einer Baustelle in der Nähe von Ludwigslust – mit seinem Bruder.«

Ist das ein Grund, nicht anzurufen, grollte ich in mich hinein. Wenn er auch nur ein kleines bisschen verliebt wäre, dann hätte er ja wohl angerufen.

»Hier links abbiegen!«, wies ich sie an der einzigen großen Kreuzung hinter dem Zentrum an. Mari hatte Nomburgshausen hinter sich gelassen und fuhr nun die Straße Richtung Eickdorf.

Das Schild »Baumunfälle« stand immer noch schief und eingeknickt vor der großen Linde an der Abbiegung zu Ruths Haus. Es war noch nicht gerichtet worden. Das brachte uns auf den eigentlichen Grund unserer Reise nach Eickdorf. Es war fast vor einem ganzen Sommer gewesen, dass ich hierhin gekommen war, um Ruth in ihrem Zorn und ihrer Verletzung beizustehen. Jetzt wollte ich es genießen, hier zu sein, um diesmal wirklich zu helfen, und atmete tief durch.

»Karoline!«, Mari holperte mit dem Wagen über den kleinen Waldweg, »hast du mal darüber nachgedacht, dass Manuel nicht anruft, weil er zu aufgeregt ist und sich nicht traut?« Sie hielt vor Ruths Haus und schaltete den Motor ab. Sie musterte mich wie eine strenge Tante. »Du kannst dir nur deine eigenen

Gefühle vorstellen, oder? Es gibt aber genauso kopflose Männer, wie du eine kopflose Frau bist!«

Manuel sei – das sollte ich ihr als erfahrener Frau einfach mal glauben – wirklich zerknirscht gewesen. Das hätte sie mir nicht so direkt sagen wollen, um sich nicht einzumischen, es ginge ihr ohnehin ein wenig auf die Nerven, wenn sie sähe, wie sich alle so verrückt machten. Aber dieses Lamentieren und mein Gesicht könne sie nicht mehr aushalten.

Innerlich dankte ich Tante Mari. »Du hast ihm aber doch hoffentlich nicht gesagt, dass ich mich fast entleibt hätte?«

»Nein, Männer müssen das nicht unbedingt wissen, daran solltest du denken. Aber du solltest eben auch in Erwägung ziehen, dass er sich möglicherweise nicht meldet, weil es ihm genauso geht. Vielleicht will er sich vom Dachstuhl stürzen, weil du dich schließlich auch nicht bei ihm meldest.«

Mari redete selten so lange. Ich nickte deshalb und lächelte sie dankbar und erleichtert an. Mari dagegen schüttelte leicht den Kopf bei der Vorstellung, zu welch übertriebenen Handlungen manche Menschen neigen, wenn sie verliebt sind.

In meiner Enttäuschung – das musste ich zugeben – hatte ich nur, wie es meine Art ist, das Schlimmste vermutet. Er war nicht gekommen, er war nicht verliebt, er ging lieber zum Tanzen, er war nicht verliebt, er hatte es auch später am Abend nicht mehr geschafft zu kommen, er interessierte sich nicht für mich, er hatte mich nicht angerufen, er war überhaupt nicht verliebt! Eigentlich hatte ich ihn nur zweimal gesehen.

Das eine Mal war ich störrisch verstummt unter den Tisch gekrochen, und das andere Mal war ich pampig und unhöflich gewesen, damit er auf keinen Fall merkte, dass ich ihn leiden kann. Wenn Mari ihm nicht erzählt hatte, dass ich regelrecht verknallt war, was sie ja eben bestätigt hatte, konnte Manuel Schröder nicht gerade annehmen, dass ich auf seinen Anruf wartete und das Telefon anstarrte.

»Danke, Tante!« Ich strich ihr über die Hand, als sie den Wagenschlüssel abzog.

Dann stiegen wir aus und begrüßten Ruth, die uns entgegenkam.

Und nun saßen wir hier in der warmen Nachmittagssonne, tranken selbst gemachten Johannisbeersaft und aßen den besten Pflaumenkuchen der Welt, den Ruth eigenhändig für uns gebacken hatte. Selbstverständlich mit Hefeteig, wie sie das von ihrer Oma gelernt hatte.

Wir sprachen über das Haus und die Gartenpläne und versuchten, miteinander warm zu werden. Ruth hatte Mari freundlich begrüßt und willkommen geheißen, aber auch Ruth konnte in ihrer Zurückhaltung sehr kühl wirken.

Mari saß in einem bequemen Holzstuhl links an der Schmalseite des großen Tisches aus gehobelten großen Bohlen, Ruth ihr auf der anderen Seite gegenüber. Ich hatte auf der Bank zwischen ihnen Platz genommen mit Blick direkt auf die große Wiese. Ruth erzählte Mari, seit wann sie in diesem Haus wohne, und sprach von ihrer Großmutter.

»Damals sah das hier draußen im Grunde genau so

aus wie heute – ich habe sogar versucht, die gleichen Blumen im Garten zu haben wie sie. Der Garten und meine Großmutter gehören für mich zusammen.« Deshalb sei sie auch so begeistert von der Idee, den großen Kräutergarten wieder zu beleben. Der hatte sich zu Zeiten ihrer Oma direkt an die hintere Hauswand angelehnt und sich ein wenig in die Wiese erstreckt. Dieses Stück Land hatte Ruth vor zwei Jahren auch reaktiviert, aber der Plan, den sie jetzt gemeinsam mit Gerd entwickelt hatte, sei doch darüber hinausgewachsen.

»Ich mache jetzt das erste Mal etwas anders als meine Oma!«, sagte Ruth und schaute Mari an.

Die hatte die ganze Zeit aufmerksam zugehört. Sie war ernst und zugewandt und wirkte, anders als so oft, überhaupt nicht mehr kühl, sondern interessiert. Ab und an fragte sie Ruth etwas zum Dorf, und wie es gewesen war, in Eickdorf aufzuwachsen. Ruth hatte ja bis auf die kurze Zeit ihres Studiums, in der sie zwei Jahre in Düsseldorf verbrachte, das sie aber mit Friedberts Einzug in ihr Leben aufgegeben hatte, nie in einer großen Stadt gelebt.

Sie hatte eigentlich die behütete Idylle nie verlassen.

»Es ist nicht einfach, in einem Dorf aufzuwachsen und selbstbewusst zu werden. Jedenfalls nicht damals, als ich klein war.« Sie hätte immer das Gefühl gehabt, dass die Städter, mit denen sie durch Friedbert – hier fiel der Name das erste Mal – geschäftlich zu tun hatte, sie als Provinzfrau angesehen hatten.

»Wirklich?« Mari war verwirrt, denn Ruth, so wie sie heute dasaß, der jungen Mari gegenüber, hatte überhaupt nichts Provinzielles. Sie sah modern aus und hätte in jeder Großstadt leben können.

»Wo bist du denn aufgewachsen?«, fragte nun Ruth und ich lehnte mich zurück, um die Geschichte von Mari und ihren Brüdern in Frankreich ein zweites Mal zu hören.

Dieses Mal aber erzählte Mari viel von der schönen Zeit mit ihrer Mutter, dass sie eine tolle Kindheit hatte, umsorgt von ihrer Mutter, die immer für sie da war und die sie über alles geliebt habe. Das bittere Ende der Ehe ihrer Eltern und die Perfidie, mit der ihr Vater die Mutter ausgemustert hatte, um sich eine junge, frische Frau zu nehmen, und die Bitterkeit, die das bei ihrer Mutter ausgelöst hatte, packte sie in einen kurzen Satz.

»Meine Eltern haben sich getrennt, als ich in der Pubertät war, und ich bin mit meiner Mutter nach Deutschland zurückgegangen.«

Bevor Ruth nachfragte, was sie nicht tat – und auch nicht getan hätte –, ergänzte Mari sachlich und bestimmt: »Mein Vater lebt heute mit seiner zweiten Frau in Südfrankreich. Ich habe keinen Kontakt mehr zu ihm.«

Ruth nahm das zur Kenntnis und bot Mari stattdessen noch einmal Johannisbeersaft an. Sie ging um den Tisch und bediente sie und – neben ihr stehend – wies mit der Hand Richtung Waldrand zum Ende der Wiese. »Da hinten ist der Bach, der diese Idylle hier komplett macht. Karoline liebt dieses kleine Rinnsal. Lasst uns doch dorthin gehen, bevor wir Abendbrot machen.«

Mari stimmte sofort zu und stand unmittelbar auf. Ich lehnte mich auf der Bank zurück und legte die Beine hoch. »Ich gehe morgen früh meine Runde. Zeig du Mari deinen Bach ruhig allein!«

Ohne mich überreden zu wollen, drehten die beiden freundlich ab, hoben die Hand und schlenderten nebeneinander über die Wiese. Die eine groß und dunkelblond, die andere klein und zierlich mit schwarzem Haar. Sie hielten sich nicht an den Händen, aber – ohne Tante Hedwig bemühen zu müssen – sie sahen aus wie Schneeweißchen und Rosenrot. Zwei schöne Frauen, die eine jünger, die andere älter. Ich blickte den beiden nach, die nun neben dem Trecker von Gerd stehen geblieben waren. Worüber sie sprachen, konnte ich nicht mehr hören. Aber dieser Spaziergang schien sich auszudehnen. Denn als sie weitergingen, bewegten sie sich so langsam, dass ich mich erhob, um den Tisch abzudecken und das Abendessen vorzubereiten.

Ich räumte die Spülmaschine voll und wusch den Salat, den ich im Kühlschrank fand. Dann setzte ich mich einen Moment an den Küchentisch und las einen Prospekt der »Nomburgshauser Tafel«, den Ruth dort liegen gelassen hatte. Sie engagierte sich seit Anfang des Jahres in dieser Suppenküche des Städtchens, die gemeinsam mit der Obdachlosen-Initiative »Dach über dem Kopf« einen Verein gegründet hatte und nun um Spenden warb.

Weil die beiden noch nicht wiederkamen, bereitete ich die Vinaigrette vor und deckte den Tisch. Es war noch warm genug, um draußen essen zu können, und wenn nicht, würden wir uns eben dicke Pullover anziehen. Anschließend holte ich den Wein, den Ruth im Kühlschrank kalt gestellt hatte und überlegte, ob ich noch ein paar Eier machen sollte, denn ein Blick über die Wiese zeigte, dass die beiden immer noch keine Anstalten machten zurückzukommen. Also begann ich, Eier zu kochen und stellte Käse und Brot auf den Tisch. Um die Katzen abzuhalten, deckte ich einen Korb darüber und ging nach oben, um noch schnell zu duschen.

Als ich in meinem Zimmer stand, sah ich Ruth und Mari, immer noch im langsamen Schlendergang, ins Gespräch vertieft vom Waldrand zurückkehren. Während ich mich auszog, fragte ich mich, ob ich möglicherweise eifersüchtig sei. Aber ich spürte, dass ich es nicht war. Ich war erleichtert und freute mich, dass diese beiden unterschiedlichen Frauen sich offenbar mochten.

Mit nassen Haaren kam ich aus dem Bad und während ich mich anzog, hörte ich Stimmen aus dem Garten zu mir heraufschallen. Sie standen vor dem Dahlienbeet, Ruth zeigte und erklärte Mari die verschiedenen Stauden und Sommerblumen. Und dann legte Ruth sogar einen Moment die Hand auf Maris Arm. Nein, ich war nicht eifersüchtig. Der Blick, den Mari Ruth zuwarf, war anders, als ich es von ihr kannte, und ihre Stimme klang irgendwie ungewohnt – aber ich wusste nicht, was es war.

Ich lief die Treppe runter.

»Karoline, wie schön, du hast den Tisch schon gedeckt.« Ruth wandte sich zu mir und umarmte mich unvermittelt: »Aber Kinder, ich habe eine provenzalische Gemüsetarte vorbereitet.« Sie ließ mich los und holte die Kuchenform aus ihrer Speisekammer. Mari und ich schauten uns an und warteten in der geöffneten Dielentür stehend.

»Ich habe alles vorbereitet und es muss nur noch überbacken werden.«

Mari ging in die Wohndiele, setzte sich an den großen Tisch und schaute Ruth zu, wie sie die Gemüsemasse in die Form einfüllte, die Tarte mit geriebenem Käse bestreute und in den Ofen schob, ich blieb in der Dielentür stehen.

»In 35 Minuten ist alles fertig!«, sagte Ruth. »Wollt ihr schon ein bisschen Weißwein?«

Ohne auf eine Antwort zu warten, forderte sie mich auf, uns schon einmal etwas einzugießen, bevor der Wein dort draußen ganz warm würde. Sie drückte Mari ein Brotmesser und ein Baguette in die Hand und stellte uns Kräuterbutter auf den Tisch.

»Selbst gemacht?«, fragte Mari, während sie begann, das Baguette zu schneiden.

»Selbstverständlich!«, antwortete ich und stellte die Flasche Wein und die Weingläser, die ich von draußen reingeholt hatte, auf den Dielentisch. »Ruth ist die beste Köchin Norddeutschlands! Möglicherweise sogar der nördlichen Halbkugel!«

Ruth öffnete die Flasche und schenkte ein. Sie reichte Mari ein Glas, gab mir eines und griff dann zu ihrem. »Herzlich willkommen. Ich freue mich, dass ihr hier seid. Auf einen schönen Abend!« Sie hob ihr Glas, nippte daran und nickte jeder von uns zu.

»Ich freue mich auch, dass ich hier sein kann!«, antwortete Mari und hob ihr Glas.

Da war das andere in der Stimme von Mari wieder! Ruth sprach in einem mütterlichen Ton mit ihr und Mari reagierte darauf. Ihre Stimme klang wärmer und hatte nicht ihren üblichen kühl-sanften, sondern einen ungewohnten warm-weichen Klang.

»Auf unser Wohl!«, schlug ich vor und prostete beiden zu. Nach diesem gelungenen Einstieg wurde ich dynamisch. »Also, was ich vorschlagen will, dauert eigentlich gar nicht so lange. Ich meine, was meine Idee anbelangt, in Bezug auf Friedbert und …«

Etwas unsicher schaute ich die beiden an und stellte mein Gestammel ein. Vielleicht sollte ich diese familiäre Stimmung nicht stören und erst einmal warten, bis wir gegessen hatten. Aber Ruth betrachtete mich erwartungsvoll und ermunternd und auch Mari lehnte sich, mich freundlich anlächelnd, zurück und nippte an ihrem Glas.

»Nur zu!«, meinte sie und Ruth nickte.

»Also kurz und knapp. Ich gehe mit dem Schlüssel von Tobias in die Wohnung von Friedbert. Dort überweise ich das Geld, das Ruth zusteht, von Friedberts Laptop auf das Konto von Ruth, mit dem Vermerk: ›Freiwillige Unterstützung für meine liebe Ex-Frau‹.« Ich legte eine triumphierende Pause ein, um auf eventuelle Zwischenfragen zu antworten, aber sie sahen mich beide unvermindert an. Also fuhr ich fort. »Wir haben den Brief von Friedbert, in dem steht: ›Wenn du mich brav gebeten hättest blablabla, hätte ich dir selbstverständlich etwas gegeben‹. Wenn die Überweisungen also von Friedberts Konto getätigt werden, kann er das Geld nicht zurückfordern.«

Wieder machte ich eine Pause, denn so einfach war es ja nicht. Aber beide warteten ruhig und stellten keine Fragen. Dabei hatte Mari doch selbst in Berlin ihre Andeutungen gemacht, und sie wusste, dass wir hier nicht einfach waren, um eine Hexenversammlung oder eine Familienzusammenführung abzuhalten. Durch ihr Schweigen genötigt, nahm ich den Faden abermals auf. »Friedbert macht Onlinebanking, das weiß ich. Schließlich hat er schon einmal 10.000 Euro überwiesen an Ruth.«

Meine Cousine nickte, schwieg aber weiter.

»Mari hat bei Friedbert einen Stein im Brett und muss drei Dinge tun: Sie muss herausfinden, welche Pin-Nummern er hat und den Aufbewahrungsort seines TAN-Generators – oder ich nehme meinen – der verschiedenen Checkkarten und seiner HBCI-Karte feststellen, und sie muss ihn – damit ich in Ruhe an seinen Rechner kann – von seiner Wohnung fernhalten.«

Mari sah mich an, schob die Unterlippe vor und nickte unmerklich. »Das habe ich mir auch in etwa so gedacht!«, sagte sie dann.

Ruth schien aktuell ein wenig störrisch zu sein. »Das ist kriminell, Karoline, das weißt du doch. Mach dich nicht unglücklich.«

»Ich mach mich doch nicht unglücklich! Ich mache uns glücklich. Das ist meiner Ansicht nach perfekt, wir helfen Friedbert nur ein bisschen nach. Er selbst hat dir geschrieben, dass du ihn nur zu bitten brauchtest!«

Ruth schüttelte leicht den Kopf. Dass sie sich aber doch mit der Sache beschäftigen wollte, war deutlich. Warum sonst waren wir hier! Sie wusste ja, um was es ging. Sie warf einen nachsichtigen Blick in meine Richtung und schaute dann auf Mari. Die trank einen Schluck Wein und stellte das Glas zurück auf den Tisch.

»Ja, juristisch betrachtet ist das möglicherweise nicht legal. Aber, und das will Karoline wohl sagen, es ist ja irgendwie legitim«, gab Mari lächelnd zu bedenken.

»Genau, legitim, das sage ich ja immer, wenn auch nicht ganz legal.« Ich war froh, dass die beiden anfingen einzusteigen und unterstützte das mit heftigen Armbewegungen.

»Ihr seid ein bisschen verrückt, glaube ich!« Ruth stand auf und nahm uns wie zwei Schulkinder in Augenschein, die ihrem unsympathischen Lehrer die Luft aus dem Fahrrad gelassen hatten, was die Mutter verstehen konnte, aber gegenüber ihren Kindern nicht so direkt billigen wollte.

Sie stellte das Glas auf den Tisch, ging zum Backofen, der angefangen hatte zu klingeln, und prüfte die Tarte. Sie war fertig. Während sie das Abendbrot aus dem Ofen nahm, wies sie mich an, einen Untersatz zu holen, damit sie die heiße Form abstellen könne.

»Lasst uns erst einmal essen, aber draußen, es ist noch schön!«, meinte Ruth und griff sich ein Messer. Sie holte die Tarte aus der Form, stellte sie auf ein Brett und ging von uns gefolgt hinaus.

Wir hatten ganz vergessen, den von mir falsch gedeckten Abendbrottisch abzuräumen und machten das schnell gemeinsam. Mit einem Krug Wasser mit frischen Pfefferminzblättern kam Ruth zuletzt an den Tisch. Sie bediente zuerst Mari, dann mich und wünschte uns guten Appetit.

»Köstlich, Ruth!«, sagte Mari mit vollem Mund.

»Das wäre ein Rezept, das ich lernen möchte. Ich kann nämlich überhaupt nicht kochen.«

Das sei ganz einfach, erklärte Ruth, und meinte, wie das Frauen zu tun pflegen, die hervorragend kochen können, man müsse nur einfach alles zusammenschmeißen und auf einen dünnen französischen Mürbteig streichen, der ohne Eier, aber mit viel Fett gemacht würde, und mit einer Eier-Crème-fraîche-Masse vermengen. Kein Mensch kann nach solch einer Anweisung irgendetwas backen oder kochen. Schon gar nicht Mari.

»Das solltest du mir besser aufschreiben, bevor ich es sofort wieder vergesse«, meinte Mari.

»Ja, und bitte mit den einzelnen Arbeitsschritten. So wird das doch nichts!«, stimmte ich zu. Ich konnte mir allerdings auch nicht vorstellen, dass Mari die Tarte mit minutiösen Anweisungen hinkriegen würde. Die Vorstellung, meine neue Freundin mit Schürze in der Küche zu sehen, schien völlig abwegig.

Die Tarte schmeckte wirklich vorzüglich, wie alles, was Ruth zubereitet, großartig ist, und der Salat war mir auch gelungen und konnte mithalten. Der Abend gestaltete sich wunderbar, es war fast windstill, der Wein frisch und kühl, und ich hatte das Gefühl, dass wir im Grunde d'accord waren, was das eigentliche Anliegen unseres Zusammenseins betraf. Wir genossen das Essen und ließen das Thema eine Weile fallen, ohne dass sich Anspannung breitmachte.

»Ich hätte am liebsten noch ein Stück, aber ich möchte unbedingt in diesem Sommer drei Kilo abnehmen!«, sagte ich und griff stattdessen erneut zum Salat.

»Jetzt kommst du schon wieder damit. Du bist perfekt, Karoline! Dieses dumme Gerede von deiner Abnehmerei. Wo willst du denn abnehmen?«, protestierte Ruth und schnitt mir ein drittes Stück von der sättigenden Tarte ab.

»Gut! Kampf der Magersucht!«, erwiderte ich und nahm den Teller, den sie mir reichte. Heute musste ich ja nicht gerade anfangen mit meinem hehren Vorhaben, wo ich das schon seit Jahren nicht tue. Ich griff nach dem Wein, schenkte Mari den Rest ein und wedelte mit der leeren Flasche über meinem Glas. Ruth nahm sie mir aus der Hand und ging ins Haus, um eine zweite zu holen.

»Es ist unglaublich schön hier!«, verkündete Mari und lehnte sich in ihrem Stuhl zurück. Sie schien keine Antwort zu erwarten und blickte über die Wiese zum Waldrand, wo sie vorhin mit Ruth entlanggeschlendert war.

»Ich verstehe, dass du dich hier wohlfühlst.« Sie lugte über die Schulter durchs Fenster ins Haus, in dem Ruth am Kühlschrank zu sehen war. »Und ich bin ein bisschen neidisch!« Mari begleitete Ruth, die mit der zweiten Flasche zurückkam, mit den Augen bis zum Tisch.

»Ein paar Kleinigkeiten wären aber doch noch zu klären«, sagte Ruth – mit einem ungewohnt ironischen

Unterton in der Stimme – und stellte die Flasche entschieden auf den Tisch, »so unausgegoren kann das doch, wie ich dich kenne, Karoline, nicht sein, oder!« Ruth hob die Augenbrauen und schob ihren Teller zur Seite.

»Recht hast du, Ruth! Nichts ist unausgegoren, alles ist durchdacht.« Ich klopfte mir auf die Schulter. »Wofür habe ich sonst so lange studiert!« Ich sprang auf, um den Tisch abzuräumen, weil solche Dinge nicht über abgefressenen Tellern besprochen werden können. »Moment, ich bin gleich wieder da und lege euch alles im Detail vor.«

Mit den Tellern ging ich in die Küche. Das würde klappen! Die Stimmung war gut, die Ironie in Ruths Stimme gab mir den Startschuss, das Go sozusagen, wie Friedbert sagen würde. Es machte mir Freude, die Teller in die Spülmaschine einzuräumen. Ruth hatte mir, ich kannte sie, so lange ich lebe, eben ihr Okay gegeben.

Ich kam aus der Küche zurück und blieb am Tisch stehen.

»Was strahlst du, Karoline?«, fragte Ruth.

»Sie ist verliebt!«, erklärte Mari.

»Wirklich, wie schön!«, sagte Ruth und lachte mich an.

»Das stimmt!«, gab ich zu, »aber jetzt freue ich mich, dass wir hier zusammensitzen und voller kreativer Energie sind.« Denn ich fand, wir sollten jetzt erst einmal beim Thema bleiben.

»Kriminelle Energie nennt man das eigentlich!«, meinte Ruth.

»Nein«, protestierte ich zu meiner Cousine gewandt, »kriminell würde ich das nicht nennen, in gewisser Weise wird sich das auf Friedberts Seelenverfassung therapeutisch auswirken.«

Jetzt musste Ruth mit gespieltem Hohn auflachen. »Wenn du dich je um etwas nicht gekümmert hast, Karoline, dann um Friedberts Seele.«

»Ja, weil ich – zu ihr keinen rechten Zugang gefunden habe – um das mal vorsichtig auszudrücken!« Ich nahm einen weiteren Schluck Wein.

Anschließend erklärte ich Schritt für Schritt, was ich mir zurechtgelegt hatte. Mari müsse, wie gesagt, die Zugangsdaten von Friedberts Rechner und Konten herausfinden, das hieß: Wie viele Konten hatte er und welche PIN-Nummern gehörten dazu, schließlich musste sie ihm, wenn sie ihn aus dem Haus lockte, die Checkkarten möglicherweise aus dem Portemonnaie stibitzen – ich fand, dieses Wort traf es doch eher, als stehlen – und sie für mich in der Wohnung greifbar hinterlegen. Das Geld würde transferiert – auch dieser Ausdruck gefiel mir – auf das Konto von Ruth, sodass überhaupt keine Verbindung zu Mari hergestellt werden könnte. Sie würde, wenn Friedbert die Transaktion bemerkte, nicht in Verdacht geraten, ja, selbst wenn eine Anzeige wegen Betrugs von Friedbert in Erwägung gezogen würde, käme Mari überhaupt nicht ins Blickfeld.

»Warum sollte denn Mari das überhaupt tun?«, unterbrach mich Ruth nun und schaute auf mich. Sie schien es zu vermeiden, Mari anzusehen.

Aber Mari fiel ein, bevor ich weitersprechen konnte.

»Es wäre möglich, wenn ich eine … Beziehung mit Friedbert Hansen einginge, was er mir ja anträgt, dass er nicht unerheblich zu meinem Lebensunterhalt beitragen würde.« Sie ließ ihren Blick auf Ruth ruhen und wartete auf eine Reaktion.

Ruth sah Mari nun direkt und lange an. Angesichts des Verhaltens ihres Ex-Mannes ihr gegenüber, was die Teilung des Vermögens und ihren Unterhalt anging, hatte sie mit Friedbert ja entschieden andere Erfahrungen gemacht. Mari sagte ihr gerade unmissverständlich, dass der gleiche Friedbert bereit wäre, ihr »etwas« abzugeben. Ruth musterte Mari eine Weile, eher sachlich als kritisch, und stimmte unvermittelt zu. »Ja, das ist möglich.«

Mari hielt Ruths Blick mit ihrer freundlich unnahbaren Art stand und beide schwiegen. Die schöne Mari hatte wieder den distanzierten, kühlen Zug um den Mund und Ruth bestaunte sie wie ein seltenes Exemplar aus der Vogelwelt, dem man nicht zu nahe kommen sollte, damit es nicht verscheucht würde. Dann lächelte Ruth und wollte sich an mich wenden, damit ich weitersprechen sollte. Doch Mari setzte sich nun gerade hin, stellte ihre vorher übereinandergeschlagenen Beine nebeneinander und rückte ein wenig an den Tisch, um ihre Ellbogen aufzustützen und ihr Kinn auf die Handflächen zu legen.

»Ja, das ist möglich. Aber ich möchte das nicht.« Sie dachte einen Moment nach und schaute mich an. »Wir haben bis jetzt, also ich meine Karoline und ich, noch gar nicht direkt darüber gesprochen. Aber ich habe Karoline gesagt, dass ich mich mit Herrn Hansen«, Ruth zuckte mit den Mundwinkeln, als sie das hörte, »nicht einlassen werde, wenn es nur meinen eigenen … finanziellen Interessen nützen wird.« Sie blickte auf Ruth und dann auf mich.

Damit es zwischen uns endlich klar würde, ob wir alle drei vom selben Tatbestand sprachen, versuchte ich mich noch einmal an einer Übersetzung. »Mari will damit sagen, dass sie nicht deshalb mit Friedbert etwas anfangen will, um an das Geld, das eigentlich dir zusteht, zu kommen und davon zu profitieren …« Mir wurde, während ich sprach, klar, dass diese Art der Übersetzung nicht nur nicht weiterhelfen würde, sondern die Sache eher verkomplizierte, und zögerte, um die Richtung zu ändern.

Da führte Ruth den kruden Satz weiter und zeigte uns, dass sie die Richtung durchaus mitgehen konnte. »Ich möchte aber nicht, Mari, dass du dich mit meinem Ex-Mann einlässt, damit ich davon profitiere. Das geht doch nicht!« Ruths Gesicht zeigte Verwunderung und gleichzeitig eine gespielte Rührung darüber, dass die schöne Mari sich hier opfern wollte.

»Das wollte Mari, glaube ich, auch nicht sagen. Sie meinte ja, es müsse in unser aller Interesse sein! Deshalb müssten Mari und du gleichermaßen davon profitieren, finde ich!«, fuhr ich in die kleine Pause, denn ich wollte doch die Überlegungen wieder ein wenig in pragmatische Bahnen lenken, bevor der falsche Eindruck aufkäme, Mari würde das hier umsonst machen.

»Mari sollte von dir eine Art Provision, sagen wir mal, Transferprovision bekommen, Ruth!«, schob ich ein, hob keck meine Nase, sah von rechts nach links zu den beiden und wartete auf Reaktionen. Mari blieb sitzen, das Kinn auf ihre Hände gelegt, und blickte auf den Waldrand, dessen Konturen sich nur noch schwach vom Himmel abzeichneten. Es war dunkel geworden, aber der Abend war so lau wie im Juni.

»Du hast selbstverständlich recht«, sagte Ruth. Als ich sie erstaunt anblickte, erläuterte sie: »Anders ginge es nicht, ich könnte das nicht hinnehmen, dass ihr mir sozusagen etwas schenkt, indem ihr euch in eine problematische Situation begebt. Was hast du davon, Karoline?«

Darüber hatte ich noch nie nachgedacht. »Genugtuung!« Ich zuckte mit den Schultern. »Mehr nicht!«

Ruth schüttelte den Kopf. »Nein, da müsste doch noch mehr drin sein!« Wenn Ruth sich erst einmal einer Sache genähert hatte, war sie auch konsequent. Ihr ging es jetzt nicht mehr um das Ob, sondern um das Wie.

»Mir reicht das vollkommen aus, Ruth!«, insistierte ich.

»Über welche Beträge reden wir denn hier genau?«, fragte nun Mari.

In dürren, knappen Worten erzählte Ruth von dem Prozess, den sie im Juni verloren hatte. Der Streitwert hatte damals knapp zwei Millionen Euro betragen. Das ging aus den Unterlagen hervor, die Friedbert vorlegen musste. Die Summe ergab sich aus dem Verkauf des Patents, des Grundstücks, der Gewerberäume, der Maschinen und der Lagerbestände. Die Prozesskosten hatte zum Glück die

Rechtsschutzversicherung gezahlt, die zwar nicht bei Scheidung, aber in privatrechtlichen Auseinandersetzungen greife. Aber da dieses Verfahren völlig unabhängig von der Scheidung gelaufen und sie ja zu dem Zeitpunkt nicht mehr mit dem Beklagten verheiratet gewesen sei, hätte die Versicherung ihre Anwältin gezahlt. Sonst säße sie jetzt auch noch auf den Prozesskosten.

»Ich habe auf Herausgabe der Hälfte geklagt«, schloss Ruth.

»Es geht also um eine Million!«, rechnete ich aus.

»Wie viel Friedbert sonst noch mit Zotenbaltz, seinem unangenehmen Freund«, Mari hob fragend die Augenbrauen, als sie diesen Namen vernahm, »auf die Seite gebracht hat, weiß ich nicht. Ich denke aber, es reicht. Irgendwann sind mir einmal Unterlagen eines Schweizer Kontos in die Hände geraten.« Zu Mari gewandt fuhr sie fort: »Zotenbaltz ist der Steuerberater Bruno Baltz aus Nomburgshausen, der mit meinem Exmann die ganze Konstruktion, die sich letztlich zu meinen Ungunsten ausgewirkt hat, ausgeheckt hat. Er hatte immer eine Zote parat.«

Eine Million war doch eine ganz schöne Menge Geld, fand ich, als Mari ihre Ansicht darlegte: »Eine Million ist ja, wenn du davon ausgehst, dass du damit deinen zukünftigen Lebensunterhalt bestreiten sollst, gar nicht mal so üppig!«

So unterschiedlich kann die Einschätzung ein und derselben Sache sein. Ich begann, innerlich an meinen Fingern abzurechnen, wie viel Ruth im Jahr verpulvern könnte, ohne zu verarmen.

»Mir geht es nicht allein um das Geld«, sagte Ruth zu Mari, »es geht mir eigentlich um meinen Stolz, um das Prinzip. Ich bin der festen Überzeugung, dass mir mindestens die Hälfte zusteht.«

»Mir geht es auch nicht ums Geld!«, meinte Mari, »auch wenn ihr das denken könntet!«

Ruth hob abwehrend die Hände, um weit von sich zu weisen, was doch gar nicht so fern lag. »Nein, ich denke das überhaupt nicht! Friedbert würde dir mit Sicherheit eine kleine Wohnung finanzieren, oder weiß der Teufel was«, entgegnete sie plötzlich ganz lebhaft. »Ich finde es eigentlich, wie soll ich sagen, recht nobel von dir, mir zu meinem Anteil verhelfen zu wollen.«

Ob nobel der richtige Ausdruck war, bezweifelte ich still, aber Mari hätte sicher, wenn sie es drauf anlegen würde, von Friedbert – wie sie gesagt hatte – eine gewisse Zuwendung bekommen, die er ja letztlich von dem Kapital finanziert hätte, das Ruth »legitimerweise« zustand.

Ruth sah Mari freundlich und bestimmt an. »Da müsstest du von mir das Geld für die kleine Wohnung bekommen – falls es klappt.« Sie lehnte sich zurück, wollte zur Weinflasche greifen, entschied sich aber doch für das Wasser mit den kleinen grünen Pfefferminzblättchen.

»Weil es hier um meine Altersversorgung geht – und auch um Maris Einnahmen –, ist es wohl besser, dass ich nüchtern bleibe!«, fuhr sie fort. Wenn Ruth sich zu etwas durchgerungen hatte, dann blieb sie in der Tat dabei. Sie nahm jetzt das Heft in die Hand und improvisierte das, worüber ich seit über zwei Monaten sinniert hatte. »Was kostet denn die Wohnung?«, fragte sie nun frank und frei Mari.

»Welche Wohnung?«, meinte Mari, die dem Gedankensprung Ruths nicht folgen konnte.

»Karoline hat mir doch von einer Wohnung erzählt, die du dir in Berlin angeguckt hast, im Dach, die du dir kaufen willst!«

»Ach die, das kommt ja gar nicht infrage, die ist viel zu teuer!«

Nun wurde Ruth energisch: »Was heißt hier zu teuer?« Sie dachte einen Moment nach und schien zu zögern, ob sie es sich erlauben konnte, das zu sagen, was ihr auf der Zunge lag. Das war ein heikler Punkt: Wie viel war Maris Engagement »wert«?

»Du willst doch nicht sagen, dass du dich so billig verkaufen willst – also nur für eine Ein-Zimmer-Wohnung etwa?« Da Ruth fürchtete, über das Ziel hinausgeschossen zu sein, legte sie Mari die Hand auf den Arm und lächelte sie an.

Aber Mari war nicht gekränkt und legte ihre Hand auf die Ruths. »Du kannst das ruhig so sagen. Aber ich wiederhole es jetzt zum letzten Mal, ich habe eigentlich in erster Linie Interesse daran, euch zu unterstützen. Das ist meine Absicht.«

»Mein Gott, Mari, es muss sich doch für dich lohnen, du hast den schwersten Job bei der ganzen Angelegenheit«, schaltete ich mich wieder ein. »Ohne dich geht es doch gar nicht! Ohne dich kommen wir gar nicht so nah an die Informationen!« Mir kam hier entschieden zu viel Edelmut ins Spiel.

Mari legte uns nun auseinander, dass sie als Juristin, das hatten wir ja fast aus dem Blick verloren, es sich nicht erlauben könne, irgendwelche krummen Dinger zu drehen. Schließlich wolle sie irgendwann doch noch etwas Offizielles aus ihrem Studium machen. Und Kontobewegungen seien immer nachvollziehbar.

»Dann kaufe ich eben die Wohnung, die du dir angeguckt hast!«, meinte Ruth, »und du wohnst da – kostenlos!«

Mari stutzte und nickte. »Das fände ich in Ordnung!«

Ruth nahm diesmal doch einen Schluck Wein und lachte. »Darauf stoßen wir an!« Sie prostete Mari zu. Mari erhob ihr Glas und beugte sich über den Tisch. Mit einem leisen Klingeln wurde der Vertrag besiegelt. Ruth stellt ihr Glas wieder ab.

»Was kann ich dir denn geben, Karoline?« Unvermittelt brach sie in schallendes Gelächter aus und verschluckte sich. Sie lehnte sich nach vorn, und ich prügelte auf ihren Rücken ein. Ruth wedelte abwehrend mit den Armen. »Hast du noch nie gehört, dass es nur weh tut und nichts nutzt, jemandem, der sich verschluckt hat, auf den Rücken zu schlagen!«, hustete sie.

Nachdem sich Ruth beruhigt hatte, wiederholte ich, dass mir die Genugtuung, die das Ganze mir bereite, völlig ausreiche. Ich wollte nichts außer das Recht auf mein Zimmer in ihrem Haus. Sozusagen lebenslanges Gastrecht im Hexenhaus meiner Cousine.

»Das ist ja wohl selbstverständlich!«, meinte Ruth

nun mit freundlich gönnerhafter Geste. »Aber vielleicht doch auch eine kleine Apanage?«

»Allzu viel solltest du nicht verteilen, Ruth!«, unterstützte mich jetzt Mari. »Du wirst das Geld versteuern müssen.«

Daran hatten wir noch gar nicht gedacht, aber – so setzte uns Mari auseinander – es würde sich ja um die Schenkung eines Fremden handeln, der nicht in erster Linie verwandt oder verschwägert sei mit der Beschenkten, sodass die Schenkungssteuer in vollem Umfang zum Tragen käme. Ich fand es eigentlich unangemessen, dass von dem Geld, das wir noch nicht hatten, bereits wieder etwas abgegeben werden sollte.

»Dann sollte Friedbert als guter Vater seinen Kindern eine steuerfreie Schenkung machen!«, schlug ich jetzt vor. »Wir wollen das Geld ja nicht verplempern! Und unnütz Steuern zahlen!«

Ruth fand, das sei im Prinzip eine gute Idee, aber wie würden das denn Tobias und Rosa aufnehmen? Sie wolle es sich nicht mit ihren Kindern verderben, nur weil sie ihrem Mann ein Bein stelle. An diesem entscheidenden Punkt musste ich mich abermals einmischen und sie an meinen bereits getätigten Überlegungen teilhaben lassen.

»All das funktioniert nur, wenn wir eisern schweigen. Es funktioniert nur, wenn wir in jedem Fall dabei bleiben, dass Friedbert dieses Geld höchstselbst verteilt hat.«

Ruth sollte, sobald das Geld einging, einen lieben Brief an Friedbert schreiben und sich bedanken. Niemand von uns durfte diese Geschichte anders darstellen. Das Unangenehmste für mich war, dass auch ich Friedbert gegenüber in Zukunft freundlich und entgegenkommend sein müsste, weil er sich letztlich mit Ruth geeinigt und seinen guten Charakter unter Beweis gestellt haben würde.

»Wir müssen so lange an der Geschichte von Friedberts Einsicht festhalten, bis wir sie selbst für wahr halten.« Mit pädagogisch erhobenem Zeigefinger erläuterte ich: »Eine Art neurolinguistische Programmierung!« Oder auch Wahnvorstellung, dachte ich im Stillen.

An dieser Stelle fanden wir, jetzt schon entschieden fröhlicher, wo der Plan so weit gediehen war, sollten wir eine dritte Flasche des hervorragenden Weißweins aufmachen und zum lustigen Teil des Abends übergehen. Ruth holte uns dicke Pullover und je eine warme Decke, damit wir weiter draußen sitzen bleiben konnten. Es würde mit Sicherheit einer der letzten Abende sein, die es dieses Jahr erlaubten, sich außerhalb des geheizten Hauses aufzuhalten.

Ruth holte nun die Flasche Wein, und ich brachte ein wenig Käse nach draußen, den Ruth immer auf dem Nomburgshauser Markt kaufte. Mari bekam von Ruth die kleinen Espressotassen in die Hand gedrückt, um sie auf den Tisch zu stellen, während Ruth eine kleine Kanne Espresso braute.

»Will jemand einen Grappa?«, fragte Ruth, als sie mit der Kanne Espresso und dem Zucker zurückkehrte. Mari hob unentschieden die Schulter, ich wollte gerade den Mund aufmachen, aber Ruth machte gleich wieder kehrt und sprach über die Schulter: »Nachdem wir schon mit großem Geld hantiert haben, sollten wir das mit einem kleinen Schnaps besiegeln!«

Sie brachte eine Flasche Grappa und drei Miniaturgläschen, von denen mit Sicherheit niemand betrunken werden konnte, und goss uns ein. Sie stand noch, als sie uns zuprostete. »Auf uns!«

Es war eine freundliche, angenehme Runde. In die Decken gewickelt, saßen wir uns gegenüber, und es wurde nicht kalt. Zum einen war es einer dieser besonders lauen Abende, wie sie manchmal im September vorkommen, die noch nach zehn Uhr abends so taten, als seien sie ein Sommerabend. Es war uns aber vor allem von innen warm und wir hatten keine Lust, das Zusammensein zu beenden. Ruth erzählte weiter von ihrem Kräutergarten und ihren Versuchen, daraus im nächsten Jahr ein kleines Geschäft zu machen. Sie wollte auch Kräuter vorziehen und kleine Pflanzen verkaufen. Sie hatte schon überlegt, den Schuppen, der hinter dem Haus stand und jetzt als Holzlager und Gartenhaus diente, mit Fenstern zu versehen und für die Anzucht zu nutzen.

»Warum baust du dir kein Gewächshaus?«, fragte ich sie.

»Wie soll ich mir das denn leisten, Karoline!«, lachte Ruth und setzte hinzu, als sie meine und auch Maris Anstalten bemerkte, ihr ins Wort zu fallen, »na ja, vielleicht kann ich es ja doch, wenn Friedbert ein Einsehen hat, und mir meinen Anteil gibt!«

»Richtig!«, stimmte ich zu und nahm mir den zweiten Grappa. Normalerweise trinke ich keinen Schnaps, aber das war hier heute ein besonderer Tag.

»Mari hat es am schwersten!«, fand ich und nahm ihr Winzglas, um ihr ebenfalls einen zweiten Grappa einzugießen. »Nimm ruhig, in diese Gläser passt ja nur eine Pipette«, ermunterte ich sie, als sie abwehren wollte.

»Warum hab ausgerechnet ich es am schwersten?«, fragte Mari und nahm ihren Tresterbrand.

»Na, immerhin musst du mit Friedbert ... oder wie kommst du sonst so nah an ihn heran, dass du ...« Ich langte nach dem dritten Grappa und sah die beiden fragend an. »Na ja, für mich wäre Friedbert die Höchststrafe!«, antwortete ich mir selbst und kippte den kleinen Schnaps in mich hinein.

»Karoline, du übertreibst!«, lachte Mari.

»Das finde ich auch, er sah echt toll aus!«, stimmte Ruth ein und ergänzte: »...Als er jung war.«

»Du bist nicht objektiv, Ruth!«, wandte ich ein. »Du bist sozusagen befangen!« Nun musste ich aufstoßen. »Wegen früher!«

»Wenn hier eine befangen ist, dann du! Du konntest ihn von Anfang an nicht leiden!«

»Und – ich hatte doch recht! Du kannst ihn ja jetzt auch nicht mehr leiden!« Ich musste schon wieder aufstoßen und nahm mir einen Schluck Minzwasser, was die Sache noch verschlimmerte. »Ich denke, Friedbert bekäme bei mir lebenslänglich!« Ich hickste.

»Du bist ungerecht, Karoline! Gerade du, stell dir doch vor, du würdest ihn nicht kennen! Dann gäbest du ihm maximal zwei Monate, ach weniger!«

»Könnt ihr mich einweihen?«, fragte Mari. »Ich verstehe kein Wort!«

Ruth klärte Mari auf. »Wir haben früher mal zusammen einen Film gesehen. Da war Karoline vielleicht zwölf, oder?«

Ich zuckte mit den Schultern. »Ja, so ein Sauberfrau-Film mit Doris Day und James Garner.« Ich musste schon wieder hicksen.

Darum erzählte Ruth weiter. »Doris Day stürzte ab und überlebte fünf Jahre auf einer einsamen Insel mit einem durchtrainierten Muskelprotz!«

»Der hatte es nicht nur hier«, fiel ich ihr nun abermalig in die Erzählung und zeigte auf meinen linken Bizeps, »sondern auch hier!«, und deutete auf den rechten. Mein Schluckauf stoppte mich.

»James Garner war natürlich eifersüchtig, aber Doris Day hatte selbstverständlich nichts mit dem Muskelmann gehabt, die ganzen fünf Jahre, die die beiden allein auf der Insel waren.« Ruth lachte.

»Und da hat mir Ruth gesagt«, hickste ich zum tausendsten Male dazwischen, »sie hätte bestimmt nach vier Wochen – so einsam auf der Insel – etwas mit dem Muskelmann angefangen!«

»Du warst noch ein Kind und hattest keine rechte Ahnung von der hormonellen Liebe!«, bestätigte Ruth.

»Du hast gesagt, er hätte ja nicht unbedingt reden müssen!«, bestätigte ich und erhob meinen Zeigefinger »Wenn Friedbert nicht reden würde, begnadige ich ihn auf acht Jahre!«

Mari sah uns beide an und wies mich dann zurecht. »Karoline, du bist gnadenlos ungerecht. Wer sich deinen Zorn zuzieht, hat keine Chance mehr, oder?«

»Findest du?«

»Ja. Ich kenne Friedbert Hansen kaum. Aber er ist im Grunde ein ziemlich attraktiver Mann. Schlank, durchtrainiert.« Mari strich sich die Haare aus dem Gesicht. »Er ist nur nicht mein Typ.«

»Wie viel also?«, fragte ich. »Wie viele Monate gibst du ihm?«

Ruth schüttelte den Kopf. »Karoline!« Sie hatte damals, als Friedbert vor ihrer Tür stand, sofort nachgegeben. Es hatte nicht einmal eine Woche gedauert, erzählte sie. Es war ja ein Glück, dass Mari Friedbert Hansen, im Prinzip, nicht unangenehm fand. Ich sollte sie nicht vom Gegenteil überzeugen.

Wir saßen, ein wenig erschöpft und beschwipst, noch eine Weile zusammen. Bevor die Nacht zu kalt wurde und als die dritte Flasche Wein zur Neige ging, gingen wir ins Bett.

Wie lange würde es dauern? Wie lange würde Mari brauchen? Wäre es so einfach? Möglicherweise hatte Friedbert das Geld von Ruth ja schon in Zertifikaten verbraten und es hatte sich pulverisiert. Vielleicht hatte er nichts mehr auf dem Konto? Oder alles so festgelegt, dass kein Rankommen war. Vielleicht war er paranoid und versteckte seinen Rechner in einem Safe? In diesem Fall trüge Mari ihre Haut vergebens zu Markte. Aber sie fand ihn ja, wie sie sagte, im Prinzip ganz attraktiv. Mit diesen Gedanken fiel ich in den Schlaf.

Vielleicht würde uns ja das, was wir uns in dieser lauen Spätsommernacht zusammengebraut hatten, gelingen. Das war mein erster Gedanke, als ich ohne Kopfschmerzen aufwachte und die Sonne mir die Nase kitzelte.

In gut gelauntem Einvernehmen saßen wir am Frühstückstisch und redeten über dies und das. Aber das Thema vom vergangenen Abend rührten wir nicht mehr an. Es war ja auch alles gesagt.

17. Kapitel

»Ich bringe dich in Hannover zum Hauptbahnhof«, sagte Mari, als ich mich wieder umdrehte, denn ich hatte Ruth, solange ich sie sehen konnte, zugewinkt. Sie stand vor ihrem Hexenhaus, dunkel, zierlich und sanft, und schwenkte beide Arme über dem Kopf, bis wir aus ihrem Blickfeld verschwunden waren. Auch Mari hatte mit der linken Hand aus dem offenen Fenster gewinkt, während sie mit der rechten den Wagen um die Schlaglöcher des Schotterweges lenkte.

»Du fährst nicht nach Berlin!«, stellte ich überflüssigerweise fest. Alle Achtung! Sie war schnell. Wann hatte sie das alles organisiert? Mitten in der Nacht? Heute morgen jedenfalls nicht. Ich sah sie bewundernd von der Seite an und wollte dem gerade Ausdruck verleihen. Aber Mari stimmte mir so selbstverständlich und nonchalant zu, dass ich schwieg.

Als wir den kleinen Zufahrtsweg von Ruths Haus auf die Straße nach Nomburgshausen einbogen, kam uns Gerd auf einem Trecker entgegen, offensichtlich in der Absicht, Ruth seinen Morgenbesuch abzustatten. Alles war normal, alles ging hier weiter, wie es immer war. Wir grüßten ihn beide mit Handzeichen, Mari konnte sich noch von der Silberhochzeit an ihn erinnern.

»Ich fahre wahrscheinlich in dieses Golfhotel!«

Ich war verblüfft. Dahin hatte Friedbert doch schon, als er mich kürzlich anrief und sie bei der lieben alten

Tante im Bayerischen Wald wähnte, mit ihr fahren wollen.

»Ich denke, du magst kein Golf!«, stellte ich fest.

»Nicht so besonders.« Sie gab Gas. »Aber die Alternative, ein Ferienhaus am Müritzsee, war schon vergeben.« Hatte Friedbert es also doch nicht gewagt, auf gut Glück zu buchen, wie ich ihm geraten hatte.

»Heute?«, fragte ich die energische Mari.

»Ja, heute Abend!«

»Du bist aber flott!«

»Nein, ich bin vorausschauend.«

Mari hatte schon, bevor wir nach Eickdorf zu Ruth gefahren waren, alles organisiert. Sie wollte mit Friedbert drei Tage ins Hessische fahren. »Ich mache einen Anfängerschnupperkurs. Vielleicht entwickle ich ja doch noch eine Leidenschaft für Golf und Golfer!«

Sie lachte und ich wusste wieder einmal nicht, ob sie mich auf den Arm nahm.

»Ich nehme dich nicht auf den Arm!«, meinte Mari und ich fürchtete schon, dass auch sie Gedanken lesen konnte oder aber ich ein solch sprechendes Gesicht habe, dass jeder, der es mit mir zu tun hat, meine Gedanken lesen kann. »Ich freue mich sogar ein bisschen auf die kommende Zeit.«

Mari war und blieb ein Geheimnis, schön und undurchschaubar. Mit einem Schlag bei Männern, dass mir ganz mulmig wurde.

»Ich dachte, Friedbert ist nicht dein Typ!«, wiederholte ich, als wir die Autobahn erreichten. »Ich verstehe dich nicht!«

Mari fuhr sicher und überholte den LKW, der zuvor

einigen sich auf die Autobahn einfädelnden Wagen Platz gemacht hatte, mit so einer energischen Beschleunigung, dass ich mich in den Sitz zurückgepresst fühlte und mein Magen Guten Tag sagte.

»Es macht mir Spaß. Vielleicht ist es ein bisschen wie Sport. Ich bin ja in gewisser Weise gefordert und das reizt mich!«

Sie fuhr nun etwas gesitteter und wie es meinen Nerven entsprach, damit wollte sie mich wohl beruhigen.

»Und insofern reizt mich auch Friedbert Hansen!«

Diese komplizierte erotische Komponente war mir fremd, ich war mit meiner kopflosen Variante beschäftigt. Seit wir gestern Nachmittag bei Ruth angekommen waren, hatte ich nicht mehr daran gedacht. Und die Zuversicht, zu der mich Mari gebracht hatte, als wir bei Ruth ankamen, war auf dieser Fahrt in Richtung Berlin, in meinen alten und neuen Alltag, auch nicht mehr so greifbar wie noch vor einem Tag.

Den Rest des Weges döste ich vor mich hin und fütterte Mari, die für ihre Verhältnisse immer gesprächiger wurde, je näher wir nach Hannover kamen, ab und an mit Haribos. Ich versagte mir die zwei weißen, die noch übrig geblieben waren von der Hinfahrt, weil ich nun doch anfangen wollte, die ewigen drei Kilos abzunehmen.

»Da ist noch ein weißes«, meinte Mari mit Blick in die Tüte, als ich ihr das dritte rosafarbene gab, und ich nahm es mit grimmigem Blick. Also doch nicht. Daraufhin aß ich das zweite auch noch.

»Eigentlich wollte ich ganz mager werden, ab heute.« Ich knüllte die Plastiktüte zusammen und stopfte sie in die Seitentür. »Aber der Weg zur Hölle ist mit guten Vorsätzen gepflastert, sagt Tante Hedwig immer!«

»Ist Tante Hedwig eigentlich auch eine Tante von Ruth?«, fragte Mari.

»Nein, Tante Hedwig ist meine höchsteigene Tante! Und sie kennt nur abgedroschene Volksweisheiten, Plattitüden und Trivialitäten.«

Mari sagte nichts, sah aber endlich einmal aus, als hätte sie nicht verstanden, was ich gemeint hatte, und ich wollte sie auch nicht aufklären.

»Verstehe ich nicht!«, gab Mari nach einiger Zeit zu und ich frohlockte.

»Ich bemühe Tante Hedwig immer, wenn es zu banal wird, was ich vorbringe. Sie ist sozusagen mein Alibi für Trivialitäten. Ich mag Tante Hedwig gern – sie ist ein liebenswerter Teil von mir.«

Wir fuhren ins Zentrum von Hannover und Mari setzte mich am Nordeingang des Bahnhofs ab. Den Wagen wollte sie beim Autoverleih zurückgeben und sich im Anschluss ein Taxi nehmen. Friedbert wartete in seiner Wohnung mit einer Kleinigkeit zum Mittagessen. Er musste völlig verliebt sein, denn so lange ich Friedbert kannte, hatte er noch nie einen Kochlöffel in der Hand gehabt. Aber Menschen ändern sich, mahnte die entlarvte Tante Hedwig, und ich winkte Mari vom Bahnhofsvorplatz noch einmal zu, als sie sich davonmachte.

Der kleine Platz lag friedlich da. Die Kirche in der Mitte hat auf mich immer eine beruhigende Wirkung. Der Lärm, der in Berlin herrscht, scheint nicht bis hier vorzudringen, obwohl mein Platz zwischen zwei großen Verkehrsstraßen liegt, die nur knapp 100 Meter entfernt sind. Jedes Mal, wenn ich – von welcher Seite auch immer – meine Luisenkirche sehe, habe ich das Gefühl von Zuhause und Sicherheit. Dabei wohne ich hier erst seit acht Jahren.

Die Ruhe nahm ich mit in meine Wohnung. Es gab nichts, was mich heute noch hetzen könnte, morgen wollte ich mich für diese Woche zum letzten Mal im Museum sehen lassen. Aber heute hatte ich nichts vor. Während ich meine Tasche auspackte, dachte ich darüber nach, ob ich es würde aushalten können, völlig selbstorganisiert zu arbeiten, ohne äußeren Rahmen, allein mit mir und dazu noch direkt in meiner persönlichen Umgebung. Ich musste unbedingt mein Arbeitszimmer anders gestalten, damit diese Wohnung ein wenig mehr Arbeitsatmosphäre ausstrahlen würde.

Der Anrufbeantworter blinkte, und ich hatte mich bis jetzt – immerhin war es so weit mit meiner inneren Ausgeglichenheit schon gediehen –, während ich auspackte, zurückgehalten, sozusagen in Hut und Mantel, die Anrufe abzuhören. Ich wollte mir erst einen Kaffee machen und mich dann in Ruhe damit beschäftigen. Während ich in der Küche auf den Kaffee wartete, räumte ich meine Ein-Personen-Spülmaschine aus, die viel zu klein ist für mich, dafür aber doppelt so teuer war, und entschied mich, unbedingt meine privaten und beruflichen Anrufe zu trennen. Noch lief alles auf eine Nummer auf.

Mit meinem Kaffee setzte ich mich an meinen Schreibtisch und drückte auf Abhören.

Jerôme hatte mich doch glatt von seinem Termin in Rom angerufen, weil er befürchtete, ich könnte mit seinem Velazquez-Katalog durchbrennen, den er mir vor zwei Jahren geliehen, bis jetzt aber noch nicht vermisst hatte. Außerdem stand der Katalog im Museum in irgendeinem unserer Büros. Jerôme war ganz besonders reizend, das machte wohl die höchst anregende Konferenz in den Vatikanischen Museen, und so verabschiedete er sich mit einem doppelten »Ciao, ciao, Bella!« Was ihn da geritten hatte, den französischen Gockel, wusste ich nicht. Er wollte jedenfalls offensichtlich im Guten von mir scheiden und so notierte ich auf meiner Liste ganz oben, ihm den Katalog umgehend auf den Schreibtisch zu legen. Als Zweites wollte Adrian Weberknecht wissen, ob ich in Sachen moderner Grafik für ihn weiter auf der Suche sei, was er ja wusste, und so vermutete ich, dass ihm der Zuspruch von Mari fehlte und er lediglich mal wieder Kontakt suchte. Manche Männer sind einsam und merken es immer erst zu spät.

Dann fühlte ich mich erneut wie eine Frau von Welt, als Graf Eugen, der Wohlgeborene, doch tatsächlich höchstselbst seine Stimme auf meinem Band hinterlassen hatte, ob ich Interesse hätte, einen Satz Lithografien der Original-Immendorfbibel zu verkaufen und einen jungen Wilden der 1980er, der ihm zu alt geworden war. Er wolle sich davon trennen. Warum hatte er mich ausgewählt? Er hatte so viele Agenten und Galerien an der Hand. ›Sie sind doch ganz bezaubernd‹, klingelte die Erinnerung in meinem Ohr. Martha Baum schien mir zuzunicken und deshalb sagte ich laut zu mir: »Glaub es einfach mal! Du bist dem Mann sympathisch!« Martha Baum meinte nun, ich solle das einfach mal mit »Ich« wiederholen. Und so rezitierte ich es noch entschiedener und noch lauter: »Ich bin dem Mann sympathisch. Ich bin bezaubernd. Und ich bin kompetent. Ich bin eine promovierte Frau und ich bin klug.« Einen Moment flatterte einer meiner Lieblingsaphorismen von Stanisław Jerzy Lec durch meine Gedanken: »Ich bin schön, ich bin stark, ich bin weise, ich bin gut. Und ich habe das alles selbst entdeckt!« Nein, Karoline, jetzt hatte das auch von Mautzenbach mitbekommen. Ich war nicht mehr allein mit meiner Erkenntnis über mich. Ein wenig stolz hörte ich weiter, dass ich noch einmal wegen einiger Unterschriften zur Sparkasse kommen solle, und fühlte mich gleich sehr gefragt.

Ein Anruf war mir »entgangen«, wie mein mitdenkendes Telefon verriet. Es war jemand aus einem Nest – möglicherweise bei Potsdam oder Perleberg –, der einfach wieder aufgelegt hatte. Die Leute müssten doch wissen, dass die schlauen Kommunikationssysteme das nicht tolerieren. Schnurstracks drückte ich die Rückruftaste und wartete, während ich aus dem Fenster ein Spätzchen beobachtete, das sich auf meiner Fensterbank niederließ.

Genau in dem Moment, in dem eine Frauenstimme deutlich und entschieden »Zimmermannsbetrieb

Schröder« ins Telefon sprach, war in meinem Hirn langsam angekommen, dass es sich bei der mir unbekannten Nummer um etwas handelte, das ich doch eigentlich hätte einordnen können müssen.

Deshalb stammelte ich nun völlig hirnlos: »Entschuldigen Sie, aber, aber ... was wollten Sie von mir?« Schröder, Schröder. Wieso war da eine Frau am Apparat, wer war sie und ...?

»Zimmermannsbetrieb Schröder«, wiederholte die Frau sachlich und fragte mich weiter: »Was kann ich für Sie tun?«

Auch Handwerkerbetriebe machen Kommunikationstraining, dachte ich in meiner Erstarrung. Was kann ich für Sie tun! Das hatte die Frau doch irgendwo in einem Seminar der Handwerkskammer gelernt.

»Ich ... ich hatte Ihre Nummer auf meiner Telefonliste ... ich war ein paar Tage ...«

»Möglicherweise hatten Sie mit meinem Mann einen Termin gemacht«, unterbrach mich die energische Stimme. »Der ist allerdings im Moment auf einer Baustelle in Ludwigslust.«

»Ach so«, stieß ich aus, »Peter?«

»Wie bitte?«, fragte die bestimmte Frau.

»Ich meine, bin ich da bei der Zimmerei Peter Schröder in Lübtheen?«

»Ja, Sie haben doch hier angerufen!« Die Frau schien mich langsam für etwas unterbelichtet zu halten.

»Ja, Sie waren auf meiner Telefonliste ... deshalb.«

»Tja«, schlug Frau Peter Schröder nun vor.

»Ja, nein, ich hatte keinen Termin mit Ihrem Mann!«, sagte ich.

»Vielleicht hat mein Schwager Sie angerufen. Er ist hier zurzeit gemeinsam mit meinem Mann auf einer Baustelle«, empfahl nun Peters Frau zu meiner Begeisterung.

»Ja, das könnte möglich sein!« In meiner Abwesenheit hatte er mich also doch angerufen, ich wusste momentan nicht genau, wie ich dieses Telefonat weiterführen sollte, als mir die Schwägerin zur Hilfe kam.

»Ich kann ja eine Nachricht hinterlassen, dass Sie angerufen haben. Wie war noch mal der Name?«

»Brauer«, antwortete ich und gleichzeitig fielen mir alle Warnungen Maris gleichzeitig ein und dass ich auf keinen Fall zeigen sollte, wie stark mein eigenes Interesse sei, und so sagte ich blöde Kuh: »Aber ich habe wirklich keine Idee, was er wollte. Sagen Sie ihm bitte, dass er auf meiner Anrufliste war. Ich habe ihn nicht angerufen.«

»Tja«, entgegnete die Schwägerin, »wenn Sie das nicht wissen ...«

Gefangen in meinem eigenen Blödsinn blieb mir nun nichts anderes übrig, als mich zu verabschieden und aufzulegen. Daraufhin fluchte ich eine halbe Stunde vor mich hin, anstatt mich zu freuen, dass er offenbar bei mir angerufen, dann aber vor Schreck, als der Anrufbeantworter ansprang, wieder aufgelegt hatte. Mag sein, er war wirklich schüchtern, obwohl ich mir nicht vorstellen konnte, dass ein Mann, der diesen albernen selbstdarstellerischen Formationstanz betreibt, wirklich schüchtern sein konnte. Möglicherweise ging es wieder um die Wohnung von Mari, für die er ja irgendwie immer noch unterwegs war? Aber wenn er denn wirklich zurückhaltend war, hatte ich eben seiner Schwägerin die schöne Botschaft hinterlassen, dass er in mein Gedankengebäude überhaupt nicht hineinpasse. Sollte ich noch einmal anrufen? Nein, schrie Mari, die jetzt wahrscheinlich mit Friedbert zum ersten Mal über das Green flanierte und graziös den Ball einlochte. Nein, wie sollte ich denn jetzt noch einmal anrufen, nach diesem konfusen Telefonat.

Ich gab mir drei Minuspunkte, so viel, wie lange nicht mehr, und rief Beate an, ob sie Lust habe, mit mir ins Kino zu gehen oder irgendwohin, wo ich mich ein bisschen ablenken könnte.

Beate war zum Glück einverstanden und wir verabredeten uns im Cinemaxx am Potsdamer Platz. Beate hatte zwar vorgeschlagen, ins Eiszeit zu gehen, um den neuesten Almodóvar im Original zu sehen. Sie lernt seit Menschengedenken Spanisch und testet das gern an Originalfilmen mit Untertiteln. Ich hingegen verstehe dagegen meist kein Wort und muss immer an ihr rumzippeln und sie fragen, ob die Protagonistin jetzt den Verstand verliert oder sonst irgendetwas geschieht, was die Handlung vorantreibt. Deshalb lehnte ich OmU ab und wollte auch keinen Film sehen, der im Entferntesten irgendetwas mit künstlerischem Anspruch zu tun hatte. Wir verabredeten uns also zu einem No-Brain-Film mit Nicolas Cage, den ich zwar nicht besonders leiden kann, der aber immer bestes Haudrauf-Kino verspricht. Und so kamen wir in diesem kruden Mix aus Mystery, Action und religiösem Unsinn auf unsere Kosten. Anschließend gingen wir noch in eine Kneipe.

»Sag mal, bist du nicht gut drauf?«, fragte mich Beate.

»Doch, eigentlich schon. Ich bin vielleicht ein bisschen angespannt, weil jetzt meine Zukunft losgeht!« Ich wollte Beate nicht alles, was meine Liebschaften anging, haarklein erzählen; es gab ja auch nichts zu berichten von meiner neuen, nicht gelungenen Errungenschaft. Deshalb beließ ich es bei Andeutungen über eine Entspannungs-Kurzreise aufs Land, meine ersten Versuche, auf dem Kunstmarkt ein bisschen mitzumischen, und erzählte vom Anruf von Eugen von Mautzenbach. Da hatten wir ein Thema, das Beate interessierte, und sie konnte mir vor allem wegen ihrer vielen und guten Kontakte Tipps geben, die ich eventuell für weitere Transaktionen in Sachen Kunst nutzen konnte.

»Auf jeden Fall musst du den Kontakt zu von Mautzenbach halten. Mach doch einen Termin mit ihm am Niederrhein.« Beate war entschieden der Meinung, dass solche Eisen geschmiedet werden müssten, solange sie noch heiß sind, und erzählte, dass ihr damals der Besuch am Niederrhein sehr gut gefallen und vor allem auch einige weitere Türen in die Adelsschlösser geöffnet habe. Außerdem sei – das müssten gerade Frauen bedenken – nichts wichtiger als ein gutes Netzwerk. Von Mautzenbach sollte da einen ganz dicken Knoten kriegen.

Die Reise müsste ich wahrscheinlich machen. Im Moment schienen mir aber angesichts meiner immer noch dünnen Finanzlage solche Ausflüge und Ausgaben, auch wenn Beate sie für notwendig erachtete, zu groß und ich machte ein zögerliches Gesicht.

»Du musst das investieren, Karoline. Kontakte sind das Wichtigste, und von Mautzenbach ist für dich der Türöffner schlechthin.« Um mir das vor Augen zu führen, griff Beate ihr Handy, das vor ihr auf dem Tisch lag, und machte damit eine Bewegung wie mit einem Schlüssel. Sie hatte recht, das war klar, und so ließ ich sie ein wenig weiterreden. Ich hatte sowieso vorgehabt, den holden Eugen morgen früh anzurufen, ließ mich aber von Beate noch ein bisschen beraten. Es stimmte auf jeden Fall, ich sollte nicht so kleinlich sein und an Reisen sparen. Also würde ich von Mautzenbach vorschlagen, ihn demnächst aufzusuchen.

»Was ist denn los mit dir?«, fragte Beate, als ich plötzlich anfing, in meinem Beutel zu kramen.

»Ach«, ich beförderte mein Portemonnaie und ein Taschenbuch, zwei Lippenstifte und vier Zettel auf den Tisch. »Ich suche eine Telefonnummer!« Ich hatte nämlich, bevor ich mich zu meinem Abendtermin mit Beate auf den Weg gemacht hatte, nur so für alle Fälle, die Telefonnummer der Zimmerei Schröder in Güterfelde herausgesucht, in der vagen Absicht, dort möglicherweise vom Hauptbahnhof aus von einer der wenigen öffentlichen Telefonzellen anzurufen. Ich wollte nur einmal hören, wie sein Anrufbeantworter besprochen war, zurzeit war er ja in Lübtheen und ich konnte gefahrlos anklingeln. Jetzt aber, während Beate auf mich einredete und ihr Handy hin und her schob, weil Beate immer etwas bewegen muss, kam mir der Gedanke, von ihrem Handy aus zu telefonieren.

»Ach, ich suche eine Nummer«, wiederholte ich und fand sie nicht irgendwo im Beutel, sondern erstaunlicherweise ordentlich zusammengefaltet in meinem Portemonnaie, wo sie hingehörte. »Ist eigentlich nicht so wichtig, aber ich hab mein Handy nicht mit und was vergessen, kann ich mal eben deins benutzen?«

»Klar!« Beate schob es mir rüber und schaute mir ein bisschen irritiert hinterher, als ich damit auf die Straße stürzte.

Mir stockte ein bisschen das Herz, als ich die Ansage hörte, kurz und bündig: »Zimmerei Schröder, bitte hinterlassen Sie eine Nachricht. Wir rufen Sie zurück.« Eine wundervolle Ansage! Ich sah ihn vor mir, wie er diese knappen Worte sprach, mit dieser weichen, klangvollen Stimme, an seinem Schreibtisch, elegant nach vorn gebeugt, die Taste drückend, inmitten von Auftragsblättern und … Ich drückte erschrocken die Austaste und atmete tief durch. Diese Stimme – diese wundervolle Ansage hätte ich mir am liebsten gleich noch einmal angehört, aber das konnte ich nicht machen. Immerhin war ich ihm jetzt einmal nahe gekommen, wenigstens im Geiste in seinem Büro. Ich schluckte ein bisschen beschämt, atmete tief durch, nickte den drei Rauchern zu, die vor der Kneipe um den Rauchertisch hockten, und ging zurück in die Kneipe.

»Ich glaube doch, dass es dir nicht ganz gut geht!«, rezitierte Beate ihre ursprüngliche Vermutung, als ich mich wieder setzte.

»Niemanden erreicht!«, sagte ich und legte das Telefon vor sie. »Ja, also morgen früh werde ich Mautzenbach sofort anrufen!«

»Du hast doch jetzt nicht etwa versucht, von Mautzenbach anzurufen?«

»Nein, den Hochadel kontaktiere ich immer erst nach 10 Uhr morgens!«

Beate blieb skeptisch und war der Ansicht, ich hätte sie nicht alle. Aber sie fragte nicht weiter, weil ich sie zu ein bisschen Kronengeflüster überreden konnte, und da war sie in ihrem Element.

◇

Am letzten Arbeitstag dieser Woche guckte ich nur kurz in das Büro von Beate und wir besprachen ein paar Dinge. Sie protestierte, als ich den Katalog von Jerôme aus ihrem Regal zog, aber ich konnte sie überzeugen, dass sie ihn sich übernächste Woche von ihm wiederholen könnte. Aber er sollte ihn auf jeden Fall auf seinem Schreibtisch finden, wenn er zurückkäme, wo er ihn schon aus Rom bei mir anforderte.

Ich überließ Melanie, die ich mittlerweile insgeheim nicht mehr als Praktikantin, sondern als Freundin von Jerôme titulierte, nun mein Büro vollständig. Sie schmollte jedes Mal, wenn sie mich sah, und ich grinste sie freundlich an. Was soll's, das arme Würstchen, dachte ich und legte Beate ans Herz, sie ein wenig auf Vordermann zu bringen und zur Solidarität zu erziehen. Immerhin war an der Seite von Jerôme doch keine Zukunft für eine Frau – falls sie denn irgendetwas in der Birne hätte.

Man kann sich auch auf die herablassende Tour schadlos halten, schimpfte ich anschließend mit mir, nachdem ich diese Gehässigkeiten bei Beate losgeworden war und ging noch mal zurück zu Melanie. »Schö-

nes Wochenende!«, sagte ich zu ihr in der Tür stehend.
»Nächsten Donnerstag mache ich einen kleinen Ausstand! Wenn du willst, also ... ab 16.00 Uhr!«

Sie schaute mich völlig überrascht an und strahlte
dann so freundlich und erleichtert, dass ich sofort und
auf der Stelle vor Scham über meine vielen kleinen
Gemeinheiten der letzten Monate innerlich rot wurde
bis hinter die Ohren. »Entschuldige bitte!«

»Was?«, fragte sie.

»Alles ... also, dann bis zum Umtrunk!« Ich flüch-
tete, bevor ich noch weicher werden würde.

Am Wochenende tat ich das, was ich schon lange
tun wollte und das war in erster Linie, mein Arbeitszimmer umgestalten. Ich kaufte ein neues Telefon und
aktivierte die dritte Nummer, über die ich schon seit
einiger Zeit verfügte und die ich für meine Geschäfte
nutzen wollte. Das klingt einfach. Dafür aber musste
ich mir Lukas holen, den Sohn einer Nachbarin aus
dem vierten Stock. Er kann alles, was mit Telefonierei,
wie ich das nenne, zu tun hat, und dass er das kann,
merkt man schon daran, dass er all das Telefonie nennt.
Er hatte mir schon oft bei Problemen mit meinem Laptop geholfen. Weil ich nun in Zukunft alles richtig
machen wollte, engagierte ich Lukas gleich als meinen persönlichen Computer-Supporter. Hoch moti-
viert räumte ich vier Meter Bücher aus einem Regal
und verstaute sie in großen Kartons. Wegschmeißen
ging nicht, aber sie sollten zu Ruth aufs Land, da war
genug Platz.

Es gibt schönere Beschäftigungen als Putzen und
Umräumen, aber manchmal ist es genau das Rich-

tige. Mir tat es gut, ich war von morgens bis abends beschäftigt, konnte nicht an andere Dinge denken und mich nicht verrückt machen.

Irgendwann am Sonnabend rief Mari an und berichtete mir vom Golfwochenende, an dem ich auf diese Weise teilhaben konnte. Sie war zumindest schon einmal in die Begrifflichkeit eingeführt worden und erzählte was von Driving Range, wo sie Distanzschläge geübt habe, einer Putting Area, für deren Erläuterung sie den Prospekt hinzuziehen musste: »ein onduliertes Übungsgrün, auf dem Sie Ihre Technik verfeinern können!« Dann gab sie noch was von Greenbunkern und von der Pitching Area zum Besten, wo ihr Friedbert Annäherungsschläge gezeigt habe.

»Das hätte ich Friedbert gar nicht zugetraut, aber erzähl weiter!«, ermunterte ich Mari.

Sie befand sich gerade in einem großzügigen Zimmer mit Blick über die große Anlage und die weiten Wälder der malerischen Landschaft um Fulda. Golfen sei doch nicht so langweilig, wie sie gedacht hätte, und Friedbert sei ausgesprochen reizend. Gleich wollten sie gemeinsam noch eine Kleinigkeit essen. Mari schienen diese Kurzferien zu gefallen, wir beließen es dabei.

»Es klappt gut«, meinte Mari, »ich komme durchaus weiter!«

Es war nicht ganz klar, ob sie ihre Versuche auf dem Green meinte oder an Hansen. Wir sprachen nämlich nicht über die Dinge, die wir auf dem Land ausgeheckt hatten. Auch Ruth redete nicht davon bei unserer sonntäglichen Telefonkonferenz. Als hätten wir es vereinbart, brachte keine von uns dreien das Gespräch auf das Thema. Doch es lag in der Luft, es war nicht vergessen. Aber wir hatten ja keine Eile und es sollte eben einfach ein bisschen dauern. Umso besser, wenn Mari die Zeit angenehm verbrachte. Sie würde möglicherweise eine fanatische Golferin werden.

Die letzten Tage im Museum hatten, anders als ich dachte, nichts mehr von Abschied. Der war letztlich schon vorher vollzogen, die meisten Dinge waren übergeben. Ich ordnete lediglich noch meine Bücher, gab zurück, was ich aus der Kunstbibliothek und Stabi ausgeliehen hatte, löschte sinnlose Dateien von meinem Computer, kopierte sinnvolle Adressen und übergab Beate alles, was unter Umständen für sie noch von Nutzen sein konnte.

Alle machten das weiter, was sie immer gemacht hatten. Sie kümmerten sich um ihre Dinge, und ich kam nicht mehr vor. Alles war, wie es immer gewesen ist. Ich war schon fremd geworden, manche warfen mir Blicke zu, als wunderten sie sich, dass ich noch da war. Andere Kolleginnen aus Abteilungen, mit denen wir weniger zu tun hatten, registrierten mich nicht, da sie überhaupt nie bemerkt hatten, dass ich überhaupt da gewesen war. Drei Jahre sind eine kurze Zeit, eine Episode für die, die bleiben.

Mein Ausstand fand in Beates Büro statt, in meinem wohnte schon Melanie, die dort bereits ein Poster aus dem Musée Fabre in Montpellier aufgehängt hatte, das sie von ihrem Urlaub auf Amrum mitgebracht hatte. So passte es, dass ich mich bei Beate als der Gast, der ich hier nur noch war, verabschiedete. Benjamin kam aus seinem Keller, die zwei Kollegen aus der Abteilung Alte Malerei und auch Melanie waren pünktlich und höflich. Und so saßen wir in einer überschaubaren Runde von sechs Menschen.

Ich war in großartiger und versöhnlicher Stimmung – immerhin hatte ich seit Anfang der Woche eine Reise zu von Mautzenbach in der Tasche und meine Picassoprovision auf dem Konto. Beim Blick auf meine Umsätze vor zwei Tagen hatte ich fast geglaubt, ich sei versehentlich auf dem Konto eines anderen gelandet, weil das entschiedene und erkennbare Plus ein so unvertrautes Bild war. Aber es war mein Konto und das Gefühl, etwas Neues zu haben, auf das man sich freut, kann mit dem Alten nicht nur versöhnen, sondern man kann ihm plötzlich auch die guten Seiten abgewinnen. Jedenfalls konnte ich das und tat es dann auch gleich, indem ich aufstand und Jerôme, der überraschend im Türrahmen stand, mit Handschlag begrüßte: »Hallo, Jerôme, das ist ja eine Überraschung!«

»Ja, isch abe mich ziemlisch beeilt!«, strahlte er.

»Setz dich, Jerôme, ich freue mich, dass du da bist!«, sagte ich und geleitete ihn am Ellenbogen auf den Schreibtischstuhl von Beate, der noch frei war und etwas außerhalb unserer Runde stand. Alle schauten mich fragend an, und damit niemand auf den Gedanken käme, ich könnte Jerôme nicht leiden, wiederholte ich es für alle. »Es freut mich wirklich, Jerôme, dass du es noch geschafft hast!«

Beate hielt das wahrscheinlich für Hohn, es war aber nicht so gemeint. Wer geht, kann verzeihen. Das hätte Tante Hedwig sagen können.

Jerôme war aber überhaupt nicht auf den Gedanken gekommen, dass ich das nicht ernst meinen könnte, oder er war doch nachsichtig und langmütig – und hatte mir alles verziehen, was ich an kleinen Gemeinheiten je zu ihm gesagt hatte. Wahrscheinlich aber hatte ich mich mit meinem Ärger über ihn in der Vergangenheit viel mehr aufgehalten als nötig, und er hatte das, was meinen Alltag belastet hatte, selbst gar nicht wahrgenommen. Es war für ihn nicht wichtig, wie nicht geschehen, und mit meinem Weggehen übernahm ich diese Sicht. Es sollte für mich auch nicht geschehen sein. Jerôme war mittags aus Rom zurückgeflogen und tatsächlich – wie er sagte – nur meinetwegen ins Haus gekommen. Ich war ein wenig gerührt.

Unsere Runde war lustig. Benjamin, der mittlerweile zu seinem neuen Glück stand und jedem, auch wenn er es nicht wissen wollte, mitteilte, sein Outing habe sein Leben zum Guten zurechtgerückt, hatte Kuchen mitgebracht, den sein Freund gestern extra für mich gebacken hatte – auch das rührte mich –, und der Kanister Wein, den ich schon gestern in den Kühlschrank gestellt hatte, schmeckte super. Jerôme erzählte laut und munter von seiner Konferenz, Beate und Benjamin sprachen schon wieder über den Adel und zogen die beiden Kollegen der Alten Malerei mit in das Gespräch. Ich konnte schweigen, was nicht so oft vorkam.

Dann beugte sich Beate zu Jerôme und flüsterte ihm etwas ins Ohr, der ging daraufhin in sein Büro und rollte mit einer ziemlich großen Palme zurück.

Beate stand auf und stellte sich neben Jerôme. »Diese

Palme schenken wir dir zum Abschied, damit du auch zu Hause eine hast, auf die du dich bringen kannst.«

Und Jerôme, der möglicherweise fürchtete, ich könnte das übel nehmen, ergänzte: »Du ast gesagt, wenn du mähr Zeit zu Hause ättest, würrrdest du dir auch einen Gummibaum kaufen und ihn dursch die ganze Wohnung treiben!«

»Die Palme ist genau das Richtige für mich!« Wo sollte ich damit nur hin, fragte ich mich kurz, schob es aber weit von mir und war erneut gerührt und froh, dass ich mich zu diesem Ausstand entschieden hatte. Ich ging auf die beiden zu und umarmte erst Beate, und wegen der Gerechtigkeit auch noch Jerôme, der sehr gerade neben der Palme stand. Jerôme hielt mich doch tatsächlich an den Schultern fest und sah mir – lag es am Weißwein? – bekümmert in die Augen. »Es tut mirr wirklisch leid, dass wir nun ohne disch weitermachen müssen!«

Da klingelte Beates Handy und sie ging an ihren Schreibtischstuhl, um dem Triumphmarsch aus Carmen den Garaus zu machen. »Hallo, Beate hier!«

Die anderen prosteten mir zu, Jerôme drückte mich noch einmal an sich und versicherte, dass natürlich alle an der Palme beteiligt gewesen seien, und dass Benjamin sich angeboten hätte, sie in seinem Wagen bei mir zu Hause abzuliefern.

»Nein, ich habe nicht angerufen!« Beate stand an ihrem Schreibtisch und schüttelte den Kopf. »Schröder?«

Ich machte große Ohren, und wahrscheinlich wurden sie auch rot.

»Ja, ja, das kommt vor. Macht nichts!«

Beate legte ihr Handy zurück in ihre Tasche. Jerôme nahm seinen Arm von meiner Schulter, denn ich war augenblicklich erstarrt, als Beate mit meinem verhinderten Liebhaber telefonierte, ohne es zu wissen. Mein Ex-Boss sah mich noch einmal an, was mich wieder zu mir brachte und so wickelte ich mich etwas unwirsch aus seiner Umarmung.

»Wer war das denn?«, versuchte ich es ganz arglos bei Beate, die sich ihr Glas geschnappt und das Gespräch mit den beiden Kollegen wieder aufgenommen hatte.

»Ach, irgend ein Handwerker.« Sie schüttelte den Kopf. »Wenn man mal einen braucht, sind sie nicht da, und plötzlich rufen sie einen an, wenn niemand was von ihnen will!«

Mir war das zwar noch nie passiert, dass mich Handwerker einfach so anrufen, aber diesen Anruf hätte ich doch ganz gern gehabt. Das hatte ich nun mit meinem blödsinnigen Versuch angerichtet, die Stimme des tanzenden Zimmertraummannes zu hören. Beate kam in den Genuss, und sie konnte es gar nicht würdigen.

Die restliche Zeit war ich ein bisschen in mich versunken und grummelte mit mir herum, dass ich mich weiter wie eine pubertierende 13-Jährige verhielt, anstatt als erwachsene Frau das zu tun, was naheliegend war: Diesen Mann einfach anzurufen und mich mit ihm zu verabreden. Mit diesen albernen Versuchen hatte ich mich selbst aber schon so verfangen und blockiert, dass ich zu einem normalen Gespräch wahrscheinlich nicht mehr in der Lage sein würde.

»Bist du traurig, dass du uns verlässt?«, stupste mich Benjamin an und ich nickte, es stimmte ja. Ich war bekümmert, dass ich sie verlassen musste, aber ich freute mich auf die nächste Zeit und war gespannt, wie ich mich in der Selbstständigkeit zurechtfinden würde.

»Na klar, es macht mich traurig, ich werde den Alltag mit euch vermissen!«, sagte ich und prostete ihnen zu. Alle stießen fröhlich auf meine Zukunft an und beglückwünschten mich dazu, dass ich die ersten Schritte in freier Wildbahn bereits erfolgreich hinter mich gebracht hatte. Ich dankte ihnen laut und aus vollem Herzen, leise entschied ich mich, auch in Sachen Liebe etwas selbstbewusster zu sein und mich von dem schönen Manuel nicht nur am Telefon verwirren zu lassen.

18. Kapitel

Der erste Morgen in meiner Zukunft hatte sich gut angelassen.

Ich lag in meiner Badewanne und plätscherte. Das Telefon lag in Reichweite, denn wenn ich eins hasse, ist es, aus der Wanne zu müssen, weil die moderne Elektronik ruft. Aus langjähriger Erfahrung weiß ich, dass ich es nicht einfach klingeln lassen kann, sondern immer versuche, es zu erreichen, aber meist zu spät, und dann stehe ich nackt und nass am blinkenden Apparat.

Heute wollte ich mich langsam in den Tag finden, Abschied und Neuanfang genießen und zelebrieren. Darum lag ich in der Wanne. Mit Telefon und Milchkaffee. Ich hatte nichts vor, außer am Nachmittag von Benjamin meine Palme in Empfang zu nehmen. Sie würde hier in das Bad kommen. Zum Glück ist das Bad nicht eines dieser Berliner Nasszellenschläuche, in denen man sich vorn am Waschbecken vorbeizwängen muss, um zur Toilette zu gelangen, über die man wiederum weitersteigen muss, um in die Dusche zu kommen. Mein Bad ist der Luxus pur, fast quadratisch, mit Dusche und Badewanne und Platz für einen Sessel und einen Schrank. Irgendein intelligenter Wohnungssanierer hatte einst nicht nur eine nebenan liegende Kammer diesem Bad zugeschlagen, sondern auch ein großes Fenster eingebaut, sodass es Tageslicht und frische Luft gibt.

Kurz bevor ich völlig aufgeweicht war und die Haut meiner Finger anfing, Wellen zu schlagen, riss ich mich aus meiner träumerischen Duselei und beendete den exzessiven Luxus. Eingecremt mit einem sündhaft teuren Huile sèche, das ich vor einigen Tagen in Aussicht auf diesen Tag erstanden hatte, und eingewickelt in einen alten, knöchellangen Morgenmantel aus Seide, die Haare unter einem Handtuchturban, kam ich mir vor wie eine Filmdiva aus einem alten Streifen.

Allerdings musste ich mir in der Küche selbst das Frühstück machen. Die Diven saßen, soweit ich mich erinnerte, meist mit großer Sonnenbrille auf einer riesigen Terrasse und ließen sich frisch gepressten Orangensaft und heiße Würstchen und Toast servieren. Dazu die Zeitung auf einem Silbertablett. Ich mache mir nichts aus Bratwürstchen zum Frühstück, aber Orangensaft sollte es sein am heutigen Luxusmorgen.

Der Morgen war grau, denn in der Nacht hatte es sich bezogen, und ein leichter, aber dauerhafter Regen hatte eingesetzt, doch der Orangensaft und die Tageszeitung stimmten. Ich rubbelte mir die Haare ein bisschen trocken und warf das Handtuch über eine Stuhllehne. Gemächlich legte ich die Füße hoch auf einen anderen Stuhl, nahm die Zeitung und wollte mich gerade wohl fühlen.

Da klingelte es. Ich wartete einen Moment, denn wahrscheinlich war es die Post für einen Nachbarn oder die Müllabfuhr oder eine Hauswurfsendung. So war es, denn nach dem ersten Klingeln hörte es auf, irgendjemand im Haus hatte schon reagiert. Ich las zuerst »Vermischtes und Totschlag aus aller Welt«.

Da klingelte es ein zweites Mal. Jetzt aber direkt an meiner Wohnungstür. Ich schmiss die Zeitung auf den Fußboden, tapste mit nackten Füßen durch den Flur und riss die Tür auf. »Ja, bitte!«

Da stand er. Manuel. Er schaute mich an, ein wenig von oben, und lächelte leicht, entschuldigend oder irgendwie. Ich weiß es nicht mehr. Er sagte nichts, kein einziges Wort, und ich starrte ihn an. Er lächelte weiter und ich sah ihn weiterhin unvermindert an – und wollte gerade etwas sagen. Da berührte er mit seinem Zeigefinger meine Stirn und zog mit dem Finger eine unsichtbare Spur, ganz langsam auf meinem Nasenrücken entlang bis auf die Nasenspitze.

Ich machte gar nichts.

Ich wollte auch gar nichts tun.

Vor allen Dingen wollte ich nichts Falsches sagen.

»Ich konnte es nicht mehr aushalten!«, flüsterte er. Und dann griff er mit seiner Hand in meine noch feuchten Haare, zog meinen Kopf zu sich und küsste mich.

Bis zu dieser Stelle kann ich mich genau erinnern.

Aber schon an dieser Stelle werden es zwei Geschichten. Denn Manuel meinte später, es wäre ein bisschen anders gewesen.

Natürlich habe ich ihn daraufhin wiedergeküsst. All meine elenden kummervollen Gedanken, meine Selbstzweifel und atemlosen Hoffnungen, die meinen Solarplexus zum Flattern gebracht hatten, wenn nur irgendwo in der Ferne sein Name auftauchte, schienen auf diesen Moment hingezittert zu haben. Ich habe ihn umschlungen, mit all meiner Freude, und war erlöst. Ich griff ihm in seine schwarzen Locken und glaubte mich besinnungslos, dachte an Mari und ihren Unsinn von Zurückhaltung und Vorsicht, und zog ihn an seinem weißen, offenen Hemd in die Wohnung.

Da hörte er auf, mich zu küssen, ließ seine schwarze, schwere Ledertasche fallen, folgte mir und sah mich weiterhin genau so leicht lächelnd an, wie er vor der Tür gestanden hat, und ich dachte, gut, dass er nicht sprechen kann, und du sagst jetzt auch nichts. Er ließ sich von mir willig ziehen, erst vor meinem ungemachten Bett hielt ich an und drehte mich zu ihm.

Da schubste er mich.

Wir fielen übereinander her und lachten und gegen Mittag fragte ich ihn: »Musst du nicht arbeiten heute?«

»Nein, es regnet.«

Gut, dass Zimmermänner nicht arbeiten können, wenn es regnet. Einer der schönsten Tage in meinem Leben mit einem wunderbaren grauen Himmel und anhaltendem Dauerregen.

Er lag in meinem Bett, hatte sich die Kissen in den Nacken geschoben und einen Arm hinter den Kopf gelegt, um sich gegen die Wand abzustützen. Ich betrachtete ihn und konnte es nicht fassen, dass der schönste Mann der Welt nackt in diesem Bett lag.

»Wieso bist du hier?«

»Das habe ich doch schon gesagt: Weil ich es nicht mehr aushalten konnte!«

Um zur Abwechslung auch etwas anderes zu machen, fütterte ich ihn im Bett mit einem Rest Baguette und gab ihm meinen Orangensaft, der noch in der Küche stand. Dann holte ich mir ein bisschen trockenes Brot und ein Glas Wasser und kroch zurück.

Er hatte gestern Abend Mari angerufen und gefragt, ob sie eine Beate kenne, und herausgefunden, dass diese Beate im Museum arbeitete, und ich war froh, dass er so kombinationsfreudig war und richtig geschlussfolgert hatte, obwohl ich alles versucht hatte, dass er es nicht schaffen sollte.

»Gut, dass du so klug bist!«, lobte ich ihn.

»Und mutig!«, stimmte er ein und zeichnete mit seinem Finger die Symmetrieachse meines Bauches. »Du machst es verliebten Männern nicht leicht!«

Ich schwieg die nächste halbe Stunde, um sinken zu lassen, dass er von sich als einem verliebten Mann sprach. Ich wollte das nicht vergessen, ließ mir diesen Satz durch meine Glieder laufen und achtete auf seine Hände, die die Worte an allen Stellen suchten. Ich hatte vor, nie wieder ein einziges Wort zu sagen.

»Ich habe jetzt unglaublichen Hunger!«, sagte stattdessen Manuel.

Das war kein Wunder, um drei Uhr nachmittags. Also gingen wir in die Küche und kochten uns schnelle Spaghettis, nur mit Öl und ein paar Basilikumspitzen von meinem Kräuterbalkon, und tranken dazu ein Glas Weißwein. Luxus am Freitagnachmittag. Manuel trug den langen Diva-Seidenmantel, ich hatte den schrecklichen rosa Bademantel angezogen, den mir meine Mutter einmal geschenkt hatte, und der schöne Mann in Seide machte keine Anstalten gehen zu wollen und ich wagte nicht zu fragen.

Dann klingelte es.

»Das ist das zweite Mal, dass es heute klingelt«, sagte ich, legte meinen Löffel zur Seite und raffte den Bademantel zusammen.

»Und? Wer ist es, ein Mann?«

»O ja, ein Mann!« Ich strahlte Manuel an, der entspannt am Küchentisch saß und mit einer Hand die Spaghetti auf die Gabel wickelte.

An der geöffneten Wohnungstür wartete ich auf den keuchenden Benjamin, der noch eine Etage vor sich hatte. Mit letzter Kraft hievte er die Palme über die Schwelle und stellte sie mit einem Ruck im Flur ab. Er war völlig außer Atem.

»Bist du krank?«, fragte er mich und schaute auf meinen rosa Bademantel. Als ich ihm versicherte, dass das Gegenteil der Fall sei, und Manuel wenig später seinen Lockenkopf in die Küchentür lehnte und freundlich »Guten Tag« sagte, hob Benjamin nur winkend die Hand.

»Schönen Tag noch!«, grüßte er mich und wollte gleich wieder abdrehen.

»Willst du nicht was trinken?«, hielt ich ihn freundlich, aber nicht sehr energisch zurück, denn ich hielt die Wohnungstür weiterhin geöffnet.

»Nein!«, antwortete Benjamin mit gesenkter Stimme und zwinkerte mir zu. Dann zog er mich zu sich heran und fragte flüsternd, wo ich denn diese Granate von Mann herhabe und wie ich mir den denn geangelt habe. Ich zuckte mit den Schultern, denn das konnte ich ihm nicht beantworten, weil ich es selbst nicht fassen konnte.

Die Granate von Mann hatte sich zurück an den Küchentisch gesetzt und aß seine Spaghetti, mit einem besitzergreifenden Glitzern in den Augen, warum auch sonst hatte er sich dem zufällig hereingeschneiten Benjamin demonstriert. Er erkannte, dass er durchschaut war und schien sich darüber zu freuen.

»So einer bist du also!«

»Was für einer soll ich sein, hmm?« Manuel streckte seinen Arm aus und zog mich zu sich auf den Stuhl. Überwältigend. Er saß in meiner Küche, aß meine Spaghetti und zog mich auf seinen Schoß. Und ich ließ das alles mit mir geschehen, und ich fand das alles aufregend und irgendwie selbstverständlich.

Als es dunkel wurde, zog ich die Vorhänge zu und öffnete das Schlafzimmerfenster. Der Spielplatz unten war leer, der Lärm der Autos drang herauf, der Regen nieselte unvermindert weiter auf die Straße und machte kleine Geräusche auf der Fensterbank. Einen Moment verharrte ich hier, wie ich das oft gemacht hatte, mit dem Telefon, allein in der Wohnung, um während des Gesprächs Kontakt mit der Welt um mich herum zu haben. Jetzt versetzte ich mich gedanklich in diese Situation, wie sie noch gestern war, allein in der Wohnung, allein in meinem Bett, und versuchte, mich an das Gefühl zu erinnern. Dann drehte ich mich abrupt um.

Manuel lag ruhig im Bett und schaute zum Fenster. Er war immer noch da, und er hatte offenbar immer noch nicht vor zu gehen.

Ich legte mich zu ihm und krabbelte in seine Achselhöhle. »Welch ein Glück, dass du mich einfach geküsst hast, möglicherweise hätte ich sonst noch irgendetwas Dummes gesagt!«, sprach ich aus meiner Höhle.

Manuel zog meinen Kopf ein wenig hoch und sah mich an. »Du hast mich geküsst!«

»Wie bitte? Du hast in der Tür gestanden und mir deinen Finger wie ET auf die Stirn gelegt und mich am Nacken zu dir hingezogen!«

»Ich habe da gestanden und deine schöne Stirn berührt, und wie aus heiterem Himmel hast du mich geküsst!« Dabei wiederholte er die ET-Geste und lachte.

»Du hast gesagt, dass du es nicht mehr aushalten konntest!«, widersprach ich.

»Das stimmt, und daraufhin hast du mich geküsst!« Manuel nickte entschieden und lächelte.

»O nein, das hätte ich nie gewagt. Du bist der Verführer!« Mit diesen Worten beugte ich mich zurück, um ihn besser sehen zu können.

»Ich bin doch kein Draufgänger und greife einer Frau einfach in den Nacken wie ein Seeräuber und ziehe sie zu mir hoch!«

»Doch, hoch an den Mast«, schnurrte ich.

»Nein, nein, du hast mich geküsst – zum Glück!«, und dabei berührte er mit zwei Fingern meine Lippen.

»Das kann nicht sein, ich war doch ganz starr vor Schreck, vor Begeisterung!« Ich legte meinen Kopf zurück.

Er sah mich an, seine Haare waren wirr und schwarz mit ein paar grauen Strähnen an den Schläfen, und er war schön und hatte eine samtene Haut – selbstverständlich hatte er sich wie ein Seeräuber verhalten! Es ging gar nicht anders.

»Nein«, widersprach er entschieden, setzte sich ein wenig auf und strich erneut mit dieser besitznehmenden Geste über meine Nase, »Nein, meine Süße, du hast mich aufgefordert!«

»Ich bin doch viel zu schüchtern und konfus!«, protestierte ich erneut und stieß ihn zurück in die Kissen. Ich konnte es immer noch nicht fassen, dass ich diesen schönen Mann in meinem Bett hatte. Schlank und braun. Ich küsste seine Brust und kitzelte ihm mit meinen Haaren über den Bauch. »Jetzt wirst du gebauchpinselt!« Mit meiner Zunge fuhr ich über die Mittellinie seines symmetrischen, perfekten Körpers bis zu seinem Adamsapfel. Er legte seinen Kopf in den Nacken wie die Seeräuberbraut. Ich griff ihm in den Nacken und zog seinen Mund zu mir hoch.

»So hast du es gemacht!« Mein Griff wurde ein bisschen stärker.

»Nein«, murmelte er, »ich bin doch viel zu schüchtern und konfus.« Er ließ sich von mir umarmen und ich ging in seiner Umarmung unter. Und wir spielten noch ein bisschen Seeräuber und Seeräuberbraut.

Der Tag endete genau so gut, wie er begonnen hatte, es regnete und regnete und ich lag in meiner Badewanne. Und Manuel lag in meiner Badewanne. Zum Glück hatte der Wohnungssanierer eine Wanne mit Mittelstöpsel und zwei Schrägen einbauen lassen. Wir lagen uns bequem gegenüber, keiner saß auf dem Stöpsel, und wir krabbelten uns gegenseitig mit den Zehen unter den Armen.

19. Kapitel

Die ganze Nacht regnete es weiter. Langsam und schwer fielen die Tropfen und klopften auf die Fensterbank. Der Ton war ungleichmäßig und laut, trommelte mal einen heftigen Rhythmus und stockte dann wieder unvermittelt. Zuletzt nieselte es gleichmäßig und säuselte durch das geöffnete Fenster. »Es regnet, es regnet, die Erde wird nass, es ist nass, es ist nass, es wird nass, es wird nass ...«

Manuel schlief neben mir auf dem Rücken, den Kopf zu Seite geneigt, und atmete ohne Geräusch. Der Regen sang und im dünnen Licht der Stadt sah mein Liebhaber sanft und ebenmäßig aus.

Schlaflos und benommen vor Müdigkeit blickte ich auf die Vorhänge, die sich gegen das Licht von außen abzeichneten. Es war weit nach Mitternacht und ich hob vorsichtig die Decke und ließ meine Beine langsam auf die Erde gleiten. Auf den Fußballen schlich ich in die Küche. Auf dem Küchentisch standen noch die Teller, auf der Arbeitsplatte das Brett mit den Kräuterresten. Ich hockte mich an den Tisch, griff zum Sprudel und starrte vor mich hin. Die alte Küchenuhr meines Onkels, direkt über dem Türrahmen, tickte die Zeit und ich guckte ihr dabei zu. Sie hatte Zeiger und Zahlen und ein kleines Pendel. Gleichmäßig und leise ging das Uhrwerk, ab und an fuhren Autos durch die Straße und um den Platz. Nach einer Weile stand ich auf und schloss langsam die Küchentür. Ich räumte die Teller vorsichtig in die Spülmaschine und fegte die Krümel zusammen.

Als ich wieder ins Bett kroch, war es halb vier.

Um ihn nicht zu wecken, legte ich mich ganz an den Rand meines großen Bettes und gab mir Mühe, nicht zu laut zu rascheln und eine Position auf dem Bauch zu finden, in der ich schlafen konnte. Nur mit einer Hand tastete ich vorsichtig hinter mich und schob sie langsam weiter, bis ich seine warme Haut spürte. Mit dem Handrücken an seiner Flanke schlief ich ein.

Als ich in der Morgendämmerung aus der Tiefe erwachte, lag ich halb auf dem Rücken. Ich tastete mit der Hand vorsichtig zur Seite. Nichts – ich schob den Arm ein wenig weiter neben mich und fühlte nur das leere Laken. Auf dem Rücken starrte ich an die Decke. Ich blieb liegen und rührte mich nicht, versuchte irgendwas zu denken, aber ich war bewegungslos.

Im Badezimmer rauschte plötzlich Wasser. Ich hörte, wie ich die Luft ausstieß. Mit einem Ruck stand ich auf und ging ans Fenster. Es war halb sieben und fast hell. Es würde ein sonniger Tag werden.

In meinen Seidenmantel gehüllt, ging ich ins Badezimmer. Manuel stand hinter der Glastrennwand der Dusche und wusch sich die Haare. Ich griff mir schnell meine Zahnbürste und Zahnpasta und verschwand wieder. In der Küche putzte ich mir in Ruhe die Zähne. Denn wenn Ruth und ich uns Liebesfilme oder Melodramen angesehen haben, hat es uns immer aus der Filmgeschichte gerissen, wenn die Filmfrauen nicht nur abenteuerlich fantastisch aussehen, wenn sie wach werden, sondern offensichtlich auch dann keinen Mundgeruch haben, wenn sie ihren Liebhabern nach mehreren Stunden Schlaf und Knoblauchspaghettis in die Augen schauen, um sich intensiv zärtliche Worte ins Gesicht zu hauchen. Damit Manuel nicht selbst Probleme bekam, oder ich mit ihm, hatte ich ihm schon in der Nacht eine Zahnbürste bereitgelegt und einen freundlichen Pfeil auf einen Zettel gemalt.

»Guten Morgen!«

Manuel stand im Türrahmen. So muss ein Geliebter aussehen, schwarze Zimmermannskordhose – eine für gut?, fragte ich mich, da sie keinen einzigen Fleck hatte – und ein strahlend weißes Hemd.

»Hast du gewusst, dass du die ganze Nacht hier bleibst?«

Ich grinste ihn an und hantierte weiter an meiner Espressokanne. Er kam zu mir, umarmte mich von hinten, ich stellte die Kanne wieder hin und drehte mich zu ihm.

»Gehofft!«, sagte Manuel. »Wieso?«

»Weil der Seeräuber ein frisches Hemd mithat!«, antwortete ich und griff ihm in die feuchten Haare.

Manuel lachte mich an und wir küssten uns.

»Ich habe auch meine eigene Zahnbürste mit!«, strahlte der vorausschauende Mann und küsste mich erneut.

Wir deckten gemeinsam den Frühstückstisch und saßen uns wieder, wie gestern Abend, gegenüber. Ich setzte meine nackten Füße unter dem Tisch auf seine und lächelte ihn an, während er seinen Kaffee trank.

Ein Mann, der Wäsche zum Wechseln mitbringt, würde mich nicht so schnell verlassen.

»Ich muss jetzt gehen!«, erklärte Manuel.

Es war ein wunderbarer Morgen, noch kühl, aber der Himmel war leider von einem gleichmäßigen blassen Graublau und keine Wolke war zu sehen. Der Regen hatte sich verzogen und Zimmerleute arbeiten auch sonnabends, wenn nötig. Manuel hatte gestern mit seinem Bruder und einem Gesellen vereinbart, falls es nicht regnete, heute die Arbeit wieder aufzunehmen. Das SMS-Bimmeln seines Handys, das ihn darüber informierte, hatte ihn geweckt.

Wahrscheinlich guckte ich so, dass er mich trösten wollte. »Ich komme sowieso schon zu spät!«, sagte er, stand auf und nahm mich in den Arm.

Ein Mann, der eine Frau tröstet, wird sie nicht gleich verlassen, und so legte ich meinen Kopf verständig an sein weißes Seeräuberhemd.

Am Kai meiner Wohnung winkte ich ihm nach, bis sein feuriger Haarschopf am Horizont des nächsten Treppenabsatzes verschwand, und ich rief ihm noch nach in die Weite des gefährlichen Treppenhauses: »Auf Wiedersehen!«

Heute Abend wollte er zurück sein und wir wollten irgendwas machen, was, wussten wir nicht. Aber er wollte zu mir zurückkommen, er hatte das gesagt, und ich war die glücklichste Seeräuberbraut, seit es Seeräuberbräute gibt.

Eine Stunde später ging das Telefon. Wahrscheinlich war er auf seiner Baustelle angekommen, es war bereits halb neun, die Sehnsucht hatte ihn übermannt und ich griff ohne Umschweife zum Hörer und hauchte mit meiner erotischsten Stimme: »Jaaa?« Mit drei dunklen As.

»Hallo, Karoline?«

Ich räusperte mich und landete wieder auf der Erde. »Ja. … Mari?«

»Ja, was ist los, bist du krank?«

»Du bist schon die Zweite, die mich das fragt!«, sagte ich.

»Es geht dir gut?«

»Ja, sehr!« Aber ich wollte ihr nichts erzählen, wollte ohnehin noch kein Wort über das sprechen, was mir geschehen war.

»Gut, du musst sofort nach Hannover, es geht los.«

»Wie bitte? Wie meinst du das?«

Mari war nach ihrem Golfwochenende am letzten Montag mit Friedbert zu ihm in die Wohnung nach Hannover gefahren und hatte noch eine weitere Nacht bei ihm verbracht.

»Er ist eigentlich ganz nett!«

War sie wahnsinnig geworden? Ich hatte Mühe, der kurzen Erzählung zu folgen.

Friedbert hatte einige Geschäfte an seinem Laptop abgewickelt und Mari, die derweil auf dem Sofa lungerte und sonst wie um ihn herum war, erzählt, dass er – angesichts der Finanzkrise und der sehr niedrigen Zinsen sei das ja nicht so einfach – vorhabe, sein Geld gut zu verwenden. Bis jetzt, er sei ein ausgefuchster Finanzmann, habe er es jedenfalls nicht sinnlos in irgendwelchen Papieren angelegt, die nun nichts mehr wert seien. Fuchs Friedbert hatte sein Geld auf verschiedenen Konten sowie verfügbaren Tagesgeldkonten festgelegt – und da einige größere Beträge zudem vor ein paar Wochen frei geworden waren, wollte er sich unter anderem eine Exklusiv-Wohnung in München kaufen. In zehn Tagen sei Vertragsabschluss, das habe ihm sein Freund und Berater, Rechtsanwalt Dr. Fissenewerth, geraten. Zwei größere Beträge wolle er neu längerfristig festlegen, leider nur zu minimalem Prozentsatz. Deshalb sei das Geld im Moment auf den Konten verfügbar. Aber nicht mehr lange.

»Über solche Sachen habt ihr die ganze Zeit gesprochen?«, fragte ich irritiert.

»Nein, Karoline, ich fasse es für dich nur zusammen.« Mari schien etwas ungehalten zu werden mit mir. Und weil ich schwieg, ergänzte sie: »Es war nicht schwierig, an die notwendigen PIN- und Code-Nummern zu kommen. Er hat sie, wie Ruth mir gegenüber schon vermutete, alle ordentlich aufgeschrieben – weil er sich sie sonst nicht merken kann.«

»Das ist ja was!« Ich versuchte, mich noch immer zu ordnen und wieder Anschluss zu finden an diesen Teil meiner Gedanken der letzten Monate.

»Karoline, es muss jetzt umgesetzt werden, was du da ausgeheckt hast!«

»Wieso ich, das habe ich doch nicht allein ausgeheckt!«

Mari stöhnte leicht, meinte aber, ich hätte doch wohl das Urheberrecht. Wir hätten Glück, das Geld sei jetzt möglicherweise gerade mal zwei Wochen frei, und ihrer

Ansicht nach sollte jetzt das, was – und nun betonte sie das Wir – wir ausgeheckt hätten, auch umgesetzt werden. Denn nächsten Mittwoch wolle Friedbert Hansen zudem irgendwelche Transaktionen mit einem Schweizer Bankhaus vornehmen, was genau, wisse sie nicht. Aber eins sei sicher, nur in diesem kurzen »Zeitfenster«, das sagte Mari allen Ernstes, sei ein Drankommen an das Geld.

»Bist du wahnsinnig, Mari, ich kann das nicht!« Einen Moment dachte ich, sie hätte einfach aufgelegt, aber dann hörte ich ihr Hüsteln.

»Gut, wenn du nicht mehr willst, dann blasen wir die Sache ab!«

Ich schüttelte den Kopf, ohne etwas zu sagen.

Schweigen.

»Bist du noch da, Mari?«

Sie war es und wartete einfach darauf, dass ich mich fangen würde.

Die Wohnung duftete noch nach der Nacht, neben dem Bett standen zwei Gläser und ein Teller mit Krümeln. Zwei Bademäntel lagen über dem Sessel neben dem Bett und das Bett war zerwühlt. In der Küche standen zwei Gedecke auf dem Tisch und im Badezimmer lag eine fremde Zahnbürste.

»Ja, ich bin noch da. Aber ich werde gleich zurückmüssen!«

»Wohin, wo bist du denn jetzt?«, fragte ich und setzte meine Wanderung durch die Wohnung fort auf der Suche nach weiteren Spuren.

»Karoline, ich bin in Hannover. Und einen Moment nach draußen gegangen in einen kleinen Park, um mit dir zu telefonieren. Und du musst dich jetzt entscheiden.«

Mari war nach dem Golf-Wochenende während der Woche drei Tage in Frankfurt gewesen und nun zurückgekehrt zu Friedbert.

»Warst du bei Adrian Weber?« Die Spuren und Reisen von Mari zu verfolgen war nicht einfach, eher verwirrend. Sie war in der Tat beim armen Adrian gewesen, plötzlich dauerte er mich, aber eigentlich hatte sie nur die Wohnung benutzt, denn sie hatte ein Seminar durchgeführt.

»Gibt es denn immer noch Unternehmen, die in der Krise diese Seminare machen?« Ich dachte an Benimm- und Business-Klamotten-Seminare und vermutete, dass es doch Wichtigeres zu tun gäbe. »Haben die dafür noch Geld?«

»Karoline, manche ja!« Mari wurde ungeduldig mit mir. »Bitte bleib bei der Sache!«

Ich setzte mich auf das ungemachte Bett und fühlte mit der Hand über das kalte Laken. Alles war anders geworden und mein Brustkorb wurde eng vor Angst.

»Mari«, ich versuchte, Luft zu bekommen, »Mari.«

»Karoline, bitte, wenn du es nicht mehr willst und du Skrupel hast, dann lassen wir es. Wirklich, das ist nicht schlimm.« Maris Stimme wurde verständnisvoll und weich und rücksichtsvoll. Da sprach sie schon wieder wie eine abgeklärte Mutter mit mir.

»Ich habe keine Skrupel«, stieß ich hervor, »ich habe Angst!«

Mari schwieg und wartete.

»Ich weiß«, fuhr ich fort, »ich bin ein elendes Groß-maul!«

»Nein, es ist doch verständlich, dass du Angst hast!«

All die Gespräche, die wir bei Ruth geführt hatten, gingen mir durch den Kopf, der Spaß, den es gemacht hatte, herumzusinnieren, wie gerecht es wäre, das alles zu tun. Keine von uns hatte daran gedacht, dass es leichter war, über diese Dinge zu sprechen, als sie dann auch zu tun.

»Karoline, wirklich, wir blasen es ab!«, wiederholte Mari und unterbrach meine Gedankenkreise.

»Damit wäre dein ganzer Einsatz beim fiesen Fried-bert ja umsonst!« Mari hatte ja schon eine Menge getan, sie hatte alles, was wir besprochen hatten, sofort umge-setzt. Ohne zu zögern. Irgendwie kam ich langsam wieder zu mir, stockte aber, denn hatte sie nicht eben gesagt, sie fände ihn ganz nett? Und so war es.

»Ach, Karoline, er ist ganz nett. Nicht wirklich mein Typ, aber …« Sie würde sich schadlos halten an Fried-bert, schoss es mir durch den Kopf, und Ruth hätte das Nachsehen, wenn ich jetzt kniff.

»Es täte mir nur um Ruth leid«, setzte Mari fort und ich gab mir innerlich eine weitere Ohrfeige für die Gemeinheiten, die ich bereit war ihr zu unterstel-len. Sie mochte Ruth. Ich riss mich zusammen, stand auf und ging zum Fenster. Die kleine Kirche stand im Sonnenschein, der Himmel war nicht mehr ganz klar, aber von einem hellen, durchsichtigen Grau. Die Luft war lau, fast noch sommerlich.

»Mari, es tut mir leid, ich tue es!«

Mari wartete einen Moment. »Bist du dir sicher?«

»Ja!« Und dann dachte ich daran, die nächsten Jahre im Gefängnis zu verbringen. Manuel würde in einem amerikanischen Besucherraum – ich hatte ihn geradezu vor Augen – an einem Telefon hängen, durch eine Scheibe von mir getrennt, und ich würde meine kleine zarte Hand an das Glas drücken, und er seine große starke gegen meine von der anderen Seite der Scheibe. Unsere Fingerspitzen würden sich gegeneinander reiben, endlos entfernt durch das kalte Glas. Wortlos würde er mich mit unendlicher Sanftheit ansehen und sich nach einer halben Stunde erheben und seinen Blick lange auf mir ruhen lassen, bis er mit einem tieftraurigen Lächeln die Tür des Besucherraumes schließen müsste.

Ich seufzte.

»Wirklich?«, fragte Mari noch einmal.

Ich schloss das Fenster und blickte wieder auf das Bett. »Ja, Mari, ich bin mir sicher.«

Und dann nahm ich den Stift und notierte die Dinge, die ich unbedingt wissen musste.

20. Kapitel

Der Schlüssel passte. Die große glänzende Eingangstür öffnete sich. Ich warf den Kopf in den Nacken, steckte die Schlüssel langsam in die Jackentasche und sah mich um. In meinem Jutebeutel hatte ich ein Paket Kaffee und einen kleinen Spitzkohl, aber niemand registrierte mich mit meinem Einkauf vom Markt, den ich vor drei Stunden in Berlin aus dem Kühlschrank geholt und in meinen Rucksack gestopft hatte. Der Taxifahrer ließ mich eine Ecke vor Friedberts Adresse aussteigen und ich zerrte, während er das Wechselgeld aus seinem Portemonnaie suchte, den Beutel aus dem Rucksack, um die letzten Meter mit dem Einkauf zu Fuß zu gehen. Ich hielt den Beutel fest in der Linken, mit der Rechten umklammerte ich in meiner Jackentasche den Schlüssel, der Tobias verloren gegangen war, und der schon ganz warm geworden war in meiner Hand.

Ich hatte vermutet, dass der größere der Patentschlüssel für die Außenanlage war, und zum Glück war das so. Nun stand ich hinter der Eingangstür in dem kühlen dämmrigen Flur und wartete einen Moment, mein Pulsschlag pochte im rechten Ohr, ich nahm die Treppe in Augenschein, drückte mit dem Zeigefinger auf mein Ohr, wo sich jetzt ein Pfeifen zum Pochen gesellte. Während ich die Treppe hinaufstieg, klapperte ich mit dem albernen vakuumverpackten Kaffeepaket gegen das schwere, dunkle Holzgeländer. Holz – auch keine Zimmermannsarbeit, sondern Drechslerhandwerk, raste mir durch den Kopf, wie viele Holzberufe es doch gibt und wie viele abstruse Gedanken. Ich nahm den Beutel in die andere Hand und stieg in den dritten Stock. Es gab keinen Fahrstuhlschlüssel am Schlüsselbund, Friedbert hatte Tobias nur einen einfachen Satz gegeben.

Mari hatte mich heute Morgen noch darauf hingewiesen, dass für den Fahrstuhl ein Schlüssel benötigt würde, aber ich wäre auch mit Schlüssel auf keinen Fall in den Fahrstuhl gestiegen.

Friedbert hatte seinen Namen in einer schlichten Helvetica ins Messing prägen lassen, ich hätte ihm eine verschnörkelte Bodoni oder auch Frakturschrift zugetraut. Ich stellte den Jutebeutel mit Kaffee und Spitzkohl unter der Klingel ab und zielte mit dem Schlüssel auf das untere Schlüsselloch. Das Treppenhaus war still, kein Mucks zu hören, kein Geräusch drang aus den Wohnungen. Alles war gedämpft, der schwere rote Treppenläufer war sauber. Stille.

Da klingelte mein Handy im Rucksack.

Ich steckte den Schlüssel ins Schlüsselloch. Er klemmte. Das Handy klingelte wieder aus den Tiefen meines Rucksacks. Zum zweiten Mal versuchte ich, den Schlüssel in das Schloss zu stecken, aber er passte nicht. Das Handy klingelte zum dritten Mal und im vierten Stock öffnete sich eine Wohnungstür.

»Soll ich noch Kartoffeln vom Markt mitbringen?«, fragte eine Männerstimme, ich starrte auf den Schlüssel und steckte ihn in das obere Schlüsselloch, der separaten Sicherheitsanlage.

»Nein!«, kam eine Antwort aus dem Inneren der Wohnung oben, »wir haben noch genug, aber bring bitte noch einen Becher Sahne mit!«

Mein Handy klingelte abermals, als sich der Schlüssel drehte.

Die Männerstimme rief sonnabendlich gelaunt »O. K.«, die Tür oben fiel satt ins Schloss und der Mann sprang die Treppe herunter.

Es klimperte, als ich den zweiten Wohnungsschlüssel griff. Ich steckte ihn in das untere Schloss und starrte geradeaus darauf und zog die Schultern an die Ohren, um unsichtbar zu werden.

»Liebling, du kannst doch noch ein paar Tomaten vom Markt mitbringen«, rief die Frau ihrem Mann von der Wohnungstür hinterher. Er stoppte auf dem Treppenabsatz in meinem Rücken, ich drehte den Schlüssel, öffnete die Tür, trat in die Wohnung und ließ die Tür ins Schloss fallen.

Das Handy hatte aufgehört zu klingen.

Den Jutesack mit dem Kaffee und dem Spitzkohl hatte ich vor der Wohnungstür stehen lassen.

Ich verharrte in dem breiten Flur auf derselben Stelle und sah mich um, ohne mich zu bewegen. Der Mann war hinter der verschlossenen Türe die Treppe heruntergehüpft, ohne dass ich es hörte. Es war ruhig in dieser Wohnung, auch nach drinnen drang kein Geräusch. Der Luxus der Städter sind trittschallisolierte Wohnungen. Ist das auch Zimmermannsarbeit? Nein, wahrscheinlich nicht. Nach einer Minute verschloss ich vorsichtig die Tür der Wohnung, in die ich eingedrungen war, von innen.

Mein Herz klopfte und ich setzte mich auf den dicken Teppich, der den quadratischen Flur bedeckte. Moderner Nepalese? Vielleicht doch keine Trittschalldämmung, sondern dicke Teppiche. Ich nahm endlich den Rucksack ab und suchte das Handy.

Ein Anruf in Abwesenheit. Manuels Nummer.

Nachdem ich Maris Instruktionen heute Morgen notiert hatte, hatte ich Manuel angerufen, um ihm abzusagen. Er hatte es nicht verstanden, dass mir am Sonnabend etwas Wichtiges dazwischengekommen war. Er verstand auch nicht, dass ich am Sonntag nicht zurückkommen wollte, und vor allen Dingen nicht, dass mir das so plötzlich eingefallen war. Er wurde etwas kühl und bedankte sich, dass ich rechtzeitig Bescheid gesagt habe, sodass er sich die Fahrt nach Berlin sparen könne. So würde er bei seinem Bruder in Lübtheen bleiben, um in der nächsten Woche dort auf der Baustelle weiterzuarbeiten. Daraufhin hatte ich während der Fahrt von Berlin drei Mal mit ihm telefoniert und mich im Staube gewälzt und mich entschuldigt, bis ich den Eindruck hatte, dass er akzeptiert hatte, dass ich mich mit einem Kunstsammler in Hannover treffen müsse.

»Ich bin nicht kühl, Karoline, ich bin enttäuscht!« Nachdem ich das dreimal von ihm gehört hatte, war ich einigermaßen beruhigt, obwohl es mir schwerfiel zu glauben, dass ein Mann wirklich so enttäuscht sein kann wie eine verliebte Frau.

Jetzt hatte ich aber ganz andere Sorgen, große Sorgen.

Vorsichtig stand ich auf, nahm den Rucksack und

ging ins Wohnzimmer, dessen Türe offen stand. Hier setzte ich mich auf einen grauen dicken Wollteppich irgendeines Geradeaus-Designs, das nicht wehtut, und rief Manuel zurück. Ich brauchte noch ein Beruhigungstelefonat, aber ich konnte nur der Box die Nachricht hinterlassen, dass ich erst gegen Abend zu erreichen sei.

Das Wohnzimmer war groß und grau, dominiert von der Kombination einer dreisitzigen und zweisitzigen Garnitur aus Leder mit Stahlgestell, ein alter Corbusier-Klassiker, mit passender Chaiselongue, ausgerichtet auf einen überdimensionierten Flachbildschirm auf grauem Grund. Um einen großen eckigen Tisch mit einer schwarzen Chinalackplatte standen sechs Philippe-Starck-Stühle. Warum saß er nicht auf den Stühlen, mit denen er sein Geld verdient hatte? Die Dekostoffe vor den großen doppelflügligen Fenstern passten zum Grau-Schwarz des Mobiliars, naturfarbenes dünnes Leinengewebe, mit einem eingewebten geometrischen Muster.

Diese Wohnung hatte nicht Friedbert eingerichtet. Das war eine Wohnung ohne Geschichte, von Grund auf neu zusammengekauft, und er hatte sich verlassen auf den Geschmacksberater eines teuren Möbelhauses. Es war alles clean und sauber und nichts störte. Es gab nichts, das sich nicht einpasste in das gerade Einerlei.

Eine große geöffnete Flügeltür führte in das Arbeitszimmer. Wofür brauchte Friedbert das? Auch hier sah man die Tausende von Euros, die Friedbert im Möbelhaus gelassen hatte, das ihm dafür ein geometrisches

Regalsystem aus grau lasiertem Vollholz übereignet hatte, mit Glastüren, um der Verstaubung vorzubeugen. Da Friedbert kein Leser war, hatte er in einige Regalabteilungen große Gläser gestellt und kleine afrikanische Holzskulpturen. Die Ordner standen in Kopfhöhe links von einem riesigen Schreibtisch.

Dieser Schreibtisch schien das Pendant zum Tisch im Wohnzimmer, ausladend und sparsam, mit zwei unter der schwarzen schlichten Platte eingelassenen Schubladen. Außer dem Telefon stand nur der Laptop in der Mitte auf einer Unterlage aus rotem Filz, die einzige Farbe im Raum. Abgesehen von einem Plakat vom Wilhelm-Busch-Museum. Wie kam Friedbert nur daran? Da es rotgrundig war und zur Schreibtischunterlage passte, steckte wahrscheinlich der Innenarchitekt dahinter.

Ich stellte den Rucksack auf den Boden und zog die Einmalhandschuhe über. Dadurch kam ich mir gleich noch krimineller vor. Aber ich wollte hier keine Spuren hinterlassen. Die HBCI- und zwei weitere Check-Karten der verschiedenen Konten fand ich unter der rechten Ecke des roten Filzes. Wie Mari daran gekommen war, wollte ich nicht wissen, mir schossen Bilder aus einem Hitchcock durch den Kopf, wo Ingrid Bergmann ihrem bösen Nazigatten den Schlüssel für den Weinkeller abnimmt und zur Strafe dafür, weil sie ohne ihr Wissen auffliegt, langsam vergiftet wird. Und Cary Grant, ihr Liebhaber, denkt, sie tränke, aber die tapfere Frau opfert sich stolz für ihr Land, und wir alle wissen, dass sie gut und unschuldig ist ...

Auch den Ordner mit den notwendigen PIN-Nummern fand ich dort, wo Mari ihn mir angegeben hatte, im untersten Regalfach links, ein dünner Hefter mit schwarzem Pappdeckel, der zwischen drei großformatigen Katalogen aus dem Sprengel-Museum Hannover und diversen Kochbüchern von Meuth und Neuner-Duttenhofer stand. Den Ordner legte ich neben den Laptop. Dann nahm ich den A4-Zettel, auf dem ich vor drei Stunden alles andere notiert hatte.

Mari war abgebrüht, ging mir durch den Kopf, als ich den Laptop anmachte. Selbst wo der Knopf zum Anmachen war, hatte sie mir gesagt und darauf bestanden, dass ich es mir aufschreibe. Dabei kann doch jeder Idiot einen Laptop anmachen. Sie war sich aber sicher, dass es an solchen Dingen scheitern kann. Und sie hatte recht. Hätte sie mir den Knopf nicht beschrieben, hätte ich ihn mit Sicherheit nicht gefunden und wäre spätestens an dieser Stelle wieder umgekehrt und hätte die Wohnung fluchtartig verlassen. Vielleicht hätte ich das tun sollen, dachte ich, als der Laptop ohne Mucken hochfuhr, ohne ein Passwort zu verlangen.

Die fünfstellige Code-Nummer für die HBCI-Karten-Transaktionen hatte sie mir sogar vor drei Stunden noch am Telefon genannt. F49x7. Wahrscheinlich hatte sie Friedbert ins Ohr gebissen, während er diese Nummer eingab, um auf das Konto zu kommen und seine Dukaten zu zählen. Aber ich hatte sie das nicht gefragt.

Aber selbst diese Nummer hatte Friedbert notiert. In einem roten Ordner, den er im oberen Regal neben ein paar Grisham-Krimis und einem Fotoalbum stehen hatte. Ich nahm das Fotoalbum mit aus dem Regal und setzte mich damit an den Schreibtisch. Es waren Bilder aus Nomburgshausen, von Ruth und den Kindern. Auf den frühesten Bildern war Tobias ungefähr drei Jahre alt und auf den neuesten Bildern war er 17. Ein Foto war dazugelegt worden. Es war wohl vom letzten Jahr. Auch von Rosa war ein ganz neues Bild dabei, das er vor zwei Monaten aufgenommen hatte, als sie mit ihm in Berlin war. Ich hatte einen Anflug von schlechtem Gewissen und stellte das Album auf seinen Platz zurück.

Nachdem ich alle Papiere und Notizen, die ich für meine Transaktionen brauchte, wie eine Buchhalterin in der ordentlichen Reihenfolge meines geplanten Vorgehens um die Filzunterlage verteilt hatte, steckte ich die HBCI-Karte in das Lesegerät. Für eine Sekunde starrte ich aus dem Fenster, das hinter dem Schreibtisch den Blick freigab auf die gegenüberliegende Häuserfront. Die Vorhänge waren nicht zugezogen, und ich wollte durch irgendwelche Experimente auch nicht für Aufsehen sorgen. Schließlich war es normal, dass an diesem Schreibtisch gearbeitet wird. Nur dass ich hier saß, war nicht normal.

Als ich endlich das Icon mit der Banksoftware anklickte und vor meinen Augen die Liste der Konten des Friedbert Hansen erschien, stieß ich die Luft aus. Solche Zahlen hatte ich bisher nur in Filmen oder bei der Lektüre über hohe Gehälter in Deutschland gesehen. Mein Gewissen, das sich gerade noch gerührt hatte, wurde mit Blick auf die hohen Beträge des Girokontos und der diversen Tagesgeldkonten schon erheblich kleiner.

So kannst du nicht entspannt Hunderttausende überweisen, spürte ich. Auf Strümpfen ging ich zurück in die Diele und öffnete die Tür zur Gästetoilette. Ich prägte mir ein, wie sie aussah, und trocknete mir anschließend die Hände am Papier, das ich wegspülte.

Nachdem ich zum zweiten Mal die sterile Wohnung passiert hatte, fühlte ich mich etwas sicherer in der Umgebung, setzte mich wieder, aktualisierte erst einmal die ohnehin ansehnlichen Kontostände Friedberts, als sei ich zu Hause, und antwortete der Anfrage des Laptops mit der korrekten Code-Nummer. Genau so problemlos wie auf mein eigenes blickte ich in diesem Moment auf Friedberts neueste Umsätze. Ein Girokonto und drei Tagesgeldkonten. 578.790 Euro war der Stand seines privaten Girokontos. Das war ein Wort, und Mari hatte recht gehabt, als sie sagte, dass sei ihres Wissens das mit dem geringsten Bestand. Auf dieses Konto war vor zwei Tagen der Betrag von 500.000 gutgeschrieben worden – offenbar das festgelegte und nun freigewordene Geld. Und das wartete darauf, an seine eigentliche Eigentümerin zurücküberwiesen zu werden.

Da ich schon so weit war, wie ich war, und Einblick genommen hatte in Dinge, die mich nichts angingen, ging es plötzlich ganz schnell. Ich füllte eine Überweisung von 500.000 Euro aus mit den Kontodaten von Ruth Hansen und schrieb in den Vermerk: »Meiner lieben Exfrau Ruth, danke für die schöne Zeit.« Dann drückte ich auf »Senden«. Und erhielt die Meldung: »Sie haben das Tageslimit überschritten!« Wie vom Donner gerührt stand ich auf und starrte diese Maschine an. Mari hatte doch gesagt, Friedbert hätte, aufgrund der Transaktionen seiner letzten Tage und der, die er vorhabe, dieses Tageslimit außer Kraft gesetzt. Ich stürzte zu meinem Rucksack und kramte nach meinem Handy. Ich wollte sie anrufen, obwohl wir vereinbart hatten, dass ich das nur im äußersten Notfall tun sollte. Das war ja wohl ein Notfall.

Als ich das Handy in der Hand hatte, besann ich mich einen Moment. Im Stehen schaute ich mir die Computerseite näher an und ich versuchte, ein wenig von der Coolness, die Mari offensichtlich an den Tag gelegt hatte, aufzubringen. Während mein Blick über den Bildschirm schweifte, fragte ich mich, warum Mari das alles machte. Sie sollte zwar die Wohnung in Lichterfelde bekommen, die sie sich ausgesucht hatte, aber gehören würde sie Ruth. Sie konnte dort wohnen, das war ihr genug. Es ging ihr um Ruth, sie mochte sie, das war deutlich geworden in Eickdorf, sie wollte die Beziehung zu ihr halten. Sie war cool, aber sie war auch allein. Irgendwann fand ich den Punkt »Sicherheitshinweise – Tageslimit«.

Langsam setzte ich mich wieder und suchte die Angabe über die eingegebene Höhe, denn ich hatte nicht vor, auf gut Glück irgendetwas zu versuchen und alles zu gefährden. Als ich keinen Hinweis fand, griff ich aufs Neue zu dem roten Ordner. Irgendetwas hatte dort gestanden. Neben der Kontonummer des Kontos, an dem ich mich gerade zu schaffen machte, war ein handschriftlicher Vermerk »250.000 Euro«. Möglicherweise hatte Friedbert sich hier die Höhe seines neu eingerichteten Tageslimits vermerkt.

Also korrigierte ich die Überweisung an die liebe Exfrau auf 250.000 Euro. Der Aufforderung, nun den Code zur Bestätigung der Überweisung einzugeben, kam ich nach – und schwupp, sie wurde akzeptiert. Weg war das Geld. Drei Stunden könne ich mir das noch überlegen, aber ich hatte das nicht vor. Gut, dass Friedbert so ein schlechtes Zahlengedächtnis hatte.

Nachdem dieser Schritt getan war, gab es kein Zurück mehr. Mit den nächsten Überweisungen hatte ich keine Probleme. Ich bedachte jetzt zum einen Rosa und dann Tobias mit dem steuerfreien Geschenk von je 100.000 Euro von zwei unterschiedlichen Tagesgeldkonten, um die Belastungen gerecht zu verteilen.

»Dem lieben Tobias, von seinem Papa«, kommentierte ich die eine Überweisung, »Meiner reizenden Tochter Rosa, von Papi« die andere. Rosa hatte Friedbert immer Papi genannt. Ich fühlte mich sehr großzügig. Im Anschluss vermachte ich vom dritten Tagesgeldkonto der lieben Exfrau die zweite Rate von 250.000 mit dem Vermerk »Meiner lieben Ruth, weil du mir so viel gegeben hast«. Ich fand das angemessen poetisch und verließ das Konto, auf dem immer noch ein Betrag war, den ich in den nächsten 20 Jahren, selbst wenn ich ein Gehalt über der Armutsgrenze hätte, nicht würde verdienen können.

Auch das letzte Konto, ein Schweizer Konto, machte mir im Blick auf das Limit keine Probleme, es setzte lediglich meine innere Rechenmaschine in Gang und das Ergebnis meiner Berechnungen war: Betrug. Friedbert hatte wesentlich mehr verdient durch die Stühle, das Patent, den Vertrieb anderer Exquisitmöbel und zuletzt durch den Verkauf der Fabrik, als er bei Gericht und – wahrscheinlich auch bei der Steuer – angegeben hatte. Deshalb langte ich noch einmal ordentlich zu und überlegte sogar einen Moment, den Anteil von Ruth hochzusetzen. Da wir aber die Höchstgrenze festgelegt hatten, wollte ich nicht zu eigenmächtig sein. Ruth hatte schließlich ein ausgemachtes Gerechtigkeitsgefühl und ich wollte den Bogen nicht überspannen. Daher erhielt Ruth noch mal 300.000 Euro vom heimlichen Schweizer Konto.

Es gab noch ein Konto bei einer hessischen Bank, das Friedbert mit TAN-Nummern-Generator bediente. Der Generator lag in dem Regal in einer Schublade unter einer afrikanischen Skulptur mit Speer. Die Kontonummer hatte mir Mari diktiert, ich hatte sie ihr heute Morgen nach dem Diktat drei Mal wiederholen müssen. Eigentlich hatte ich alles erledigt, denn wir hatten unser persönliches Tageslimit auf insgesamt eine Million begrenzt.

Da ich aber nun schon mal hier war, klickte ich Firefox an. Das war, wie Mari mir mitgeteilt hatte, sein Browser, und dort hatte er seine Lesezeichen eingeordnet. Friedbert startete mit www.playboy.de und ich schaute in die Augen des Playmate des Monats.

Ich war noch nicht einmal eine Stunde in der fremden Wohnung und hatte alle Transaktionen bereits erledigt. Das war auch notwendig. Denn die Überweisungen mussten am selben Tag geschehen, an dem Friedbert noch in seiner Wohnung gewesen war. Heute Mor-

gen hatte er hier mit Mari gefrühstückt und anschließend waren sie losgefahren in ein schönes Wochenende
am Bodden, mit weiten Spaziergängen. Mari konnte
durchsetzen, was sie wollte, und nachdem ich zugesagt
hatte, loszufahren und ihr meine früheste Ankunfts-
zeit nannte, hatte sie erst ihr Unternehmen in die Tat
umgesetzt. Als ich um 11.30 Uhr die Wohnung betreten hatte, waren sie erst eine Stunde weg. So hatten
wir das verabredet, und ich war sicher, dass sie es so
umgesetzt hatte.

Nun war es 12.25 Uhr und alles war erledigt. Wahrscheinlich wurde ich daher übermütig. Ich lehnte mich
in Friedberts schwarzem Schreibtischsessel zurück und
sah auf die andere Straßenseite. Eine Frau stand am
Fenster in der Wohnung gegenüber, interessierte sich
aber nicht für mich.

Der Prospekt der »Nomburgshauser Tafel«, für
die Ruth und Monika Schmerbusch sich engagierten,
steckte immer noch in der einen Seitentasche meines
Rucksackes. Im Zug hatte ich ihn wieder und wieder gelesen, um meine Gedanken zu bündeln. Jetzt
holte ich ihn raus und spendete dem Verein – ach, was
soll's!, dachte ich – 50.000 Euro und vermerkte, dass
50 Prozent davon der angeschlossenen Obdachlosen-
initiative »Dach über dem Kopf« zukommen sollten.
Außerdem ergänzte ich: »Bitte um Spendenquittung«
und gab Friedberts Adresse im Hannoverschen Zoo-
viertel an.

Die Frau in der gegenüberliegenden Wohnung
blickte nun herüber, schien sich aber immer noch
nicht für mich zu interessieren. Aber ich verwarf den

Gedanken, im Internet noch weitere Konten von gemeinnützigen Vereinen zu suchen, denen ich gegen Spendenquittung ein bisschen von Friedberts Konto überweisen konnte, und schaltete das Gerät aus.

Da klingelte es an der Wohnungstür. Ich blieb regungslos neben dem Laptop stehen, dessen Bildschirm mit einem Pling, das mir in den Ohren sang, in sich zusammenfiel und schwieg. Ohne mich zu bewegen, drückte ich den Bildschirm herunter, als es das zweite Mal klingelte. Die Ordner lagen alle noch auf dem Schreibtisch. Ich rührte mich nicht und lauschte auf Geräusche an der Tür. Das Blut pochte in meinen Ohren, aber Friedbert und Mari konnten es nicht sein, die hatten schließlich einen Schlüssel. Erschöpft sank ich in die Knie und hockte auf dem grauen Langhaar-Wollteppich, meine Knie umklammert.

Es war wieder Stille in die Wohnung eingekehrt. Möglichst geräuschlos erhob ich mich und stellte die Ordner zurück zu Meuth/Neuner-Duttenhofer und neben das Fotoalbum, meinen Notizzettel und den Prospekt der »Nomburgshauser Tafel« steckte ich in eine mit Reißverschluss gesicherte Innentasche meines Rucksacks. Dann beugte ich mich vor, um den Schreibtisch zu betrachten, auf dessen Oberfläche unansehnliche Flecken durch die Gummihandschuhe zu sehen waren.

In der Küche stand noch das Frühstücksgeschirr von zwei Personen, in der Kaffeemaschine war noch ein Rest Kaffee. Ich blieb im Türrahmen stehen und angesichts dieses einzigen Zeichens von Leben in dieser Wohnung überkam mich ein Anflug von Reue. Um dem nicht zu lange nachzuhängen, griff ich einen Lappen, befeuchtete ihn mit ein wenig Essigreiniger, der unter der Spüle stand, und ging zurück ins Arbeitszimmer, um die Chinalack-Platte um den roten Filz auf dem Schreibtisch abzuwischen.

Es sah aus, als wäre nichts geschehen. Mit einem Blick rundum über alle Dinge, die ich berührt hatte, vergewisserte ich mich, dass alles in Ordnung war und ging mit dem Rucksack auf dem Rücken zurück in die Küche, platzierte den Lappen an Ort und Stelle. Zum Abschied warf ich noch einen Blick in die Gästetoilette, um zu überprüfen, dass ich auch wirklich keine Spuren hinterlassen hatte.

Der Wohnungsschlüssel steckte noch von innen, ich schloss vorsichtig auf, öffnete die Tür in das stille Treppenhaus, trat hinaus und zog die Tür hinter mir ins Schloss. Möglichst geräuschlos schloss ich beide Schlösser, diesmal nahm ich gleich die richtigen Schlüssel. Ich steckte den Schlüssel zurück in meine rechte Jackentasche und ging langsam die Treppe hinunter, nicht zu schnell. Am Treppenabsatz warf ich noch einmal einen Blick zurück auf die Tür. Der Jutebeutel mit Spitzkohl und Kaffee stand weiß und leuchtend unter dem blanken Messingschild. Mit drei Sätzen sprang ich die Treppe wieder hoch und stolperte so über die letzte Stufe, dass ich um ein Haar gegen die Wohnungstür gefallen wäre. So schlug ich zum Glück geräuschlos vorher auf und rutschte auf dem roten Sisalläufer mit dem rechten Knie entlang. Ich griff den blöden Beutel und stürzte die Treppe hinunter. Auf der Straße erst versuchte ich langsamer zu gehen, musste mich aber zusammenzureißen, um nicht bis zur nächsten Straßenecke zu joggen.

Ich zählte bis drei und ging einfach weiter. Es gab keine Eile. Zwei Straßen weiter warf ich den Jutebeutel samt Inhalt in einen großen Müllcontainer, der zum Glück nicht verschlossen war, und ging den Weg bis zum Hauptbahnhof zu Fuß.

21. Kapitel

Ruth holte mich in Nomburgshausen vom Bahnhof
ab. Sie stand auf dem Bahnsteig und ich sah sie schon
bei der Einfahrt, mein Waggon fuhr fast hundert Meter
an ihr vorbei und ich musste über den gesamten Bahnsteig zurückgehen. Sie kam mir langsam entgegen und
als ich auf sie zuging, wusste ich nicht, was ich machen
sollte. Die Tränen stiegen mir hoch und gleichzeitig
lachte ich sie an.

»Ach, Karoline!«, sagte Ruth, streichelte mir über
die Wange und umarmte mich. Da fing ich an zu heulen. Sie nahm mich fest in den Arm und strich über
meinen Rücken.

»Ach, Karoline«, wiederholte Ruth. »Wir hätten
das nicht tun sollen.«

Ich löste mich ein wenig von ihr und schüttelte den
Kopf. »Doch, doch!« Hätte, hätte, dachte ich an die
verdammte Tante Hedwig, wir hatten aber! Es war
geschehen und nun mussten wir auch tapfer dabei-
bleiben. Es gab nur den Weg nach vorn. Der ging erst
einmal gemeinsam durch die Unterführung des Nomburgshauser Bahnhofs.

Wir stiegen die Treppen nebeneinander hinunter
und passierten den kurzen Tunnel zum Hinteraus-
gang des Kleinstadtbahnhofs. Hier stand Ruths neuer
Wagen, ein kleiner französischer Kastenwagen.

»Schönes Auto!«, lobte ich, als sie wir einstiegen.

»Ja, finde ich auch. Es ist praktisch. Vor allen Dingen gut für mein neues Kräutergeschäft.« Ruth lächelte mich an und fuhr los. »Rosa ist da, und übermorgen Abend kommt Tobias für zwei Tage.« Angestrengt starrte sie auf die Straße.

Die beiden hatten uns jetzt gerade noch gefehlt, dachte ich. Aber im Grunde war ihre Anwesenheit ein guter Test, ob wir unsere Geschichte würden durchhalten können.

»Wir müssen aber bei unserer Version bleiben, Ruth. Auf alle Fälle!«, ließ ich meine Überlegungen vielleicht ein wenig heftig laut werden.

»Natürlich, Karoline«, antwortete Ruth, als hätte ich sie gefragt, ob sie noch eben am Supermarkt anhalten könne, weil ich das Shampoo vergessen habe. Sie bog auf die Hauptstraße ein, die aus dem Städtchen hinaus in Richtung Eickdorf führte. Erst als sie das Ortsausgangsschild passierte, erklärte sie: »Es ist geschehen, jetzt bleibt es so, wie es ist.«

Das Schild vor der Linde war endlich entfernt worden. Mit seinem großen Trecker pflügte Gerd den Acker, der links der Landstraße lag, dort hatte im Sommer Mais gestanden. Ruth grüßte ihn mit einer kurzen Handbewegung, bevor sie in den kleinen Schotterweg zu ihrem Häuschen einbog.

»Wo soll ich schlafen, wenn Tobias Montag kommt?«, fragte ich, als sie den Wagen anhielt.

»Du schläfst in deinem Zimmer, wie immer, Tobi kann unten auf dem Sofa übernachten.«

Die Küchentür öffnete sich und Rosa kam heraus. Sie sah aus wie Ruth, zierlich und dunkel, schöner noch als ihre Mutter, und resoluter als sie. Sie riss die

Wagentür auf und umarmte mich. In den Sitz gedrückt blickte ich der kleinen Rosa in die dunklen Augen.

»Toll siehst du aus, Karoline!«, sagte Rosa und küsste mich rechts und links auf die Wangen. Nach einer kurzen Musterung ließ sie mich aussteigen.

»Hast du nur diesen Rucksack mit?«, fragte sie, als sie mich zum Haus begleitete. Ruth nahm noch einige Einkäufe aus dem Wagen, die sie in Nomburgshausen erledigt hatte, und trug sie hinter uns her in die Küche.

»Ja, ich bin spontan gekommen, und … ich hab ja auch immer ein paar Sachen hier.« Das stimmte, ausrangierte Kleidung lag als Landgarderobe oben in der Kommode und ich hatte ja nicht vor, wieder auf eine Silberhochzeit zu gehen.

Rosa setzte sich im Schneidersitz mir gegenüber auf einen Stuhl am Küchentisch. »Ich war in Rom mit … José.« Rosa sah schrecklich süß aus.

»José ist sogar schon hier gewesen!«, sagte Ruth, die den Käse vom Einkauf in den Kühlschrank legte. Rosa lächelte mich an und klimperte mit ihren schwarzen Wimpern.

»Ja«, seufzte Rosa und schaute mich an. »Meint ihr, das war zu früh?«

Ruth lachte und bot mir etwas zu essen an. Seit dem Frühstück in Berlin hatte ich nichts gegessen. In Hannover hatte ich zwar nicht lange auf den Regionalzug warten müssen, aber jetzt war bereits später Nachmittag.

»Das kommt drauf an. Für was zu früh?«, nahm ich den Faden wieder auf und hob die Brauen.

»Zu früh für … na, nicht dass er auf den Gedanken kommt, ich will ihn … haben«, erörterte Rosa, »also fest, verstehst du!«

»Warum sollte er nicht auf diesen Gedanken kommen dürfen?«, fragte ich und fing an, mir ein Käsebrot zu machen, für das Ruth mir alles hingestellt hatte.

»Es ist nicht gut, wenn ein Mann weiß, dass die Frau zu verliebt ist«, erklärte Rosa nun.

»Meinst du«, fragte ich sie, »ist das deine Erfahrung?«

»Nein, deine!« Rosa sprang vom Stuhl. »Das hast du mir noch beim letzten Mal, als wir uns gesehen haben, ins Herz gepflanzt.«

Rosa lachte, nahm mir das Messer aus der Hand und machte sich ebenfalls ein Käsebrot. Wir saßen zu dritt am Küchentisch, tranken Tee und sprachen über Rosas Liebe, über Rom und Salamanca und Eickdorf. Ruth erzählte davon, wie weit sie mit der Vorbereitung ihres Kräuterackers war und wie die engere Zusammenarbeit mit Gerd sich angelassen hatte. Es wurde dunkel und wir bewegten uns nicht von der Stelle. Obwohl es ein bisschen kühl wurde, hatte keine von uns Lust, den Holzofen anzumachen, der in der Übergangszeit für Wärme sorgte. Es war wie früher, vor nur wenigen Jahren, als Rosa mit ihrer Mutter allein hier wohnte. Rosa war verliebt und sie war – wenn Tante Hedwig noch wäre, würde ich es sagen – »ganz entzückend«.

Ruth und ich konnten uns nicht unter vier Augen unterhalten. Ihre Tochter durfte natürlich nichts wissen, das hatte sich Ruth ausbedungen, und so hatten wir uns es auch gegenseitig versprochen, Rosa gegenüber nichts verlauten zu lassen. Ruth wollte ihre Beziehung zu Rosa nicht dadurch gefährden, dass sie sie ungefragt zur Komplizin machte. Sie wollte auf jeden Fall verhindern, dass Rosas gutes, aber distanziertes Verhältnis zu ihrem Vater darunter leiden würde. Wie das allerdings ohne Schrammen abgehen sollte, war uns beiden nicht klar. Deshalb blieben wir so lange in alter Unschuld sitzen, wie es ging.

»Ich telefoniere mal ein bisschen!«, sagte Rosa gegen acht, klimperte kokett mit den Lidern, griff sich das Telefon und verschwand nach oben.

Mein Handy schwieg seit Stunden. Im Zug hatte ich es wieder angemacht, aber ich hatte bis jetzt noch keinen einzigen Anruf erhalten. Mari war informiert, dass alles erledigt war. Ich hatte sie in ihrem Zimmer an der Ostsee erreicht und nur kurz Bescheid gegeben, dass sie zurückkommen könne. Manuel hatte ich im Zug abermals auf die Box gesprochen, aber bis jetzt hatte er nicht zurückgerufen. Nun wollte ich nicht noch ein drittes Mal nach meinen vielen Telefonaten im Zug ins Leere laufen und mit der Box kommunizieren, also versuchte ich es nicht noch einmal. Als Rosa jedoch gegangen war, dachte ich nur noch an das nicht klingelnde Handy, an nichts anderes mehr. Und daran, dass Männer nicht wissen sollten, dass die Frauen zu verliebt sind. Eine meiner Lebensweisheiten, die Rosa mit ihren neunzehn Jahren eben erfolgreich außer Kraft setzte.

»Was ist los, du siehst so ernst aus, Karoline.« Ruth legte ihre Hand auf meine. »Es tut mir leid, ich hätte das nicht zulassen dürfen!« Sie begann zu weinen.

»Ruth, bist du verrückt?« Ich sah sie an und schluckte. »Ich bin total verliebt, und diese ganze Angelegenheit ist mir mitten in meine Liebesaffäre geschossen.«

An diesem Punkt platzte bei mir der Knoten und ich erzählte und erzählte. Und Ruth hörte mir zu und verstand, dass ich fast delirierte von dem wunderbarsten Mann, den ich mir je hätte träumen können. Was erzählt ist, ist in der Welt und kann beurteilt werden. Als ich meine Ängste und Hoffnungen Ruth gegenüber ausgesprochen hatte, war mir selbst die Bedeutung klar geworden, die das für mich hatte: Ich hatte aufgegeben, mich gegen die Abhängigkeit zu widersetzen, in die die Liebe den Menschen manövriert.

»Dich hat es ja wirklich erwischt!«

»Ja!«

»Und warum rufst du ihn jetzt nicht endlich an?« Ruths Blick war herausfordernd und weil sie mich besser kannte als irgendjemand anders auf der Welt, setzte sie noch hinzu: »Der Mann ist dir doch verfallen, lass ihn nicht zappeln!« Damit stand sie auf, ging zum Ofen und schichtete ein wenig Holz auf.

Ich schnappte mir mein Handy und ging damit vor die Küchentür.

Es klingelte zweimal.

»Warum hast du mich so lange warten lassen?«, fragte die schönste Stimme der Welt, und vor Rührung sagte ich erst einmal nur »Oh«, und bat ihn mit dem nächsten Atemzug, diese Frage noch einmal zu wiederholen. Das tat er.

»Warum hast du mich denn nicht angerufen?«, fragte ich ihn dann und Manuel erinnerte mich daran, dass ich ihm den ganzen Tag immer wieder gewichtig hinterlassen habe, er solle mich nicht anrufen, ich würde mich abends selbst melden. Er täte, was die Prinzessin ihm auftrage. Fast eine halbe Stunde säuselten wir noch ins Telefon, bis uns nichts mehr einfiel, und ich kam verklärt und durchgefroren zurück ins Haus.

»Na bitte!«, kommentierte Ruth nur und legte die Zeitung zur Seite.

Auch Rosa kam wieder herunter. Wir blieben die nächsten paar Stunden vor dem Ofen hocken und Rosa und ich erzählten uns gegenseitig von den guten Seiten der Liebe. Ruth lag auf ihrem Sofa und freute sich über ihre gut gelaunte Tochter.

～⚬～

»Wo bringen wir denn Mari jetzt noch unter?«, fragte Ruth.

Es war Montagmittag, Ruth war gerade aus der Apotheke wiedergekommen, Rosa hatte das Unkraut im Beet vor dem Haus neben dem Sitzplatz gehackt, und ich hatte mich gerade angezogen. Die Anstrengungen der letzten beiden Tage hatten mich niedergestreckt und als ich gegen elf Uhr verschlafen nach unten kam, schickte mich die zarte Rosa resolut in die Badewanne.

»Ich bring dir einen Tee!«, ordnete sie an und so lag ich noch fast eine weitere Stunde in dem beduselnden, lauen Wasser und ließ es mir gut gehen. Den Vorwand eines Kunst-Kaufs in Hannover hatte ich Manuel gestern als Unsinn offenbart und ihm einfach die Wahrheit gesagt. Dass ich bei Ruth sei, dass wir wichtige Dinge organisieren und besprechen müssten und dass ich einige Tage, wie lange, sei nicht klar, bei ihr verbringen müsse. Das hatte dieser verständige Mann sofort eingesehen, die Wahrheit ist oft leichter und nachvollziehbarer. Dass er sich eine kriminelle Braut genommen hatte, wusste er natürlich nicht.

»Sie kann bei mir schlafen, ich gebe der Königin mein Bett und ich schlafe auf der Iso-Matte.«

Wir stritten uns noch eine Weile, wer wo auf dem harten Boden Quartier nehmen würde, also ging ich einfach rauf und richtete für mich das Lager auf dem Boden. Auf der Suche nach einer Decke und frischer Bettwäsche für Mari stand ich auf dem Flur im ersten Stock vor dem Wäscheschrank, als Rosa aus ihrem Zimmer stürzte.

»Mama, Mama, komm mal hoch!«, rief sie. »Guck mal!«

Langsam kam Ruth die offene Treppe nach oben. Unsere Blicke trafen sich.

»Was ist denn los, was willst du mir zeigen?«

Rosa stand in der geöffneten Tür ihres Zimmers, zog die Schultern hoch und schien verunsichert wegen ihrer eigenen spontanen Reaktion. »Guck mal, Mama!«, wiederholte sie von der Tür aus und zeigte ins Zimmer auf ihren Schreibtisch, auf dem der geöffnete Laptop stand. Entschieden führte sie Ruth, die ein wenig zögerte, am Ärmel zum kleinen Schreibtisch. Ich folgte langsam und schaute von der Tür aus zu. Mit dem Zeigefinger wies Rosa auf die Zahlen ihres Kontos, das sie aufgerufen hatte.

»Guck dir das an!«, sagte sie und schüttelte den Kopf. Ich trat kurz entschlossen ebenfalls näher. Auf Rosas Konto, dessen alter Kontostand sich auf übersichtliche 92,80 Euro bezifferte, waren 100.000 Euro gutgeschrieben worden und summierten sich zu dem stattlichen neuen Betrag von 100.092,80 Euro.

»›Meiner reizenden Tochter Rosa, von Papi.‹ Papa spinnt. Ich sage, seit ich 12 bin, nicht mehr Papi.« Sie schaute ihre Mutter an, die schweigend auf den Bildschirm sah, und wenig später auf mich. »Was soll ich denn bloß mit dem vielen Geld? Er hat mir doch erst vor ein paar Monaten ein dickes Sparbuch geschenkt.« Rosa sah verwirrt aus und blickte ihre Mutter weiterhin vorsichtig von der Seite an. Die gab immer noch nichts von sich, außer ein paar undefinierbaren Lauten wie Mmh oder Tja.

»Ich denke, er ist einsam«, dachte Rosa weiter laut vor sich hin, weil sich Ruth immer noch nicht zu dem Ereignis äußern wollte. »Er tut mir ein bisschen leid.« Sie sah nun mich an.

»Vielleicht ist es das«, vermutete ich ebenso, »er ist wahrscheinlich einsam … und allein!« Ich überlegte, was Friedbert sonst noch getrieben haben könnte, seiner Tochter so viel Geld zu schenken. »Geld allein macht auch nicht glücklich!«, fügte ich darum noch aus der Schatzkiste meiner Tante-Hedwig-Sprüche für alle Gelegenheiten hinzu.

Jetzt guckte Rosa skeptisch. »Ach!«, sagte sie dann, setzte sich auf den Stuhl vor den Laptop und kratzte sich am Kinn. »Auch wenn ihr so guckt, es macht mich ein bisschen traurig, und ich finde es schwierig für

mich, dass er meint, er müsse mir nun ununterbrochen Geld geben.« Sie winkte uns mit einer Bewegung
ihrer Hand aus dem Zimmer. »Ich werde mich bei ihm
bedanken ... und ihm das schreiben!« Sie käme gleich
runter, wir sollten sie jetzt einen Moment allein lassen, und dabei öffnete sie schon ihr Mail-Programm.
Wir gingen die Treppe herunter, betreten schweigend,
und setzten uns an den Küchentisch.

»Friedbert ist einsam und allein. Er will nicht einsam sterben, Ruth!«, sagte ich und unterstrich diese
psychologische Einordnung mit einem weisen Nicken
meines Hauptes.

»Soll ich uns einen Tee machen?«, fragte Ruth und
sah mich streng an.

»Gute Idee!«, stimmte ich zu. »Friedbert hat sich
besonnen, das ist doch toll!«, fügte ich in ihrem Rücken
hinzu, während sie das Wasser in die Teekanne laufen ließ. Sie hantierte die ganze Zeit am Herd, bis der
Tee gezogen hatte, und ich informierte mich im Nomburgshauser Tageblatt über die letzten Vorstandswah-
len des örtlichen Kulturvereins. Dann brachte Ruth
zwei Tassen und schenkte ein. Wir tranken schweigend
den Tee, als Rosa die Treppe wieder herunterkam. Sie
nahm sich auch eine Tasse und setzte sich wieder im
Schneidersitz auf den Stuhl neben Ruth.

»Ich bin ziemlich sicher, dass Papa auch Tobias Geld
überwiesen hat!«

»Ich auch!«, stimmte ich ihr zu.

»Karoline ...«, formulierte Ruth ziemlich scharf und
warf mir einen kurzen Blick zu.

»Doch, Ruth«, widersprach ich und starrte in meine

Teetasse, »du hast zwar Schwierigkeiten mit Friedbert, aber seinen Kindern gegenüber war er immer gerecht!« Ich hob den Kopf und schaute sie direkt an. »Da musst du mir doch recht geben, oder?«

Rosa stimmte zu. »Stimmt, Karoline, zu uns war er immer korrekt … und lieb!«

Ruth sah ihre Tochter an und dann mich. Deshalb fühlte ich mich ermutigt, weiter über Friedberts gute Seite zu spekulieren. »Das stimmt wahrscheinlich, Rosa, vielleicht sieht dein Vater außerdem, dass es besser ist, zu teilen!«, gab ich eine weitere Überlegung zum Besten. Daraufhin stand Ruth so unvermittelt auf, dass der Stuhl fast umstürzte, und verschwand nach draußen.

Ein wenig bedrückt schaute Rosa ihrer Mutter nach, sie musste vermuten, dass Ruth sich wieder über die juristische Niederlage erregte. Es blieb Rosa ja kaum etwas anderes übrig, irgendwie schien das auf der Hand zu liegen, es sah alles so aus, als ob Ruth bitter sei und an den verlorenen Prozess dachte, in dem sich Friedbert gerade nicht von seiner allerbesten Seite gezeigt hatte. Als Rosa aufstand und ihrer Mutter nachgehen wollte, hielt ich sie zurück.

»Lass mal, ich gehe zu ihr.«

Ruth war in den Garten gegangen, hockte am Rand des Kräuterbeetes und hackte Unkraut, an der Stelle, wo Rosa am Morgen die Hacke liegengelassen hatte. Ich schaute ihr einen Moment zu und wartete.

»Es ist alles in Ordnung«, sagte Ruth, »aber mach keine Possen!«

»Das sind keine Possen. Das, was ich sage, wirkt

nur so grotesk, weil es sich um Friedbert handelt und nicht recht zu ihm passen will. Es könnte aber alles wirklich so sein. Und für uns muss es wirklich sein. Das ist hier die richtige Vorstellung, die wir dem Publikum geben.«

Ruth nickte wortlos und hackte weiter. Genau diese Geschichte, die Rosa nun vermutete, hatten wir vorgehabt zu erzählen, komme, was wolle. Die ganze Sache sollte doch so aussehen, als ob Friedbert höchstselbst das Geld überwiesen habe. Das Entscheidende sei doch, insistierte ich bei Ruth, dass diese Geschichte auch Friedbert selbst dargeboten werden müsse.

»Auch wenn es dem Publikum – wenn ich mal in dieser Begrifflichkeit bleiben darf –, schwerfällt, das zu glauben, weil es ihn ganz anders kennt.« Wenn aber Rosa und Tobias ganz selbstverständlich annähmen, ihr Vater hätte es getan, und ihm zutrauten, dass er ihnen etwas geschenkt habe, werde es doch schon fast wahr. Ruth müsse jetzt eigentlich gleich an den PC, ihr Konto prüfen, um sich auch an Friedberts Kehrtwende ihr gegenüber zu begeistern.

Nun ließ Ruth die Hacke fallen und stand auf. »Karoline, das kann ich nicht. Ich kann das nicht Rosa gegenüber.«

»Rosa wird es glauben, wenn du es auch für möglich hältst. Alle werden es glauben … müssen.« Ich wurde eindringlicher und fasste ihr auf die Schulter. »Ruth, du musst das auch glauben. Wenn du jetzt an Friedberts Freigiebigkeit zweifelst, machst du mich zur Kriminellen!«

Ruth sah mich an und kaute auf ihrem Daumennagel. »Du hast ja recht. Ich habe eben einfach Skrupel bekommen, bei Rosas Mitleid mit ihrem Vater, der so allein ist.« Sie nahm mich am Arm. »Du hängst ja drin. Das habe ich einen Moment vergessen, es tut mir leid.«

Wir gingen langsam zur Dielentür.

»Aber jetzt auf mein Konto gucken, das kann ich nicht.«

Es stimmte, sie würde wahrscheinlich keine überzeugende Vorstellung hinlegen.

»Dann guckst du erst später, wenn Rosa nicht dabei ist.« Mit der Hand auf der Klinke wiederholte ich noch einmal, was wir vor ein paar Wochen verabredet hatten. Ich sei schließlich hier, damit wir uns gegenseitig unterstützen, gemeinsam reagieren könnten und damit sie dem nicht allein gegenüberstehe, da Friedbert mit Sicherheit in den nächsten Tagen irgendetwas unternehmen würde. Deshalb käme auch Mari heute Nachmittag. Wir hatten das zu dritt angefangen, nun wollten wir das auch zu dritt zu Ende bringen. Außerdem wollten wir auch feiern.

»Mach dir keine Sorgen«, beruhigte mich Ruth und drückte die Klinke mit meiner Hand, die dort immer noch lag, herunter. Wir gingen zurück in die Wohndiele, wo Rosa mittlerweile mit ihrem Bruder telefoniert hatte, um von ihm in einer Konferenzschaltung zu erfahren, wie der Stand seines Kontos sei.

»Mama, wie ich gesagt habe, Tobi hat auch 100.000 Euro bekommen. Ich hatte recht.«

»Schön, mein Kind!«, sagte Ruth und nahm sie in den Arm.

»Friedbert ist doch für einige Überraschungen gut!«, konnte ich mich nicht enthalten zu kommentieren, aber so leise, dass die beiden es nicht hörten.

☙❧

Mari kam gegen vier Uhr in Nomburgshausen an und ich holte sie am Bahnhof ab. Sie hatte Friedbert am Sonntag verlassen. Sie hatte nicht nur seine Wohnung verlassen, sie hatte ihn ganz verlassen. Sie musste Friedbert nicht lange erklären, dass ihre Beziehung keine Zukunft habe, da war schließlich das Alter, aber er sei geknickt gewesen und traurig, und konnte nicht verstehen, dass sich in diesen wenigen Wochen, die sie sich getroffen hatten, ihre Einstellung zu ihm geändert habe. Sie hätte doch gewusst, wie alt er sei. Das erzählte sie mir auf der Fahrt vom Bahnhof nach Eickdorf.

»Karoline, jetzt tut er mir wirklich ein bisschen leid. Im Grunde war er ein Untersuchungsobjekt für mich, ich wollte einfach sehen, wie ein Mann ist, der seine Frau über den Tisch zieht.« Als wir über den holprigen Schotterweg zum Haus fuhren, schloss sie ihre Gedankengänge. »Es ist nicht alles so einfach, wie es von der einen Seite aussieht.«

Ruth kam heraus, als wir ausstiegen, und blieb ein paar Meter vor Mari stehen, wie vor einer nach langer Zeit zurückgekehrten, lieben Verwandten. Sie legte den Kopf zur Seite, wie um sich zu vergewissern, dass dieses Wesen wirklich da sei, und um sich an ihr zu freuen. Sie lächelte milde und begrüßte Mari: »Komm her, du Arme!«

Dann nahm die kleine Ruth die große Mari wie eine große starke Kriegerwitwe in die Arme. Als robuster Drahtbesen stand ich bei dieser Familienzusammenführung daneben, und wenn diese Geste nicht so beruhigend gewesen wäre, hätte ich eifersüchtig werden können. So griff ich mir nur die Reisetasche der Adoptivtochter und ging an den beiden vorbei, um die Sachen nach oben zu bringen.

Als Mari mir nachkam in »mein« Zimmer, setzte sie sich auf das Bett, seufzte und bestand darauf, auf der Erde zu schlafen. Als ich energisch ablehnte und ihr sagte, dass sie viel zu schön sei, um ihren Luxuskörper hier auf der Isomatte zu lagern, und außerdem hinzufügte, dass sie auch zu lieb sei, schien es mir, als sei sie rot geworden.

Später tranken wir gemeinsam Tee draußen vor der Diele in der letzten warmen Sonne des Jahres. Aber insgesamt waren die Tage recht kühl geworden und als wir zu frösteln begannen, gingen wir ins Haus.

Ruth, Mari und ich hatten uns gerade an den Ofen gesetzt. In der Übergangszeit des Jahres heizte Ruth mit ihrem Holzofen und wir machten es uns davor gemütlich. Wir drei waren allein, Rosa war mit dem Auto zu einer alten Schulfreundin gefahren und wollte anschließend um Viertel nach sechs zum Bahnhof, um Tobias abzuholen.

Wir wollten heute feiern und hatten auch allen Grund dazu. Ruth war am Morgen doch neugierig gewesen und als Rosa gefahren war, hatte sie sich vergewissern können, dass ihrem Konto 800.000 Euro gutgeschrieben worden waren. Nach einem kurzen

Blick auf das Konto hatte Ruth den PC wieder ausgeschaltet.

»Was soll's!« sagte sie.

Nun saßen wir hier, Ruth hielt die gekühlte Weißweinflasche in der Hand und wollte uns genau in dem Moment einschenken, als Friedbert Hansen und sein Anwalt Dr. Hans-Günther Fissenewerth vorfuhren.

»Da kommt Friedbert mit dem dicken Fissenewerth im Schlepptau!«, informierte uns Ruth und verfolgte mit der Flasche in der Hand, wie die beiden gemächlich aus dem dicken dunkelblauen BMW stiegen, die Autotüren bedrohlich lässig fallen ließen und gemeinsam langsam auf die Dielentür zuschritten.

Das war das erste Mal in den knapp drei Monaten, die ich Mari kannte, dass sie die Fassung zu verlieren schien, was nur hieß, dass die unmittelbare Reaktion auf ein Ereignis in ihrem Gesicht abzulesen war. Ich straffte mich, in der Erwartung, gleich auf zwei Frauen aufpassen zu müssen.

Und jetzt, als Friedbert mit Dr. Fissenewerth vor der Tür stand, wurde sie bleich. »Das wird nicht einfach werden«, sagte sie. Doch Mari blieb auf dem alten Sofa sitzen und nahm Ruths Angebot nicht an, sich nach hinten zu verziehen. Ich hätte es auch lieber gehabt, wenn sie sich versteckt hätte, aber sie blieb. Von diesem Zeitpunkt an ließ sie kein Wort mehr verlauten.

Die beiden Herren näherten sich dem Haus. Ruth öffnete die große Dielentür, durch deren Scheiben wir sie hatten vorfahren sehen, und strahlte Friedbert an. »Schön, dass du gekommen bist, Friedbert.«

Dr. Fissenewerth zog seinen Mund affektiert zusammen und warf Ruth einen bösen Blick zu.

»Was fällt dir ein, du verlogenes Weibsstück!«, schnauzte Friedbert sie an und ging mit drei Schritten an ihr vorbei bis in die Mitte des Raumes. »Da hocken sie ja alle zusammen!« Mit einer ausladenden Handbewegung zeigte er über uns wie über die Ausgeburt der Hölle und machte ein entsprechend angewidertes Gesicht.

»Friedbert, was ist denn? Ich dachte, du bist zum Versöhnungsglas gekommen!«, fiel Ruth ihm ins Wort und winkte mit der Weinflasche. Alle Achtung! Warum denke ich nur immer wieder, sie sei zu zart für dieses Leben. Seit unserem Gespräch am Beet sah ich mich mit einem Bein im Gefängnis und hatte mich die ganze Nacht herumgewälzt, in der Sorge, Ruth würde schlappmachen. Aber heute Morgen hatte sie mich geweckt, mir den Kaffee ans Bett gebracht und gesagt: »Keine Sorge, ich bin stark wie eine alte Wurzel!«

Ich fand, das sei ein eigenartiges Bild, aber ich umarmte sie dankbar. Von da an war ich wohlgemut. Dass sie aber so unverblümt nach vorn stieß, das hätte ich nicht erwartet. Friedbert hatte das auch nicht und blieb wie angewurzelt stehen. Sein Unterkiefer klappte herunter, er verzog sein Gesicht zur Frage und sog die Luft durch die Nase.

»Versöhnung, du verdammte ...«, auf der Suche nach einer guten Beleidigung zögerte er.

»Keine Verbalinjurien, Bert«, fiel ihm nun Adjutant Hans-Günther ins Wort und eilte ihm ostentativ zur

Seite. Er hatte Tuchfühlung mit Friedbert aufgenommen und legte ihm sogar beschwichtigend die Hand auf den Unterarm

»... Frau!«, vervollständigte der Ex-Mann seinen Satz und funkelte Fissenewerth böse an.

»Friedbert, ich danke dir dafür, dass du meinem Wunsch nachgekommen bist, und mir das Geld, um das ich dich gebeten habe, überwiesen hast«, sagte Ruth ihren Text erst einmal brav auf und hielt sich dabei an der Tischkante fest.

»Mein Mandant, Friedbert Hansen, wird Strafanzeige erstatten wegen Hausfriedensbruch, Betrug und ...Berti, was ist denn?«

Friedbert hatte Fissenewerths Anklageschrift abrupt unterbrochen, indem er seinen Arm ungehalten abschüttelte und einen Schritt auf das Sofa zu machte.

Er sah Mari an und schnaubte.

»Berti, lass dich nicht zu etwas hinreißen!« Dr. Fissenewerth war Friedbert abermals einen Schritt gefolgt.

»Verdammt, lass mich doch in Ruh!« Friedbert zischte seinen Freund wütend an. Dann zeigte er auf die bleiche Mari, die immer noch auf derselben Stelle auf dem Sofa saß, als hätte er sie gerade identifiziert.

»Diese Frau steckt dahinter!« Mit Blick auf Fissenewerth wiederholte er: »Das ist sie, diese ... diese ...!«

»Wir werden gegen Sie Strafanzeige erstatten wegen Beischlafdiebstahls!«, setzte Fissenewerth nun an, hob seinen feisten Zeigefinger und zog sich Friedberts erneuten Zorn zu.

»Lass doch endlich diesen Quatsch, Hans-Günther!« Mit einer unwirschen Handbewegung versuchte

Friedbert, Fissenewerth zu entfernen. Der stand aber in seinem anthrazitfarbenen Anzug und seinem dicken Bauch wie eine dunkle Wolke im Raum und war nicht zu übersehen.

»Ich verstehe das nicht!«, mischte sich Ruth jetzt wieder ein und versicherte sich damit der unmittelbaren Aufmerksamkeit von Fissenewerth, der sie aufs Neue mit seinem beleidigt vorgeschobenen Mündchen und vorgerecktem Kinn ansah, was sein Doppelkinn etwas straffte.

»Hans-Günther«, wandte sich Ruth jetzt direkt an den Anwalt, den sie ja einst als Gattin in Nomburgshausen bewirtet hatte. »Was soll denn dieser Aufstand hier? Um was geht es euch eigentlich?«

»Mein Mandant Friedbert Hansen«, öffnete Fissenewerth sein Mündchen und gesellte sich zurück an Friedberts Seite, »hat mich …«

»Lass das, Hans-Günther«, winkte Friedbert ab, »das hier ist meine Sache!«, und zu Ruth gewandt, fuhr er fort: »Das ist doch abgefeimt, was ihr euch da ausgedacht habt, ihr beiden, du und diese …gewissenlose …Person!«, damit zeigte er wieder auf Mari, die bewegungslos auf dem Sofa saß.

»Friedbert!« Ruth war ganz ruhig und sprach seinen Namen aus, als sei er ein ungezogener Junge. »Ich verstehe dich einfach nicht. Was hat denn Frau Rosenberg damit zu tun, dass du mir das Geld überwiesen hast?«

Friedbert schien erst jetzt zu hören, was Ruth ununterbrochen, seit dem Einmarsch der beiden in ihr Haus, gesagt hatte. Diese Irritation war ihm ins Gesicht geschrieben.

»Was soll denn das blöde Gerede, ich hätte dir Geld überwiesen?«

»Ja, aber ... tut es dir denn jetzt plötzlich leid?«, fragte Ruth und schüttelte verständnislos den Kopf.

»Du bist wohl nicht bei Verstand!« Friedbert sog wieder die Luft ein, was Fissenewerth erneut an seine Seite brachte. Er schaute zu Ruth, gleich darauf wieder zu Mari und es schien ihm zu dämmern, dass da etwas nicht stimmte. Er dachte nach und als Fissenewerth die Pause nutzen wollte, um den Mund aufzumachen, fuhr Friedbert ihn an: »Hans-Günther, nun halt endlich mal die Fresse.«

Dr. Fissenewerth wich zurück und blieb beleidigt zwei Schritte hinter Friedbert stehen.

»Friedbert, du hast mir doch auf meine Bitte hin das Geld überwiesen. Du hast mir damals ausdrücklich geschrieben, ich müsse nur ein Wort zu dir sagen, und du würdest mir jederzeit Geld aus dem Verkauf der Fabrik geben.« Ruth legte ihre linke Hand auf die Brust und wiederholte eindringlich: »Mir, Friedbert, weil ich dich darum gebeten habe, mir hast du Geld überwiesen, nicht Frau Rosenberg.«

Friedbert glotzte Ruth an, ohne etwas zu sagen, anschließend Fissenewerth.

Alle schwiegen und Friedbert sah von Ruth zu Mari, und von Mari zu Ruth und dann einen ganz kleinen Moment vor sich auf den Boden ins Leere. Als er sich neuerlich fasste, und er aufsah, fiel sein Blick auf mich. Ich hatte die ganze Zeit hinter dem kleinen Sessel neben dem Sofa gestanden. Friedbert schien zu überlegen, wie ich ins Bild passte, und seine

Wut, die durch die Irritation kurzzeitig gedrosselt war, hatte, als er mich wahrnahm, eine neue Richtung gefunden.

»Du Aas steckst da wahrscheinlich hinter!«

›Du Aas steckst wahrscheinlich dahinter‹, konnte ich nicht umhin, ihn still zu korrigieren. Friedbert machte einen Schritt auf mich zu, mit geballter Faust, und für den Bruchteil einer Sekunde schien es, als wollte er zuschlagen. Doch Friedbert hielt nur seine geschlossene Faust in starker Anspannung vor sein teures Sakko, als wollte er sich selbst zur Raison rufen, oder die Grundhaltung der Selbstverteidigung einnehmen gegen dieses undurchsichtige Komplott. Fissenewerth war ihm wieder besorgt einen Schritt nachgerückt, diesmal allerdings ohne zu sprechen.

»Du falsche Schlange, du …« Friedbert sah sich um, blickte auf die drei Frauen, in deren Dreieck er sich mit Fissenewerth verloren hatte. »Ihr, ihr drei, ihr werdet noch mal…« Und weil er sich wohl nicht sicher war, ob wir es waren, die einmal in der Hölle schmoren würden, unterließ er es, diese Drohung auszustoßen.

»Komm, das hat hier keinen Zweck, wir gehen!« Er zog Dr. Fissenewerth am Ärmel und wollte ihn nach draußen führen.

Fissenewerth wollte aber wohl nicht umsonst mitgekommen sein, reckte sein kleines Kinn vor und versprach uns: »Sie werden schon sehen, was Sie davon haben. Dann können Sie sich ja mit der Staatsanwaltschaft auseinandersetzen.«

»Ach, Hans-Günther, sei doch bitte endlich ruhig«,

sagte Friedbert ein wenig resigniert und bittend zu seinem Freund, der hier immer wieder für ihn den Säbel zückte. »Lass uns gehen!«

Die ganze Zeit hatte ich die Kopie des Briefes von Friedbert in der Hand gehalten, um sie Dr. Fissenewerth reichen zu können. Als die beiden nun Anstalten machten zu gehen, wedelte ich mit dem Blatt und legte es auf den Tisch. »Herr Dr. Fissenewerth, diese Kopie zu Ihrer Kenntnis ...«, sagte ich und zeigte mit dem Finger darauf. Dann wies ich auf die Tür.«Friedbert, komm mal mit raus, ich will dir was sagen.«

Ein wenig überrumpelt blieb Friedbert, der sich ohnehin schon in Richtung Ausgang bewegt hatte, stehen. Fissenewerth ging zum Tisch und ich zischte Friedbert, als ich meine Schritte an ihm vorbei zur Tür lenkte, scharf ins Ohr: »Komm mal mit, ich werd dir jetzt etwas sagen. Unter vier Augen!« Ich ging weiter und Friedbert folgte mir tatsächlich nach draußen.

»Was soll das?«, fragte er, während er hinter mir herging. »Willst du mir hier drohen?«

Ich drehte mich zu ihm um, als wir in einiger Entfernung vom Haus standen. »So, Friedbert, ich sag das jetzt nur einmal. Du kannst selbst entscheiden, was du damit machen willst. Das Geld, das auf Ruths Konto ist, bekommst du nicht zurück! Du wirst keine Chance haben.«

Friedbert starrte finster vor sich hin und kniff die Augen konzentriert zusammen, denn das war ihm im Haus klar geworden.

»Deine Kinder aber denken, dass du es ihnen überwiesen hast!«

Jetzt biss er sich auf die Unterlippe. »Was willst du mir damit sagen?«

»Es liegt bei dir, ob du hier einen sinnlosen Streit vom Zaun brichst, bei dem du keine Aussicht auf Erfolg hast, oder dabei bleibst, dass du selbst deinen Kindern, und damit auch deiner Ex, diese Beträge freiwillig hast zukommen lassen!«

»Ihr seid ja abgebrüht!«

»Friedbert, das finde ich ungerecht«, antwortete ich, »wir geben dir die Chance mitzuspielen und du bekommst doch eine gute Rolle bei deinen Kindern!«

Friedbert sah mich wieder an und bewegte sinnend den Kopf. Dann begann er langsam und ein wenig resigniert zu nicken. »So habt ihr euch das also gedacht!«

»Ja, Friedbert, deine Kinder werden von mir und Ruth nichts anderes erfahren. Es bleibt dabei: Du hast ihnen das Geld gegeben! Niemand anders!«

Wir standen mitten auf der Wiese in einiger Entfernung vom Haus, als der kleine französische Kastenwagen von Ruth mit Rosa am Steuer und Tobias auf dem Beifahrersitz angeholpert kam. Als Rosa uns dort stehen sah, hupte sie laut und winkte mit der linken Hand durch das geöffnete Seitenfenster. Dann hielt sie den Wagen an, riss die Tür auf und sprang aus dem Auto. Sie lief ihrem Vater auf der Wiese entgegen.

»Papa, hallo, schön, dass du da bist!« Ungestüm sprang Rosa dem steifen Friedbert an den Hals und umarmte ihn.

»Hi, Karoline!«, sagte Rosa, als sie wieder runtersprang. Die kleine Tochter von gerade einmal 1,60

Meter sah zu ihrem großen Vater auf, der mir einen finsteren Blick zuwarf, und dann seiner Tochter über die Haare streichelte und ihren Kopf an seine Brust zog.

»Tag, meine Kleine!«, begrüßte Friedbert sie. »Tag, Tag!« Dann wuschelte er noch einmal durch ihre Haare.

»Tach, Papa!«, sagte Tobias, der mit latschigen langen Schritten seiner Schwester nachgegangen war, seinem Vater nun wie ein alter Herr auf die Schulter klopfte und ihm einen flüchtigen Kuss auf die rechte Wange gab.

»Hallo, Tobias!«, antwortete Friedbert und revanchierte sich bei seinem Sohn, indem er ihm seine Hand auf die hängenden Schultern legte. »Halt dich doch grade!«

Tobias zog die Schultern zurück und warf mir einen Blick zu. »Wie lange bist du denn in Nomburgshausen, Papa?«

»Wahrscheinlich bis morgen, oder ...«, Friedbert zögerte, »ich weiß nicht so genau.«

An der Dielentür stand mittlerweile Dr. Fissenewerth, der sich offenbar allein nicht recht traute, sich von der Stelle zu rühren. Er beobachtete die kleine Gruppe von Weitem und zog irgendwann den Wagenschlüssel aus der Hosentasche. Mit einem leichten Kopfnicken in Richtung Auto warf er Friedbert einen kurzen Blick zu und setzte sich langsam dorthin in Bewegung.

»Ich muss jetzt gehen!«, sagte Friedbert, nickte stumm und klopfte seinen beiden Kindern rechts und links in den Rücken. Die sahen erst ihn, dann einander verwundert an.

»Wieso gehst du denn schon?«

»Wir hatten hier nur kurz was zu besprechen!«, meinte Friedbert und warf mir einen unergründlichen Blick zu. Wenn ich nicht gewusst hätte weshalb, hätte man diesen Blick für anzüglich halten können. Friedbert wandte sich zum Gehen.

»Ich könnte doch heute bei dir schlafen, Papa«, hielt Tobias ihn zurück »Rosa und ich sind in Nomburgshausen auf einer Fete bei Schulfreunden und Mama hat Besuch, da …«

Friedbert drehte sich nun doch noch einmal um und machte einen Schritt auf Tobias zu. »Du hast ja einen Schlüssel …«, ermahnte er ihn mit leicht erhobener Stimme und sah ihn starr an.

»Nein … den … den hab ich verloren, ich hab meinen ganzen Rucksack mal in der Uni liegengelassen, da muss er wohl drin gewesen sein«, entschuldigte sich Tobias.

»Den ganzen Rucksack?«, fragte Friedbert, »mit meinen Schlüsseln … für beide Wohnungen?«

»Ja.« Tobias war es sichtlich peinlich, denn er verlor ja ständig irgendetwas. Er zuckte entschuldigend mit den Schultern und fügte hinzu: »Wahrscheinlich.«

Niemand, der Tobias kannte, würde es nicht glauben, wenn er gestände, er hätte seinen kompletten Rucksack irgendwo stehen lassen. Friedbert betrachtete seinen verschusselten Sohn, dann mich, die ich immer noch daneben stand. Angestrengt atmete er tief ein. »Okay, dann klingelst du eben. Ich muss jetzt gehen!«

Und damit nahm Friedbert Reißaus und ging schnell zum dicken Wagen vom dicken Dr. Fissenewerth und winkte seinen erwachsenen Kindern noch einmal zu, während der Anwalt den Wagen wendete, um zurückzufahren. Rosa und Tobias sahen sich an und die patente Rosa gab uns einen Schubs.

»Männer sind schon eigenartig, und Väter ganz besonders!«

»Auf euch!«, prostete Ruth mit ihrem Glas Weißwein und wir hoben das unsere, deklamierten »Auf dich!« und stießen schließlich gemeinsam aus »Auf uns!« Ruth, Mari und ich saßen in der Wohndiele vor dem Ofen. Es war dunkel geworden, das Feuer brannte und wir fühlten uns wohl. Mit dem Weißwein machten wir genau da weiter, wo Friedbert uns mit seinem überflüssigen Anwalt unterbrochen hatte. Nur dass wir jetzt richtig Grund zum Feiern hatten, vor zwei Stunden noch war nicht ganz klar, wie wir das alles zu Ende bringen würden. Jetzt konnten wir uns zurücklehnen.

Rosa und Tobias waren zu der Feier ihrer alten Schul- und Discofreunde nach Nomburgshausen gefahren. Sie hatten sich noch ein bisschen darüber gewundert, dass Friedbert gekommen war, um wenig später so kurz angebunden abzuziehen. Aber sie freuten sich, dass offensichtlich Bewegung in den Streit ihrer geschiedenen Eltern kam, sodass sie gar keine Lust hatten, das weiter zu erörtern. Tobias jedenfalls schien gutzuheißen, bei seinem Vater zu schlafen zu können.

»Prost noch mal!«, sagte ich und wieder stießen wir jede mit jeder an.

Es wurde ein langer Abend. Ruth erzählte von ihrer Ehe, Mari von der Ehe ihrer Eltern, ich hielt mich zurück und träumte von Manuel, und war überhaupt nicht geneigt, mir aus dem Schatz irgendwelcher Erfahrungen sagen zu lassen, dass das möglicherweise nicht gut oder sogar schlecht enden könnte. Denn ich hatte ein total gutes Gefühl.

»Prost!«, sagte ich daher noch einmal, »auf unseren Erfolg!«

»Prost!«, antwortete Mari, »ich glaube, ich werde morgen nach München fahren, und mich von Rudolf Schmerbusch verabschieden.«

Ruth war ein bisschen verblüfft, aber dann eröffnete Mari ihr in Grundzügen tatsächlich ihre bisherige Lebenskonstruktion, und traf bei Ruth auf recht pragmatische Ohren.

»Wenn wir nächste Woche die Wohnung in Lichterfelde gekauft haben, ist das ja auch nicht mehr nötig!« Bevor Mari rot werden konnte, meinte Ruth: »Aber ich glaube, es ist eine gute Idee, Mari! Er ist doch ein bisschen alt!« Wahrscheinlich hatte sie doch noch Rudimente der Silberhochzeit in Erinnerung, denn irgendein Bild schien vor ihr aufzusteigen.

»Er ist ein lieber Kerl. Deshalb werde ich das beenden!«, schloss Mari und lehnte sich auf dem Sofa zurück.

»Ich werde mit Manuel Schröder etwas anfangen!«,

steuerte ich nun auch etwas zu den Beziehungsgesprächen bei. »Ich glaube, er ist auch ein lieber Kerl.«

Der Abend wurde immer fröhlicher, wir sprachen von unseren Neuanfängen, dem Kräutergarten und von dem neuen Gewächshaus, das sich Ruth nun zulegen wollte, von ihrer zukünftigen Zusammenarbeit mit Gerd, von den gelungenen Anfängen meiner Selbstständigkeit, und von der wundersamen Kehrtwendung des Friedbert Hansen.

»Ja, auch böse Männer können sich ändern, wenn man ihnen hilft und genau nachguckt, wo sie denn den guten Kern haben«, wollte ich zu später Stunde zusammenfassen. »Wir sollten nicht so stur sein, und ihnen wie dem lieben Friedbert eine Chance geben, ihr wahres Inneres zu zeigen!«

Mari lachte. »Du sagst das immer ein bisschen sarkastisch. Aber ich denke, du hast recht. Ich werde demnächst nach Toulouse fahren und mal sehen, was mein alter, böser Vater treibt, und meine Geschwister kennenlernen.«

Da waren wir fast ein wenig gerührt von den Auswirkungen, die diese ganze Geschichte gehabt hatte und umarmten uns, und damit wir nicht zu rührselig wurden, beschlossen wir, den Abend zu beenden und ins Bett zu gehen.

In der Nacht träumte ich von Manuel, der mit großen weißen Flügeln, die aus seinen weißen Seeräuberhemdärmeln wuchsen, über die Wiese von Ruth flog und mich hochhob. Dann setzte er mich mit den Fußspitzen auf der Blüte einer Rose ab, auf der ich eine Pirouette drehte, immer schneller wurde, bis ich die Orientierung verlor, und er sprang von unten auf ein Rosenblatt und reichte mir die Hand, um mit mir zu tanzen. »Ich kann nicht tanzen!«, rief ich, aber Manuel zog mich mit und so stand ich inmitten einer Formation von Standardtänzern, sah an mir herunter und stellte fest, dass ich keine Schuhe trug. Neben mir waren lauter aufgebrezelte grelle Tänzerinnen, die mich mit ihren von Farben umrahmten Augen anstarrten und ihre Münder aufrissen. Diesmal geriet ich aber nicht in Panik, sondern ich lachte sie an, hüpfte in die Höhe und sprang wie ein Teufel aus der Kiste über sie hinweg. Als ich wach wurde, ging es mir gut, ich hörte Maris gleichmäßigen Atem oben in »meinem« Bett. Ich drehte mich auf der harten Iso-Matte um und schlief ruhig weiter bis zum nächsten Morgen.

Schluss

Ruth brachte Mari und mich, nachdem wir gefrühstückt hatten, nach Nomburgshausen zum Bahnhof. Mari fuhr in die andere Richtung, denn sie machte es wahr: Sie wollte nach München, um Rudolf Schmerbusch seine Freiheit zurückzugeben, auch wenn er die möglicherweise nicht wollte. Mari sah blendend aus wie immer und wir winkten ihr nach, bis der Zug verschwunden war, obwohl sie es nicht mehr sehen konnte.

Dann gingen wir langsam nebeneinander her, in Gedanken bei der entschwundenen Mari. Die 20 Minuten, bis der Gegenzug nach Hannover kam, wollten wir vor dem Bahnhof in der Sonne neben dem Fahrradstand warten.

»Hallo, Ruth, hallo, Karoline«, rief uns plötzlich Monika Schmerbusch zu, die auf der gegenüberliegenden Straßenseite aus einem kleinen türkischen Supermarkt getreten war. »Das ist ja eine Überraschung, dass ich euch hier treffe.«

Sie kam über die Straße zu uns, senkte die Stimme und informierte uns unter dem Siegel der Verschwiegenheit, denn eigentlich gehöre sich das ja nicht, aber – Ruth müsse sie es aber doch sagen – Friedbert hätte eine unglaubliche Spende an den Verein »Nomburgshauser Tafel« überwiesen. Also, jetzt formte sie noch ihre Hand zur Muschel, um Ruth ins Ohr zu flüstern – in 5-stelliger Höhe, ja, fügte sie hinzu – auch mit einer 5 davor!

»Ich, also Ruth, ich weiß nicht, was du davon hältst, aber ich dachte … also …dass ich ihn frage, ob er nicht mitmachen will bei uns, und vielleicht mit in den Vorsitz des Vereins kommen möchte.«

Ruth und ich sahen uns an und Monika erläuterte ihr Ansinnen mit beruhigender Stimme. »Ruth, nur wenn du nichts dagegen hast!« Sie war ganz eifrig: »Wirklich, nur wenn du nichts dagegen hast!«

Ruth versicherte Monika, dass sie überhaupt nichts dagegen habe, im Gegenteil, Friedbert hätte sich ihr gegenüber auch von einer ganz neuen Seite gezeigt, sie könnten jetzt wahrscheinlich freundlich und besonnener miteinander verkehren. Ob Friedbert allerdings Interesse hätte, das wisse sie nicht.

Ja, das wussten wir nicht, als wir uns in Nomburgshausen am Bahnhof voneinander verabschiedeten, aber man kann ja nie wissen. Nachdem Friedbert sich mit seiner Ex-Frau so generös geeinigt hatte, war es ja durchaus möglich, dass er sich auf lange Sicht auch im Ehrenamt einer Kleinstadt bewähren wollte. Zeit hatte er ja genug.

Auf der Rückfahrt nach Berlin schlief ich ein, mich störte nichts, niemand brachte mich aus der Fassung, und selbst das Telefonat eines Möchtegernmanagers, der kurz nach der Abfahrt aus Hannover dringend einige Zahlen mit seinem Kollegen im Büro abgleichen musste, ließ mich ungerührt. Ich schlief bis kurz vor Berlin.

In meiner Wohnung zurück war ich in einem anderen Film. Hier lagen immer noch die beiden Bademäntel, einfach über einen Sessel geworfen. Das Frühstücksgeschirr von zwei Menschen stand noch auf dem Küchentisch. Wie bereits vor dem schicksalshaften Wochenende durchwanderte ich auf der Suche nach weiteren Spuren meine Wohnung, die am letzten Freitag Schauplatz einer Liebesnacht geworden war. Meiner Liebesnacht. Es war zwar erst vier Tage her, aber unendlich viel Zeit war vergangen. Manuel hatte ich seitdem nicht wiedergesehen. Die Nacht war weit entfernt und fast nicht mehr wahr. Aber ich konnte davon träumen und mich in der Erinnerung suhlen, denn ich war ohne Furcht – und wartete auf Donnerstag.

Donnerstag war die letzte Stunde bei Martha Baum, und Manuel würde zurück sein in Berlin. Ein Großereignis.

»Ich habe Mari Rosenberg Ihre Telefonnummer gegeben«, sagte ich zu Martha Baum, die dieses letzte Mal, das ich bei ihr war, nicht hinter der Couch im Sessel saß, sondern mir gegenüber. Ich sah sie direkt an, denn heute ging es ans Abschiednehmen.

»Gut«, meinte meine zukünftige Ex-Therapeutin, »Ihre Freundin soll mich während meiner Telefonzeit anrufen.«

»Sie wird Ihnen gefallen!«, fügte ich noch hinzu.

»Was ist denn mit Ihnen?«, fragte sie mich nun direkt. »Wollen Sie heute noch etwas besprechen?«

»Nichts«, antwortete ich gut gelaunt. »Gar nichts!«

Ich hatte nichts mehr mit Martha Baum zu bereden, mir fiel nichts mehr ein, was es wert war, für viel

Geld analysiert zu werden, und was ich nicht allein bewerkstelligen wollte. Ich hatte viel zu viel zu tun, als dass ich die Zeit auf einer Couch verplempern könnte. Das sagte ich ihr und zeigte auf ihr Plakat. »Drei Jahre habe ich darüber nachgedacht! Jetzt ist es endlich so weit!«

»Ja, ich freue mich für Sie!«, meinte sie und lächelte mütterlich. Oder fand ich das nur mütterlich? Also Martha Baum lächelte und fragte mich dann: »Und wie ist es mit der Liebe?«

Ach ja, von den neuesten Entwicklungen in meinem Liebesleben wusste sie ja noch gar nichts! Und so hatte ich doch fast nicht genügend Zeit, über meine frisch begonnene Affäre zu erzählen, und wie gut es mir ging, und dass doch einige Indizien dafür sprächen, dass ich an einen Mann geraten sei, den nicht nur ich begehrte, sondern der mich ebenfalls wollte und der bis jetzt keine Anstalten mache, sich zu verkrümeln.

»Vielleicht haben Sie ihn diesmal nicht gleich verjagt?«, vermutete Martha Baum und ich gab ihr recht.

»Nein, ich habe es zuerst versucht, aber als er dann zu mir kam, habe ich ihn am Hemdkragen gepackt und hinter mir her in die Wohnung geschleift – so ähnlich sieht er das jedenfalls.« Ich schaute auf die Uhr und freute mich. Denn seit fünf Minuten wartete mein Geliebter unten auf der Straße, um mich abzuholen.

»Er hat mich gefragt, ob ich mit ihm eine Silberhochzeit feiere«, platzte ich heraus, »finden Sie das zu früh?«

Martha Baum lachte nur. »Normalerweise kommt ja erst die grüne Hochzeit!«

»... seines älteren Bruders, meine ich!«

Am Sonnabend sollte diese Feier in der Nähe von Lübtheen stattfinden und Manuel hatte mich am Telefon gefragt, ob ich Lust hätte mitzukommen. Ihm kam dabei gar nicht das in den Sinn, was Martha Baum und ich hier verknüpften. Seine Sorge war, ob ich es möglicherweise albern fände, wenn er zu Ehren seines Bruders mit zwei weiteren Paaren einen kleinen Auftritt hinlegen würde. Aber nichts, was dieser Mann machte, fand ich albern. Auch nicht Formationstanz. Ich hatte das unter eigenwilligen Sportarten verbucht und war sogar schon gespannt.

Ach, ich hätte diesen Mann so gern Martha Baum vorgestellt und teilte ihr das auch so mit. »Aber Sie werden wahrscheinlich von vielen Ihrer geheilten Patientinnen Liebesoden hören, und ich möchte es nicht riskieren, dass Sie ihn anders sehen könnten als ich selbst.«

»Wenn er für Sie der Richtige ist, ist das ja auch völlig ausreichend«, sagte Martha Baum und gab mir die Hand zum Abschied. Dann fügte sie hinzu. »Wissen Sie, als Therapeutin kann ich nicht viel sagen zu Ihrer neuen Leidenschaft, aber – als Mensch habe ich ein sehr, sehr gutes Gefühl!«

Die Geschichte mit Friedbert hatte ich Martha Baum nicht erzählt, aber sie musste ja auch nicht alles wissen, dachte ich, als ich die Treppe hinuntersprang. Vielleicht werde ich ja irgendwann einmal darüber schreiben.

Bevor ich die Hautür öffnete, atmete ich noch einmal tief ein.

Manuel stand entspannt an sein Auto gelehnt und kam mir entgegen. Besser kann es doch gar nicht sein.

ENDE

*Weitere Romane finden Sie auf den
folgenden Seiten und im Internet:
www.gmeiner-verlag.de*

Frauenromane

CHRISTINE RATH
Butterblumenträume
....

420 Seiten, Paperback.
ISBN 978-3-8392-1273-8.

WENDEPUNKTE Maja Winter lebt mit ihrer Tochter in Überlingen am Bodensee. Sie ist mit Erben eines großen Weingutes liiert und beruflich erfolgreich. Alles läuft in geordneten Bahnen, doch wirklich glücklich ist sie nicht. Eines Tages entdeckt sie ein malerisches Haus am See und träumt davon, dort ein kleines Café zu eröffnen. Ihre neue Freundin, die alte und lebenskluge Nachbarin Frieda, ermuntert sie, ihren Traum zu verwirklichen. Als Maja schließlich ihren Job verliert und sich in den Gärtner des Hauses verliebt, wird ihr ganzes Leben auf den Kopf gestellt und sie steht vor der schwersten Entscheidung ihres Lebens ...

SIGRID HUNOLD-REIME
Das Haus am Deich
....

277 Seiten, Paperback.
ISBN 978-3-8392-1274-5.

IM UMBRUCH Tomke ist wieder allein. Paul hat sich nun doch für seine Frau entschieden. Frustriert stürzt sich Tomke in die Arbeit in ihrer Frühstückspension, doch am liebsten würde sie auf ihre Homepage schreiben »Paare unerwünscht, Singles bevorzugt.« Zu ihren Gästen gehört die verträumte Liebesromanautorin Anne, die gedrängt wird, endlich realitätsnahe Geschichten zu schreiben. Außerdem ist da Monika, perfekt organisierte Ehefrau und Mutter von Zwillingen. Als ihre Kinder sich entschließen fernab der Heimat zu studieren, fehlt Monika eine Aufgabe und auch in ihrer Ehe beginnt es zu kriseln ...

Wir machen's spannend

Frauenromane

MARGIT HÄHNER
Spielball der Götter
....

226 Seiten, Paperback.
ISBN 978-3-8392-1269-1.

DIE LIEBESGÖTTIN Was geschieht, wenn sich eine gelangweilte griechische Göttin in das Leben und Lieben einer frustrierten Singlefrau einmischt? Lena, Ende 30 und Leserbriefredakteurin bei einer großen Kölner Zeitung, ist davon alles andere als begeistert. Doch sich gegen eine Göttin zur Wehr zu setzen, die ihr zu Liebesglück verhelfen will, entpuppt sich als Ding der Unmöglichkeit. Vor allem, wenn sich diese auch noch mit der besten Freundin verbündet. Richtig turbulent wird Lenas Leben, als auch noch andere göttliche Herrschaften auf den Plan treten ...

PETRA M. KLIKOVITS
Vollmondstrand
....

275 Seiten, Paperback.
ISBN 978-3-8392-1268-4.

FERNWEH Eigentlich ist Psychologin Rosa rundum zufrieden mit ihrem Leben. Sie hat tolle Freundinnen, einen finnischen Lebensabschnittspartner, ihre Katzen und eine Praxis am See. Als sie nach einem Urlaub auf Ibiza wieder in ihrer Heimat Österreich landet, stellt sie jedoch alles in Frage. Sie hat es satt sich um andere zu kümmern und sollte sie nicht endlich Mutter werden, solange es noch möglich ist? Als dann noch ihr geliebtes Ferienhaus auf Ibiza verkauft werden soll, ist die Katastrophe perfekt. Doch Rosa und ihre Freundinnen haben eine Idee ...

Wir machen's spannend

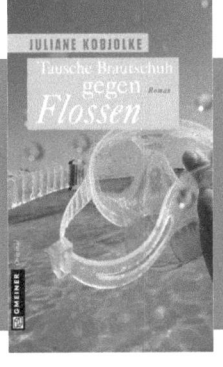

Frauenromane

GABRIELE DIECHLER
Vom Himmel das Helle
....

282 Seiten, Paperback.
ISBN 978-3-8392-1271-4.

HIMMELSSTÜRME Lea Einsiedel, Ende 40, arbeitet als Notfallpsychologin für die Mordkommission. Eines Tages hört sie eine männliche Stimme. Sie gehört zu Mark, einem Toten, der ohne Körper lebt und sich in Lea verliebt hat. Anfangs glaubt sie, sie sei überarbeitet und fantasiere. Doch als sie am nächsten Tag von ihrem Kollegen zu einem Mordfall gerufen wird, den ihr Mark angekündigt hat, muss sie sich der Wahrheit stellen. Am Tatort trifft sie auf ihre ehemalige Schulkameradin Almut, deren Mann erschossen wurde. Mit Marks Hilfe kommt sie einem grausigen Geheimnis auf die Spur …

JULIANE KOBJOLKE
Tausche Brautschuh gegen Flossen
....

xyz Seiten, Paperback.
ISBN 978-3-8392-1272-1.

INS NETZ GEGANGEN Lena Scholl ist 25, frisch verheiratet und dennoch viel zu oft allein: Ihr Mann Lukas ist Zeitsoldat und nicht selten für Wochen unterwegs. Auch der neu begonnene Job enttäuscht sie und keine ihrer der Freundinnen steht mit einer Schulter zum Ausweinen zur Verfügung. Lena flüchtet sich ins Internet, wo sie Christoph kennenlernt, der als Tauchlehrer auf Teneriffa arbeitet. Als ihr bewusst wird, dass sie beide beginnen, mehr füreinander zu empfinden, zieht Lena sich zurück, kann aber Christoph nicht vergessen. Dann erfährt Lukas von ihrer neuen Bekanntschaft und das Chaos ist perfekt …

Wir machen's spannend

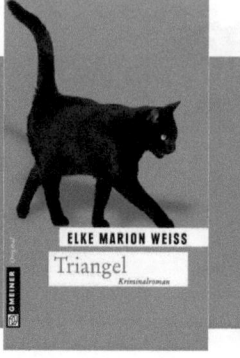

Kriminalromane

SABINE TRINKAUS
Schnapsleiche

....

322 Seiten, Paperback.
ISBN 978-3-8392-1228-8.

WO IST WALTER? Die Bonner Physiotherapeutin Britte Brandner ist nicht begeistert, als man sie mit der Suche nach ihrem verschwundenen Arbeitgeber, dem Schnapsfabrikanten Walter Hutschendorf, beauftragt. Dass ihr die trinkfeste rheinische Frohnatur Margot Pütz zur Seite steht, die mangelnden Sachverstand durch großen Enthusiasmus wettzumachen versucht, macht die Sache nicht unbedingt einfacher. Dennoch gelingt dem ungleichen Gespann trotz der eher unkonventionellen Ermittlungsansätze, hinter manch dunkles Familiengeheimnis des Hutschendorf-Clans zu kommen ...

ELKE MARION WEISS
Triangel

....

371 Seiten, Paperback.
ISBN 978-3-8392-1246-2.

MÉNAGE À TROIS In einem Dorf in Südbaden leben Malerin Emily und die gerade verwitwete Josette, zwei Freundinnen, wie sie unterschiedlicher nicht sein könnten. Zufällig lernen die beiden Felix Fraunfelder kennen, der durch illegale Geschäfte ins Visier der Polizei geraten ist. Emily, die unter akutem Geldmangel leidet, kommt diese Notlage gerade recht und sie beschließt, ihm Unterschlupf zu gewähren – natürlich gegen angemessene Bezahlung. Doch das Vorhaben gestaltet sich schwierig und als alles aufzufliegen droht, geschieht Unglaubliches ...

Wir machen's spannend

FRIEDERIKE SCHMÖE
Rosenfolter
....

ca. 280 Seiten, Paperback.
ISBN 978-3-8392-1275-2.

AUF ROSEN GEBETTET Bamberg, kurz vor Eröffnung der Landesgartenschau im April 2012. Auf dem Ausstellungsgelände werden nacheinander ein Ohr, ein Finger und eine Hand gefunden, jeweils gebettet auf einem Kissen aus roten Rosen. Ein Rachefeldzug? Oder bedrohen grausame Gewaltakte das Großereignis? Als schließlich noch eine Leiche im Fischpass, dem Öko-Vorzeigeprojekt der Gartenausstellung, liegt, bricht Panik aus. Privatdetektivin Katinka Palfy, Hauptkommissar Harduin Uttenreuther und Reporter Dante Wischnewski ermitteln ...

MAREN SCHWARZ
Treibgut
....

ca. 230 Seiten, Paperback.
ISBN 978-3-8392-1232-5.

ABGRUNDTIEF Elena Dierks gibt sich die Schuld am Tod ihrer Tochter Lea, die an einem stürmischen Wintertag im Kinderwagen über die Klippen der Kreidefelsen auf Rügen ins Meer gestürzt ist. Sie verliert darüber den Verstand und wird in die Psychiatrie eingeliefert. Jahre später glaubt sie, ihre Tochter im Fernsehen in einem Bericht aus Amerika erkannt zu haben. Das Schicksal der jungen Frau geht einer in der Psychiatrie beschäftigten Schwester derart unter die Haut, dass sie dem pensionierten Kommissar Henning Lüders davon erzählt. Er nimmt sich der Sache an und macht eine unglaubliche Entdeckung ...

Wir machen's spannend

ELLA DANZ
Geschmacksverwirrung
··

368 Seiten, Paperback.
ISBN 978-3-8392-1248-6.

BISSEN ZUM ABSCHIED Kommissar Georg Angermüllers Stimmung passt zum grauen Novemberwetter in Lübeck. Erst vor kurzem zu Hause ausgezogen, fühlt er sich in den neuen vier Wänden noch ziemlich fremd. Und dann wird ausgerechnet in der Nachbarwohnung der Journalist Victor Hagebusch tot aufgefunden. Der Mann ist an Gänseleberpastete erstickt, die ihm mit einem Stopfrohr eingeführt wurde, und sitzt, nur mit einer Unterhose bekleidet, blutig rot beschmiert und weiß gefedert an seinem Schreibtisch. Alles sieht nach einer Tat militanter Tierschützer aus. Hatte der Journalist etwas mit der Szene zu tun? Angermüller folgt vielen Spuren, bis er auf eine überraschende Verbindung stößt ...

L. SKALECKI / B. RIST
Schwanensterben
··

423 Seiten, Paperback.
ISBN 978-3-8392-1230-1.

DIE TOTE IM WASSER An einem Tag im November wird die Leiche der jungen Russin Sonja Achmatova in einem Wassergraben auf einem Reiterhof am Rande Bremens gefunden. Kriminalhauptkommissar Heiner Hölzle verdächtigt zunächst den Pferdepfleger Pjotr, der ein Verhältnis mit dem Opfer hatte. Doch im Laufe der Ermittlungen entdecken Hölzle und seine Kollegen zunächst Parallelen zu zwei ungeklärten Mordfällen aus den 70er-Jahren und stoßen schließlich auf eine Spur, die bis in das Jahr 1943 reicht ...

Wir machen's spannend

Alle Gmeiner-Autoren und ihre Romane auf einen Blick

Wir machen's spannend

Alle Gmeiner-Autoren und ihre Romane auf einen Blick

GARDENER, EVA B.: Lebenshunger **GEISLER, KURT**: Friesenschnee • Bädersterben **GERWIEN, MICHAEL**: Isarbrodeln • Alpengrollen **GIBERT, MATTHIAS P.**: Menschenopfer • Zeitbombe • Rechtsdruck • Schmuddelkinder • Bullenhitze • Eiszeit • Zirkusluft • Kammerflimmern • Nervenflattern **GOLDAMMER, FRANK**: Abstauber **GÖRLICH, HARALD**: Kellerkind und Kaiserkrone **GORA, AXEL**: Die Versuchung des Elias • Das Duell der Astronomen **GRAF, EDI**: Bombenspiel • Leopardenjagd • Elefantengold • Löwenriss • Nashornfieber **GUDE, CHRISTIAN**: Kontrollverlust • Homunculus • Binärcode • Mosquito **HÄHNER, MARGIT**: Spielball der Götter **HAENNI, STEFAN**: Scherbenhaufen • Brahmsrösi • Narrentod **HAUG, GUNTER**: Gössenjagd • Hüttenzauber • Tauberschwarz • Höllenfahrt • Sturmwarnung • Riffhaie • Tiefenrausch **HEIM, UTA-MARIA**: Feierabend • Totenkuss • Wespennest • Das Rattenprinzip • Totschweigen • Dreckskind **HENSCHEL, REGINE C.**: Fünf sind keiner zu viel **HERELD, PETER**: Die Braut des Silberfinders • Das Geheimnis des Goldmachers **HOHLFELD, KERSTIN**: Glückskekssommer **HUNOLD-REIME, SIGRID**: Die Pension am Deich • Janssenhaus • Schattenmorellen • Frühstückspension **IMBSWEILER, MARCUS**: Schlossblick • Die Erstürmung des Himmels • Butenschön • Altstadtfest • Schlussakt • Bergfriedhof **IOSWIG, VOLKMAR / MELLE, HENNING VON**: Stahlhart **KARNANI, FRITJOF**: Notlandung • Turnaround • Takeover **KAST-RIEDLINGER, ANNETTE**: Liebling, ich kann auch anders **KEISER, GABRIELE**: Engelskraut • Gartenschläfer • Apollofalter **KEISER, GABRIELE / POLIFKA, WOLFGANG**: Puppenjäger **KELLER, STEFAN**: Totenkarneval • Kölner Kreuzigung **KINSKOFER, LOTTE / BAHR, ANKE**: Hermann für Frau Mann **KLAUSNER, UWE**: Engel der Rache •Kennedy-Syndrom • Bernstein-Connection • Die Bräute des Satans • Odessa-Komplott • Pilger des Zorns • Walhalla-Code • Die Kiliansverschwörung • Die Pforten der Hölle **KLEWE, SABINE**: Die schwarzseidene Dame • Blutsonne • Wintermärchen • Kinderspiel • Schattenriss **KLIKOVITS, PETRA M.**: Vollmondstrand **KLUGMANN, NORBERT**: Die Adler von Lübeck • Die Tochter des Salzhändlers • Schlüsselgewalt • Rebenblut **KOBJOLKE, JULIANE**: Tausche Brautschuh gegen Flossen **KÖSTERING, BERND**: Goetheglut • Goetheruh **KOHL, ERWIN**: Flatline • Grabtanz • Zugzwang **KOPPITZ, RAINER C.**: Machtrausch **KRAMER, VERONIKA**: Todesgeheimnis • Rachesommer **KREUZER, FRANZ**: Waldsterben **KRONECK, ULRIKE**: Das Frauenkomplott **KRONENBERG, SUSANNE**: Kunstgriff • Rheingrund • Weinrache • Kultopfer • Flammenpferd **KRUG, MICHAEL**: Bahnhofsmission **KRUSE, MARGIT**: Eisaugen **KURELLA, FRANK**: Der Kodex des Bösen • Das Pergament des Todes **LADNAR, ULRIKE**: Wiener Herzblut **LASCAUX, PAUL**: Mordswein • Gnadenbrot • Feuerwasser • Wursthimmel • Salztränen **LEBEK, HANS**: Todesschläger **LEHMKUHL, KURT**: Kardinalspoker • Dreiländermord • Nürburghölle • Raffgier **LEIMBACH, ALIDA**: Wintergruft **LEIX, BERND**: Fächergrün • Fächertraum • Waldstadt • Hackschnitzel • Zuckerblut • Bucheckern **LETSCHE, JULIAN**: Auf der Walz **LICHT, EMILIA**: Hotel Blaues Wunder **LIEBSCH, SONJA / MESTROVIC, NIVES**: Muttertier @n Rabenmutter **LIFKA, RICHARD**: Sonnenkönig **LOIBELSBERGER, GERHARD**: Mord und Brand • Reigen des Todes • Die

GMEINER

Wir machen's spannend

Alle Gmeiner-Autoren und ihre Romane auf einen Blick

Wir machen's spannend